U0481956

英雄史诗论集

仁钦道尔吉◎著

中国社会科学出版社

图书在版编目(CIP)数据

英雄史诗论集/仁钦道尔吉著.—北京：中国社会科学出版社，2021.5
(中国社会科学院学部委员专题文集)
ISBN 978-7-5203-7995-3

Ⅰ.①英… Ⅱ.①仁… Ⅲ.①蒙古族—英雄史诗—中国—文集
Ⅳ.①I207.22-53

中国版本图书馆CIP数据核字(2021)第038277号

出 版 人 赵剑英
策划编辑 王丽媛
责任编辑 张 潜
责任校对 赵雪姣
责任印制 戴 宽

出 版 中国社会科学出版社
社 址 北京鼓楼西大街甲158号
邮 编 100720
网 址 http://www.csspw.cn
发 行 部 010-84083685
门 市 部 010-84029450
经 销 新华书店及其他书店

印刷装订 北京君升印刷有限公司
版 次 2021年5月第1版
印 次 2021年5月第1次印刷

开 本 710×1000 1/16
印 张 16.75
字 数 275千字
定 价 99.00元

凡购买中国社会科学出版社图书，如有质量问题请与本社营销中心联系调换
电话：010-84083683

前 言

哲学社会科学是人们认识世界、改造世界的重要工具，是推动历史发展和社会进步的重要力量。哲学社会科学的研究能力和成果是综合国力的重要组成部分。在全面建设小康社会、开创中国特色社会主义事业新局面、实现中华民族伟大复兴的历史进程中，哲学社会科学具有不可替代的作用。繁荣发展哲学社会科学事关党和国家事业发展的全局，对建设和形成有中国特色、中国风格、中国气派的哲学社会科学事业，具有重大的现实意义和深远的历史意义。

中国社会科学院在贯彻落实党中央《关于进一步繁荣发展哲学社会科学的意见》的进程中，根据党中央关于把中国社会科学院建设成为马克思主义的坚强阵地、中国哲学社会科学最高殿堂、党中央和国务院重要的思想库和智囊团的职能定位，努力推进学术研究制度、科研管理体制的改革和创新，2006 年建立的中国社会科学院学部即是践行“三个定位”、改革创新的产物。

中国社会科学院学部是一项学术制度，是在中国社会科学院党组领导下依据《中国社会科学院学部章程》运行的高端学术组织，常设领导机构为学部主席团，设立文哲、历史、经济、国际研究、社会政法、马克思主义研究学部。学部委员是中国社会科学院的最高学术称号，为终生荣誉。2010 年中国社会科学院学部主席团主持进行了学部委员增选、荣誉学部委员增补，现有学部委员 57 名（含已故）、荣誉学部委员 133 名（含已故），均为中国社会科学院学养深厚、贡献突出、成就卓著的学者。编辑出版《中国社会科学院学部委员专题文集》，即是从一个侧面展示这些学者治学之道的重要举措。

《中国社会科学院学部委员专题文集》（下称《专题文集》），是中国社会科学院学部主席团主持编辑的学术论著汇集，作者均为中国社会科学院学部委员、荣誉学部委员，内容集中反映学部委员、荣誉学部委员在相关学科、专业方向中的专题性研究成果。《专题文集》体现了著作者在科学研究实践中长期关注的某一专业方向或研究主题，历时动态地展现了著作者在这一专题中不断深化的研究路径和学术心得，从中不难体味治学道路之铢积寸累、循序渐进、与时俱进、未有穷期的孜孜以求，感知学问有道之修养理论、注重实证、坚持真理、服务社会的学者责任。

2011 年，中国社会科学院启动了哲学社会科学创新工程，中国社会科学院学部作为实施创新工程的重要学术平台，需要在聚集高端人才、发挥精英才智、推出优质成果、引领学术风尚等方面起到强化创新意识、激发创新动力、推进创新实践的作用。因此，中国社会科学院学部主席团编辑出版这套《专题文集》，不仅在于展示“过去”，更重要的是面对现实和展望未来。

这套《专题文集》列为中国社会科学院创新工程学术出版资助项目，体现了中国社会科学院对学部工作的高度重视和对这套《专题文集》给予的学术评价。在这套《专题文集》付梓之际，我们感谢各位学部委员、荣誉学部委员对《专题文集》征集给予的支持，感谢学部工作局及相关同志为此所做的组织协调工作，特别要感谢中国社会科学出版社为这套《专题文集》的面世做出的努力。

《中国社会科学院学部委员专题文集》编辑委员会

2012 年 8 月

序 言

英雄史诗是史前时期产生的文学艺术体裁，在人类文化发展史上具有划时代的意义，在世界文学史上也占有重要地位，代表着人类童年时代的文学艺术成就，而且成为其后的文学艺术发展的基础。英雄史诗广泛地反映了古代社会历史和意识形态，保留着古籍中没有记载的珍贵信息和资料，为研究古代社会的各门学科，诸如文化人类学、民族学、宗教学、民俗学、古代史和哲学等学科，提供了研究的前提条件。在世界上有英雄史诗的民族和国家不多，世界著名的四大史诗——古希腊的《伊里亚特》和《奥德赛》，印度两大史诗《罗摩衍那》和《摩诃婆罗多》，起初以口头产生和流传，但早在公元元年前后就已经被记录成书面史诗，并退出了民间艺人的演唱舞台，后来逐步被人们淡忘了。但是蒙古英雄史诗是活态史诗，至今还在各国蒙古语族人民中流传，民间艺人还在演唱《江格尔》和《格斯尔》，以及其他数百部英雄史诗。研究古希腊史诗和中世纪欧洲史诗缺乏活态资料，不能够了解到史诗的演唱和背诵活动，难以说明史诗产生和发展的规律，因此西方学者，尤其是俄罗斯学者特别重视对活态蒙古史诗和演唱艺人的研究，将其作为研究和解开古希腊史诗和中世纪欧洲史诗之谜的钥匙，从而进一步探讨原始史诗的产生和发展规律。

当蒙古民族尚未形成，更谈不上国家的古老时代，各个分散的蒙古氏族和部族共同聚居于南西伯利亚和中央亚细亚的时候，出现了英雄史诗并逐渐得到发展，反映了蒙古氏族和部落的婚事斗争和对外争战。在那漫长的岁月里，蒙古氏族和部落出现许多勇敢无畏的英雄人物，为保卫家乡和民众，与外来挑衅者、入侵者进行长期艰难困苦的斗争。史诗歌颂了他们坚韧不拔的英雄主义精神，这些史诗具有很高的思想性、形象性和艺术性。

笔者从1962年以来，在呼伦贝尔巴尔虎人中和新疆卫拉特人中进行田野调查，搜集到25部英雄史诗，感觉到英雄史诗的神圣伟大，越研究越有兴趣，于是投入蒙古英雄史诗和相关民族史诗研究行列中去。在国家社会科学“六五”规划期间，笔者是蒙藏两个民族史诗《格萨（斯）尔》的搜集整理和出版项目负责人之一；在“七五”规划期间，担任了“中国少数民族英雄史诗研究”课题负责人，先后撰写出版了《〈江格尔〉论》《蒙古英雄史诗源流》《蒙古英雄史诗发展史》等专著和论文选《蒙古口头文学论集》。在这部论文选中，有英雄史诗研究论文30余篇。

在这部论文选出版的第二年，中国社会科学院科研局下达了编纂“中国社会科学院学部委员专题文集”的通知，笔者决心参与，经过这些年的努力，又完成了14篇论文，还从过去发表的论文中选用了7篇，合编为《英雄史诗论集》。

笔者年迈体衰，记忆力弱，文字不通顺，敬请各位读者谅解。

仁钦道尔吉

2020年8月

目 录

第一辑

第二辑

第三辑

第四辑

第一辑

论中国各民族英雄史诗

史诗是继神话之后，在人类文化史上产生的另一具有划时代意义的文化现象和文学体裁。史诗的出现显示了人类自我意识的觉醒。从神话时代到英雄史诗时代，人类从不了解自然力、不认识自身的力量，转向以自身的力量战胜自然力和社会恶势力的新阶段。史诗在世界文学史上占有重要地位。史诗代表着人类童年时代的文学艺术成就，而且成为在其后文学艺术发展的基础。史诗广泛地反映了古代社会历史和意识形态，保留着古籍中没有记载的珍贵资料，为研究古代社会的各门学科提供无穷的信息。史诗是原始叙事性韵文体口头文学作品。

史诗，希腊语叫作 epos，英语为 epic，德语为 epen，俄语为 *эпос*，汉语译为史诗。当今世界上有史诗的民族和国家不多。学术界公认的有希腊史诗《伊利亚特》和《奥德赛》、印度两大史诗《罗摩衍那》和《摩诃婆罗多》，以及中世纪法国《罗兰之歌》、德国《尼伯龙根之歌》、英国《贝奥武夫》、西班牙《熙德之歌》、俄罗斯《伊戈尔远征记》、亚美尼亚《萨逊的大卫》和芬兰《卡勒瓦拉》等。

中国早期学者王国维、章太炎和郑振铎等谈到了外国史诗，但他们不了解中国少数民族史诗，认为中国没有史诗。如郑振铎说：“除了中国及其他不重要的几个国家外，差不多没有一个国家没有（史诗）。”又说：“中国所有的叙事诗，仅有一篇《孔雀东南飞》算是古今第一长诗，而以字计之，尚不足一千八百字，其他如白居易杜甫诸人所作的，则更为短促了。”①

① 郑振铎：《史诗》，见朝戈金主编《中国史诗学读本》，中国社会科学出版社 2013 年版，第 24—27 页。

当时，少数民族史诗尚未译成汉文出版，他们也没有学过少数民族语言文字，所以说中国没有史诗。可是后来钟敬文先生说：“‘五四’时期认为我们没有史诗，现在我们学术界，史诗火爆了。”

实际上，中国少数民族英雄史诗很丰富，中国南方和北方的少数民族都有英雄史诗。北方阿尔泰语系的突厥语族的哈萨克族、柯尔克孜族、乌孜别克族和维吾尔族以及蒙古语族的蒙古族、土族等民族的英雄史诗有数百部，而且篇幅很长，其中包括中国三大史诗中的两部《江格尔》和《玛纳斯》。这两部史诗与藏蒙两个民族的《格萨（斯）尔》一起，被称为中国三大史诗。中国三大史诗《格萨尔》《江格尔》《玛纳斯》，都长达25万以上诗行。过去，学术界认为，印度史诗《摩诃婆罗多》是世界上最长的史诗，有22万诗行。可是中国三大史诗远远超过它，成为世界上最长的伟大史诗。此外，南方的傣族有四五部英雄史诗，还有彝族、壮族、侗族和羌族等民族有少数英雄史诗，但这些英雄史诗中包括具有神话色彩的民族史、创世和迁徙等内容。

我国阿尔泰语系民族中的多数是跨国民族，如突厥民族还分布于中亚各国和俄罗斯的西伯利亚，蒙古族也分布于蒙古国、俄罗斯的布里亚特共和国和卡尔梅克共和国。总之，突厥—蒙古民族的英雄史诗的总数超过2000部。

具体说，西伯利亚的突厥语族民族阿尔泰、图瓦、哈卡斯、朔尔和雅库特等，它们都有许许多多史诗，如雅库特语中史诗叫作“奥隆霍”（Olonho），已登记的有396部，其中最长的史诗是《神速的纽尔贡巴托尔》，有36600诗行；阿尔泰族史诗学家苏拉扎克夫，在研究著作中运用了222部史诗，他本人编辑出版的《阿尔泰勇士》（10卷）中收入了73部阿尔泰史诗；图瓦语言文学研究所收藏了300多部史诗。此外，中亚突厥语族民族哈萨克、吉尔吉斯、乌孜别克、土库曼、土耳其等几十个民族的史诗也有数百部。

蒙古语族人民的史诗超过600部，其中我国蒙古族史诗近130部；蒙古国学者娜仁托娅统计，蒙古国史诗有270多部，俄罗斯的布里亚特共和国史诗有200多部，其中S. P. 巴尔达也夫搜集的史诗有100多部。此外，长篇英雄史诗《江格尔》和《格斯尔》是在中、蒙、俄三国的蒙古语族人民中流传。

突厥—蒙古英雄史诗有相似的情节结构类型，它们有共同的产生和发展规律。有些研究者认为，蒙古—突厥民众有共同的叙事传统，他们的英雄史诗具有共性。这种传统属于蒙古人和突厥人的祖先共同居住在中央亚细亚和南西伯利亚的时代。笔者认为，蒙古史诗和突厥史诗，在题材、情节、结构、母题、人物和程式化描写方面都有一定的共性。

现探讨情节结构类型方面的共性问题。德国和苏联学者早已注意了蒙古英雄史诗的情节结构分类问题。德国著名学者、波恩大学中央亚细亚语言文化研究所所长瓦·海希西（W. Heissig）教授[①]指出，长期以来人们把欧洲史诗的结构分为两大类：求婚史诗和失而复得史诗。苏联学者弗·瑞尔蒙斯基（V. Zhirmunsky）把这种分类方式运用到中亚突厥英雄史诗分类上。1937 年尼·波佩（N. Poppe）在《喀尔喀蒙古英雄史诗》[②] 一书中，把蒙古史诗分为单一情节的史诗和多个情节的史诗两大类，并把史诗的结构分解成 4 个组成部分：

（1）英雄同蟒古思的斗争；

（2）英雄的婚事；

（3）战斗中牺牲的英雄借助于某种力量获得再生；

（4）英雄携子去战胜抢走他妻子和双亲的蟒古思，解救亲人和百姓。

20 世纪 50 年代之后，外国学者们将民间故事的“AT”分类法，运用到蒙古史诗的结构分类上。其中最重要的是瓦·海希西教授创建了划分蒙古英雄史诗结构和母题类型的体系。他几十年来收集中、蒙、俄三国出版的上百部史诗，并进行详细分析和综合，将蒙古英雄史诗的结构类型归纳为 14 大类型，在大类型下又分为 300 多个母题和事项。这是重大发现，

① Walter Heissig (Bonn), Gedanken zu einer strukturellen Motiv-typologie des mongolischen Epos, ASIATISCHE FORSCHUNGEN BAND 68, OTTO HARRASSOWITZ, Wiesbaden, 1979.

② Поппе Н. Н. Халха-монгольский героический эпос. М—Л, 1937. (ТИВАНЮ Т. 26)

母题是英雄史诗的最小情节单元。分析史诗离不开这种重要因素。笔者采用母题为单元的同时，发现了比母题大的普遍性和周期性的情节单元，这就是史诗母题系列。这种母题系列分为婚事型母题系列和征战型母题系列。蒙古史诗的300多个母题和事项，是以这两种史诗母题系列有机地组织在一起，以不同数量和不同组合方式滚动于各个史诗里。

据史诗母题系列在每个史诗中的内容、数量和组合方式，将蒙古英雄史诗分为三大类型。

（1）单篇型史诗。基本情节只有一种史诗母题系列所组成的史诗，为单篇型史诗。这种单篇型史诗分为婚事型史诗和征战型史诗。前者由婚事型史诗母题系列（A为符号）所组成，其中有抢婚型史诗母题系列（A_1为符号）和考验婚型史诗母题系列（A_2为符号）。征战型史诗是由征战型史诗母题系列（B为符号）所组成，它也分为两种类型，一是迎敌作战式史诗母题系列（B_1为符号），二是失而复得式史诗母题系列（B_2为符号）。

以图1的形式表示如下。

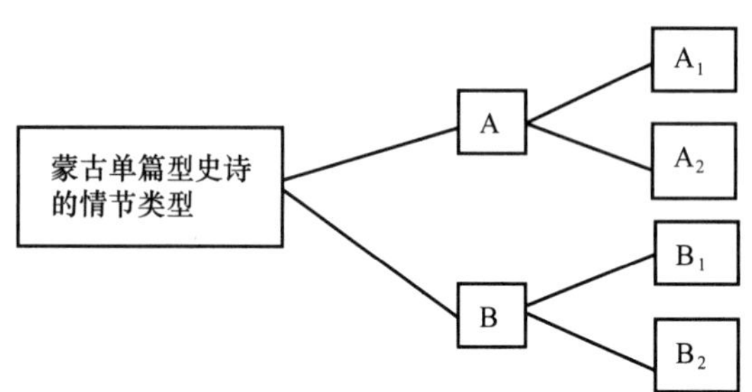

图1　蒙古单篇型史诗的情节类型

单篇英雄史诗是在蒙古史诗中最初的、最简单的、最基本的史诗类型。蒙古英雄史诗是以它为基础、以它为单元向前发展的，它像一条红线始终贯穿着整个蒙古英雄史诗的发展过程。

（2）串连复合型史诗。基本情节以前后串连两个或两个以上史诗母题系列为核心的史诗，为串连复合型史诗。其基本类型有两种，一是婚事型史诗母题系列加征战型史诗母题系列（A_2+B_2），二是由两个不同的征战型史诗母题系列（B_1+B_2）为核心构成。

（3）并列复合型史诗。长篇英雄史诗《江格尔》，被称为并列复合型史诗。其情节结构分为总体史诗的情节结构和各个诗篇的情节结构两种，总体史诗的情节结构是情节上独立的200多部长诗的并列复合体，故称作并列复合型史诗。各个诗篇的情节结构被分为6大类型（A_1，A_2，B_1，B_2，A_2+B_2，B_1+B_2），这6大类型与单篇型史诗的4大类型（A_1，A_2，B_1，B_2）加串连复合型史诗的2大类型（A_2+B_2，B_1+B_2）相一致。

蒙古英雄史诗基本情节的结构类型，如图2所示。

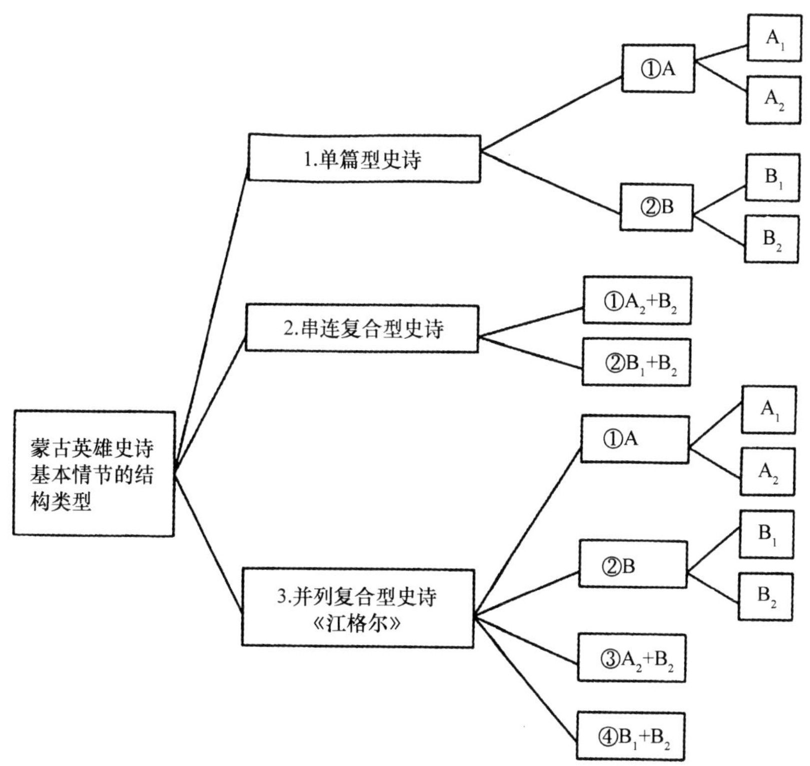

图2 蒙古英雄史诗基本情节的结构类型

总之，这三大类型的史诗是在蒙古史诗的长期发展过程中产生的。最初产生的是单篇型史诗，在它母题系列的基础上形成了串连复合型史诗；

以单篇型史诗和串连复合型史诗的母题系列为基础产生了并列复合型史诗《江格尔》的各个诗篇。

蒙古英雄史诗之外，新疆的哈萨克族、柯尔克孜族、乌孜别克族和维吾尔族等突厥语族人民的英雄史诗的情节结构与蒙古英雄史诗的情节结构相似。下面以古老突厥史诗《乌古斯》《阔尔库特祖爷书》以及《玛纳斯》《阿勒帕密斯》为例介绍。

早在六七百年以前，以文字记录的《乌古斯》和《阔尔库特祖爷书》的基本情节与早期蒙古单篇型史诗和串连复合型史诗的基本情节很相似。《阔尔库特祖爷书》包括 12 篇作品。其中绝大多数描写了乌古斯勇士们的征战和婚事斗争。例如，《关于康乐之子坎吐拉勒的传说》（第六篇）是一部婚姻型英雄史诗（A_2），描绘了少年勇士坎吐拉勒到异教徒统治地区，通过 3 次危险考验，即徒手杀死公野牛、雄狮和公驼，赢得美丽的未婚妻，并在偕妻返乡路上击溃追军的过程。再如《关于拜包尔之子巴木斯巴依拉克的传说》（第三篇）与蒙古串连复合型史诗的第一种类型（A_2+B_2）相近，他以年迈无子的拜包尔通过祈子仪式获子为始端，继而描写了其子巴木斯长大成为勇士后，通过 3 项比赛，即与未婚妻赛马、射箭和摔跤，赢得未婚妻爱情的故事。此作品下半部分故事情节曲折，勇士巴木斯在新婚之夜遭偷袭被俘，在敌营中被关押 16 年后返乡，发现家乡遭劫，他杀死欲霸占其妻的敌首，又战胜了入侵之敌。这篇作品是由勇士的婚事和勇士的征战两部分构成。其他的篇章也大多反映的是勇士的一次或两次征战。如在《关于别格尔之子艾莫列的传说》（第九篇）中，勇士别格尔打猎时受伤，敌人趁机进攻，其子艾莫列替父出征，打败来犯之敌（B_1）；《关于萨拉尔卡赞阿吾尔被侵袭的传说》（第二篇）描绘了萨拉尔卡赞在牧羊人的帮助下，战胜敌人，夺回被劫的母亲、儿子、兵丁和财产的故事（B_2）。

数百年前用文字记录的著名的英雄史诗《乌古斯》是一部描绘英雄人物一生经历的传记性史诗，其情节可以分为四个部分：

（1）乌古斯的成长；

（2）乌古斯的婚姻及其孩子们；

（3）乌古斯的多次征战；

（4）乌古斯移交汗位。

《乌古斯》是早已以文字形式流传下来的罕见的阿尔泰语系民族英雄史诗，它不像其他英雄史诗那样采用展开描写的方法，而运用精练的语言概括性地交代了英雄的婚事和多次征战。尽管它的情节由上述四个部分组成，但在其中反映乌古斯英雄行为的是描写征战和婚姻的部分。这说明了征战和婚姻早在六七百年前已成为突厥英雄史诗的传统题材和情节框架。另一部著名的英雄史诗《阿勒帕密斯》也是一部传记性史诗，描写了英雄一生的事迹，甚至呈现了英雄诞生前夕的事件，内容丰富，情节较复杂，但其基本情节可以归纳为四个部分：

（1）阿勒帕密斯的父母乞求得子、朝圣，阿勒帕密斯的母亲奇异怀孕，阿勒帕密斯的诞生及成长；

（2）阿勒帕密斯经过英勇斗争与美女古丽拜尔森结婚；

（3）阿勒帕密斯带着妻子返回家乡之后，又一次出征打死了抢劫他家牲畜和财产的敌人塔依什科可汗，并夺回了失去的一切；

（4）阿勒帕密斯返回家乡后又战胜了奴役其父母，妄图霸占他妻子古丽拜尔森的“乱世魔王”乌尔坦（阿勒帕密斯家女佣的儿子）。

这些情节与蒙古英雄史诗的情节相似，其中最基本的是第二部分和第三部分，它们突出地反映了阿勒帕密斯的英雄气概。

此外，尤其是西伯利亚的阿尔泰、图瓦、哈卡斯等民族的英雄史诗，更接近于蒙古史诗。研究阿尔泰民族史诗的学者萨·苏拉扎克夫把222部阿尔泰史诗分为氏族社会的史诗、早期封建关系产生时代的史诗和封建宗法时代的史诗。他又将氏族社会的史诗，分成五种题材的作品，概括而言，所反映的就是婚姻和征战两件大事。在婚姻题材方面有“关于英雄婚礼的故事”；在征战方面有勇士与恶魔的斗争、勇士与下界的斗争、勇士与掠夺者的斗争以及家庭与亲属关系题材的作品。除中小型英雄史诗外，《玛纳斯》第一部中柯尔克孜人与周围各民族的许多征战（每次征战都像一部相对独立的长诗），有的在情节上有连贯性，但许多征战都具有相对独立性，它们平等地并列在一起。因此，可以说《玛纳斯》第一部也是并列复合型英雄史诗。[①]

总之，突厥英雄史诗与蒙古英雄史诗一样，具有以上三大情节结构类型。

我国三大英雄史诗《格萨（斯）尔》《江格尔》和《玛纳斯》的规模巨大而气势磅礴，它们有宏伟的结构规模，引人入胜的故事，生动优美的艺术形象和精湛的诗歌语言。三大英雄史诗有爱国英雄主义的思想内容。它们形成于封建战争时代，当时形形色色的大小封建领主从四面八方向勇士们的家乡进攻的时候，勇士们挺身而出为保卫国家和人民的利益与掠夺者、侵略者进行不屈不挠的斗争，谱写了取得胜利的英雄事迹。

三大史诗的内容丰富，有英雄人物的身世、天神下凡、人间神奇诞生，童年遭遇和英雄事迹，婚姻斗争和征战等，其中最重要的是英雄人物的多次征战。例如，《格萨尔》中的《霍岭大战》《姜岭大战》和《门岭大战》；《江格尔》里的《江格尔和暴君芒乃决战》《沙尔古尔格败北记》和《洪古尔出征沙尔蟒古思》；《玛纳斯》中有《玛纳斯征战空托依》《玛纳斯征战巴迪阔里》及《群英大战阿拉尼克》等。

以蒙、藏两个民族《格萨尔》中的一次征战《霍岭大战》为例。格萨尔不是为欺压而侵犯别国，而当霍尔国大军侵略岭国的时候，他带兵进行宁死不屈的抵抗，史诗里写道：不要恃强凌弱挥兵犯人，但若敌人胆敢前来侵犯，奋勇抗击不后退。

北京木刻本《格斯尔传》[②] 中说，霍尔国有三个王，即白帐王、黄帐王和黑帐王，其中白帐王要为儿子娶世界上最美丽的女人，派遣使者乌鸦、鹦鹉、孔雀等四处寻找美女，乌鸦回来说，岭国格萨尔的妻子珠牡最美，而且格萨尔远征未归。于是霍尔国三王准备进攻岭国。

为了证实乌鸦带来的信息，霍尔国三王的神灵变为巨鸟，落到珠牡的大帐房上观察；珠牡令猛虎将射掉巨鸟，猛虎将因恐惧未能命中，只射掉

① 仁钦道尔吉、郎樱：《中国史诗》，江苏凤凰文艺出版社 2016 年版，第 525—565 页。

② 《格斯尔传》（北京木刻版），人民文学出版社 1960 年版。

一根大羽毛；珠牡与猛虎将二人带着大羽毛去见格斯尔大哥嘉察，告知原委；嘉察指责猛虎将道：即便猛虎袭来，也要与之搏斗，即便野熊扑来，也要将其刺杀，敌人大军袭来，也要拼死搏斗。嘉察号令三十勇士和三大部落的马步军士前来，沿着查齐尔干那河到格萨尔的家乡草原集合，准备作战。嘉察、安琼、苏米尔三勇士登高瞭望，见霍尔国三王大军杀到，三人进攻，消灭敌军三百名前哨，劫得骏马群，霍尔国军大败。他们将骏马分给珠牡、阿珠莫尔根等人，未分给晁通；岭国勇士继续与敌军作战，赶回马群，也没分给晁通。晁通自己去赶马群，被俘叛变，引领霍尔国大军入侵岭国；嘉察等三十名勇士英勇献身，岭国战败，珠牡为白帐王所掠；嘉察临死前射出一箭给格斯尔通信，格斯尔变身回到家乡，发现晁通住在他家宫帐，奴役他的父母，占据他的牲畜财产。格斯尔惩罚了晁通，出征霍尔国三王，他用法术杀死霍尔三王的勇士们，消灭了三王，营救了珠牡，复活了三十勇士和嘉察，恢复了太平。

蒙古族英雄史诗《江格尔》的主要内容也是征战。史诗中描绘宝木巴地方以江格尔为首的众勇士，如洪古尔、阿拉坦策吉、萨布尔、萨纳拉等，降妖伏魔，消灭掠夺者的辉煌业绩。如《江格尔和暴君芒乃决战》，芒乃汗派使者向江格尔提出五项屈辱性条件，包括让江格尔交出夫人、骏马和大将洪古尔，不从则进攻宝木巴。洪古尔挺身而出，誓不屈从。敌人来到，洪古尔杀入敌众，夺取战旗转送江格尔，他继续消灭敌军。在洪古尔的大胆鼓励下，江格尔率六千又十二名勇士上战场，洪古尔独自一人与芒乃汗战斗，但寡不敌众，身负重伤。萨布尔、萨纳拉相继受伤后，江格尔率马与芒乃汗决战，枪挑芒乃汗到半空，此时枪却断了，洪古尔奋起与芒乃汗肉搏，其他勇士也赶来，齐心协力斩除了这个顽敌。

史诗《玛纳斯》语言生动，细节丰富，非常能牵动游牧民听众的内心。玛纳斯是来拯救柯尔克孜人的人神一体的特殊英雄，在《玛纳斯征战空托依》篇中，玛纳斯率领柯尔克孜人主动出征卡里玛克；卡里玛克君主空托依神勇无比，大军众多，军容严整，柯尔克孜人觉得恐惧：首先，卡里玛克英雄塔塔依上阵，玛纳斯方让年轻人楚瓦克应战，高傲的塔塔依蔑视这个年轻人，却被楚瓦克刺死；接着卡里玛克英雄阔别横冲直撞到来，又被楚瓦克刺死；空托依上阵用战斧击落楚瓦克；老英雄加木额尔奇和巴里塔上阵与空托依搏斗，危急时刻，玛纳斯冲入敌阵救出加木额尔奇，将楚瓦克安放到马背上，与空托依搏斗，最终刺死空托依，战胜了卡里玛克人。胜利后他却劝告柯尔克孜人善待卡里玛克的人民，赢得双方人民的共同爱戴。

三大史诗有很好的语言魅力和艺术成就。

习近平总书记在十三届人大一次会议闭幕会上讲话，高度评价了中国三大史诗，说："传承了格萨尔王、玛纳斯、江格尔等震撼人心的伟大史诗。"① 他把少数民族三大史诗与中国文学名著的"诗经、楚辞、汉赋、唐诗、宋词、元曲、明清小说等伟大文艺作品"② 相提并论。这说明了中国史诗的重大意义。

除了北方民族之外，南方傣族有篇幅长达数千诗行的英雄史诗《厘俸》《相勐》《粘响》和《兰嘎西贺》及其异文《十二头魔王》。彝族史诗有《支嘎阿鲁王》《俄索折怒王》《铜鼓王》。

傣族社会曾长期处于分散各部混战的状态，傣族史诗通过勐与勐之间的混战，反映了早期傣族社会的生活和斗争，揭露了混战给社会发展和民众生活带来的灾难，歌颂了反抗掠夺、保卫家乡的正义事业。

傣族史诗里，战争的起因是抢劫美女，往往某强大勐的蛮横无理的勐主为了抢劫别人的妻子或恋人发动战争，以其失败告终。英雄史诗《厘俸》的故事梗概如下：主要人物海罕、俸改、桑洛三人原是天神的子孙，因在天上争夺女子被天神处罚下凡转生到人间，成长为三人勐的国王；俸改先后抢了桑洛的妻子娥并和海罕的妻子婻崩；英雄海罕跨大战象、率领十万象兵征战，攻打勐老；桑洛攻打勐哈，他们得胜，俘获大批敌军。接着出现了一系列战斗，其中最复杂的是攻打勐景罕的大战，史诗中着重刻画了冈晓及其儿子冈罕的英雄业绩。冈晓作为先锋，桑洛、桑本等围攻勐景罕城，先后消灭对方若干将领，冈晓被敌军包围，战死在象背上；冈罕抢回父亲遗体并继位，他多次出战消灭敌人许多兵将，战胜了敌人。海罕则用神奇法术，招来俸改的灵魂予以杀灭；然后海罕率军攻打俸改，天神

① 习近平：《在第十三届全国人民代表大会第一次会议上的讲话》（2018 年 3 月 20 日），中华人民共和国中央人民政府网站，www. gov. cn/xinwen/2018 -03/20/content_ 5276002. htm。

② 习近平：《在第十三届全国人民代表大会第一次会议上的讲话》（2018 年 3 月 20 日），中华人民共和国中央人民政府网站，www. gov. cn/xinwen/2018 -03/20/content_ 5276002. htm。

派天兵天将援助，攻克了勐景罕，消灭俸改肉体；海罕找到妻子婻崩，桑洛见到娥并，复活了死去的冈晓等，胜利而归，过上幸福生活。

傣族英雄史诗塑造了惊天动地的战争场面，将英雄人物摆在如火如荼的战斗中，以具有民族特色和热带特色的象战刻画人物，道：雪大亥听了怒火冒，骑着大象出来战，冈晓驱赶占拜中，毫不畏惧迎头上。两条大象长鼻扭，象牙交错咯吱响，景罕的兵丁滚滚来，两军交锋天昏暗。

另一部史诗《兰嘎西贺》是在印度史诗《罗摩衍那》的影响下产生的，这两部史诗的核心情节相似，主要人物形象也互相对应，但情节发展顺序不同。史诗前几部分交代了反面人物十二头魔王的出身及其罪恶行径，接着叙述了十二头魔王对手召朗玛的出生、神猴阿奴芒的本事及其敌对双方十二年的错综复杂的斗争。

彝族英雄史诗《支嘎阿鲁》与其他创世史诗《勒俄特依》和《阿鲁举热》有密切的联系，它具有神话特色。主人公支嘎阿鲁以奇异的方式诞生，父母离去后他成了孤儿，白天有马桑哺乳，夜间有雄鹰覆身。史诗歌颂了支嘎阿鲁一生的英雄事迹，他与入侵的各部斗争，为民众的安危操劳，消灭了妖魔，最后建立统一大业。

中国英雄史诗的产生时代与印欧史诗不同。众所周知，恩格斯将史前时代划分为蒙昧期、野蛮期和文明期，并把每个时代都分为低级阶段、中级阶段和高级阶段。他又说："荷马史诗以及全部神话——这就是希腊人由野蛮期移交给文明期的主要遗产。"[①] 这就说明，荷马史诗《伊利亚特》和《奥德赛》产生于野蛮期高级阶段或部落战争的"英雄时代"。但是，我国英雄史诗的产生和发展分为三个不同时代，包括野蛮期高级阶段。最初的英雄史诗产生于野蛮期中级阶段，当时出现了抢婚型史诗和勇士与恶魔（多头恶魔、独眼巨人或毒蛇）斗争型史诗。因为，抢劫婚也就是一个氏族的男子到了另一氏族中去用暴力抢劫女子为妻的现象，出现在野蛮期中级阶段；勇士与恶魔斗争的题材来自更早的神话时代。后来到野蛮期高级阶段，史诗得到第一次大发展。那时随着生产力和生产资料的发展，在

① ［德］恩格斯：《家庭、私有制和国家的起源》，《马克思恩格斯选集》第 2 版，第 4 卷，人民出版社 1995 年版，第 23 页。

社会上出现了私有制和贫富之别，部落首领们为争夺财富和奴隶而进行战争。这种部落战争在史诗中得到反映，出现了大批财产争夺型英雄史诗。这是我国英雄史诗繁荣发展的时代。但我国英雄史诗的发展尚未结束，像欧洲中世纪的法、德、英、俄等国史诗一样，到封建混战时期，在古老史诗的情节框架上，形成了长篇英雄史诗《格萨尔》《江格尔》《玛纳斯》，中国史诗进入了第二次大发展阶段，它们反映了封建割据时代的汗国之间的战争。

总之，我国英雄史诗经过了野蛮期中级阶段、野蛮期高级阶段和封建割据时期三大产生和发展阶段。

中国各民族史诗与印欧史诗有重大区别。希腊史诗和印度史诗，早在公元前后以文字记录并定型，数百年来没有被艺人演唱，被人们忘记。但是，蒙古—突厥史诗是活态史诗，至今还在流传和艺人演唱。在活态史诗中，有不同时代、不同内容、不同类型和不同形态的史诗同时并存的现象。这种现象有利于分析和研究史诗的产生和发展规律。研究欧洲史诗和印度史诗缺乏活的材料，不能了解到史诗的演唱和背诵活动，难以说明它们的产生和发展规律。因此，近一百年以来，西方国家的学者对我国活态英雄史诗及其演唱艺人产生了极大的兴趣。他们把这项研究看作解开希腊史诗及中世纪欧洲史诗之谜的钥匙，从中进一步探讨人类早期文化产生和发展的规律。这就是我国活态史诗的科学价值。

我国三大史诗的情节结构与印欧史诗不同，在荷马史诗《伊利亚特》中，以希腊的阿凯亚人与小亚细亚的特洛伊人之间的征战为一条红线贯穿了整个史诗的各个章节。但是我国三大史诗缺乏从头到尾贯穿各篇各章的基本情节，三大史诗各个都有数十个章节，有少数章节在情节上有连贯性，但多数章节都有独立性，没有相互联系，只以正面英雄人物形象联结在一起，成为整体史诗的基础。

总之，我国英雄史诗极其丰富，南方和北方的十多个民族都有英雄史诗，其中有原始社会产生的史诗，也有封建时代形成的史诗；有几百诗行所组成的短小史诗，也有几千至上万诗行的史诗，还有规模宏伟、篇幅浩瀚的三大史诗。这些史诗的内容丰富，具有重大的思想意义、生动的艺术形象和不朽的艺术魅力。

论蒙古族英雄史诗

一 蒙古族英雄史诗的分布

蒙古英雄史诗产生于氏族社会，其时蒙古民族尚未形成，各个蒙古部落聚居于南西伯利亚和中央亚细亚毗邻地域。后来随着蒙古汗国的建立和扩张以及民族大迁徙，蒙古部落分布在欧亚大陆，他们的英雄史诗也在新的居住地域流传和发展。因此，现今在中国、蒙古国和俄罗斯三国境内的各蒙古语族民众中普遍流传着英雄史诗，都属于同源异流作品。在蒙古语族人民的英雄史诗中，除举世闻名的长篇史诗《江格尔》和《格斯尔》外，其他中小型英雄史诗及异文已记录的达550部以上。具体来讲，笔者在《蒙古英雄史诗源流》[①] 中，列举了我国蒙古族64部史诗的113种异文（其中包括国外异文十多种）；据娜仁托娅统计，在蒙古国境内记录的中小型史诗有80部，241种异文（第33—273异文）；[②] 俄罗斯境内布里亚特蒙古人的史诗也极其丰富，据说巴拉达也夫一个人就记录了100多部史诗及异文，[③] 现已被纳入研究领域的布里亚特史诗有200多种。此外，在中国、蒙古国和俄罗斯境内的卡尔梅克蒙古人所记录的《江格尔》由200多部相对独立的长诗所组成，而且每部长诗都像一部中小型英雄史诗，全诗长达20多万诗行。蒙古文《格斯尔》有十多种手抄本、木刻本和口头唱

---

① 仁钦道尔吉：《蒙古英雄史诗源流》，内蒙古大学出版社2001年版。

② ［蒙古］娜仁托娅：《蒙古史诗统计》，见《民间文学研究》第18卷，乌兰巴托：科学院出版社1988年版，第70—154页。

③ 见［苏］谢·尤·涅克留多夫《蒙古人民的英雄史诗》，徐昌汉等译，内蒙古大学出版社1991年版，第19页。

本，有散文体和韵文体，其中有的韵文体异文超过10万诗行。

外国学者过去对中国以外的蒙古英雄史诗进行了较深入的研究。他们把布里亚特、卡尔梅克以及蒙古国的喀尔喀和西蒙古卫拉特称为蒙古英雄史诗分布的四大中心。笔者曾于《论巴尔虎英雄史诗的产生、发展和演变》[①] 一文中提出中国蒙古族英雄史诗分布有三大中心，即内蒙古呼伦贝尔盟巴尔虎至鄂尔多斯等部族中心，哲里木盟扎鲁特—科尔沁部族中心和新疆、青海一带的卫拉特部族中心。外国学者承认并常常引用笔者有关中国蒙古族英雄史诗三大中心的论断。这样就可以说，目前世界上存在着蒙古英雄史诗分布的七大中心。

根据各蒙古部落的迁徙史和上述七个中心的史诗特征，我们可以把整个蒙古英雄史诗归纳为三大体系。

一是布里亚特体系的英雄史诗。它包括贝加尔湖周围居住的布里亚特人的史诗、蒙古国境内布里亚特人的史诗以及我国呼伦贝尔盟布里亚特人的史诗。

贝加尔湖周围布里亚特人的史诗非常丰富，研究者也比较多。从20世纪初扎木察拉诺开始研究，随后阿·乌兰诺夫、尼·沙尔克什诺娃等学者先后发表过一批研究布里亚特史诗的专著。他们根据史诗发展阶段和地域特征，把布里亚特英雄史诗分为埃和里特—布拉嘎特史诗、翁戈史诗和霍里布里亚特史诗。已经被记录的布里亚特史诗有数百部，其中发表的有60部以上。除《格斯尔》外，史诗《叶仁赛》《阿拉木吉莫尔根》《艾杜莱莫尔根》《哈奥希尔胡本》《奥希尔博克多》《胡荣阿尔泰》《布赫哈尔胡本》等也都有较大的影响。

二是卫拉特体系的英雄史诗。其中除了我国新疆、青海和甘肃卫拉特人的史诗外，还包括俄罗斯的伏尔加河下游居住的卡尔梅克人的史诗和蒙古国西部各省卫拉特人的史诗。在卡尔梅克人中主要流传的史诗是《江格尔》。19世纪初卡尔梅克人最早记录了这部英雄史诗的一些篇章，至今已搜集出版的有26部长诗，长达3万诗行。在蒙古西部卫拉特人中发现的英雄史诗中，除了《江格尔》和《格斯尔》的一些异文外，据统计卫拉

---

① 见《文学遗产》1981年第1期。

特其他史诗还有：巴亦特、杜尔伯特史诗 17 部 30 种异文，乌梁海、土尔扈特史诗 16 部 26 种异文。[①] 在西蒙古卫拉特史诗中有与我国卫拉特史诗同名的作品《那仁汗胡布恩》《汗哈冉贵》《汗青格勒》《鄂格勒莫尔根》《珠拉阿拉达尔汗》《乌延孟根哈达逊》《塔林哈尔宝东》《额真乌兰宝东》《汗色尔宝东》《永不死的乌伦替布》等。此外，还有著名的史诗《嘎拉珠哈尔库克勒》《阿尔嘎勒查干鄂布根》《布金达瓦汗》《和楚勃尔赫》《胡德尔蒙根特布恩》《胡尔勒阿拉坦杜希》等。蒙古学家符拉基米尔佐夫曾在 20 世纪 20 年代搜集出版了巴亦特英雄史诗《宝玛额尔德尼》《岱尼库尔勒》《沙尔宝东》《鄂尔格勒·图尔格勒》《鄂格勒莫尔根》《汗青格勒》《盔腾库克·铁木耳哲勃》，并且进行了介绍和研究。

三是喀尔喀—巴尔虎体系的英雄史诗。其中包括喀尔喀、巴尔虎、扎鲁特—科尔沁三大中心的英雄史诗。巴尔虎史诗的分支察哈尔、阿巴嘎、乌拉特、鄂尔多斯等地的史诗也属此系统。据一些研究者说，在青海除了卫拉特体系的史诗《汗青格勒》等，还有巴尔虎体系的史诗《三岁的古纳罕乌兰巴托尔》等作品。

在喀尔喀人中，除了有《江格尔》《格斯尔》《汗哈冉贵》的一些异文外，还发现了其他 177 部史诗[②]，其中有《阿贵乌兰汗》《阿拉坦孙本夫》《阿拉坦嘎鲁诺谚夫》《三岁的古南乌兰巴托尔》《吉勃尔米吉德汗的儿子珠盖米吉德》《扎纳扎鲁岱》《一百五十五岁的劳莫尔根老可汗》《好汉仁沁莫尔根》《希林嘎拉珠巴托尔》《好汉鄂格勒莫尔根》，等等。我国巴尔虎和其他部族史诗的数量超过 120 部。巴尔虎和喀尔喀有不少共同的英雄史诗，它们不仅名称相同，而且内容相似，它们都是同源异流作品。

在蒙古史诗的七个中心里，所发现的史诗远远超过 550 部，它们除有地区特征和部族特征外，还有一种渊源上的共性。一方面，在决定史诗的核心因素，如题材、主题、人物、情节、结构、母题和艺术手法等方面，许多史诗都有一定的共性。另一方面，从整体类型看，除特殊类型的家庭

① ［蒙古］娜仁托娅：《蒙古史诗统计》，见《民间文学研究》第 18 卷，乌兰巴托：科学院出版社 1988 年版，第 70—154 页。

② ［蒙古］娜仁托娅：《蒙古史诗统计》，见《民间文学研究》第 18 卷，第 70—154 页。

斗争型史诗外，其他蒙古英雄史诗分为三大类型，其中的单篇型史诗和串连复合型史诗两大类型均在七个中心里普遍存在。目前分别居住在外贝加尔和伊尔库茨克一带的布里亚特人、伏尔加河西岸的卡尔梅克人，居住在我国呼伦贝尔的巴尔虎人、哲里木的扎鲁特人、新疆一带的卫拉特人和居住在蒙古国的喀尔喀人、西蒙古卫拉特人，虽然彼此相隔数千公里，在过去数百年中也很少联系，但他们的民间史诗都普遍存在着极其重要的共同特点，这是无法用“影响说”来作解释的。这恰好证明整个蒙古英雄史诗存在共同的起源。我们知道，研究斯拉夫史诗的学者们，把在各个斯拉夫民族史诗中所共有的因素都看作斯拉夫人共同的创作。因为，那些共同的因素，恰恰是产生于斯拉夫各民族形成以前各个斯拉夫部落在一起居住的时期。同样，我们也认为蒙古英雄史诗产生于蒙古民族形成以前的历史阶段。现有各蒙古史诗中心里的英雄史诗都有同一渊源，它们都是在同一时期的共同地域产生，并得到初步发展的。

据历史记载，蒙古民族形成以前，在 11—12 世纪，许多蒙古部落聚居在南西伯利亚和中央亚细亚。例如当时卫拉特各部落生活在贝加尔湖西部安加拉河一带的八河流域。巴尔虎部落居住在贝加尔湖以东巴尔古津地区。各布里亚特部落基本上生活在贝加尔湖周围。蒙古国的喀尔喀人是后来形成的一种地域性共同体。据《蒙古秘史》和拉施特《史集》描述，当时的各蒙古部落分为森林部落和草原部落。虽然由于生活方式的差别，森林部落以狩猎为主，草原部落以放牧为主，但仍然还有难以避免的、较多的交叉现象。现有蒙古史诗的七个中心和三大体系也恰恰来源于森林和森林边缘地带。根据这些情况，我们认为 11—12 世纪的森林部落居住区及其相毗邻的草原部落居住区是一个相当辽阔的“史诗带”。在这个“史诗带”里，许多部落的聚居区无疑都是史诗的发生点或中心。因而在各个中心几乎都会出现蒙古英雄史诗的雏形，它们相互影响，逐渐发展成为初期英雄史诗。在那时单篇型史诗和串连复合型史诗两大类型的史诗已初具规模，只是尚未进一步发展成为大型英雄史诗。布里亚特人没有远离家乡，他们的英雄史诗继续在原地区获得进一步发展，增加了不少新的内容和形式。在《格斯尔》的影响下，出现了长达几万诗行的民族英雄史诗。大约从 13 世纪成吉思汗时代起，卫拉特各部落南迁，15 世纪左右他们到阿尔泰山一带去游牧，和土尔扈特、和硕特、杜尔伯特等部落一起建立四卫拉特联盟。卫拉特英雄史诗的共性就形成于15世纪早期“四卫拉特联盟”的建立至17世纪初土尔扈特部首领和鄂尔勒克西迁以前。当时，不但单篇型史诗和串连复合型史诗得到进一步发展，而且，在这两种类型史诗的基础上，又出现了蒙古英雄史诗新的第三种类型，即并列复合型英雄史诗《江格尔》。巴尔虎部落是13世纪以后向东游牧，经过多次迁徙，终于在18世纪30年代脱离喀尔喀人，到了现在居住的呼伦贝尔。这一体系的史诗共性，可能就发生在喀尔喀、巴尔虎和扎鲁特各部族人民密切联系的时期。现有巴尔虎—喀尔喀体系的英雄史诗同它们13世纪以前的面貌相比，很可能已经发生了一些变化。但同卫拉特体系的史诗相比，它们的发展、变化并不大，多数史诗仍呈现为短篇形式，最长的也有2000诗行左右。尽管如此，这些作品仍然是完整的作品，而不是像有人所说的那样，只是原有的长篇史诗被遗忘之后留下来的残缺部分。

为了便于说明整个蒙古英雄史诗的发展过程，我们以图的形式表示，如图1所示。

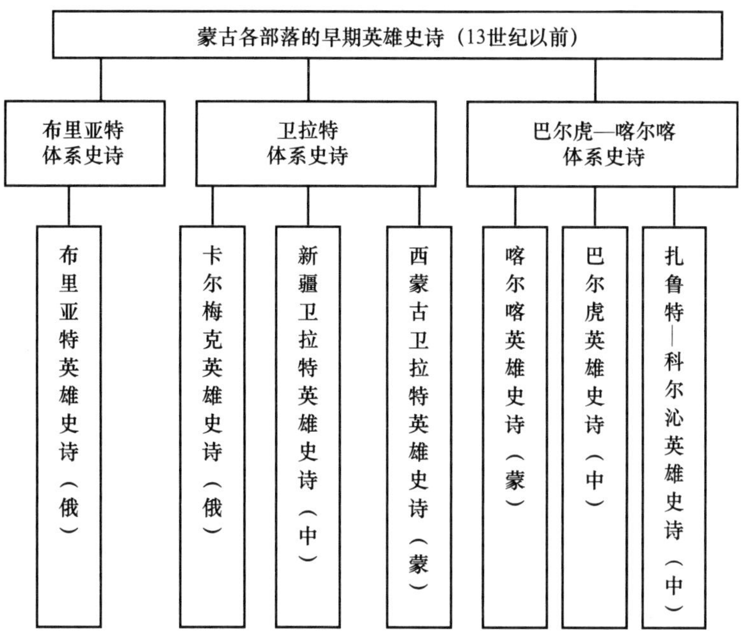

图1　蒙古各部落的早期英雄史诗（13世纪以前）

二　蒙古族英雄史诗的部族特征

各地区、各部族、各国的蒙古英雄史诗都有共同的起源和相似的发展规律，它们都是在早期英雄史诗的基础和传统上，以其题材、情节、人物和叙事艺术为核心和模式向前发展的。但是，蒙古族人分布在中、蒙、俄三国的广大草原和森林地带，他们数百年间很少来往，信息闭塞。因此，各部族的生活条件和史诗发展不平衡，出现了蒙古史诗的地域特征和部族特征。其中，喀尔喀—巴尔虎体系的英雄史诗在情节结构上保留着早期英雄史诗的特征。当然，它也得到相当的发展和流变，但到了一定的阶段上处于停顿状态之中，没有像卫拉特史诗那样向前发展。这一体系史诗的故事情节简单，一般是直线式发展，没有多少曲折的发展过程。其结构严密，通常基本情节由一二十个主要母题所组成；篇幅不长，多数是长达数百诗行，最长的也就两千诗行左右。其主人公往往是单枪匹马出场，或者只有一两个亲弟兄或一位助手；敌人是一个具有神话色彩的多头蟒古思，勇士与它进行一对一的较量。巴尔虎史诗和喀尔喀史诗可以成为蒙古英雄史诗早期发展时期的重要依据和珍贵资料。而卫拉特体系的史诗则进入了较高的发展阶段，其内容和形式都有了很大变化。卫拉特史诗的情节复杂曲折，除了基本情节外，还有各种派生情节和插曲。鲍·雅·符拉基米尔佐夫院士早已指出，卫拉特史诗“情节极为复杂，因为史诗叙述英雄的大半生，常常从出生开始，然后把他们引向其他领域和汗国，到外界经受考验，去克服各种艰险，让他们对付所遇的各种人……有时会遇到超自然的神奇的恶势力，或者在主要情节中插进去一些辅助的母题，并把他们描写得相当细腻”①。随着史诗情节的复杂化，卫拉特史诗的结构也比巴尔虎史诗复杂。巴尔虎史诗一般由一个母题系列（征战型母题系列或婚事型母题系列）或两个母题系列（婚事型母题系列加征战型母题系列，或者两种征战型母题系列）所构成。在卫拉特也有这种由一个或两个母题系列所组成

① ［苏］鲍·雅·符拉基米尔佐夫：《蒙古—卫拉特英雄史诗》序，彼得堡—莫斯科：国家出版社 1923 年版。

的史诗，但其中有多种插曲。在巴尔虎没有发现家庭斗争型史诗（或“淫荡的妹妹”型故事），可是在卫拉特人中有一批这类晚期产生的史诗，它们取材于民间生活故事。此外，还有一批卫拉特史诗是由多种母题系列所组成的。不仅如此，卫拉特史诗的结构十分严密，每一部分之间都有内在的逻辑联系，使整部史诗成为一个有机的整体。长篇史诗《江格尔》的结构方式更为突出，它丰富和发展了蒙古英雄史诗的情节结构，使之成为并列复合型情节结构的史诗。并列复合型史诗《江格尔》的形成，标志着蒙古英雄史诗的第三个发展时期，这也就是最后一个发展阶段的到来。

有的卫拉特史诗只有一位勇士，有时一个勇士带一两个兄弟或安达（结拜兄弟）出场。在一批史诗中通过一代又一代人的斗争才最终战胜同一个顽敌；也有两三代英雄与不同的几个敌人进行多次征战的情况。在《骑银合马的珠拉阿拉达尔汗》《汗哈冉贵》等史诗中描述了较大的军事冲突。当然，在长篇巨著《江格尔》中出现了许多汗国之间的大规模的战争，形象地反映了封建割据时期蒙古社会的军事斗争。因为情节复杂、人物众多，卫拉特史诗的篇幅比喀尔喀—巴尔虎史诗长，产生了一批长达四五千诗行的史诗。更值得指出的是《江格尔》由200多部长诗所组成，全诗长达20多万诗行。它被誉为中国三大史诗之一，可以同世界四大史诗古希腊的《伊利亚特》和《奥德赛》、印度的《罗摩衍那》和《摩诃婆罗多》相媲美。

卫拉特地区有素质很高的史诗演唱艺人陶兀里奇和江格尔奇，他们都是有名望的艺术家。陶兀里奇和江格尔奇不仅仅保存、传播和演唱英雄史诗，而且还补充、丰富了史诗情节，也会创作新史诗。因此，卫拉特史诗有了更进一步发展，达到了蒙古英雄史诗的高峰。符拉基米尔佐夫在同一本书中，针对卫拉特陶兀里奇说：“在蒙古一些部落中有专门背诵英雄史诗的陶兀里奇，因此，有的地区的史诗作品，不仅迄今还完整地存在着，而且继续发展着，旧史诗被更替，新史诗还在产生。”① 他接着又指出，卫拉特陶兀里奇是一种特殊的“职业”歌手，他们有高度的文化素养，了解本民族的历史和文化，经过一定的演唱训练，并得到有名望的老艺人和听

---

① ［苏］鲍·雅·符拉基米尔佐夫：《蒙古—卫拉特英雄史诗》序，彼得堡—莫斯科：国家出版社1923年版。

众的承认和选拔，才能成为陶兀里奇。卫拉特陶兀里奇演唱的史诗与其他地区的史诗不同，是一种“文学”加工的作品，其结构严谨和谐，优美雅致，比起其他地区的史诗又向前发展了一步。

同喀尔喀—巴尔虎体系史诗和卫拉特体系史诗相比较，布里亚特体系的英雄史诗处于二者之间的发展形态之中。布里亚特史诗有200多部，缺少《江格尔》那种长达20多万诗行的并列复合型史诗，但它有上万诗行的史诗《叶仁赛》和不少数千诗行的史诗。还有几种不同版本的《阿拜格斯尔》，其中有的长达3万诗行。布里亚特人把史诗叫作“乌里格尔”，在内蒙古许多部族中也有这种说法。布里亚特地区出现了不少著名的乌里格尔奇（史诗演唱艺人），有的人兼有萨满与乌里格尔奇双重身份。因此，布里亚特史诗的萨满教色彩浓厚，较多地保存着古老因素和原始宗教习俗。值得特别注意的一种倾向是，布里亚特人早已有传统的史诗《奥希尔博克多胡本》和《胡荣阿尔泰胡本》，这两部是反映狩猎时代生活的古老英雄史诗。但是，康熙五十五年（1716）出版的北京木刻版《格斯尔传》在布里亚特地区广泛流布，它的影响超过布里亚特传统的史诗，在格斯尔可汗被神化和偶像化之后，有的艺人把散文体《格斯尔传》改写成为诗体作品传播。同时，有的乌里格尔奇把奥希尔博克多当作格斯尔可汗的长子，把胡荣阿尔泰说成其次子，便将这两部史诗接在韵文体《格斯尔传》后头，这样出现了伊莫格诺夫·曼舒特唱本三部曲《阿拜格斯尔》（22044诗行）。除了把上述两位勇士说成格斯尔的儿子，格斯尔让他们求婚远征，史诗结束时格斯尔上天成佛等先后连接的一段话外，上述两部史诗与《格斯尔传》实际上没有多少联系，迄今还是称为独立的史诗。我们国内发现的布里亚特史诗近10部，其中存在着复杂的状况。因为，布里亚特人、鄂温克人和达斡尔人共同居住于同一个鄂温克旗内，鄂温克旗与巴尔虎地区相邻，他们的关系密切，所以，布里亚特人演唱自己的史诗之外，有的鄂温克人也演唱了几部布里亚特史诗。布里亚特史诗一方面与巴尔虎史诗有一定的联系，另一方面都保留着布里亚特史诗的特征。布里亚特史诗中有单篇型史诗、串连复合型史诗和家庭斗争型史诗。和巴尔虎史诗相比较，它们的内容复杂，情节曲折，有许多插曲，同时增加了许多民间传说的故事情节和母题。诸如，史诗勇士常常遇难，保护勇士的是其坐骑、猎狗和猎鹰，他们请勇士的未婚妻或仙女来，使他死而复生。布里亚特史诗中还有许多民间故事的情节和母题。诸如，天鹅姑娘型的故事情节、大鹏偷盗金银马驹型的故事情节、凤凰与蛇型的故事情节、动物感恩母题、地下深洞寻人传说、勇士被害掉进陷阱情节和女扮男装争夺美人情节。这一切都是在卫拉特史诗和许多部族的英雄故事中常见的现象。还有一种在中国蒙古族史诗中罕见的情节，这就是女佣冒充公主嫁给勇士而受惩罚的故事情节。这可能是在其他民族民间故事的影响下出现的。

此外，在同一个喀尔喀—巴尔虎体系的史诗中也存在一些地域和部族的特征。如在扎鲁特史诗中有近代好来宝、蟒古思故事和本子故事影响。乌拉特史诗中存在着不少受佛教影响、汉族影响和关于近代社会的内容。

三 蒙古族英雄史诗的类型分类

蒙古英雄史诗是活态史诗，最初产生于原始氏族社会，至今 550 多部史诗及其异文流传在各国蒙古语族民众中。原始英雄史诗不可能原封不动地口头流传到今天，它们在 1000 多年来的口传过程中，不断地得到发展与变异。一方面主要的核心部分逐步向前发展，在这古老传统的基础上，新的因素和新的史诗不断产生。另一方面，次要的或过时的因素自然退出历史舞台，一些古老史诗被人们遗忘。在这种活态英雄史诗中存在着不同时代、不同内容、不同类型、不同形态的史诗同时并存的特殊现象。这种现象展现了蒙古英雄史诗的总体发展过程，在一定程度上保存着各个发展阶段的特征。

英雄史诗这一种体裁很特殊，在整个蒙古英雄史诗各部作品的情节结构中都存在着许多相似的共同的因素。蒙古学家瓦·海希西、尼·波佩等学者以母题为单元分析了蒙古英雄史诗的情节结构类型。值得特别指出的是，瓦·海希西教授建立了蒙古英雄史诗结构和母题分类体系。他对在中、蒙、俄三国境内搜集到的上百部蒙古英雄史诗进行详细的分析、综合，把蒙古英雄史诗的结构类型归纳为 14 个大类、300 多个母题和事项。除以母题为单元外，笔者曾采用一种比母题大的情节单元，即以史诗母题系列（早期英雄史诗的情节框架）为单元，分析蒙古英雄史诗的情节结构类型的发展。

那么，什么是“英雄史诗母题系列”呢？蒙古英雄史诗一般由抒情性序诗和叙事性故事两部分组成。各类史诗的序诗都不太长，它们有共同的模式和母题。史诗的主体是叙事部分，其中除有作为史诗框架的基本情节外，还有各种派生情节和插曲。派生情节和插曲是史诗里晚期产生的因素，它们像民间故事一样复杂。基本情节是史诗的栋梁，蒙古史诗的古老传统情节及其周期性和规律性体现在其中。笔者曾对国内外蒙古英雄史诗进行比较分析，发现了在基本情节中除有作为英雄史诗的最小情节单元母题外，还普遍存在着一种比母题大的周期性的情节单元。笔者把这种情节单元叫作“英雄史诗母题系列”，并根据内容将其分为婚姻型母题系列和征战型母题系列。两种英雄史诗母题系列有各自的结构模式，都有一批固定的基本母题，而且那些母题都有着有机联系和排列顺序。归根结底，这两种母题系列来自早期英雄史诗。蒙古早期英雄史诗有两种类型，一是勇士远征求婚型史诗，二是勇士与恶魔斗争的史诗。

在前一部分中，我们阐述了这两种早期英雄史诗，分析了它们的基本情节框架，并展示了由它们的情节框架所组成的史诗母题系列。蒙古英雄史诗的传统题材分为婚事斗争和征战两大类。勇士远征求婚型史诗属于婚事型史诗，它的基本情节框架由婚事型母题系列（字母 A 为符号）所组成，它分为抢婚型史诗（基本情节框架为 A_1）和考验婚型史诗（基本情节框架为 A_2）。勇士与恶魔斗争型史诗属于征战型史诗，其基本情节框架由征战型母题系列（字母 B 为符号）所构成。它也有两种类型，一是迎敌作战式史诗（基本情节框架为 B_1），二是失而复得式史诗（基本情节框架为 B_2）。这四种早期史诗都描绘了勇士的一次英勇斗争，它们的情节框架只由一种史诗母题系列所组成，故称其为单篇型史诗。

早期单篇型史诗的情节简单，但它有一个较完整的小故事情节，其基本情节框架成为一种固定的史诗母题系列，这种母题系列由一批基本母题所组成，而且各个母题都有一定的排列顺序。当然，在不同的史诗母题系列中，母题的数量和相应的母题的内容有一定的出入，但多数母题是不可缺少的，因为它们是史诗框架的栋梁。

早期单篇英雄史诗是在整个蒙古史诗中最初的、最简单的、最基本的史诗类型。蒙古英雄史诗是以它为基础、以它为单元向前发展的，它像一条红线始终贯穿着整个蒙古英雄史诗的发展过程。对史诗内容的发展、情节结构的发展和人物形象的发展来说都是如此。蒙古口传史诗，在形式方面，从小到大、从简单到复杂、从单一情节到两个或两个以上的情节（即从单篇型史诗到复合型史诗）、从一部史诗文本到它的多种异文、从少量作品到数百部作品，都是以早期史诗为基础逐渐充实和发展的。史诗的内容，也随着时间的远近、社会性质和阶级关系的变化以及演唱者思想观点和文化素质的不同而发生变化。其中神话色彩越来越少，具体的现实成分越来越多；古老的早已过时的事物和现象，逐渐被人们遗忘，后期各个时代的新东西不断地增加，这样由前阶级社会到封建时代的各种事物和现象在蒙古英雄史诗中得到了不同程度的反映。

为什么说，整个蒙古英雄史诗是以早期史诗为基础，以它为核心、以它为单元向前发展的呢？史诗的形成和发展有社会历史根源并受史诗本身的发展需求影响。随着社会生产力的发展，私有制得到了进一步发展，同时产生了阶级分化现象。部落首领和奴隶主们为了掠夺财产和俘获奴隶，在社会上普遍发动了连绵不断的部落战争。我们不清楚从什么时候开始蒙古社会进入这种“英雄时代”，但我们知道直到11—12世纪蒙古社会上还继续存在着部落战争。当时的社会状况正如在13世纪上半叶成书的历史文学名著《蒙古秘史》所记载：

星天旋转，
诸国争战，
连上床铺睡觉的工夫也没有，
互相掠夺、掳掠。
世界翻转，
诸国攻伐，
连进被窝睡觉的工夫也没有，
互相争夺、杀伐。

在这种尖锐复杂的社会形势下，勇士们参加的当然不只是一次的战斗。正像串连复合型史诗所描写的那样：或者乘勇士离开家乡到远方娶妻的机会，或者利用他离家去同敌人打仗和围猎之机，其他敌人去破坏勇士的家乡，赶走他的牲畜，俘获他父母和百姓去做奴隶的现象时有发生。勇士取得一次胜利返回家乡后也不能不再次去追击敌人。史诗是社会现实的曲折反映。这种新的社会生活在史诗里面必然有所反映，但是原有的单篇史诗形式无法容纳，人们不得不去寻找创作新的史诗形式的道路。这样他们便动用原有的两种单篇史诗的材料，即利用婚事型母题系列和征战型母题系列，并以前后衔接的方式串连两个或两个以上的史诗母题系列为核心创作了串连复合型史诗。这种串连复合型史诗有两种基本形式，第一种是婚事型母题系列加征战型母题系列为核心构成的串连复合型史诗，它的上半部分是考验婚型史诗母题系列所组成，下半部分是财产争夺型史诗母题系列（A_2+B_2）。当然，把两种母题系列衔接的时候，不能不做一些加工。第二种则由两个不同的征战型母题系列为核心形成，这也就是说，第二种类型的串连复合型英雄史诗是以迎敌作战式史诗母题系列和失而复得式史诗母题系列为核心形成的（B_1+B_2）。除了这两种基本形式外，也有由它们延伸的以两个以上史诗母题系列为核心产生的史诗。当然，在串连复合型史诗中普遍存在的是以婚事型母题系列加征战型母题系列为核心构成的史诗形式（A_2+B_2），其他形式的史诗不普遍，但卫拉特有不少多种母题系列所组成的史诗。

我们知道，长篇英雄史诗《江格尔》被称为并列复合型史诗或并列复合型情节结构的英雄史诗。这种史诗的情节结构与希腊史诗和印度史诗不同。其情节结构分为总体结构和各个诗篇（或章节）的结构两种。总体情节结构是在情节上独立的200多部长诗的并列复合体，故称作并列复合型史诗。它的各个诗篇的基本情节被归纳为四大类型（A，B，A_2+B_2，B_1+B_2）。这四大类型与前述类型相一致，即单篇型史诗的两种类型（A，B）加上串连复合型史诗的两种类型（A_2+B_2，B_1+B_2）。

以上几种串连复合型史诗的基本情节是以早期史诗的母题系列（婚事型母题系列和征战型母题系列）为单元，几种母题系列组合而成并加以拓展的，它们的形成和发展都有一定的规律性。此外，还有一种较晚出现的特殊类型的英雄史诗。根据其内容可称作反映家庭斗争的英雄史诗，我们称为“家庭斗争型史诗”。这种史诗来源于民间故事，是一种民间生活故事与英雄史诗的混合体，有些学者称其为“淫荡的妹妹”型故事或“淫荡的母亲”型故事。此类民间故事在各地蒙古族故事中都不难找到，但有些已经变成韵文体，被人们叫作英雄史诗。因此，我们也将其视为英雄史诗。这种由民间故事演变而来的家庭斗争型史诗，不全是由史诗母题系列所组成的，它有独特的情节结构。它描述了勇士（主人公）的后母（或妹妹、妻子等，下同）心怀叵测。其人勾结勇士的敌人，躺倒装病，施展借刀杀人之计，以治病为名先后三次派勇士远征，同凶禽猛兽搏斗，或者杀死蟒古思、凤凰、蟒蛇，取来它们的舌头、尾巴和鲜蛋做药治病。但是，她们的阴谋未能得逞，勇士不但没有被害死，反而带着后母所需要的东西归来。这时后母给勇士服毒，或者采用其他措施将勇士杀害，然后带着牲畜和财产跟敌人一道逃到远处生活。最后，勇士的坐骑、猎狗和猎鹰保护勇士的骨肉，并请来仙女使勇士死而复生，随即向敌人复仇，惩治了后母。这种史诗的主要部分是“淫荡的妹妹”型故事的情节（字母符号为 C），同时，它还继承和借用了考验婚型史诗的部分情节（可以说是 A_2 的二分之一）。

论呼伦贝尔巴尔虎英雄史诗*

20 世纪五六十年代以来，人们先后搜集出版了数十部巴尔虎英雄史诗，但巴尔虎史诗尚未搜集全。近年来又出版了几部史诗集，即朋斯克旺吉拉整理的《新巴尔虎左旗英雄史诗集成》（2017）和彭苏格旺吉乐主编的《呼伦贝尔巴尔虎布里亚特英雄史诗》（2009）等书。

我国巴尔虎人居住于陈巴尔虎旗、新巴尔虎右旗和新巴尔虎左旗。《布里亚特蒙古历史》中说，在八河流域居住着卫拉特部，在巴尔古津托库木有豁里、巴尔忽惕、秃马惕、不剌合匠、克列木匠、兀良哈等部落。这说明，巴尔虎是布里亚特蒙古部族中的一个部落。现在，介绍巴尔虎部落的来源和其英雄史诗的产生及发展地域。

一 巴尔虎人的历史来源

巴尔虎是一个历史悠久的蒙古游牧部落，它的发展过程较复杂，先后多次迁移于中、蒙、俄三国境内。学者们研究其来源，如图布信尼玛的《巴尔虎部的由来》中说，公元 7 世纪的《新唐书》记载的拔野固人就是今天的巴尔虎部落。拔野固人唐代居住于兴安岭和瓮迪河一带，原来他们受突厥汗国统治，7 世纪中叶他们投降于唐朝，与突厥汗国打仗多年。兴安岭的拔野固人向西北迁移到贝加尔湖附近，与当地豁里部人相结合成为巴尔虎—布里亚特部落的核心。

蒙古国和硕柴达木地方，建于公元 732 年的“阙特勤碑”上以儒尼文

---

* 本文写作时主要参考了［苏］符·阿·库达里亚夫采夫等著《布里亚特蒙古历史》，高文德译，1976 年内部印刷品；图布信尼马《巴尔虎部的由来》（蒙古文），内蒙古文化出版社 1985 年版；额尔登格手抄本《巴尔虎部简史》。

记录了突厥汗国首领亲自参战，一直打到北方巴牙尔古（拔野固）人居住区。这说明公元732年拔野固已经迁移到贝加尔湖一带。《蒙古秘史》记载，巴尔古津托库木的主人巴尔忽台莫尔根的女儿巴尔古津高娃出嫁到豁里秃马惕那颜（官员）豁里勒台莫尔根。豁里勒台莫尔根的妻子巴尔古津高娃，在于阿里格乌孙生了女儿阿兰高娃。又说，豁里勒台莫尔根，因在豁里秃马惕地方自相制约，禁止捕猎貂鼠、灰鼠等野牲，苦恼着离开了那里，便迁来不儿罕哈勒丹山（肯特山）。在这里提到的阿兰高娃是蒙古历史上著名的“五箭训子”的阿兰高娃母亲。她是成吉思汗的祖先，从阿兰高娃到成吉思汗经过了13代人。

如果每代20年的话，从第一代到第十三代经过了260年。那么，阿兰高娃是公元10—11世纪人。当时在巴尔古津托库木和豁里秃马惕一带已经居住着布里亚特和巴尔虎人民。上述《布里亚特蒙古历史》中说，据《新唐书》记载，在贝加尔湖东岸的巴尔古津托库木居住拔野固部落，他们是11—12世纪当地居住的蒙古巴尔虎或巴尔古津部落的祖先。这说明，巴尔虎部落在11—12世纪已经居住于巴尔古津托库木地区。

《蒙古秘史》里还说，兔儿年（1207），拙赤（成吉思汗长子）率右翼军，去征伐林木中百姓，以不合为前导。斡亦剌惕（卫拉特）的忽都哈别乞率斡亦剌惕部投降。忽都哈别乞来给拙赤带路，……到达失黑失惕地方。拙赤招降了斡亦剌惕、不里牙惕（布里亚特）、巴尔浑（巴尔虎）……秃巴思，到达了乞儿吉思（吉尔吉斯）的牧地。由此可知，到1207年的时候，卫拉特、布里亚特、巴尔虎、图瓦等部落都属于林木中百姓，他们居住于贝加尔湖一带了。

此外，在额尔登格的《巴尔虎部简史》里说，巴尔虎部落从贝加尔湖向东迁移到黑龙江下游兴安岭一带。在康熙三十一年（1692）当地发生战争时，巴尔虎部落分为三个部分，其中一部分投降了满洲人，曾到过齐齐哈尔、沈阳一带。后来他们西迁到察哈尔部落处，又从那里向北到喀尔喀车臣汗部居住一段时间，还向东迁到齐齐哈尔以东。雍正十年（1732）清政府把他们调到呼伦贝尔边疆地带。他们先到呼伦贝尔，被称为陈巴尔虎人。另一部分西迁到喀尔喀车臣汗部居住较长时间。后来于雍正十二年（1734）清政府将他们又调到呼伦贝尔边疆地区，因他们后到呼伦贝尔，被叫作新巴尔虎人。第三部分人向北回到贝加尔湖地区。据记载，1897 年呼伦贝尔的陈巴尔虎人有 4478 人，其中男 2163 人、女 2315 人。在新巴尔虎八旗共有 2024 户，有 11697 人，其中男 4653 人、女 7044 人。

总之，公元 8 世纪（732）拔野固人已经到贝加尔湖一带，并与突厥汗国打仗，在那里居住近 1000 年之后，约于 17 世纪上半叶拔野固人离开巴尔古津托库木和豁里秃马惕，到喀尔喀车臣汗部，其中一部分人（新巴尔虎人）在那里居住了 100 多年。另一部分人（陈巴尔虎人）在车臣汗部住了一段时间后，向东迁移到齐齐哈尔以东地区。这两部分巴尔虎人自 18 世纪上半叶到了呼伦贝尔地区定居，从事游牧生活。

二　巴尔虎英雄史诗的搜集和整理

内蒙古歌舞团演员甘朱尔扎布记录并于 1956 年出版的民间文学集《英雄古纳罕》当时影响很大，其中有：

（1）《古纳罕乌兰巴托尔》；

（2）《汗特古斯的儿子喜热图莫尔根汗》，缺演唱者。

1962 年 6—8 月，中国科学院文学研究所仁钦道尔吉、祁连休二人下乡到陈巴尔虎旗和新巴尔虎右旗进行民间文学调查，记录了 23 种史诗及其异文：

（1）《阿拉坦嘎鲁诺颜》，陈巴尔虎旗乌尔根毕力格演唱；

（2）《阿贵乌兰汗》，陈巴尔虎旗达木丁苏伦演唱；

（3）《阿贵乌兰汗的儿子阿拉坦嘎鲁诺颜》，陈巴尔虎旗呼和勒演唱；

（4）《阿拉坦嘎鲁汗》，陈巴尔虎旗巴尔嘎布演唱；

（5）《阿贵乌兰汗》，新巴尔虎右旗罕达演唱；

（6）《十三岁阿布拉尔图博克多汗》，陈巴尔虎旗潘布伦演唱；

（7）《乌孙扎里布汗》，新巴尔虎右旗克鲁伦牧场人图布代演唱；

(8)《十三岁的阿布拉尔图博克多汗》，新巴尔虎右旗克鲁伦牧场人宝吉格演唱；

(9)《陶干希尔门汗》，新巴尔虎右旗达来公社罕达演唱；

(10)《希林嘎拉朱巴托尔》，陈巴尔虎旗潘布伦演唱；

(11)《希林嘎拉朱巴托尔》，新巴尔虎右旗米达克演唱；

(12)《巴彦宝力达老人》，陈巴尔虎旗扎哈塔演唱；

(13)《不会劳动的十来户人家》，新巴尔虎右旗曾都玛演唱；

(14)《巴彦宝力达老人的儿子希林嘎拉朱巴托尔》，陈巴尔虎旗道尔吉昭都巴演唱；

(15)《巴彦宝力达老人》，陈巴尔虎旗本好演唱；

(16)《宝彦图汗的属民巴彦宝力达老人》，陈巴尔虎旗宝尼演唱；

(17)《宝彦斯尔古冷》，新巴尔虎右旗图布岱演唱；

(18)《巴彦宝力达老人》，新巴尔虎右旗好尔劳（女）演唱；

(19)《巴彦宝力达老人的三个儿子》，陈巴尔虎旗达木丁苏伦演唱；

(20)《珠盖米吉达夫》，陈巴尔虎旗拉玛岱演唱；

(21)《阿拉坦曾布莫尔根夫》，新巴尔虎右旗丹金扎布演唱；

(22)《阿贵乌兰汗的儿子阿拉坦嘎》，陈巴尔虎旗宝尼演唱；

(23)《三岁的古纳罕乌兰巴托尔》，新巴尔虎右旗米达格（女）演唱。

内蒙古语言文学研究所编选出版的《蒙古族文学资料汇编》之《英雄史诗》（一）中有道荣尕记录的7部史诗：

(1)《阿格乌兰汗的儿子阿拉坦嘎鲁巴》，新巴尔虎右旗达来公社巴扎尔演唱；

(2)《十三岁的阿布拉尔图博克多汗》，新巴尔虎右旗达赉公社巴扎尔演唱；

(3)《阿吉格特努格巴托尔》，新巴尔虎右旗好尔劳演唱；

(4)《阿拉坦舒胡尔图汗》，乌审旗孟克巴图演唱；

(5)《喜热图莫尔根》，新巴尔虎右旗车日格玛（女）演唱；

(6)《三岁的古纳罕乌兰巴托尔》，新巴尔虎右旗罕达（女）演唱；

(7)《巴彦宝力达老人的三个儿子》，新巴尔虎右旗巴达玛演唱。

陶克涛胡于20世纪80年代记录出版的《勇士布扎拉岱汗》一书中有6部史诗：

(1)《希林嘎拉朱巴托尔》，新巴尔虎左旗达瓦演唱；

(2)《不会劳动的十来户人家》，新巴尔虎右旗苏格尔扎布演唱；

(3)《巴彦宝力达老人》，新巴尔虎左旗宝迪第演唱；

(4)《骑卷鬃红沙马的布扎拉岱汗》，鄂温克旗拉·云登演唱；

(5)《阿拉坦乃和胡日叶勒岱》，巴毕兹亚演唱；

(6)《岗根乌兰巴托尔》(《古纳罕乌兰巴托尔》的异文)，陈巴尔虎旗巴彦德勒格尔演唱。

中央民族大学巴图孟和记录了以下史诗：

(1)《阿尔泰孙布尔阿拜夫》，尼玛演唱；

(2)《宝尔勒岱莫尔根夫》，尼玛演唱。

道·乌兰夫记录出版的布里亚特民间故事集《阿拉坦沙盖夫》中有以下史诗：

(1)《十五岁的阿斯拉格桑汗》，鄂温克旗阿·杜格尔扎布演唱；

(2)《三岁的阿布拉尔德都博克多夫》，鄂温克旗达·扎拉桑演唱；

(3)《阿拉坦沙盖夫》(这是俄罗斯的布里亚特史诗的一种异文)，车尔吉达·车都布演唱；

(4)《哈尔勒岱莫尔根夫》，达·扎拉桑演唱。

内蒙古文化出版社出版了巴尔虎学者朋斯克旺吉拉编的三本书《萨楚来莫尔根汗》（1986）、《呼伦贝尔巴尔虎布里亚特英雄史诗》（2009）和《新巴尔虎左旗英雄史诗集成》（2017）。其中有一批新史诗和已经出版的史诗的新异文：

（1）《好汉陶道亦莫尔根》，好·迪力格叙述，朋斯克旺吉拉记录；

（2）《哈冉贵的儿子》，散文体，陈巴尔虎旗沙·呼和勒叙述，朋斯克旺吉拉记录；

（3）《阿利亚塔格森巴托尔》，新巴尔虎左旗贵·赏那道尔吉演唱，达·拉布坦记录；

（4）《特古斯嘎尔丹搏克多》，新巴尔虎左旗希·苏米雅演唱，玛·色勃勒码记录；

（5）《希林嘎拉朱巴托尔》，新巴尔虎左旗色斯楞携演唱，朋斯克旺吉拉记录；

（6）《希林嘎拉朱巴托尔》，新巴尔虎左旗米达格玛演唱，朋斯克旺吉拉记录；

（7）《巴拉丹老人的儿子们》，新巴尔虎左旗宝迪演唱，高超记录。其中希林嘎拉朱和清代官吏安本打仗，这是后来产生的情节；

（8）《阿拉坦嘎拉巴诺彦夫》，新巴尔虎左旗其其格演唱，朋斯克旺吉拉记录。

这是两次征战型英雄史诗。

此外还有巴尔虎系统的史诗如下：

（1）《希林嘎拉朱巴托尔》，散皮勒演唱，特·乌尔根记录；

（2）《刚满七岁的希林嘎拉朱巴托尔》，吉雅图演唱，巴达尔胡记录；

（3）《希林嘎拉朱巴托尔》，阿巴嘎旗拉哈木苏伦演唱，其·明安记录；

（4）《阿拉坦舒胡尔汗》，郭永明记录，陶道编；

(5)《喜热图莫尔根汗的儿子》，达兰古尔巴记录，缺演唱者。

总之，巴尔虎布里亚特英雄史诗，约有55部，占中国蒙古英雄史诗的近一半，而且，绝大多数是古老史诗，内容较完整，富有神圣性和形象性，语言有韵律节奏，引人入胜。它们是蒙古族原始艺术的结晶，在其基础上出现了各种优美动听的文学艺术作品。

俄罗斯著名学者普洛普说，史诗古老的题材包括求婚、寻找妻室以及为妻室而斗争的题材，此外，还包括与各种恶魔——其中包括与毒蛇——搏斗的题材。学术界同意这种观点，概括为勇士与恶魔斗争、勇士的婚姻斗争两种题材。巴尔虎史诗中这些类型的史诗都有，分为单篇型史诗（单一题材的史诗）和串连复合型史诗（串连两种题材的史诗）。单篇型史诗有两种，即婚姻斗争型史诗和勇士与恶魔（或敌对势力）斗争型史诗。串连复合型史诗也分为两种，其一是婚姻斗争加恶魔的斗争，其二是勇士与两种不同恶魔的斗争。

三　巴尔虎英雄史诗的起源、发展和演变

笔者曾把古老英雄史诗的发展过程分为三大体系及其七个流传中心，即布里亚特体系史诗，主要是分布于俄罗斯的布里亚特史诗，也有我国呼伦贝尔的布里亚特史诗；卫拉特体系史诗，分为三个流传中心，即俄罗斯卡尔梅克史诗、中国新疆—青海一带卫拉特史诗和蒙古国西部卫拉特史诗；喀尔喀—巴尔虎体系史诗，也分为蒙古国喀尔喀史诗和我国呼伦贝尔巴尔虎等牧区史诗，还有少量的扎鲁特—科尔沁史诗。

关于这六个蒙古部落史诗的来源问题，鲍·雅·符拉基米尔佐夫院士在《蒙古社会制度史——游牧封建主义》里说，11—12世纪的蒙古部落分为林木中百姓（或狩猎部落）和草原部落（或游牧部落）。当时林木中百姓居住于贝加尔湖岸、叶尼塞河上游和额尔齐斯河流域。草原部落居住于呼伦湖、贝尔湖到阿尔泰山西侧的辽阔草原和山脉之间。

当代蒙古史诗流传的三个中心，即新疆—青海一带的卫拉特、蒙古国西部的卫拉特和俄罗斯伏尔加河下游的卡尔梅克人都是古代卫拉特人的后

裔，属于林木中百姓。13 世纪以前，卫拉特人居住于贝加尔湖以西安加拉河一带的八河流域。从成吉思汗时代开始，他们向南迁移，15 世纪到新疆建立了四卫拉特联盟，其中有卫拉特人、土尔扈特人、杜尔伯特人与和硕特人等。可是，到 17 世纪 20 年代，和鄂尔勒克率土尔扈特部西迁到俄罗斯伏尔加河下游定居，成为卡尔梅克人。

此外，在 1757 年准噶尔汗国灭亡之前，杜尔伯特人从新疆迁移到蒙古国西部地区。由此可知，古代卫拉特人的故乡在八河流域，因此他们的英雄史诗也在原始社会产生于八河流域，而且在当地发展成为单篇型史诗和串连复合型史诗。后来卫拉特人从八河流域南迁到新疆之后，约于 15 世纪初形成了长篇英雄史诗《江格尔》。

蒙古英雄史诗的另一流传中心，即喀尔喀人，是草原部落。当突厥民族西迁到中亚和新疆之后，喀尔喀人西迁到鄂尔浑—色楞格河一带或中央亚细亚北部与林木中百姓毗邻地区。他们与林木中百姓长期密切来往，在林木中百姓英雄史诗的影响下，喀尔喀英雄史诗诞生，并初步发展。

笔者曾说扎鲁特—科尔沁是蒙古英雄史诗流传的一个中心。现在看其并非早期史诗流传中心，而是在早期史诗基础上产生的蟒古思故事《道巴拉图》和《阿斯尔查干海青》等韵文体故事的流传中心。

再看一下巴尔虎—布里亚特英雄史诗的最初产生地域。笔者曾说，从公元 8 世纪（732）“阙特勤碑”记载到 17 世纪近 1000 年中，巴尔虎人居住于巴尔古津托库木一带。上述《布里亚特蒙古历史》中也说，古代布里亚特人是在林木中以狩猎为主，游牧为辅。11—12 世纪在贝加尔湖西部和西北部以及外贝加尔湖地区居住的各部落的名称，与现有布里亚特各部落的名称相符。在八河流域居住卫拉特部，在巴尔古津托库木有豁里、巴尔忽惕、秃马惕、不剌合匠、克列木匠、兀良哈等部落。这说明，巴尔虎—布里亚特人的故乡是巴尔古津托库木和贝加尔湖一带。因此，他们的英雄史诗也是在这一地带产生。

总之，蒙古英雄史诗流传于七个中心及其他各蒙古部落都曾居住于南西伯利亚和中央亚细亚北部地区，蒙古英雄史诗也在这一地区产生。不仅蒙古英雄史诗，而且突厥英雄史诗也同样产生于这一地区，蒙古—突厥人的祖先共同居住在这一地区时产生了英雄史诗。国外一些学者认为，蒙古—突厥民众有着共同的叙事传统，他们的英雄史诗具有共性。这种传统属于蒙古人和突厥人的祖先共同居住在中央亚细亚和南西伯利亚的时代。俄罗斯著名蒙古学家谢·尤·涅克留多夫说，新石器时期，在南贝加尔湖一带已经形成独立的阿尔泰语各民族。蒙古和突厥的祖先曾居住南方，原始的通古斯人在北方。在蒙古与突厥以及通古斯—满洲之间确实存在着叙事共性。这种共性的起源应归到人类从事畜牧业之前的远古时期，即属于有关各民族的祖先生活在一起的那个时代。那时已开始出现关于英雄婚礼和与恶魔或异部落浴血奋战的古老勇士故事。目前这种英雄史诗的形成比较晚，约在通古斯部落分离之后（在他们那里从未形成过英雄史诗），那时蒙古—突厥人民的祖先已过渡到畜牧业时代。

以上考证了蒙古英雄史诗，包括巴尔虎英雄史诗最初产生的地域。可是，嘎·桑杰也夫等学者将布里亚特英雄史诗分为三大类，即埃和里特—布拉嘎特史诗、温戈史诗和豁里史诗。在布里亚特史诗中为什么没有巴尔虎史诗呢？因为，17 世纪上半叶巴尔虎人逃避俄罗斯侵略者，从故乡迁移到喀尔喀蒙古车臣汗部，其中一部分人（后来的新巴尔虎）和喀尔喀人一起生活 100 多年，后来清政府于 1734 年决定，把他们从喀尔喀车臣汗部调到呼伦贝尔边境地区。另一部分人（陈巴尔虎人）在车臣汗部居住一段时间后，向东迁移到齐齐哈尔以东之后，雍正十年（1732），清政府把他们调到呼伦贝尔边境地带。新巴尔虎人与喀尔喀人一起居住时期，他们的史诗受到喀尔喀史诗的影响，出现了喀尔喀—巴尔虎体系史诗。陈巴尔虎人到呼伦贝尔和新巴尔虎人毗邻地区居住近 255 年间，他们的英雄史诗越来越相似了。

目前，巴尔虎—喀尔喀有许多共同的史诗，如《阿贵乌兰汗》《阿贵乌兰汗的儿子阿拉坦嘎鲁》《古纳罕乌兰巴托尔》《巴彦宝力达老人》《朱盖米吉达夫》《希林嘎拉朱巴托尔》，等等。

在这些史诗中有早期史诗，也有晚期史诗。策·达木丁苏伦院士指出《希林嘎拉朱巴托尔》的内容与喀尔喀蒙古 16 世纪的阿巴岱的事迹有一定的联系。这是有可能的。阿巴岱汗的绰号叫“嘎拉朱阿巴岱”（疯狂的阿巴岱）。他曾将佛教引入蒙古，但生气时摔破了佛像。希林嘎拉朱发现恶魔俘获了其弟弟、妹妹和坐骑时，怒火冲天，冲入佛屋，咒骂和乱摔佛像，道“祭祀时是佛像，摔破时是泥土”，便摔碎了佛像。此外，勇士弟弟名叫宝迪嘎拉巴，妹妹叫宝尔玛央金，这两个人名是佛教第二次传入蒙古地方后，出现的藏语人名。《希林嘎拉朱巴托尔》在我国有近10种，据娜仁图雅说，在蒙古国有5种不同内容的22种异文。这部史诗的一种异文《阿拜黑林嘎拉朱巴托尔》，演唱者为车臣汗部巴・贡布扎布，记录者为扎木察拉诺，发表于1908年。

我们过去认为，喀尔喀—巴尔虎没有专门演唱史诗的艺人，可是，会演唱两部史诗的艺人有一些，如陈巴尔虎旗达木丁苏伦，他唱过《阿贵乌兰汗》和《巴彦宝力达老人的三个儿子》；陈巴尔虎旗潘布伦演唱过《十三岁的阿布拉尔图博克多汗》和《希林嘎拉朱巴托尔》；陈巴尔虎旗宝尼演唱过《宝彦图汗的阿拉巴图巴彦宝力达老人》和《阿贵乌兰汗的儿子阿拉坦嘎鲁》；新巴尔虎右旗托布代演唱过《乌孙扎里布汗》和《宝彦斯日古冷》；新巴尔虎右旗米达格演唱过《三岁的古纳罕乌兰巴托尔》和《希林嘎拉朱巴托尔》；新巴尔虎右旗罕达演唱过《阿贵乌兰汗》和《陶希尔门汗》外，还叙述过民间故事《满布扎拉布汗》和《好汉丹木吉嘎》，她是天才的民间艺人。这些人就是巴尔虎史诗的演唱艺人。

傣族英雄史诗

一 傣族英雄史诗的社会背景

关于英雄史诗的产生时代，学术界存在着不同的看法，尤其对傣族英雄史诗而言是众说纷纭。傣族文学专家王松说，《十二头魔王》和《粘响》等“傣族的五大诗王大概产生于十五六世纪”，这一时期是“傣族社会中封建领主制走向衰落，新的思想刚刚萌芽的重要时期。因此，这五大诗王和许多叙事长诗基本上都反映了这个时期的傣族社会”。[①] 据王松的其他一些著作看，《粘响》取材于佛教故事，它是《论傣族诗歌》的作者占巴勐编写的两部叙事诗之一。占巴勐于1615年写《论傣族诗歌》。关于《兰嘎西贺》与《罗摩衍那》的关系，岩峰认为，13世纪前后，傣族与东南亚有通商来往，还有朝佛活动，到1569年西双版纳的统治者娶了缅甸公主，来往频繁。公主引来缅甸和尚、工匠，修造佛寺。他们从缅甸、泰国带来罗摩故事，由傣族的赞哈在民间演唱。同时，罗摩故事的佛经也传入傣族地区。一位叫英达万的傣族艺人，在民间流传的罗摩故事的基础上，参照佛经中的罗摩故事，经过重新构思，创作了《兰嘎西贺》。英达万若有其人，应是14世纪末至15世纪中期人，《兰嘎西贺》成书于15世纪中期。[②] 王松还认为，《十二头魔王》的产生比《兰嘎西贺》晚，它形成于17世纪以后。可是，有一批人认为，其他几部史诗的产生较早。秦家华说，《厘俸》的产生比《相勐》早，它描写了古代部落之间的掠夺战

① 王松：《十二头魔王·序》，见傣族叙事长诗《十二头魔王》，中国民间文艺出版社1990年版。

② 岩峰：《论〈兰嘎西贺〉与〈罗摩衍那〉》，《山茶》1986年第4期。

争，反映了争夺金银财宝、战象、战马和女子等战利品的现象。另一部史诗《相勐》却反对部落战争，主张统一各部落，建立部落联盟。[①] 孙敏认为，从原始社会跨入阶级社会的阶段经过了英雄时代，傣族史诗《厘俸》就是英雄时代的英雄史诗。在英雄时代没有是非观念，反而有抢劫合理观念。[②] 对傣族英雄史诗的产生时代和所反映的社会背景的不同看法，说明了史诗内容的复杂性。同时，这个问题与一些理论问题有关，即傣族社会什么时候由原始社会进入奴隶社会和封建社会、南传佛教什么时代传入傣族地区、傣族人聚居的西双版纳、德宏等地区的社会差别、傣族的几种文字是什么时代创造的等问题尚未得到解决。

人们从傣族英雄史诗里会看到，当时在社会上存在着 100 多个勐，它们之间爆发频繁的掠夺性战争，这种斗争涉及整个氏族（或地区）社会生活。尽管战争的起因是抢劫美女，实际上这是整个掠夺战争的一个组成部分。最终许多勐失败了，有些勐取得胜利。战胜者获得战利品，其中有战象、战马、奴隶、美女和财富，有的还统一了整个森林地区，得到了土地和王位。傣族的勐相当于村庄、城镇、部落和部落联盟。

那么，这种部落战争所反映的是什么时代的傣族社会状况呢？

据《中国大百科全书·民族卷》的一些条目[③]看，“西双版纳傣族首领叭真于 12 世纪统一各部，以景洪为中心建立勐泐政权，称‘景龙金殿国’……在此之前，德宏傣族以瑞丽江地区为中心，建立勐卯政权”；“在元朝初期，德宏地区仍然使用奴隶从事生产劳动。元明之际，各地傣族地区先后进入封建领主制社会”。由此可知，直到 12 世纪傣族还没有统一，处于部落战争时代。根据传统的说法，傣族英雄史诗反映的是这种原始社会末期“英雄时代”或军事民主时期的部落战争和统一各部的战争。但是有一批学者证明，史诗《粘响》《兰嘎西贺》《十二头魔王》是 15—17 世纪的作品，在那时傣族早已进入封建领主制社会。如前所述，到了封建时代部落没有完全消失，傣族的勐照常存在着，而且，封建领地之间常

① 秦家华：《简论傣族英雄史诗》，《思想战线》1985 年第 5 期。

② 孙敏：《厘俸》，《民族文学研究》1984 年第 1 期。

③ 《中国大百科全书·民族卷》，中国大百科全书出版社 1986 年版，第 82—87 页。

常爆发像“英雄时代”那种掠夺战争。我们将《粘响》《兰嘎西贺》这类史诗与《厘俸》《相勐》等史诗进行比较的话，可以发现这两类史诗所反映的战争很相似。那么，傣族英雄史诗都是在15—17世纪产生，并且反映封建社会生活的史诗吗？实际上事情不那么简单，在这里存在着错综复杂的现象。傣族英雄史诗的内容庞杂，既有原始社会内容，又有封建社会的因素；既有原始家教神灵，又有佛教天神；既有印度史诗的影响，又有傣族本身的叙事作品影响；既有民间史诗传统，又有文人创作。众所周知，口承史诗处于发展和流变形态之中，即使是原始社会后期产生的史诗，也不可能避免在后来的流传过程中，随着社会阶段的发展和人们思想意识的变化，不断地吸收新的阶级社会内容。反过来说，在封建社会编创的史诗既借鉴了本民族叙事文学传统，也运用了印度史诗《罗摩衍那》和佛教故事的情节和内容。这也就是说，在英雄史诗中存在着它形成时代的社会内容，同时，也有在它形成之前和形成以后的社会内容。很难说史诗反映的都是它形成时代的社会生活和斗争。可以肯定的是，傣族英雄史诗反映了傣民族没有统一或者分裂时期，分散的许许多多勐之间的相互掠夺、相互征服的斗争，其中包括民族统一战争。在史诗里，原始社会末期至封建时代傣族人民的社会矛盾和斗争得到了不同程度的反映。

二 傣族英雄史诗的主题和故事梗概

傣族社会曾长期处于分散的各部混战状态，史诗通过勐与勐之间的掠夺战争，反映了从原始社会后期至封建领主统治时期的傣族社会生活和斗争，深刻地揭露了混战给社会发展和民众生活带来的灾难，歌颂了反对掠夺和侵略、保卫家乡和统一民族的正义事业。史诗作者站在正义立场上，站在被掠夺、被欺辱、被陷害的小勐立场上，鞭挞掠夺者、侵略者、压迫者的邪恶行径，和他们相对立，塑造了反对侵略、为保卫乡土和统一民族而英勇奋斗的英雄群像，称赞了他们不畏强暴、不怕牺牲、战胜邪恶势力、在社会上创造和平安定局面的英雄业绩。

在傣族英雄史诗里，战争的起因是抢劫美女。往往一个强大勐的蛮横无理的霸主为了抢劫别人的妻子或恋人而发动战争，最终以他们的失败而告终。诸如，在《厘俸》中俸改先后偷劫了桑洛的妻子和海罕的妻子而导致了几个勐之间的征战爆发，整个社会卷入了战争的动乱里。《相勐》里哥哥企图通过妹妹的联姻关系，同强大的勐联合，因而破坏妹妹与相勐的婚事。这样为争夺美女而引起了数年大战。在《兰嘎西贺》中十头王乘机偷走召朗玛的妻子便爆发大战。先看一看，《厘俸》的故事梗概，其主要人物海罕、俸改、桑洛三人原是天神的子孙，因在天上争夺女子，引起了斗争，被天神英叭处罚他们下凡转生到人间，在人间成长后成为三个勐的国王。俸改先后抢了桑洛的妻子娥并和海罕的妻子婻崩。早晨朝廷聚会，海罕、其弟桑本、桑温、军师布冈伴、布冈戈、武将艾召生等参加。海罕说，俸改来斗鸡，后变为马鹿向远方奔跑并失踪，追他回来发现，他抢走了婻崩，并号召大家出征战斗。艾召生提出，召集一千个勐的首领出战，并向天神请求助战。天神阿巫戛下凡了解情况，向最高天神布领暖报告真实情况。最高天神派两个天神去劝俸改交出婻崩，但他不但不听，反而骂天神，布领暖决定派出天兵天将援助海罕。首先，海罕身跨大战象，率领十万象兵出征，冈晓为先锋，他攻打勐老，桑洛功勐哈，他们打了胜仗，俘获大批敌军。接着出现了一连串的战斗。诸如，出兵攻勐海、勐我二地，冈晓杀死勐我的大布冈，桑洛战胜了勐海首领，攻下了这二城。准备进攻勐谷、勐远二城时，他们向海罕投降。有的战斗描写非常曲折复杂。进攻勐帕生、勐帕缓时，冈晓孤军深入，被大兵围攻时，其弟冈庄带兵来援助，打退了敌人。海罕率大军来，求龙王发洪水，并进攻杀死了两个布冈，夺下了二城。攻冈桑、冈老的战斗中，俸改派双线探听海罕军的消息，他被冈晓捉住，送到海罕处。双线答应内迎外攻，海罕把他放走，可是冈晓抓住打他。双线逃回去见俸改，并告诉海罕军情。俸改派双线援助冈桑、冈老，冈晓与双线打仗负重伤，这时援兵来到。听说战败，海罕想杀死冈晓，因布冈伴、布冈戈二人劝，允许让冈晓再次去打仗。冈晓打胜仗，割了双线的首级送海罕，二人才和好。在另一战场上，桑洛、嘿南围攻冈老、冈桑，桑洛退兵时，阿巫戛仗计围敌军，这时冈晓用妙计率大军进了城门。

在《厘俸》中，最尖锐复杂的数攻打勐景罕大战。这里着重刻画了冈晓及其儿子冈罕二人的英雄业绩。冈晓打先锋，还有桑洛、桑本等围勐景罕城，他们进行大肆烧杀。这时俸改和妻妾们从城楼上观战，他们之间的问答，尤其是婻崩的回答使人想起海伦在托洛易城墙上的话。不知这是原来有呢，还是后人加的。我们难以分辨。在这次征战中，冈晓多次出战，先后杀死对方的若干将领，后来他被敌军包围，无法挽救的时候他求神灵保佑，可是天神说，冈晓吃了鸡卦，这是对天神的冒犯，不保护他。他战死在大象身上。接着海罕派冈晓之子冈罕去抢来父亲的遗体并继父位。他多次交代，杀死对方许多兵将，战胜敌人，拿到父亲的遗体而归，得到海罕的颂扬。在这里有许多富有民族特色和亚热带地方特色的生动的象战描写。如描绘雪大亥与冈晓的战斗，说：

两条大象长鼻扭，
象牙交错咯吱响，
景罕的兵丁滚滚来，
两军交锋天昏暗。
战马铁蹄急，
战场尘土扬，
喊声杀声如雷阵雨般。

冈罕与卫大罕等的战斗描写具有农耕文化特色：

冈罕人马齐迎战，
好似水闸大开洪水放，
一泻千里不可挡。
对方大象密密麻，
如田野稻穗望不断。

经过多年艰苦战斗，后来阿巫戛让海罕用神奇的花牛祭神灵，招来俸改的灵魂并杀死。接着海罕率大军攻打俸改，布领暖派天将桑勐、桑色二人率八十万大军援助，他们带万头大象出战。他们经过曲折复杂的战斗，有胜有败，有的天将牺牲，终于攻克勐景罕，杀死了俸改，海罕找到婻崩，桑洛见到娥并，复活死去的冈晓和天神混宛，获得大量战利品，分给将领和士兵们。

傣族其他史诗《相勐》《粘响》等也反映了由固定的几个勐为核心的战争，扩展到整个傣族社会，爆发多年的无数次的混战局面。《相勐》中勐荷泰王子沙瓦里，企图以妹妹婻西里总布为纽带，用比武招亲的办法同另一强大的勐瓦蒂王子貌舒莱结盟，因而扩大自己势力，征服森林中的101个部落。可是魔鬼劫走了婻西里总布，沙、貌二人无法救她。这时森林中游猎的勐维扎人相勐，发现魔鬼抓走的姑娘被关在一个石窟里，他射去一箭，石门开了。他走进去见到姑娘。此时魔鬼回来，正要扑过去吃相勐时，相勐射伤魔鬼，并经过一场搏斗将他杀死，救出了婻西里总布。在交往中两人相爱，订下婚约。相勐送她回勐荷泰时，沙瓦里不但不同意他们的婚事，反而诬陷相勐就是劫去公主的魔鬼，企图将他拖出城外去处决。可是婻西里总布向父王说明了真相，他们在一个白发老人的帮助下，送相勐回勐维扎。沙瓦里得知相勐逃走，他不听劝告，伙同貌舒莱发动了一场大战。最终相勐杀死貌舒莱，砍下了沙瓦里军师的头，并活捉了沙瓦里。但他没有杀死沙瓦里，把他交给老国王管教，自己带着恋人婻西里总布走上了回勐维扎的路。他走到半路上见到老国王派来的信使，说沙瓦里已病死，老国王要求女婿相勐去继其王位。为了不辜负老国王岳父的期望，相勐半路上回勐荷泰继承了王位，并统一了森林的101个勐而史诗告终。傣族另一部英雄史诗《粘响》也描绘了两个勐之间的征战，涉及100多个勐，社会上爆发数年大战。勐西内王子反对妹妹嫁给勐粘响王子苏令达，他发动进攻，战争的结果是苏令达取胜，娶勐婻西内公主景达南西为妻。

除傣族传统的民族史诗外，还有在《罗摩衍那》的情节框架和人物框架上形成的史诗《兰嘎西贺》及其异文《十二头魔王》。这些史诗都是相互影响，同时在流传过程中发展起来的。其中有不少共同之处，尤其是它们的情节结构相似，都是以固定的两大军事力量的斗争贯穿着每次征战，史诗都有统一的大情节，而不像北方的多数史诗那样缺乏贯穿始终的同一个大情节，各个部分在情节上没有连贯性。傣族英雄史诗富有神话传奇色彩，深受宗教宿命论思想影响，尤其是《兰嘎西贺》更突出。在这部史诗中有外来成分，也有傣族因素。《兰嘎西贺》的核心情节与《罗摩衍那》相似，主要人物也都有原型。但情节发展顺序与《罗摩衍那》不同，史诗前几个部分中交代了反面人物十头王的出身及其罪恶行径。接着叙述了十头王的对手召朗玛的出生、神猴阿奴芒的本事以及敌对双方十二年的错综复杂的斗争。两部史诗的主要人物相互对应，诸如，勐兰嘎的十头王捧玛加与楞迦城十首罗刹王罗波那（这里的兰嘎与楞迦原来是同一个词的不同音译）、召朗玛与罗摩、西拉与悉多、神猴阿奴芒与哈奴曼、修行者帕拉西与鹿角仙人、最高天神马哈捧和天神英叭与大梵天等形象大同小异。《兰嘎西贺》的故事梗概：勐兰嘎王帕雅兰巴无子女，向天神英叭求子，英叭派一仙女下凡投胎于王后婻安嘎蒂，她生了女儿古嫡提拉。女儿长大后父亲让她继承王位，并嫁有本事的男人。她不答应，离家出走到森林中跟修行者帕拉西修行。最高天神玛哈捧去森林见到古嫡提拉，她爱上了这个天神，天神抚摸她胸膛，她怀孕生下一位十头王子。帕拉西给他起名为捧玛加，后来她又生了滚纳爬和比亚沙两个儿子。捧玛加继王位，先后娶了妖女苏晚妮等几个妻子，她们生了三个儿子。十头王让儿子米卡执政，自己周游作恶，强奸仙女，仙女自焚并说将报仇。十头王还下令把所有的树木砍光，把佛寺和塔捣毁，使美丽的兰嘎变成了光秃秃的岛屿。

另一勐塔打腊达国王有三个妻子，但无儿女，于是向帕拉西求子。天神英叭派四个天神投胎于这三个女人，她们生四个儿子召朗玛、腊嘎纳等。召朗玛到森林里向帕拉西学武艺学到很精通。

被十头王侮辱而自焚的仙女转世后，又受到十头王的迫害，把幼女装入筏子投进江水中。她被勐嘎拉国王救出来，成为他心爱的公主婻西拉。她长大成美丽出众的姑娘，101 个勐的王子向她求婚，十头王也来求婚，经过“挽动弓阿沙尖，并把三支神箭射出”比赛的考验，召朗玛娶了美丽的婻西拉，十头王失败而归。父王让召朗玛继承王位，他得知王后不满意，带着婻西拉和兄弟腊嘎纳出走到巴音麻板森林中流浪。

英叭的私生姑娘与叭鲁（风神）相爱，生了神猴阿奴芒。他一出世就飞到八十约[①]高空，又飞回到母亲身边。十头王的姑妈和两个妖女，在森

① “约”是长度单位，一约相当于人会看见之处。

林中想吃召朗玛他们，结果她的两个妖女被打死。她为了报仇化作金鹿，让召朗玛弟兄远离婻西拉，乘机让十头王偷走了婻西拉。猴王为了帮助召朗玛找来婻西拉，派神猴阿奴芒去兰嘎。神猴见到婻西拉，知道她没有变心，因男人不能带婻西拉来，他大闹兰嘎岛而归来。

十头王的弟弟比亚沙劝哥哥放回婻西拉而遭到迫害，被召朗玛所救并成为他的智囊。在比亚沙、阿奴芒和千万只猴兵等力量的帮助下，召朗玛展开了一场惊心动魄的大战，从四面八方围攻兰嘎城。十头王派儿子神奇的应塔西达应战。如果在《厘俸》中用写实方法描绘大战，反映了人的勇气和力量，那么，《兰嘎西贺》则以浪漫主义方法塑造了幻想的战争，表现了敌对双方的神力。在这里出现那种希腊和东方叙事文学中常见的敌对双方变成一个比一个更厉害的猛兽及自然界事物和现象的情节。诸如，应（应塔西达）射一箭变成了无数的毒蛇，召（召朗玛）射一箭变成了无数老雕。猴王射出一箭变成了比铁水还滚烫的倾盆大雨，应又射一箭天空刮起大风，云散雨停。应的大将射一支火箭，在猴子阵地燃起烈焰，召念咒语便从天上降大雨扑灭。应挥雨成刀和镖，召唤出大石块抵挡。应化身为天神英达，骑上有六十四只牙的战象进攻，比亚沙看穿他的阴谋，让召朗玛的弟弟腊嘎纳把应射成两节。十头王的兄弟滚纳爬施展各种法术多次出战，但阿奴芒用其生命宝镖杀死了滚纳爬。最后，十头王亲自出阵，和召朗玛进行了种种神奇的斗争，召朗玛在比亚沙和阿奴芒的帮助下，找到了十头王的命根子弓赛宰，用弓赛宰射掉了他的脑袋。

十二年大战结束，召朗玛封比亚沙为勐兰嘎国王。召朗玛在数万猴兵护送下带着妻子婻西拉返回巴音麻板森林，神猴阿奴芒留在他身边。后来召朗玛的几个兄弟去见他，他们一起回到了勐塔打腊达宫殿。[①]《十二头魔王》与《兰嘎西贺》大同小异，但它有悲剧性结局：婻西拉因几次受到委屈，愤怒地自杀身亡。

总之，傣族有丰富的英雄史诗传统，它们的内容极其丰富，反映了原始社会后期以来傣族的社会生活和斗争。

---

① 毛星主编：《中国少数民族文学》（下），湖南人民出版社 1983 年版，第 299—317 页。

三 傣族英雄史诗与神话、宗教

世界各民族史诗都跟神话和宗教有一定的联系。在我国南方创世史诗和北方早期英雄史诗中充满着神话观念、原始宗教观念和萨满教观念。这些史诗在后来的流传和发展过程中受到了佛教、伊斯兰教和其他宗教的一些影响。但对北方英雄史诗而言，这仅仅是表面现象。只有藏文《格萨尔》影响下形成的蒙古文《格斯尔》和喇嘛们篡改的史诗《汗哈冉贵》的手抄本有一定的佛教因素和反萨满教思想。可是南方的傣族英雄史诗不同，佛教宿命论思想渗透了史诗，而且佛教天神直接参与人间斗争。在傣族英雄史诗中佛教神灵所起的作用类似于古希腊奥林匹斯山上的众神在荷马史诗中的功能。不过在傣族史诗中神有时打败仗，甚至有被打死的现象。

傣族原来有自己的原始宗教，后来南传佛教传入傣族地区后，经过长期的斗争，佛教占优势，但它也吸收了原始宗教的内容。因而，出现了佛教与傣族原始宗教相互融合的现象。所以，在傣族史诗中两种宗教的神祇混在一起，都变成了佛教神灵。那么，佛教到底是在什么时代传入傣族地区的呢？学术界对这个问题的答案分歧很大，相距1000多年。有的说，傣族信仰的是南传上座部佛教，亦称小乘佛教。关于此教最初传入傣族地区的时间，看法不一，主要有“盛唐时期”和“明初”两种说法。[①] 有的说：“小乘佛教传入我国傣族地区，既不是7—8世纪，更不是14世纪，而是两次，第一次是公元前1世纪，应该说，这就是‘帕拉西’时代；第二次，隔了一百多年，显然是统治阶级已适应了政权之后。”[②] 由此可知，佛教传入傣族地区的时代难以分清楚，可以肯定的是佛教利用了原始宗教的一些内容，把原始神改变成了佛教天神。据王松先生的研究，英叭是创造一切的原始宗教之神，他用脖子上的污垢造出了第二代神捧玛加。英叭是佛教神，他反原始宗教，宣布帕召（指释迦牟尼）是至高无上的神。传

① 《中国大百科全书·民族卷》，中国大百科出版社1986年版，第86页。

② 王松、王思宁：《傣族佛教与傣族文化》，云南民族出版社1998年版，第183页。

说英叭是住在天的“达始丁洲层”的一个天神官，职位低于玛哈捧，管辖着天空的下层。这样两种宗教的神灵相结合成为傣族佛教的特点。①

据傣族英雄史诗看，在天上也有与人间相似的生活和斗争，史诗里的勐与勐之间的战争是天上神界斗争的继续。史诗主要人物的生与死、人间战争的胜与败都由天神所决定。主要正面人物和反面人物都出身于天界。如海罕、桑洛、俸改三人原来是天神的子孙，因在天上出现爱情纷争被天神英叭处罚，他们下凡转生到人间。长大后他们成了三个勐的国王，重新开始了争夺女子的斗争，造成了人间大动乱，给民众带来了灾难。俸改偷走海罕的妻子嫡崩之后，人界与神界之间沟通的天神阿巫戞了解情况向最高天神报告，天神劝俸改，他反而骂天神。为了为民除害、战胜邪恶势力，天神决定派天兵天将下凡帮助海罕。在《粘响》和《相勐》中也有神与人交配而出生的人物和半人半神式人物。《兰嘎西贺》也反映了佛教宿命论，天神下凡在人间带来了多年的征战。罪恶累累的十头王捧玛加的父母都是天神。兰嘎王向天神英叭求子，英叭派一仙女转世投胎于他妻，生了女儿古嫡提拉。古嫡提拉与最高天神玛哈捧相爱生了十头王。反面人物十头王的出身和罪行有点类似于北方神话和史诗中的独眼巨人。为了惩治十头王的罪恶，英叭派四个天神下凡投胎于勐塔打腊达国王的妻子们，出生了召朗玛四兄弟。召朗玛到七岁做和尚，后来在考验拉大弓选婚时，人们笑话他：“这个刮光了头的和尚，是青蛙想搬重石，蜻蜓想抬大刀。”召朗玛的可靠助手，史诗里起主要作用的神猴阿奴芒也是神的后代，他是由叭鲁（风神）和嫡裴生的。在史诗人物出身问题上深刻地反映了佛教转世论思想，这种转世论是南传佛教传入傣族地区后出现的新内容之一。

天神赋予了史诗人物多种神力。诸如，天神送给海罕一只仙鼓，紧急时刻敲响与天神布领暖联系；捧玛加继位成为兰嘎国王的时候，妖魔王、龙王来庆贺，土地神送他能上天、能下海的神车；过十四年后，天父玛哈捧下凡看三个儿子，按捧玛加的要求，给了他“大火烧不伤、洪水淹一万年不会死，箭来如雨也伤不着身体的本领”。又送给他一张“弓赛宰”和

① 王松、王思宁：《傣族佛教与傣族文化》，云南民族出版社1998年版，第106—112页。

七支神箭，说："这种弓就是你的生命，天下任何武器都不能把你伤害，唯独这弓赛宰能射死你。"天神又给二儿子送十二年睡眠和一杆神镖，给三儿子智慧和善良；天神英叭惩罚了神猴阿奴芒，后来恢复了他生命，又赏给他能飞三千八百约的本领。这些现象说明了天神支持、帮助和培养史诗的正面人物和反面人物。但天界也和人间一样都有恩怨关系和利害冲突。顺天命者昌，逆天者亡。诸如，海罕用神奇花牛及两个属鸡的姑娘祭神灵，招来了俸改的灵魂并杀死，天神派天兵天将下凡帮助了海罕。这里杀生和人祭现象可能是原始宗教遗留下来的痕迹，与佛教格格不入；十头王违背天神意旨被打败；冈晓吃了鸡卦，冒犯天神，天神不救，让他死去。结束时布领暖用仙药使冈晓死而复生；十头王劫婻西拉时山神保护，因召朗玛愤怒用脚踢土地，土地神受侮辱而放弃保护。

从傣族英雄史诗里可以看到，天神与人类相似，他们也有爱情，有好有坏，有恩惠和仇恨，有胜有败，有生有死。如布领暖派天将桑勐、桑色等下凡，率八十万天兵和万头战象支援海罕，结果俸改战胜天兵天将，天神混宛受伤后死去。在这种情况下，海罕指挥自己的军队和天兵天将进攻，战胜敌人而取胜。

总之，傣族英雄史诗被佛教思想贯穿始终，史诗中人与神一起参加征战，天神决定了战争的胜负。这就是南方傣族英雄史诗与北方英雄史诗的一个重要区别。

除了佛教影响外，傣族和其他南方民族的史诗还富有神话色彩和原始宗教影响。其中既有原始神话，又有被原始宗教和佛教利用的神话成分。有的神话与宗教交叉在一起，难以区分。

史诗的事件发生于神界、人界、动物界和龙界，史诗人物在上界、中界和下界三界中随便活动。这里有飞人、飞马、飞箭、飞镖和飞车，史诗人物随时变成各种动物，他们有隐身术、巫术和魔术。俸改去斗鸡，后来变成马鹿，海罕追他去，乘机他偷走了海罕的妻子。在紧急时刻他骑飞马空中逃走，只有身上长千只眼的阿巫戛能看清俸改的行动；这位天神阿巫戛能上天能下凡，有时还变成鸽子飞，他是人间与天界之间的沟通者；十头王坐飞车能飞上天，也可以飞到海，并在天空中作战。因为他的头颅被砍落地时，地面会烫死人，血会燃起烈火，烧毁大地，所以，他的头被召朗玛射掉时，阿奴芒用神盘接住扔进大海。[1] 但他的头还是起大火烧死海里鱼虾，它的头变成了怪龙，有的部分变成了毒蛇、蚂蟥、水蜈蚣。身子和血液掉下海变为蟒蛇、豺狼、虎豹、跳蚤、虱子、蚊蝇。同样在北方史诗中，恶魔蟒古思死后血肉会变成毒蛇、蚊子、苍蝇等有害动物。所以在许多史诗中，勇士们用锋利的火石将它的肉剁碎，并用火烧成灰，在灰上用卧牛石压住。这种现象可能与原始宗教的灵魂转世观念有关。

在南方英雄史诗中存在着多种神话形象，而且，这些神话形象被宗教利用。诸如，祭祀天神的神奇花牛、天神阿巫戛、神猴阿奴芒和能睡十二年的滚纳爬等。史诗里说阿巫戛让海罕用花牛祭神灵。这头花牛原来是天神混宛儿媳妇的神牛，阿巫戛骗混宛卖花牛。这个花牛：

> 它的左角会变银，
> 没有金子别人也会送到家，
> 右角会变珠宝亮闪闪，
> 你怎么说它是怪牛？

这里很明显，原来花牛是神话形象，后来变成了教徒祭天神的供品。天神阿巫戛是神奇人物，他身上长有千只眼，能看到一切地方，他行走如风云。这也是被宗教借用的神话人物，他的原型可能是神话传说中的千里眼。

神猴阿奴芒能飞 3800 约，他有多种变身法，他能抓住太阳，并把太阳看作熟透的鲜红果子，冲过去就要摘太阳吃。为了天亮之前从十头王手中救召朗玛回来，阿奴芒便飞上天拖住太阳，把召朗玛救回来之后才让太阳升起。当然，阿奴芒的原型是《罗摩衍那》里的神猴哈奴曼。他们的本领类似于孙悟空。

在傣族英雄史诗中，除了上述神话现象外，还通过想象虚构出来了神奇的战争场面。除了人和神参战外，飞禽走兽也帮助人打仗。当十头王劫走婻西拉时，被召朗玛救过的乌鸦群感恩，鸦王率众去营救，在天空中展开了一

---

① 毛星主编：《中国少数民族文学》（下），湖南人民出版社 1983 年版，第 316—317 页。

场大战；新任猴王向召朗玛感恩，率千万只猴子兵从四面八方围攻兰嘎城，神猴阿奴芒大闹兰嘎城，把它烧为灰烬。如前所述，史诗里尤其是塑造了一场神奇的魔法战争，描绘十头王的儿子应塔西达与召朗玛的战斗。

四　傣族英雄史诗的人物形象

由于傣族英雄史诗的内容庞杂，具有多元多层次结构，它的人物多种多样，其中有原始宗教的神明，有佛教神灵，有好人和坏人，有飞禽走兽，有妖魔鬼怪和龙王，是宇宙三界中的神、人、动物、鬼应有尽有，可以说包罗万象，而且，他们都参加史诗的情节活动。史诗中把俸改、沙瓦里、十头王捧玛加等当作掠夺者、侵略者、罪恶累累的反面人物加以揭露和鞭笞，相反，将海罕、相勐、召朗玛等作为保卫家乡和民众、反抗邪恶势力的英雄歌颂。在这里只谈几个主要人物形象的艺术特色。

前面提到，史诗主要人物都有神话色彩及原始宗教和佛教思想影响，有神奇怀孕、奇异出生、神速成长、刀枪不入、水火不会伤害和其他神奇的现象。在傣族史诗中无儿女的国王向天神或修行者祈求得子，天神给王后吃神果，或者用手抚摸女人胸膛，并派天神下凡转世投胎于人。在北方史诗中也有无儿女的老两口祈求得到子女，请卜者或坐禅喇嘛占卜，朝圣化募老人赠儿女，女人吃神丸、吃豹子肉、马胸肉等怀孕等母题，但天神下凡投胎于凡人的情节，除了有佛教影响的《格斯尔》之外，在其他史诗中罕见。

在南方和北方的一些史诗中，有英雄人物以全副武装的骑士形象出生的现象。俸改出世时，他：

身披铠甲，
手握仙笛，
身背宝刀，
胯下骑着一匹
有九节膝盖的飞马。

在蒙古族英雄史诗《古纳罕乌兰巴托尔》和《希林嘎拉珠巴托尔》中有类似的现象，说勇士希林嘎拉朱：

他生来佩戴着铁盔甲，
他将歼灭罪恶的敌人，
他生来佩戴着钢盔甲，
他将覆灭来犯之敌，
他生来手持钢剑，
握着敌人的心脏出生，
他生来脚着青铁靴，
握着敌人的胆脏出生。

二者文字不同，内容不同，但形式和意思差不多，主要人物出世后的神速长大的情况一样，有相似的形式。十头王兄弟滚纳爬出生三个月后就长大成比大象还大，一学会走路就离开了妈妈。苏令达也出生不凡，他吃过仙果后成为力大无比、智慧过人的人物。在北方突厥民族史诗中，如艾尔吐斯特克，刚生下来就像一岁孩子一样，一个月以后就会走路，两个月以后就会说话，一年以后就像十五六岁的小伙子一样魁梧健壮了。乌古斯汗“只吮吸了母亲的初乳，就不再吃奶了，他要吃生肉、饭和喝麦酒，四十天后他长大了，走路了，玩耍了”。人物神速成长的描写都有南方和北方的氏族特色，但都表达相同的思想。

此外，在南方史诗与北方史诗中有不少幻想的人物和奇特现象。如在北方史诗中，勇士常常都有刀枪不入的身体。傣族英雄史诗中出现大火烧不伤、洪水淹不死、箭也伤不着身体的人物。

傣族英雄史诗的人物，除了上述神性外，还有作为人间英雄人物的特征。史诗突出地描写了主人公海罕、冈晓、相勐、召朗玛等的勇气、力量、智慧和高尚的品德，有声有色地塑造了一批古代战斗英雄的形象。如海罕是一个勐的首领，是一位威武非凡的英雄，史诗生动地塑造了这位勇士出征时的英姿，说：

士卒牵出占拜含，
象舆装饰金晃晃，
如田中稻穗迎风展。
海罕走下宝座穿铠甲，
铠甲上麒麟亮闪闪。
扣带上嵌有珠和宝，
装宝石的背袋肩上挎，
背袋似火熊熊燃。[①]

在这里作者运用优美动听的修饰语、生动的比喻和有韵律节奏的诗歌描绘英雄人物的坐骑（战象占拜含）、穿戴、盔甲、宝剑和长矛等，通过它们塑造了这位富有傣族特色的艺术形象。

傣族英雄史诗的一种艺术特征是塑造惊天动地的战争场面，将英雄人物摆在如火如荼的战斗中，通过他们的英勇行为刻画人物形象。先看一看傣族特色的象战：

雪达亥听了怒火冒，
骑着大象出来战。
冈晓驱赶占拜中，
毫不畏惧迎头上。
两条大象长鼻扭，
象牙交错咯吱响。
景罕的兵丁滚滚来，
两军交锋天昏暗。
战马铁蹄急，
战场尘土扬，

① 云南省少数民族古籍整理出版规划办公室编：《厘俸》（傣族英雄史诗），刀永明等翻译整理，云南民族出版社 1987 年版，第 238 页。

喊声杀声如雷阵雨般。[1]

将英雄人物放在这种血腥搏斗中，突出地刻画了古代英雄的高大形象。如冈晓是海罕大军的先锋，他先后功破许多城镇，杀死了不少敌军的有名将领。史诗通过冈晓与布冈老的战斗，生动地描绘了冈晓的英雄行为，说：

布冈老手持长矛指冈晓，
风驰电击矛飞翻。
冈晓技高来躲闪，
布冈老矛矛落空心发慌，
脸变青色怒火旺，
冈晓武艺精又精，
长矛猛一晃，
布冈老眼缭乱，
身中一矛肋骨穿！

在这里将无所畏惧的勇士与胆怯紧张的将领相比较，刻画了冈晓大无畏的勇气、过人的力量和高超的武艺。

傣族英雄史诗中有俸改、沙瓦里、捧玛加等狂妄、残酷、诡诈的反面人物，他们为美女和其他战利品而战斗，掠夺牲畜、战马、战象、金银财宝、美女、奴隶、土地和王位。如沙瓦里：

他声称是森林里的战神，
做梦也想征服整个森林，
天下的土地都归他掌管，
所有的百姓都是他的仆人。

---

① 云南省少数民族古籍整理出版规划办公室编：《厘俸》（傣族英雄史诗），刀永明等翻译整理，云南民族出版社 1987 年版，第 119 页。

此外，如前所述，还有反对掠夺、反对侵略和压迫而为此斗争的海罕、冈晓、厘俸、召朗玛等正面英雄人物，史诗都是以正面人物的胜利而告终。史诗的英雄人物，包括一些反面人物，他们共同的特征除具有神力外，还有大无畏的勇气、超人的力量、顽强的毅力和高超的武艺，这些都是早期英雄人物的特征，史诗通过种种手法突出地描绘了这种英雄性格。

除了这类人物外，在傣族史诗中还有一种文明时代的具有一定的战策、策略思想的高大的英雄形象。他们坚持正义，不谋私利，不追求战利品，不想占领别人的领地，不想称王称霸，只是为了夺回被劫的爱妻和其他失去的一切，保卫自己部落和民众的利益而战。最终他们不但达到自己的目的，向敌人报仇雪恨，而且得到了不想得到的领土和王位。这种人物好像是由命运所决定的有福气的人。看来这不是原始社会后期部落掠夺战争时代的人物，而正如王松所述，这种人物受到了佛教宿命论思想影响。例如，相勐就是这种善良的英雄。他不仅是一位勇敢无畏的勇士，而且富有战略思想，关心和团结民众，宽宏大量，有高度谦让精神。王松深刻分析了这一人物形象。[①] 史诗通过一连串的事件反映了相勐的高贵品德。相勐统一了森林的 101 个勐，创造了国泰民安的局面。相勐是傣族民众的理想首领，民众把他当作“我们的老祖”来崇拜和供奉，佛教徒把他说成释迦牟尼的后代。史诗通过相勐的事迹说明一种重要思想，即老实人可以战胜诡诈者，受害者可以战胜迫害者，弱者可以战胜强有力的侵略者，也就是正义战胜邪恶。这种思想直到今天还有一定的社会意义。

总之，傣族英雄史诗艺术地、深刻地反映了傣族古代生活和斗争，是傣族民众的精神财富和艺术珍品。它具有认识价值、教育意义和艺术欣赏价值，为后来的傣族叙事诗产生和发展提供了艺术土壤和艺术传统。傣族史诗丰富了我国各民族文学艺术宝库，在祖国艺术园内增添了一枝别具亚热带特色的鲜花。

（原载于仁钦道尔吉、郎樱《中国史诗》，江苏凤凰文艺出版社 2016 年版）

① 王松：《傣族诗歌发展初探》，云南大学出版社、云南人民出版社 2014 年版，第 171—185 页。

阿尔泰乌梁海英雄史诗

在卫拉特体系的英雄史诗中，阿尔泰乌梁海史诗很有特色。此类史诗数量多，篇幅长，内容复杂，有新的发展倾向，可以代表卫拉特英雄史诗的新面貌。

一　西蒙古卫拉特社会文化背景

13 世纪卫拉特人的故乡在西伯利亚安加拉河一带的八河流域。它属于森林部落，从事狩猎业。在它附近居住着埃和利德—布拉嘎特部落和吉尔吉斯部落。13 世纪以来，他们随着成吉思汗统一蒙古和部落迁徙逐步向南移动，约于 15 世纪到达阿尔泰山和额尔齐斯河流域，成为“四卫拉特联盟”的成员之一。17 世纪 30 年代创建的准噶尔汗国（1635—1757）统治了新疆、中亚东部和西伯利亚西部。18 世纪准噶尔汗国灭亡后，部分卫拉特人居住于我国新疆和蒙古国西部三省。

在蒙古国西部的卫拉特人中，英雄史诗蕴藏最多的是乌布苏省的巴亦特部落和杜尔伯特部落以及阿尔泰乌梁海部落。这些部落的史诗丰富多彩，有许多著名作品，不少史诗长达 4000—10000 诗行。我国卫拉特人与西蒙古卫拉特人有许多共同的史诗，诸如《塔林哈尔宝东》《珠拉阿拉达尔汗》《乌延孟根哈达逊》《那仁汗胡布恩》《汗哈冉贵》《汗色尔宝东》《额真乌兰宝东》《汗青格勒》《永不死的乌伦替布》（亦作《永不死的乌仁图勃根汗》）等十多部英雄史诗。乌梁海人主要分布在蒙古国，但我国新疆也有 2000 多人。在阿尔泰乌梁海史诗的发展过程中，我国新疆的乌梁海人和土尔扈特人也做出了一定的贡献。

科布多省和巴彦乌利盖省以及库苏库勒省的查干乌尔苏木的乌梁海，

称为阿尔泰乌梁海部落（蒙古部落），其他地区还有图瓦乌梁海人。据1989年的统计，蒙古国的乌梁海部落有21300人。[①] 阿尔泰乌梁海人主要生活在阿尔泰山中间，他们从事畜牧业和农业，狩猎业在他们的生活中亦占有一定地位。

研究蒙古历史和史诗的苏联科学院院士鲍·雅·符拉基米尔佐夫指出，阿尔泰乌梁海人有独特的生活环境，他们很好地保存着氏族联盟，过去的一切都照旧存在。他们留恋卫拉特汗国时代的主要事件，盼望即将恢复“四卫拉特联盟”，再次过上史诗般美好幸福的生活。他又说，至今卫拉特人处于史诗时代，有着史诗情感，生活中或多或少地存在着史诗模式。

在巴彦乌利盖省宝拉干苏木、科布多省道图苏木和海尔罕苏木乌梁海人中出现了很多著名的史诗演唱艺人，也有史诗演唱世家。现已知道的19世纪末、20世纪初的艺人有罕巴嘎、达赖查干、达木丁、沙毕查干、吉力格尔等。吉力格尔见到过鲍·雅·符拉基米尔佐夫，并且向他描述过学唱史诗的经过。史诗演唱家吉力格尔是个摔跤手、猎人。据说他是位高个子、驼背、黄面的老人，用左手弹陶布舒尔琴演唱史诗。他们家族是多代演唱史诗的世家。老一代有才华的艺人们很好地继承了前辈艺人精彩的演唱遗产，并传授给后代人，因而一代又一代地涌现出许多著名的史诗演唱艺人。这个家族后来还出现过沙·阿奇勒岱（1881—1959）、希·宝音（1883—1967）、苏·朝衣苏伦（1911—1979）、嘎·希林德布（约生于1900年）、嘎·巴特尔（1903—1946）、巴·阿毕尔莫德（1935—1998）等有着辉煌成就的艺人。其中，巴·阿毕尔莫德得到了最高奖赏，荣膺蒙古国人民史诗演唱家称号。苏·朝衣苏伦是科布多省人，是个受尽痛苦生活的孤儿，他从事狩猎，并以给商队拉骆驼为生。他与同乡达木丁在阿尔泰山打猎时，向他学了《额真乌兰宝东》《塔林哈尔宝东》《嘎拉珠哈尔库古勒》等10部史诗，他会演奏陶布舒尔琴。著名的艺人吉力格尔搬到他的家乡后，向他学唱《巴彦查干鄂布根》《库日勒阿拉坦杜希》《阿尔嘎勒查干鄂布根》《那仁汗胡布恩》等史诗。苏·朝衣苏伦演唱的11部史

---

① ［蒙古］拉·图吉雅巴特尔：《阿尔泰乌梁海英雄史诗及其来源和特性》（蒙古文），巴彦乌利盖省印刷厂印刷，1995年，第15页。

诗都有录音并已出版。他演唱的史诗在各个方面都很有特色，不愧是阿尔泰乌梁海部落中最出色的艺人。我们将对希·宝音、苏·朝衣苏伦和巴·阿毕尔莫德以及新疆土尔扈特人额仁策、吉格米德等艺人演唱的史诗进行分析和研究。

二　乌梁海多次征战型英雄史诗

乌梁海征战型英雄史诗，除两次征战型史诗外，还有从中延伸出来的多次征战型史诗，其中包括个别人物的婚事。巴尔虎和内蒙古其他部族史诗以及蒙古国喀尔喀史诗，较多地保留着早期史诗的情节结构，它们包含有单篇型史诗、婚事加征战型史诗和两次征战型史诗。这些史诗的情节简单，篇幅不长，最多也只有 2000 诗行左右。这种形态与早期突厥史诗《阔尔库特书》中的 12 部史诗相似。起初蒙古—突厥早期史诗可能都处于这种形态之中。后来，在此基础上增加了英雄人数和征战次数，便发展成为复杂的多次征战型史诗。诸如，卫拉特史诗《那仁汗胡布恩》描写了那仁汗、伊尔盖等勇士的三四次征战；《策尔根查干汗》反映了三代人同一个掠夺者的斗争，其中有两次征战和两代人的婚事；《青赫尔查干汗》有两代人同几个敌人的多次征战，父亲遇难儿女为他报仇，妹妹女扮男装替被害的哥哥参赛聘娶仙女，仙女使勇士起死回生等复杂的情节；《哈尔查莫尔根》叙述了勇士哈尔查莫尔根同几个敌人的七次战斗；《汗策辰珠如海奇》中表现了弟兄五个勇士的两次婚事和多次征战；阿·台白记录的《珠拉阿拉达尔汗》描述了三代人的五六次征战。在卫拉特多次征战型史诗中，除了举世闻名的长篇英雄史诗《江格尔》外，还有许多 4000—10000 诗行的英雄史诗。如《塔林哈尔宝东》长达 10075 诗行，《珠拉阿拉达尔汗》有 4930 诗行，《汗策辰珠如海奇》有 4780 诗行。这些多次征战型史诗的内容错综复杂，情节曲折，英雄人物和对手的人数多，甚至出现了老少三代与一批敌人的长期曲折的斗争。

乌梁海多次征战型史诗很有代表性。譬如，史诗《塔林哈尔宝东》有多种异文：蒙古国著名艺人苏·朝衣苏伦演唱的《塔林哈尔宝东》（蒙古国哲·曹劳记录，10075 诗行），蒙古国人民史诗演唱艺人巴·阿毕尔莫德唱本《塔林哈尔宝东》（5220诗行），还有我国新疆阿尔泰乌梁海人占·玛吉格唱本《骑乌黑马的塔林哈尔宝东》（新疆师范大学巴·巴图巴雅尔记录的有1374诗行）。其中，朝衣苏伦唱本最完整，它描绘了塔林哈尔宝东等多人的婚事斗争，在远征求婚途中塔林哈尔宝东的屡次征战，他还通过征战进行结义，结义弟兄们各个迁徙到塔林哈尔宝东家乡居住，塔林哈尔宝东和结义弟兄们一起战胜侵犯他们家乡的敌人杜恩沙尔嘎如迪。这部史诗有引人入胜的长达600多诗行的序诗，歌颂了塔林哈尔宝东的父母道本哈尔和哈尔尼顿的家乡、牛羊马驼群、洁白的大宫帐（蒙古包）、道本哈尔的威望与坐骑、妻子哈尔尼顿的本事、盛大宴会等。接着描绘了在宴会上老两口因无儿女感到痛苦的时候，听到震天动地的马蹄声，来了一位顶天立地的少年。他自我介绍说，霍尔穆斯塔天神是他父亲，哈尔劳萨（黑龙王）是他母亲，他们剪了胎发，给他起名为塔林哈尔宝东，并派他来做老两口的儿子。老两口高兴地拥抱儿子，举办盛大的宴会。盛宴结束后，塔林哈尔宝东全副武装，骑马上阿尔泰山打猎满载而归，并向父母打听未婚妻的信息，知道她是阿冉扎汗的女儿阿拉坦索龙嘎之后，便走上了远征求婚道路。途中他经过艰难困苦的斗争，先后打死了接连向他进攻的劳章汗的三名英勇善战的儿子。为了征服劳章汗，他冲到了劳章汗家。看到塔林哈尔宝东，向劳章汗女儿求婚的勇士特勃格阿拉坦珠拉立即逃跑。塔林哈尔宝东追上他，经过搏斗后两人结拜为弟兄，一同回到劳章汗家。看到劳章汗夫妇因失去三个儿子痛哭流涕，塔林哈尔宝东派特勃格阿拉坦珠拉去复活了他的三个儿子。接着塔林哈尔宝东向前走，途中与勇士沙尔勒岱结义，二人走到了阿冉扎汗家向他女儿求婚。和其他史诗一样，阿冉扎汗为了考验塔林哈尔宝东，先后三次派他去战胜了三大猛兽（让他去取疯狂的灰犴牛腰子、牡白驼奶和凤凰小女儿）之后，才把女儿嫁给他。婚礼结束后，塔林哈尔宝东带妻子返家途中经过劳章汗家。这位可汗及三个儿子带着属民百姓，赶着牲畜迁徙到塔林哈尔宝东的家乡去生活。塔林哈尔宝东回家后，看到家乡遭到敌人杜恩沙尔嘎如迪的抢劫和破坏。塔林哈尔宝东等两代人先后去搏斗，终于消灭了敌人家族，驱赶其牛羊马群返回家乡。最后还描写了塔林哈尔宝东的儿子古南乌兰宝东等人的婚礼，亲家都带着属民百姓搬到塔林哈尔宝东家乡，大家一起过着和平幸福的生活。

巴・阿毕尔莫德唱本，只讲了这部史诗的上半部分，即塔林哈尔宝东远征求婚带妻子返回家乡的故事，没有叙述塔林哈尔宝东回家后，再次出征消灭破坏家乡的敌人的经过。巴・阿毕尔莫德唱本的内容和人物与苏・朝衣苏伦异文的上半部分大同小异。不同之处在于：

（1）道本哈尔宝东上山打猎时，霍尔穆斯塔天神派来了少年勇士塔林哈尔宝东，二人经过搏斗，相互认识结为义父子；

（2）塔林哈尔宝东未婚妻的名字不同，在阿毕尔莫德唱本中，她是查黑尔宝东汗的女儿奇黑拉干阿拉坦甘珠尔；

（3）塔林哈尔宝东到岳父家时，遇到了其名将独眼勇士道拉乌兰布赫的进攻，在搏斗中将他杀死；

（4）塔林哈尔宝东带妻子离开岳父家之前，岳父给女婿敬毒酒，因而被塔林哈尔宝东的义兄弟沙尔勒岱砍死。

如前所述，《塔林哈尔宝东》是一部跨国史诗，它不仅在蒙古国西部乌梁海人中流传，而且新疆阿尔泰乌梁海人占・玛吉格也会演唱。我国异文与苏・朝衣苏伦唱本也基本一致，既有上半部英勇婚事斗争，又有下半部消灭破坏家乡的敌人杜恩沙尔嘎如迪的事迹。可惜新疆异文缺少形象的描写，只交代了故事梗概。在这部异文中，塔林哈尔宝东的未婚妻是阿拉奇汗的女儿阿拉坦甘珠尔姗姐。这位阿拉奇汗是个历史人物，名叫黑麻汗（1496—1504 年在位），是蒙兀儿斯坦国汗，因他与卫拉特人多次交战，杀死不少卫拉特人，人们给他取绰号叫“阿拉奇汗”（刽子手）。塔林哈尔宝东完婚带妻子回家之前，阿拉奇汗给他喝了毒酒，但毒酒从他脚底流入地下，出现了千庹长的深沟。然而塔林哈尔宝东不在乎，他没有惩罚岳父，反而让阿拉奇汗带着属民百姓和牲畜财产迁徙到他的家乡居住。

上述三种异文说明史诗《塔林哈尔宝东》的影响很大，流传较广，反映了蒙古民族统一以前的各部落混战状态。通过被塔林哈尔宝东征服的人们迁徙到他家乡居住的经过，歌颂了部落联盟的创建和国家的统一给广大民众带来和平幸福的生活。

“宝东（bodon）”一词直译为野猪，转译为神仙。学者哲・曹劳认为，宝东是神仙的名称，古代乌梁海人把天、地、人三界的主人叫作宝东嘎海。蒙古国人民史诗演唱艺人巴·阿毕尔莫德告诉哲·曹劳说，乌梁海史诗的主人公是五种宝东，五种宝东有五种不同内容的史诗。大地的主人是塔林哈尔宝东，山林的主人是查克尔查干宝东，星辰的主人是腾格里呼和宝东，水流的主人是达赖沙尔宝东，这四种宝东的首领是额真乌兰宝东，其中塔林哈尔宝东是以黑花龙形象出现的神仙。

因此，人们把《塔林哈尔宝东》看作歌颂神仙或山神事迹的英雄史诗，演唱它的威力超过喇嘛们接连三次念《金刚经》。哲·曹劳指出，人们在下列情况下，请艺人演唱这部史诗：祈求子女、得了子女难以养活、预防死亡和传染病、预防自然灾害和猛兽进攻、避免恶神伤害等。

这就说明英雄史诗具有神秘性和神圣性的特征，正是这些特征延长了英雄史诗的生命力和稳定性。

我们不妨再看看另一部影响较大的英雄史诗《那仁汗胡布恩》（或《北方孤独的伊尔盖》）。它是蒙古国乌梁海人的祖传史诗，广泛流传于蒙古国西部和我国南疆的土尔扈特艺人中。现有五六种异文，其中较完整的是苏·朝衣苏伦唱本《那仁汗胡布恩》（3190 诗行）和额仁策唱本《那仁汗胡布恩》（2056 诗行）。额仁策是南疆土尔扈特艺人，他于 1978 年 8 月初给笔者演唱了这部史诗。应当指出，以上两国两个艺人的唱本在内容和人物方面非常相似。但至今人们还不知道，这部史诗是怎样传播到南疆土尔扈特艺人中间来的。较早演唱这部史诗的是南部土尔扈特汗曼楚克加甫的御前江格尔奇扎拉，他是向曼楚克加甫汗的父亲宝音孟和汗的御前江格尔奇学唱这部史诗的。扎拉是有创造性的艺人，他演唱的史诗里，既有祖传的内容，也有后加的内容，演唱时可以根据情况增加细节。著名江格尔奇李·普尔拜和额仁策、肯舍等人都曾向扎拉学唱《那仁汗胡布恩》等多部史诗。

在卫拉特体系的英雄史诗中，包括整个蒙古语族民众的史诗中，《那仁汗胡布恩》占有特殊地位。其情节独特，代表着蒙古史诗的一个特殊发展倾向，而且，内容复杂，语言优美动听，主人公是仙女玛努哈尔的儿子。

额仁策异文史诗《那仁汗胡布恩》与其他蒙古史诗不同，是以故事中出故事、征战中出征战的方式发展的史诗，它的情节完整，发展顺序合情合理，每次征战不重复，各有各的特色。它是以那仁汗的名字命名的史诗，其实主人公不是那仁汗，而是他的天配兄弟——孤独的伊尔盖。

这部史诗的主要情节是敌人特格希沙尔宝东来进攻，那仁汗迎战长期不归，此时兄弟伊尔盖向嫂子娜布格日勒借骑黄鬃红马去看哥哥。他看到二勇士搏斗，又通过占卜看出那仁汗的力量超过对手，将在第二天日出时结束敌人的生命。接着出现伊尔盖的征战，他看到了敌人援军头目巴拉巴斯乌兰带着妖军来犯，伊尔盖通过占卜算出他的力量比对方大40倍。伊尔盖乘机活捉巴拉巴斯乌兰，但其不断反抗。此时，伊尔盖的嫂子赶着牛车前来支援，勇士把敌人捆绑在牛车上交给嫂子看管。随后出现了另一个故事，伊尔盖再次去看哥哥，他哥哥却与敌人特格希沙尔宝东结拜为弟兄了。伊尔盖提醒说，不要以毒为食，以敌为友。他哥哥不但不听，反而唆使敌人去杀伊尔盖。伊尔盖远逃，敌人未能追上。接着，伊尔盖出走流浪，来到遭袭的一个领地，那里的百姓和牲畜已被赶走。他遇到了领地主人沙尔格日勒汗的女儿，这个无家可归的少女再三请求把她带走。她忽然化身为火红的珊瑚跳到勇士马鞍上，伊尔盖便将其放入怀里向前奔去。伊尔盖又碰到了勇士胡吉孟根图拉嘎，二人进行了震天动地的搏斗，干扰了天界神仙的生活，霍尔穆斯塔天神派人劝告未能成功。接着，胡吉孟根图拉嘎的妻子带着子女三人去救丈夫，并且说出了伊尔盖的身世：伊尔盖的母亲是玛努哈尔天女，仙女抛弃儿子上天后，是她把伊尔盖抚养长大的，还以他身上的文字作为佐证。于是，伊尔盖、胡吉孟根图拉嘎二勇士结为弟兄，一起走到胡吉孟根图拉嘎家，过着和平生活。在那里，伊尔盖见到了被袭击的沙尔格日勒汗，便把怀里藏的红珊瑚掏出来，红珊瑚变成姑娘跳到父亲身上。胡吉孟根图拉嘎让伊尔盖娶了这位姑娘为妻。

伊尔盖出逃后的内容和人名在苏·朝衣苏伦异文中有所不同。伊尔盖出逃后，碰见了遭袭击的领地，又见到了领地主人宝尔罕乌兰汗（不是沙尔格日勒汗）的女儿查哈拉干姗妲。她化身为红珊瑚跳到勇士身上，还央求勇士营救她那被敌人扔进山缝中的父亲。伊尔盖去救出她的父亲，并把红珊瑚交给他保管，然后去与抢劫他牲畜的敌人胡德尔阿拉坦策吉（不是胡吉孟根图拉嘎）搏斗。伊尔盖与他长时间扭打，将其摔在地上，正要结果他性命的那一刻，他父亲前来为儿子求情，乘机说出了伊尔盖的身世——他父亲是人间勇士道本哈尔布赫，母亲是天女珠顿索龙嘎（这两个人名与前者不同）。得到证实后二勇士结义，一起到达宝尔罕乌兰汗家设宴庆祝。

在额仁策唱本中，伊尔盖结婚三天后去看哥哥那仁汗。可是，那时他的嫂子已经与两个敌人特格希沙尔宝东和巴拉巴斯乌兰相勾结，杀死那仁汗并将尸首扔进了深洞里。伊尔盖没有警惕，他到那仁汗家被嫂子毒死，同样被抛入深洞。在这一紧急时刻，伊尔盖的战马逃回去将噩耗告诉了胡吉孟根图拉嘎。胡吉孟根图拉嘎逼着娜布格日勒说出二勇士遗体所在之处，并以神药将其复活。接着，三位勇士一起追上逃跑的敌人特格希沙尔宝东和巴拉巴斯乌兰，将他们烧死，但没有惩罚那位嫂子。随后大家一起搬到胡吉孟根图拉嘎家乡，过上了幸福的生活。苏·朝衣苏伦唱本与此不同。伊尔盖到那仁汗家看到那仁汗没有被害死，他变成植物人躺着，嫂子让伊尔盖拿去处理掉，可是伊尔盖使他恢复了健康。此时敌人哈尔巴斯哈尔打猎回来，伊尔盖与敌人搏斗，终于消灭了敌人及其坐骑。于是，他带着哥哥嫂子，驱赶敌人的牲畜回到宝尔罕乌兰汗家乡生活。

毋庸置疑，上述两种异文相互补充，可以使得史诗的内容更为完整。

朝衣苏伦异文生动形象地描述了发现孤独的伊尔盖的经过：那仁汗去打猎，没有看到任何猎物，却在森林中听到了婴儿的哭闹声。

有一个婴儿
躺在杨树荫下
只有猫头鹰哄着
桦树皮披在身上
桦树枝上的滴汁
充当母亲的初乳
滴入他的小嘴里
抚养着婴儿

那仁汗将婴儿带到家交给妻子，妻子的两个乳房滴奶，婴儿吃上了奶。朝衣苏伦唱本的这一细节补充了额仁策异文的缺陷。这种对婴儿的描绘中借用了准噶尔部或绰罗斯部族源的传说，其中出现：一位猎人在无人烟的森林中狩猎，捡到躺在一棵树下的婴儿，把他抚养长大了。……树汁滴在婴儿嘴里成为养料，在他附近除了猫头鹰外，未见其他动物。由此称他为以柳树为母亲，以猫头鹰为父亲的男孩。因为这种身世，他成为准噶尔部祖先。

在额仁策唱本中，对于孤独的伊尔盖的形象，有这样的独特描绘：

伴随那仁汗胡布恩
出生的英雄好汉
倘若问他是什么模样
他头戴兔子皮小帽
他身穿牛犊皮长袍
他有纽扣般小脑袋
他有针眼粗的脖颈
他叫文钦伊尔盖

这种特殊的英雄形象是土尔扈特艺人的创作，补充了阿尔泰乌梁海艺人朝衣苏伦唱本的不足之处。

在朝衣苏伦唱本中，伊尔盖与胡德尔阿拉坦策吉搏斗，即将结束对手生命时，对手的父亲突然前来，请求伊尔盖饶恕自己的儿子，并告知了伊尔盖的身世，使二人结为义兄弟。在额仁策唱本中借用印度《玛尼巴达尔汗的故事》，非常生动形象地描绘了伊尔盖母亲仙女玛努哈尔的女佣去说合，让他们成为结义弟兄的情节。[①] 二勇士长时间搏斗，让大地上布满了灰尘和烟雾，连天界也受到影响，天上中断了三年的聚会和念经活动。在这危急时刻，胡吉孟根图拉嘎供养的大喇嘛以袈裟作翅膀飞到战场上去观看，发现他的勇士即将失败。他连忙上天请求霍尔穆斯塔天神帮助。霍尔穆斯塔天神让他带上金壳的神水去媾和。大喇嘛带着金壳的神水去见二勇士，请他们尝神水停止搏斗，但伊尔盖坚决不接受神水。这时大喇嘛又想

① 仁钦道尔吉：《蒙古英雄史诗源流》，内蒙古大学出版社 2001 年版，第 272—273 页。

到另一种办法，他去找胡吉孟根图拉嘎的妻子，喇嘛让这位仙女带子女三人，手拿大碗鲜奶去请求伊尔盖救她丈夫胡吉孟根图拉嘎的命。原来胡吉孟根图拉嘎的妻子是伊尔盖的母亲玛努哈尔天女的侍女，天女玛努哈尔下凡与凡人吉顿布尔衮哈尔有情，她生下勇士伊尔盖，上天时把他留在人间，就是这个女人抚养他的。伊尔盖听到这个女人讲他的身世，并发现自己腰背上的文字之后，才相信她的话，手接着鲜奶与胡吉孟根图拉嘎一起喝下并结为忠实的战友。这样合情合理地描述了二勇士的结义过程。

史诗《那仁汗胡布恩》具有重要的社会意义。它不仅通过结义弟兄们搬迁到一起生活的实际，反映了部落联盟的创建和势力加强，而且揭露了背叛丈夫勾结敌人的女人的卑鄙行动，同时表现了轻信敌人而遭到杀害的男人的无知，因而拓展了英雄史诗的主题，使人们受到了教育。

三 同名不同内容的多次征战型史诗

在蒙古英雄史诗中，同一部史诗常常出现多种异文，既有同名不同内容的史诗，也有不同主人公的相同内容的史诗。这种现象说明蒙古英雄史诗在千百年来的发展过程中经过了极其复杂的道路。

乌梁海史诗《珠拉阿拉达尔汗》有三种异文，即蒙古国普·好尔劳院士于1957年9月20日记录、艺人希·宝音演唱的《珠拉阿拉达尔汗》(4930诗行）和哲·曹劳记录、同一位希·宝音于1958—1959年到乌兰巴托演唱的《珠拉阿拉达尔汗》（除散文外，诗文长达4000余诗行），我国学者阿·太白记录的其兄吉格米德演唱的《珠拉阿拉达尔汗》（3523诗行）。这原本是阿尔泰地区艺人伊和那尔演唱的史诗，20世纪30年代吉格米德向他学唱了这部史诗。

在这三部史诗中，希·宝音先后演唱的两种异文的内容大同小异，可是蒙古国异文与我国唱本之间除了史诗名称《珠拉阿拉达尔汗》外，几乎没有什么联系，完全是独立的两部英雄史诗。

我们对同一人希·宝音在不同年代演唱，不同学者普·好尔劳和哲·曹劳整理出版的两种异文进行比较后，发现主要人物名称相互对应，基本情节大同小异，描绘的繁简不同，在细节上有一定的出入。但早几年演唱的普·好尔劳异文比哲·曹劳异文在情节上更为完整，语言更优美动听，从头至尾均为韵文体，还有许多风俗习惯的描述，因而篇幅更长。

哲·曹劳异文，除序诗外，基本故事由三大部分组成：

（1）珠拉阿拉达尔汗及其儿子乌延孟根哈达逊二人与掠夺者道本哈尔父子的斗争；

（2）乌延孟根哈达逊远征求婚的故事；

（3）乌延孟根哈达逊偕妻返家途中的战斗。

这里有蒙古英雄史诗传统的情节，也有后期出现的特殊情节和母题。《珠拉阿拉达尔汗》开头同《江格尔》和其他卫拉特史诗一样，是从英雄家乡的聚会和酒宴开始的。珠拉阿拉达尔汗同妻子龙女哈尔尼敦商定举办了65天的欢乐酒宴。可汗在酒宴期间想到自己无儿，就请孤独的老马倌阿格萨哈勒也来参加盛宴。乘阿格萨哈勒赴宴之机，骑白骏马的勇士道本哈尔前来赶走珠拉阿拉达尔汗的两种毛色的马群。得知马群失窃后，珠拉阿拉达尔汗亲自去追赶敌人，他大声喊叫让窃马贼放下马群。听到主人震天动地的声音，两批马群逃脱敌人之手，向自己的草场奔跑。史诗接着描绘了珠拉阿拉达尔汗与道本哈尔的征战，当胜负难分之时，他们脱下盔甲跳上前去肉搏。二人搏斗了好几年，珠拉阿拉达尔汗增强了战斗意志和力量，把对方压倒在地，并且骑到身下，问他有没有可为他报仇的儿子。道本哈尔说，他只有一匹骏马。

这个故事中有一种特殊现象，它不仅描写了珠拉阿拉达尔汗与道本哈尔的战斗，而且反映了他们的儿子的斗争。在战斗中敌人的战马变成了主人的儿子（在好尔劳异文中敌人的猎狗变成三岁儿子），这是其他蒙古史诗中罕见的现象。当珠拉阿拉达尔汗骑在道本哈尔身上，拔出宝剑将杀死他时，他的白骏马突然变成了三岁的小勇士，把他从勇士身下抢过去，自己与勇士肉搏。在这种危急时刻，珠拉阿拉达尔汗的银合马知道主人打不过三岁小勇士，它往家乡奔驰，去找勇士出征后他妻子生的三岁儿子巴勒乌兰，并把小勇士带到战场上来替父亲与敌人的三岁儿子战斗。两个三岁的小勇士打了多年，珠拉阿拉达尔汗的儿子终于杀死了道本哈尔的儿子，火烧敌人的白骏马祭战神。这样史诗的第一个征战故事结束。

接着，史诗描述了珠拉阿拉达尔汗之子乌延孟根哈达逊的婚礼故事。

但在希·宝音演唱的史诗《珠拉阿拉达尔汗》中原来就有两部独立的史诗，第一部叫作《珠拉阿拉达尔汗》，第二部是《乌延孟根哈达逊》，因二者的主人公有父子关系，以父子关系连接在一起成为连环型史诗，叫作《珠拉阿拉达尔汗》。

乌延孟根哈达逊的婚礼较复杂，珠拉阿拉达尔汗夫妇求子后得到了儿子，于是设宴庆祝，准备找有威望的老人起名。和其他卫拉特史诗一样，这时，突然进来一位白发老人给儿子剃胎发，替他起名叫“不可战胜的勇士乌延孟根哈达逊”，并说他的坐骑是会讲话的烟熏枣骝马，他的未婚妻是西南方呼图勒阿拉达尔汗的女儿呼布其珠顿索龙嘎。白发老人说完话突然不见了，人们认为他是神仙。

在宴会上乌延孟根哈达逊提出要远征求婚，父母说他们年老体弱不能抵抗来犯之敌，祝愿儿子早日归来，小勇士跳上战马奔向西南方。他在求婚途中遇到很多人和各种自然现象。

在一个蒙古包里，乌延孟根哈达逊见到一男一女。他们称赞乌延孟根哈达逊和其未婚妻的美丽勇敢，告诉乌延孟根哈达逊在路上会遇到一座震死人的妖山和危险的敌人。乌延孟根哈达逊向前走见到了远嫁的姐姐和姐夫呼和德尔逊，姐夫提出要和他一起去参加婚礼，并且在战斗中助他一臂之力，但遭到他谢绝。乌延孟根哈达逊走到震死人的妖山上，那座山先后强烈震动三次，他依靠坐骑的力量通过了妖山。他向前走，征服了凶暴的敌人铁木耳呼热及其同伙库尔勒哲勃，并与他们结为弟兄。在勇士的婚礼中没有出现岳父刁难和进行三项比赛等情节，传统的英雄婚事却被卫拉特的风俗取代。故事里，尽管也出现了争夺未婚妻的情敌奥特根哈尔赫莫，在争论中乌延孟根哈达逊表示可以与他决斗。听到这话对手吓得拔腿便走，但走之前对勇士暗示说：“在你回家路上，我敬你一杯酒。”对手逃走之后，乌延孟根哈达逊走进未婚妻呼布其珠顿索龙嘎的房间中，和她玩沙盘、下象棋，戏要 15 天后才去见可汗。可汗同意嫁女，并且为他们举办了盛大的宴会。女儿女婿将离开的时候，可汗分了一部分牲畜和属民给他们，祝他们一路平安。

史诗最后一部分，描绘了勇士乌延孟根哈达逊带妻子返家途中的遭遇。情敌奥特根哈尔赫莫逃走后伙同其他势力向乌延孟根哈达逊的家乡及其结义弟兄家乡进攻，杀死了他的义兄弟铁木耳呼热和姐夫呼和德尔逊。勇士带妻子回家途中救活了被害者，并与义兄弟抗爱哈尔布赫等一起彻底消灭了奥特根哈尔赫莫及其同伙。最终乌延孟根哈达逊和弟兄们团聚在一起，举办盛大宴会祝贺胜利。

如前所述，这种异文与普·好尔劳异文的内容大同小异，但在细节上有一定区别，在普·好尔劳异文中不是敌人的白马，而是他的栗色猎狗在地上连续打三次滚变成了道本哈尔的三岁儿子，他同珠拉阿拉达尔汗较量。在这种异文中，敌人的三岁儿子战胜了珠拉阿拉达尔汗，企图杀害珠拉阿拉达尔汗时其人竟刀枪不入，拴在马尾上拖走时珠拉阿拉达尔汗变成了青铜石碑，用大火烧也烧不死，最后抓去当奴隶。后来珠拉阿拉达尔汗的儿子经长期搏斗战胜了敌人的儿子，用自己的小黑剑结束了道本哈尔儿子的生命，救出了父亲，消灭了道本哈尔及其妖婆。在哲·曹劳异文中没有此类描写。这是两种异文的一个较大的区别。

从以上分析不难看出，蒙古国同一位艺人前后演唱的两种异文中，在人物和情节方面大同小异。但是蒙古国异文与我国学者阿·太白异文大不相同。它们相似之处极少。尽管两国异文的主人公都叫珠拉阿拉达尔汗，史诗都是以他名字命名的。但其他正反面人物的名字不同，故事内容和情节完全不一样，它们无疑是同名不同内容的两部独立的英雄史诗。

阿·太白异文的情节极其复杂，描写了珠拉阿拉达尔汗、他的两个儿子宝尔罕哈尔和宝尔芒乃以及宝尔罕哈尔的儿子等三代人的事迹。先后多次征战，即宝尔罕哈尔杀死那林沙尔哈尔盖蟒古思、宝尔芒乃消灭蟒古思的大肚婆及其肚皮里出来的不满 10 个月的小妖、宝尔罕哈尔打败力大无比的库尔勒策吉蟒古思、宝尔芒乃战胜道古冷查干蟒古思、宝尔罕哈尔打败 25 头的蟒古思、宝尔芒乃杀死 15 头的蟒古思以及宝尔罕哈尔的婴儿消灭道古冷查干蟒古思的儿子奎屯哲勃等一系列征战都有一定的特点。此外，史诗里还有无儿女的珠拉阿拉达尔汗得子的故事及其子宝尔罕哈尔的婚礼故事。

总之，同名不同内容的英雄史诗具有极大的区别，它们成为完全独立的两部史诗。这种现象真实地反映了蒙古英雄史诗极其复杂的发展和演变过程。

最后讲一讲受佛教影响的卫拉特多次征战型英雄史诗《汗哈冉贵》。目前国内外已发现了这部史诗的数十种异文。它们以手抄本形式和口头演唱形式流传，其中有长有短，有韵文体、散文体和韵散结合体。蒙古英雄史诗早在1000多年前产生，当时蒙古人信仰萨满教，以萨满教世界观创作了英雄史诗。英雄史诗歌颂了长生天（Munhe Tngri）为首的99个天神的功绩。但是，自16世纪以来，藏传佛教传入蒙古地区，喇嘛们信仰佛教，反对萨满教天神。在这种情况下，喇嘛们将具有萨满观念的史诗《汗哈冉贵》改变为反对和丑化腾格里天神的史诗，并辛辛苦苦抄写成许多手抄本在各个蒙古部落区域散发。为了扩大手抄本《汗哈冉贵》的影响，在民间散布说它是"蒙古英雄史诗之祖"或"蒙古英雄史诗之汗"。最早于1937年苏联语言学家嘎·桑杰也夫发表了一种手抄本《汗哈冉贵》，他在序言中明确指出，这个手抄本反映了喇嘛们的观点，即腾格里天神成为人类的敌人。①

笔者曾在专著《蒙古英雄史诗源流》中较详细地分析了史诗《汗哈冉贵》，在此恕不赘述。

四 乌梁海英雄史诗的艺术特色

卫拉特英雄史诗，尤其是乌梁海英雄史诗在内容、情节、结构和诗学方面都丰富和发展了蒙古英雄史诗。

在情节结构方面，蒙古英雄史诗经过了三大发展阶段——首先是单篇型史诗，分为婚事型单篇史诗和征战型单篇史诗；其次是串连复合型史诗，它分为两种类型，一是婚事加征战型史诗，二是两次征战型史诗；最后是长篇英雄史诗《江格尔》和《格斯尔》，属于并列复合型史诗，其各个章节同等地并列在一起，而且各个章节的情节结构与单篇型史诗或串连复合型史诗相似。

多次征战型史诗是串连复合型史诗的一种类型，是在串连复合型史诗的两大情节（婚事加征战，两次征战）上增加征战次数而构成的。乌梁海

① ［苏］嘎·桑杰也夫编：《汗哈冉贵传》，莫斯科—列宁格勒：苏联科学院出版社1937年版。

多次征战型史诗反映了蒙古英雄史诗的多种发展倾向。

(一) 连环型发展史诗

《珠拉阿拉达尔汗》和《乌延孟根哈达逊》是相对独立的两部史诗，它们不仅在蒙古国乌梁海人中流传，而且在我国新疆也传诵着。但是希・宝音演唱的时候，将二者合在一起叫作《珠拉阿拉达尔汗》。因为二者的主人公珠拉阿拉达尔汗与乌延孟根哈达逊有父子关系，以父子关系连接在一起出现了连环型史诗《珠拉阿拉达尔汗》。此类史诗极少，只有埃和里特—布拉嘎特艺人伊莫格诺夫・曼舒特演唱的史诗《阿拜格斯尔胡本》如此。原来布里亚特有独立的两部史诗《奥希尔博克多》和《胡荣阿尔泰》，可是把它们以父与子关系连接起来，并挂在蒙古《格斯尔传》后面，这样三部史诗合在一起形成连环型史诗《阿拜格斯尔胡本》。

(二) 双线交叉型发展史诗

阿・太白记录的史诗《骑银合马的珠拉阿拉达尔汗》与希・宝音演唱的同名史诗的发展方式完全不同，其内容和情节极其复杂，描写了珠拉阿拉达尔汗，他的两个儿子宝尔罕哈尔和宝尔芒乃以及宝尔罕哈尔的儿子等三代人与四五个敌人的七八次征战。绝大多数蒙古英雄史诗的情节为单线型发展，即一次征战结束后，进行第二次征战，接着就是第三次征战。但是，阿・太白异文不同，其中有弟兄两名大英雄宝尔罕哈尔、宝尔芒乃分别从两条线进行征战，也就是两个勇士不是在一起同一个敌人战斗，而是各自独立地与不同敌人搏斗，两条发展线索互不关联。

(三) 征战套征战型发展史诗

土尔扈特艺人和阿尔泰乌梁海艺人演唱的《那仁汗胡布恩》具有与众不同的结构形式。其他蒙古史诗均以一位勇士贯穿多次征战，可是在史诗《那仁汗胡布恩》里，三次征战竟有三个不同的勇士，也就是一位勇士的征战没有结束，便从中发生了第二位勇士的征战、第三位勇士的征战……也就是出现了从一次征战中引出又一次征战的方式发展的英雄史诗。额仁策唱本是以一个大征战为框架，中间插进三次小征战，最后还是以大征战的结束终止整个史诗的。朝衣苏伦唱本在大征战中插进了两次小征战。

蒙古英雄史诗，尤其是阿尔泰乌梁海史诗通过大胆的想象和虚构，将蒙古人的现实生活和争斗加以理想化，因而不断地吸引着各个时代的人民群众。史诗借用和发展了传统的神话、传说、祝词、赞词、歌谣、谚语等形式，使其语言生动、诗歌有韵律节奏，人物形象绘声绘色，情节结构曲折复杂，其细节描写尤为引人入胜。许多史诗的序诗长达五六百诗行，深入细致地描绘了古老时代、勇士的家乡、五种牲畜、宫帐、宫帐里的用品、勇士的英勇、妻子的本事和坐骑的功能等，每一项都像一首祝词和赞词。在许多乌梁海英雄史诗中，往往这样称颂勇士：

诞生成长
到踏上马镫后
从未丢失过
国土和政权
出生长大
到踩上马镫后
从未丢掉过
故乡和山川……
没有喝烈酒
烂醉的经历
没有与敌交锋
吃败仗的经历
以肩胛骨摔跤
没有被摔倒的经历
以大拇指射箭
没有射空的经历……
对侵犯之敌
毫无推让之心
对来犯之敌
毫无容忍之心。

这种程式化描写，反映了百发百中、百战不败的英雄人物的威望、勇气、力量、武艺和对敌人的愤怒。

对于洁白的大宫帐（蒙古包）有如下的刻画：

在那天窗上
雕刻着孔雀与雄雉玩耍
在那门框上
刻画着鹞鹰和黄鸭在飞
在那天窗盖上
画着凤凰在对叫
在那围墙上
刻着岩羊与公羊抵角……
在那围带上
画着海鹰在尖叫
在那顶柱上
刻着老虎与雄狮搏斗。

通过这样理想化的描述洁白的大汗宫，从侧面烘托出汗宫主人的高大形象。

在人物形象塑造方面，史诗主要通过人物的豪言壮语和排山倒海的行动，有声有色地刻画其英雄形象。如塔林哈尔宝东看到远方来了一位英雄好汉，不但不怕反而在心里想：

如若强悍力壮者和我相搏斗
我将舒展脊背筋肉
我将泄漏头上的恶汗
便从那山坡上
飞奔下去迎接……

显而易见，该史诗通过勇士的思绪，从一个侧面来揭示其胆大无畏的乐观主义精神。

史诗采取艺术夸张的手法，有声有色地描绘塔林哈尔宝东的战斗行为，表现其排山倒海的英勇事迹，譬如：

两位大勇士
就地搏斗
势均力敌
不相上下……
将那小山头
粉碎在地
将那大山岳
推倒在地
草场被焚毁
变成了山坡
山坡被践踏
变成为草场。

再如，史诗这样描述二勇士坚强的意志和宁死不屈的精神：

两大勇士
坚决果断
决无回避的心思
决无回头的想法
肩膀对肩膀
脖颈对脖颈
胸膛对胸膛
紧紧地搏斗……
从手到之处
撕下铁锹大肉块
从抓到之处

扯下手掌大肉块……
手脚的骨头
打得变成了白骨
腰背的骨头
打得歪歪扭扭。

总之，乌梁海英雄史诗具有英雄主义、乐观主义和浪漫主义的精神，它有永恒的教育意义和现实意义，让人们为保卫家乡和建设家乡而进行宁死不屈的斗争。

（《江格尔》研讨会论文，2014 年）

论埃和里特—布拉嘎特[*]英雄史诗

蒙古英雄史诗分为三大体系，即布里亚特体系史诗、卫拉特体系史诗和巴尔虎—喀尔喀体系史诗。埃和里特—布拉嘎特部落是俄罗斯境内布里亚特的主要部落之一，其英雄史诗既古老又丰富，可以作为布里亚特英雄史诗的典范研究。

一 布里亚特社会文化背景

布里亚特人主要分布于俄罗斯境内南西伯利亚地区，西起伊尔库茨克州，中间经过布里亚特共和国，东至赤塔州。此外，在蒙古国北部和我国呼伦贝尔盟也居住着一批布里亚特人。据 20 世纪 80 年代中期的统计，俄罗斯境内布里亚特人有 42.2 万人口。

12—13 世纪的蒙古部落分为两类：森林部落和草原部落。居住在贝加尔湖附近的是森林部落，以狩猎和捕鱼为生。当然，他们有骏马、猎狗和猎鹰，供狩猎使用。游牧于兴安岭到阿尔泰山之间的是草原部落，从事畜牧业，部分人兼狩猎业。草原部落住毡帐（蒙古包），森林部落住窝棚。他们有一定的手工业，也有以物换物的贸易。当时氏族社会瓦解，私有制出现，阶级分化。[①] 在婚姻制度方面，母系社会被父系社会替代，父系氏族实行外婚姻制度。当时蒙古人，包括布里亚特人的宗教信仰是萨满教。11—12 世纪，在安加拉河附近的八河流域居住着卫拉特部落，在巴尔古津托库木地区有豁里、巴尔忽惕、秃马惕、不剌合匠、克列木匠、愧因无良

---

* 埃和里特—布拉嘎特有译为埃希里特—布拉加特，是根据俄文译的，与布里亚特语的发音不同。

① ［苏］符·阿·库德里亚夫采夫等：《布里亚特蒙古史》，高文德译，中国社会科学院民族研究所社会历史室 1978 年版。

哈、兀尔速惕、帖良古惕、秃剌思等部落。当时蒙古部落不是统一的整体，彼此联系薄弱，讲不同方言，文化发展水平也不同。成吉思汗统一蒙古时，于1207年派长子拙赤去征服了林木中百姓。对此，《蒙古秘史》有这样的记载："兔儿年（1207），拙赤率右翼军，去征伐林木中百姓，以不合为前导。斡亦剌惕（卫拉特）的忽都合别乞率万斡亦剌惕部投降。……到达失黑失惕地方。拙赤招降了斡亦剌惕部、不里牙惕部（布里亚特）、巴儿浑部……"成吉思汗把这些百姓赐给拙赤管理。蒙古帝国灭亡后，布里亚特又恢复了部落生活。17世纪布里亚特有许多部落，其中最大的是埃和里特、布拉嘎特、霍里和洪高道尔。近代布里亚特的基本经济是畜牧业，西部是半游牧区，东部过着游牧生活，还有一定的狩猎业和渔业。17—19世纪西部伊尔库茨克州和外贝加尔地区有了农业经济。过去布里亚特人信仰萨满教，萨满教对布里亚特思想文化的影响比对其他蒙古地区的影响更深。古老神话和英雄史诗是以萨满教世界观创作的。可是，17世纪末18世纪初，喇嘛教传入布里亚特地区。布里亚特物质文化和精神文化与蒙古、卡尔梅克以及西伯利亚突厥语民族具有共同性。1937年以前布里亚特与其他蒙古部落一样使用回纥式蒙古文。因受俄罗斯和欧洲影响早，在蒙古部落中布里亚特文化最发达，在国外出现了不少知名学者：班扎洛夫·道尔吉（1822—1855）、官宝也夫·嘎拉桑（1818—1868）、策·扎木察拉诺（1880—1942）和宾巴·仁亲（1905—1977）等。

布里亚特口头文学既古老又丰富，从18世纪中叶起记录了祝词、赞词、歌谣、谚语、民间故事等，采录的古老神话和传说尤为突出，诸如创世神话、女人传说、埃和里特—布拉嘎特祖先传说、布哈诺彦传说、贝加尔湖及其女儿安加拉河传说和美女传说。当然，其中也记录了英雄史诗。最早记录布里亚特口头文学的是俄罗斯科学院考察队的帕拉斯、莫林等人。从19世纪末开始，波塔宁、杭嘎洛夫等人系统地搜集了布里亚特英雄史诗。20世纪上半叶，策·扎木察拉诺、阿·鲁德涅夫和希·巴拉达也夫等记录了大量的史诗。已记录的布里亚特英雄史诗有300多部，其中希·巴拉达也夫（1889—1978）个人记录的就有100多部。最长的史诗有《阿拜格斯尔》（22074诗行）和《叶仁赛》（9521诗行）。同时，发现了著名的史诗演唱艺人安加拉河流域的波得洛夫（1866—1943）、温戈艺人土谢米洛夫（1877—1945）以及瓦西列夫和德米特里也夫等人。策·扎木察拉诺尔于1903—1906年从库丁山谷的埃和里特—布拉嘎特人中记录了《阿拉木吉莫尔根》《艾杜莱莫尔根》《叶仁赛》《阿拜格斯尔》《奥希尔博克多和胡荣阿尔泰》《哈奥希尔》（另一异文）、《布赫哈尔胡布恩》《双豪岱莫尔根》和《阿拉坦沙盖胡布恩》等史诗。此外，1941年巴拉达也夫记录了埃和里特—布拉嘎特史诗《哈日亚切莫尔根胡布恩》。同年，黑勒土肯在努克特区记录了史诗《赛达尔和宝衣达尔》和《汗查格图阿巴海》。

策·扎木察拉诺于1908年记录了外贝加尔地区（现赤塔省）史诗，1911年记录了哈木尼干史诗，1908年还记录了豁里艺人巴扎尔演唱的史诗《门叶勒图莫尔根》《赫叶德尔莫尔根》《查珠海胡布恩》《道劳林卢嘎巴萨干》《那木乃胡布恩》《哲勃哲勒图莫尔根》《铁木耳宝劳道尔》。

最早研究布里亚特史诗的是策·扎木察拉诺，接着是鲍·雅·符拉基米尔佐夫和嘎·桑杰也夫。20世纪50—70年代出现了乌兰诺夫、沙尔克什诺娃和霍莫诺夫等研究者。嘎·桑杰也夫等人将布里亚特英雄史诗分为三大类，即埃和里特—布拉嘎特史诗、温戈史诗和豁里史诗，其中最古老、最有代表性的是埃和里特—布拉嘎特英雄史诗。

二 埃和里特—布拉嘎特巾帼英雄史诗

在布里亚特英雄史诗中，埃和里特—布拉嘎特史诗的记录、出版和研究最早，发现的史诗数量极多，篇幅很长，而且具有古老性，能够代表早期史诗的原始面貌。在埃和里特—布拉嘎特史诗中有其他蒙古史诗中罕见的女扮男装型巾帼英雄史诗和女佣替嫁型英雄史诗。布里亚特著名学者、苏联科学院通讯院士策·扎木察拉诺（1880—1942）于1903年8月18—20日记录了艺人沙勒比克夫（男，53岁）演唱的史诗《阿拉木吉莫尔根》（5297诗行），1904年8月15日搜集了伊尔库茨克州艺人宝勒达也夫说唱的史诗《艾杜莱莫尔根》（1867或1767诗行），还在1906年10月29日记录了艺人巴尔达哈诺夫（男，27岁）演唱的史诗《双豪岱莫尔根》（1604诗行），这三部都是巾帼英雄史诗。前两部史诗（蒙古语拼音）早在20世纪初在扎木察拉诺等人编辑的《蒙古民间文学范例》（1913年，1918年和1931年）中发表，扎木察拉诺俄译文（1912年2月在蒙古库伦译完）于1959年在乌兰巴托出版。

史诗《艾杜莱莫尔根》的全称是《艾杜莱莫尔根和阿兀嘎诺干杜海》。学者M. 霍莫诺夫、H. 沙尔克什诺娃等认为，这部史诗的性质和内容很古老。确实它与其他史诗不同，没有序诗，连出生地点、勇士的父母等都没有，只有艾杜莱莫尔根和妹妹阿兀嘎诺干二人出场，史诗开头就说：

从前古代时代
在那温暖时代
占据无人的大地
占有无主的民众
艾杜莱莫尔根出生
长到十五岁那年
他的社会地位
仅次于四十四尊天。①

由此不难看出，艾杜莱莫尔根的地位在萨满教四十四天神之下，是介于神与人之间的英雄。他就是“世界第一人”，又是第一位占有民众的首领和第一位猎人。上述埃和里特—布拉嘎特的三部巾帼英雄史诗都描绘了创世时代的人类始祖。当然，将始祖放在人类生活中，反映其英雄事迹，逻辑上看来是有矛盾的。E. M. 梅列金斯基较系统地比较了西伯利亚的阿尔泰、图瓦、哈卡斯、朔尔斯、雅库特和布里亚特等突厥—蒙古各民族英雄史诗，发现史诗的许多主人公是孤独的人，是人类始祖。此外，他说，“‘孤独’的人类始祖往往还有个妹妹”，又说“一对兄妹作为人类始祖成为西伯利亚地区突厥—蒙古诸民族史诗流传的题材，在保持着浓郁母系制

① 蒙古萨满教认为天上有九十九尊天神，被分为右翼五十五天神，左翼四十四天神。

古风的布里亚特人的民间创作中，这种题材更是屡见不鲜”。①

史诗里说，在那和平幸福时代，为了尝尝野味，艾杜莱莫尔根骑着骏马、带着猎狗在阿尔泰山上寻找猎物，走了三个月，从未看到猎物而走向了回家之路。可是在途中碰到了一个黄铜眼睛的老妖婆，妖婆骗他往后看时，用神奇的月牙刀打死了他。可是，他那会说人话的骏马咬住主人的衣服将他的遗体拖回了家。妹妹阿兀嘎诺干看到哥哥被害，痛哭流涕，可是她听到骏马的话，知道在遥远西北方额真孟和汗的女儿额尔赫楚邦是哥哥的未婚妻，她会使死人复苏。为了营救哥哥，她便剪掉长发，穿哥哥的衣服，女扮男装去娶额尔赫楚邦，走之前将哥哥的遗体放入山缝中保存。她在远征途中射杀了害死哥哥的妖婆；战胜了种种自然灾害；还打败了各种有害动物，诸如在森林中打死了黑熊，在湖边赶走了吃蛤蟆的花鸟，得到了蚂蚁汗、蛤蟆汗和花鸟的感恩，它们说她遇到困难时可以叫它们帮助。女勇士到达额真孟和汗家，受到了残酷折磨。她向可汗问候：“岳父，您好!”可汗生气说：“谁是你岳父?”便派四名大将把她带到海岸上用铁索挂在树上。她暗中请求蛤蟆汗来帮助其脱险，接着又去向可汗问候：“岳父，您好!”可汗让她分离铁盆中的三种粮食，她请求蚂蚁汗来帮助分离了粮食。此时可汗说她有福气做女婿，但又让她完成了三项危险的使命。这就是各种史诗中常见的三种征服凶禽猛兽的斗争，即活捉有三十庹长身躯的大黄狗和独角独牙独眼的黑公驼，带来凤凰的羽毛，她在未婚妻额尔赫楚邦的协助下完成了任务。

女勇士提出与额尔赫楚邦结婚时，一个伊都干（女巫）劝说可汗不能把女儿嫁给另一个女人，并给她喝酒试看此人是不是女儿身。在战马的帮助下，她保守住了秘密，并趁机将女巫杀死。结婚后，可汗又让她与闻名于天下的特努克毛亚摔跤，在感恩的花鸟的暗中帮助下，她打败了对手。

阿兀嘎诺干带哥哥的妻子返回家途中，先从山缝里取出哥哥的遗体，放在路边用衣服盖住，并在树上挂他的武器，留下一封书信后化为蚊子飞走了。妻子额尔赫楚邦赶来，突然发现勇士躺在路边，掀开衣服一看是具

① 参见［俄］E. M. 梅列金斯基：《英雄史诗的起源》，王亚民等译，商务印书馆 2007 年版。

尸体，非常惊讶。她认为上当受骗了，转身便往回走。可是她听了坐骑的劝告，就返回来用红柳条鞭子在尸体上打了三下，让勇士恢复了原来面貌；她又向太阳神求勇士灵魂，一边挥舞三次手，一边呼唤三次为其招魂。突然勇士跳起来说，我怎么睡了这么久，并问她是什么姑娘。姑娘回答说是上当受骗来的。勇士看到妹妹留下的信，知道了事情的经过。于是，两个人和好，生活在一起。他们生了两个儿子之后，妹妹回来了。他们将妹妹嫁给远方的珠如肯布赫，大家都过上了幸福生活。

史诗通过阿兀嘎诺干营救哥哥的英勇事迹，反映了她的智慧、勇气和力量，生动形象地说明女人并不比男人差，而且会挺身而出去营救遇害的男人。

这是一部很古老的、具有神话色彩的英雄史诗，其中包含有不少神话、传说因素，诸如，史诗中妖婆用月牙刀打死艾杜莱莫尔根；妹妹阿兀嘎诺干女扮男远征求婚途中打死神奇的黑熊和赶走吃蛤蟆的花鸟；到岳父家受到折磨时得到蛤蟆汗、蚂蚁汗的帮助等，不是通过个人的英雄行为战胜一切，而是在感恩动物的帮助下，脱离危险并保住了女扮男装的假象。学者嘎·桑杰也夫说得对，这是从神话史诗向英雄史诗过渡的史诗。它主要是反映了女英雄与自然界斗争的婚事型英雄史诗。

《阿拉木吉莫尔根》与《艾杜莱莫尔根》相似，是女扮男装型英雄史诗，它继承了《艾杜莱莫尔根》的传统，主人公是阿拉木吉莫尔根和妹妹阿贵娃罕，他们的对手是两个叔叔。

史诗的重要情节如下：因财产问题，两个叔叔合谋以借刀杀人之计坑害阿拉木吉莫尔根，派他去与600个脑袋的蟒嘎德（恶魔）搏斗；在消灭蟒古思回家途中，两个叔叔竟用毒酒害死了勇士；妹妹阿贵娃罕以女扮男装去娶来哥哥的未婚妻；未婚妻宝劳德胡莱使勇士阿拉木吉莫尔根死而复苏；阿拉木吉莫尔根向两个叔叔报仇。

史诗演唱艺人讲述传统的史诗时，往往有增加自己时代的一些内容的习惯。所以，这部史诗中有蒙古英雄史诗传统的古老因素，也有近几百年来俄罗斯生活的影响。在描述古老时代阿拉木吉莫尔根诞生，阿贵娃罕跟着出生之后，接着用近代俄罗斯生活方式描写了他们的生活环境，即砍伐树木修建木头房和城市（城市中有4条大街、33个胡同、300个商店）。

史诗富有神话色彩，说阿拉木吉莫尔根成为无主大地的主人，无首领的属民的汗，当上了13位可汗之首，成为73种语言民众的头领。由此可知，阿拉木吉莫尔根是世间独一无二的人，又是创造房屋的文化英雄。俄罗斯著名史诗理论家E. M. 梅列金斯基引用了史诗《阿拉木吉莫尔根》开头的一段，说“阿拉木吉莫尔根和他的妹妹应该是世界上最早的人。……阿拉木吉莫尔根这个世界第一人修建了世间第一处房屋，率先从事畜牧业，即显示出创造者和最初的文明人的特质。……阿拉木吉莫尔根也被描写为第一个王公”。又说“雅库特史诗《艾尔索戈托赫》的主人公艾尔索戈托赫和阿拉木吉莫尔根一样，是自己新建立了自己的家业。艾尔索戈托赫建起了80平方俄丈的硕大帐篷，它的40个窗户是7排松树的木料制成。里边设有炉灶、石板床等，只有他使用的武器，而这些武器也不是他自己而是铁匠切姆切尔坎—克尔比坦制造的”。①

史诗往下说，他让秘书写信分别给南边看管马群的叔叔和北边看管马群的叔叔，让他们召集属民百姓赶来马群。两个叔叔看信很生气，都说：“本来我以为这些马群是我的，可惜没有在他小时候宰杀，发生了如此危险的后果。”两个叔叔走到一处去合谋害死侄子的诡计。接着两个人一起到他家，但受到侄子的热情款待。阿拉木吉莫尔根答应了两个叔叔的要求，去征服600个脑袋的蟒嘎德。阿拉木吉莫尔根不听妹妹的劝告，决定要出征，走之前妹妹给他做了战袍，并送了自己的戒指，祝福他尽快胜利归来。勇士与恶魔搏斗，与其他史诗一样将胜负难分时，听坐骑的话，先杀死了敌人的灵魂，后消灭了恶魔的肉体。从恶魔肚皮里涌现出被活吞的人群和畜群，人们祝福救命恩人。勇士又解救了吊在树上的三个年轻人，其中有后来出名的英雄双豪岱莫尔根。

战胜恶魔返回家途中，战马告诉主人，他的两个叔叔带毒酒前来，请主人千万不要上当。可是阿拉木吉莫尔根不听劝告，喝毒酒而死去。紧急时刻战马咬住主人的长袖拖着他回到了家中。阿贵娃罕看到哥哥死去，便昏倒在地，醒后抱着战马脖子痛哭一番，随即将哥哥遗体放入山缝里，女

① ［俄］E. M. 梅列金斯基：《英雄史诗的起源》，王亚民等译，商务印书馆2007年版，第272—275页。

扮男装去替哥哥娶他未婚妻宝劳德胡莱，以便让哥哥起死回生。在求婚途中，她历尽了各种艰难困苦。这是西伯利亚森林部落史诗，当地有原始森林和高山大海。她化身为黑狐狸、灰狼和乌鸦越过了高山峻岭，脱离了企图砍死她的长胡须老人的屠刀和牛马般大蛤蟆的毒害，又砍死了毒蛇，救助了汗布尔古德鸟（其他史诗里是凤凰）的三个姑娘，得到这只鸟的感恩而越过了高山大海。

阿贵娃罕到达哥哥岳父家前后的经历较为简单，与其他史诗的主人公不同，她没有化身为骑两岁劣马的秃头儿，也没有经过三三制的考验。她变作红光满面的小伙子，人们投去了羡慕的目光。她到了达赖巴彦汗家向岳父岳母问安，并说明了来意，可汗夫妇很喜欢，准备第二天举办婚礼。可是与史诗《艾杜莱莫尔根》一样，这时有一个伊都干（女巫）劝告可汗夫妇，不能将女儿嫁给另一个女人。为了探明究竟，他们采取了两种措施，其一是让她与大地上出名的摔跤手嘎海布赫摔跤，其二让她与三位勇士一起在海里游泳，但都没有发现她是女人。她趁机将女巫推到水里淹死了。

可汗举办了盛大宴会，将女儿女婿送走，派600人陪同前往。随后出现与《艾杜莱莫尔根》相同的情节。上路之后阿贵娃罕先去从山缝中取出哥哥遗体放在大路上，并给他穿上衣服。当她把武器挂在树上，留下书信后便变作母鹿走进了山林。妻子宝劳德胡莱到来很吃惊，感到上当受骗，立即往回走。但听战马的劝告后，就回过头来让丈夫起死回生。阿拉木吉莫尔根苏醒后，看到战马、马鞍和妹妹留的信明白了事情的经过。夫妻二人回到家乡，将那被焚毁的家乡恢复了原貌，用战马的三根尾毛做成了布满草原的牛羊马群，并设宴款待陪同妻子来的600名客人。送走客人之后夫妻二人谈论过去的事件，成为温暖和睦的家庭。妻子宝劳德胡莱提出找回亲爱的妹妹，阿拉木莫尔根经过长期寻找终于找到了化身为母鹿的妹妹，让她恢复了原貌。夫妻俩设宴欢迎妹妹回来，最后惩罚了害死人的两个叔叔，过上了比过去更幸福美满的生活。

史诗《阿拉木吉莫尔根》借用了《艾杜莱莫尔根》的巾帼英雄形象，它的形成时代晚于后者。《阿拉木吉莫尔根》反映了氏族内部斗争。原来阿拉木吉莫尔根与两个叔叔共同占有牲畜和财产，两个叔叔以为他们管辖的牲畜是个人财产，听到将他们的畜群合并到阿拉木吉莫尔根处，便出现了矛盾。也就是说，为了争夺财产，两个叔叔毒死了侄子。实际上这反映了由氏族公有制过渡到个体所有制时代的氏族内部斗争。

第三部巾帼英雄史诗《双豪岱莫尔根》，是上两部史诗的另一种异文。三部史诗的人名不同：艾杜莱莫尔根、妹妹阿兀嘎诺干、未婚妻额金孟和汗的女儿额尔赫楚邦；阿拉木吉莫尔根、妹妹阿贵娃罕、未婚妻达赖巴彦汗的女儿宝劳德胡莱；双豪岱莫尔根、妹妹额尔黑勃奇诺干、未婚妻乌孙罗布桑汗的女儿纳木希娃罕。此外，害死勇士的坏人名字也不同。在其他方面，三部史诗上半部分的内容大同小异，这部史诗内容单薄，但都有妹妹女扮男装替哥哥娶来未婚妻，未婚妻使勇士复活的情节。这部史诗的女英雄额尔黑勃奇诺干到达乌孙罗布桑汗家之后，经过了几项考验。和其他十三名求婚者一起数一数北部的数千匹马和南部的数千匹马的数，她第一个数清马群数目，告诉了可汗。接着让她去带来凤凰的羽翎和黄色狂狗，以及到海里游泳，她顺利通过了这些考验。女婿带妻子返回家乡之前向可汗提出要带走珍藏的小黄狗和珍贵的黑山羊皮，可汗不得不答应，可是他们出发时属民百姓跟着迁徙，牛羊马群也跟着走了。

这部史诗反映了通过联姻关系建立部落联盟的实际生活。

三　女佣替嫁型英雄史诗

前三部史诗反映了女英雄的事迹，可是下列史诗中谴责了女佣耍花招代替公主出嫁的欺骗行动。埃和里特—布拉嘎特英雄史诗《阿拉坦沙盖》是女佣代替公主出嫁型的史诗，它有三种异文。第一种异文是著名学者策·扎木察拉诺于1906年12月18—20日记录的俄国布里亚特昆都伦地区哈尼铁润特也娃（绰号哈尔萨玛干）演唱的史诗《阿拉坦沙盖夫》（2951诗行），见《布赫哈尔胡布恩》[①]。这部史诗的人物有：勇士阿拉坦沙盖、他的哥哥诺高台莫尔根和嫂子策辰希勃西古丽、坐骑银合马、他的未婚妻西北方纳嘎岱巴彦汗的女儿塔尔巴吉，还有他们神奇生长的儿子，

① ［苏］伊玛达逊整理：《布赫哈尔胡布恩》，乌兰—乌德：布里亚特图书出版社1972年版。

主要敌人七十五头蟒嘎德家族。史诗的内容极其复杂，但基本情节还是勇士的婚礼和勇士与奴役者的征战，其中有不少派生情节和插曲。史诗开头交代了屹立在沙尔塔拉地方的高大银色汗宫及其周围的牛羊马群，阿拉坦沙盖在放牧回家路上想到哥哥和嫂子结婚多年没有儿子，自己应该结婚生儿育女。阿拉坦沙盖回家反复向嫂子打听未婚妻的信息，知道塔尔巴吉是他未婚妻之后，他不听劝告向西北方出发，嫂嫂给他送去路上吃的羊肉和喂马的草。接着史诗描绘了勇士远征求婚途中几个奇遇。史诗中不但有女佣替嫁公主的情节，还有未婚妻起死回生的情节。

勇士被暗箭射中，临死前也发暗箭射死对手吉如嘎岱莫尔根。这时勇士的银合马以妙计骗来了塔尔巴吉姑娘，让她使勇士死而复生。勇士复活后还没有看到她之前，她已往家走。阿拉坦沙盖醒过来之后去救活了对手吉如嘎岱莫尔根，二人结为忠实的朋友，并共同战斗。勇士的婚礼是经过赛马和摔跤两项考验，可汗才同意嫁女的。可是在这里出现了一种在其他蒙古英雄史诗中非常少见的现象，即女佣代替公主出嫁的情节。塔尔巴吉姑娘派女佣去看新郎阿拉坦沙盖的容貌，女佣过了三天后才回去欺骗公主说，她闻到新郎的臭味感到恶心，躺了三天才回来。听后塔尔巴吉说，我不嫁给奇丑无比的男人，便穿鸟衣飞上了天空。女佣的阴谋得逞，因姑娘出走可汗害怕女婿生气，赶忙听从女佣的话，把她当作塔尔巴吉嫁给了勇士。不久勇士发现了破绽，塔尔巴吉也了解真相，夫妻二人得以团聚。勇士把女佣砍成两半时，她变成了两把扫帚。

史诗下半部分描述了勇士与破坏家园并抓走哥嫂的蟒嘎德家族的战斗。阿拉坦沙盖带着妻子回家，发现东北方大黑蟒嘎德的儿子们乘机来破坏他的家乡，抓走了他的哥嫂。他立即跟踪追击敌人，即将到蟒嘎德住处时，看到敌人修建了一座桥。这时勇士变作一条大鱼啃坏了桥墩，然后恢复原貌。当勇士咒骂敌人的时候，蟒嘎德的 5 个儿子乘坐 3 驾马车去打仗，过桥时他们一起掉入河内淹死了。上述有关敌人修建桥，乘坐 3 驾马车去打仗等情节，是后期在俄罗斯影响下出现的。因为史诗演唱艺人传诵传统的史诗时，往往加入自己时代的事物。接着描写了阿拉坦沙盖、吉如嘎岱莫尔根以及阿拉坦沙盖的大儿子巴托尔朝克图、二儿子巴格查尼杜尔嘎等两代 4 勇士经过艰苦奋斗先后消灭了 75 个头、85 个头、95 个头和

105 个头的蟒嘎德，救出被折磨成残疾人的阿拉坦沙盖哥嫂的事迹。

在这部《阿拉坦沙盖夫》里，既有蒙古英雄史诗传统的古老情节和内容，又有近代布里亚特社会生活的描写。这说明了英雄史诗是随着社会的发展而不断地处于流变形态之中。

第二种异文是 H. 沙尔克什诺娃于 20 世纪 50 年代记录、伊尔库茨克州艺人狄米特利也夫演唱的史诗《阿拉坦沙盖》（4300 诗行）。这是反映一次婚事和两次征战的英雄史诗。它的人物与扎本察拉诺异文大同小异，不同的是阿拉坦沙盖嫂子的名字诺干德格丽（不是策辰希勃西古丽）、未婚妻父亲的名字巴彦孟和汗（不是纳嘎岱巴彦汗），其他人名相似。二者的情节结构也相近，阿拉坦沙盖打猎回家，打听未婚妻信息，嫂子告诉她是巴彦孟和汗的女儿塔尔巴吉，她会让死人复活，让穷人变富裕。阿拉坦沙盖远征，在途中与对手吉如嘎岱莫尔根搏斗，杀死此人后阿拉坦沙盖也中毒身亡。他的银合马听杜鹃的议论，知道巴彦孟和汗的女儿塔尔巴吉会起死回生，立刻跑过去运用妙计骗来塔尔巴吉，她从勇士身上迈过三次，并且三次吐口水，就让勇士复活了。她没有看到勇士的模样，便化为金鹰飞回家了。阿拉坦沙盖苏醒后，用自己的神奇石头使敌手吉如嘎岱莫尔根复活，并且做了结义弟兄。阿拉坦沙盖继续往前走，到达了巴彦孟和汗家。在这里可汗没有对他进行任何考验。他向巴彦孟和汗的女儿塔尔巴吉求婚，可汗立刻应允，还热情地款待了他。此时，塔尔巴吉公主派女佣去看新郎，女佣回来骗公主说：那人长得奇丑无比，“右眼生沙盖（羊拐）大眼眵，左眼有珠盖（黄蜂）大的眼眵”。听到女佣的话公主拍拍胸膛说，嫁给这种丑男人，不如化身为鸟飞上天空，便变成金鹰飞走了。女佣的阴谋得逞后，可汗让她代替公主嫁给阿拉坦沙盖。不久，勇士发现她是个冒牌货，立即把她砍死。在此之前，公主塔尔巴吉来暗地探望勇士竟被抓住，因而得以相互了解。

下半部分描绘了两次征战。当勇士阿拉坦沙盖带妻子到达家乡时，发现蟒嘎德的儿子们已践踏了他的家乡，抓走了哥哥和嫂子。阿拉坦沙盖前去营救哥嫂，进行了极其复杂的斗争。勇士与蟒嘎德的儿子们搏斗，感到力不从心时，结义兄弟吉如嘎岱莫尔根来协助，但仍然没能打败敌人。此时，塔尔巴吉神奇地生了两个儿子额尔赫策勃格巴托尔和额尔赫章格巴特尔。他俩赶去战胜了敌人，救活了被打死的父亲阿拉坦沙盖，大家一起找到了被俘的诺高台莫尔根和诺干德格丽，带着所有战利品回到了家乡。

接着进行第二次征战。阿拉坦沙盖和两个儿子凯旋后，发现希尔古拉金汗抓走了塔尔巴吉。阿拉坦沙盖、两个儿子、大儿子的两个儿子等三代五位勇士，经过艰苦斗争打败了敌人，带着塔尔巴吉，赶着敌人的牲畜而胜利归来，过上了幸福生活。

多数蒙古英雄史诗的婚事斗争，是以勇士征服三大猛兽或在三项比赛中获得全胜而结束的；可是史诗《阿拉坦沙盖》较为特殊，勇士阿拉坦沙盖经历了远征途中被人害死、被未婚妻起死回生、女佣代替公主出嫁等复杂的过程，因而，发展和丰富了蒙古史诗婚事故事的内容和情节。

这是一部流传很广的史诗。第三种异文由我国呼伦贝尔盟布里亚特人策尔吉德·策德布讲述、道·乌兰夫记录的《阿拉坦沙盖夫》是一部散文体史诗。尽管它的演唱时间比扎木察拉诺异文晚七八十年，而且伊尔库茨克州离呼伦贝尔很远，但还在大体上保留着20世纪初采录本的内容。它由阿拉坦沙盖的婚事斗争，带妻子返回家乡途中被女恶魔杀害，以及新婚妻子生下的奇异孩儿神速长大为父亲报仇和起死回生等部分所组成：从前，在沙尔达赉旁有一座高大银宫，在银宫前后布满牛羊马群，主人是阿拉坦沙盖夫，他的坐骑是天下无双的银合马。他与哥哥和嫂子一起生活，哥嫂结婚多年没有孩子。阿拉坦沙盖骑着银合马去放牧时，想起了娶媳妇生儿子继承牲畜和财富之事。阿拉坦沙盖回家向嫂子打听未婚妻消息，嫂子说他的未婚妻是西北方一位大可汗的女儿，名叫塔尔巴吉。同时，嫂子劝他不能去，因途中会遇到危险。勇士不听劝告，便骑着银合马带弓箭向西北方出发。他走到一座高山上，看到了金光闪闪的大汗宫，汗宫前的人像草木那样多，漫山遍野是牛羊马群。在扎木察拉诺记录本中有考验情节，可是在这一异文中有一定的抢婚性质。阿拉坦沙盖向汗宫射去一支箭，射中了汗宫门，发出了雷霆般的声音，震动了大汗宫。可汗让人拔出这支箭，谁都拔不动。这时阿拉坦沙盖去用一只手拔出了箭，把它装进箭筒里。勇士走进汗宫时，可汗害怕得颤抖，看到勇士向他问好才松了一口气。可汗听到勇士来向他女儿求婚，便满口应承下来，并为他俩举办了盛大婚宴。这部史诗的重要缺陷是没有女佣替嫁的情节。当女儿离开娘家跟着丈夫去婆家时，可汗和汗后把牲畜和财产的一半做了陪嫁。在其他蒙古史诗中姑娘出嫁要骑马或骑金黄母驼，可是在这里像近几百年的布里亚特人一样塔尔巴吉坐银轮马车走，阿拉坦沙盖骑着银合马在旁边走。

史诗往下描写了勇士回家路上的遭遇。夫妻俩走了一半路程后，阿拉坦沙盖先走，让妻子按照他画的路标在后边跟着。当勇士一个人走的时候，75 个头的阿尔扎嘎尔哈尔蟒嘎德赶来，说勇士抢走了他将娶的姑娘，接着二人先用弓箭对射，后来赤手空拳肉搏。扭打了 3 年，勇士终于杀死敌人，焚烧其骨肉。

史诗还描写了阿拉坦沙盖被蟒嘎德的老妖婆砍死，阿拉坦沙盖的儿子神奇生长，并战胜敌人，救活父亲的英雄事迹。

此外，内蒙古乌拉特地区也记录了史诗《阿拉坦沙盖的故事》。它也描写了阿拉坦沙盖及其儿子阿拉坦巴托尔消灭多头恶魔的故事，其中有死而复生和失而复得的情节，与布里亚特史诗《阿拉坦沙盖夫》有一定的联系。当然，乌拉特史诗的民间故事化和现实化程度较大，很难看出它们的原来面目。

史诗《阿拉坦沙盖》的影响很大，它分布于呼伦贝尔地区和鄂尔多斯地区。这种现象说明了史诗《阿拉坦沙盖》的产生很早，可能在 13 世纪以前许多蒙古部落在一起生活的时代形成，在数百年复杂的流传过程中，出现了不同的异文。

四 埃和里特—布拉嘎特史诗的特性

埃和里特—布拉嘎特史诗具有古老性，Г. 桑杰也夫、A. 乌兰诺夫、H. 沙尔克什诺娃、M. 霍莫诺夫等学者都指出了它的古老性特征。依据布里亚特社会生活发展的各个历史阶段的不同特点，A. 乌兰诺夫将布里亚特史诗分为三大类，即埃和里特—布拉嘎特史诗、温戈史诗和豁里史诗。埃和里特—布拉嘎特史诗的形成时代在公元 10 世纪以前，这就是母系制解体时期。温戈史诗反映了向畜牧业转换时代。豁里史诗属于较晚阶段。[①]

---

① 《豁里布里亚特史诗》（俄文），乌兰—乌德：布里亚特书籍出版社 1988 年版，第 3 页。

桑杰也夫认为埃和里特—布拉嘎特史诗反映了全部蒙古史诗发展的最古老的阶段，是由神话史诗到英雄史诗的过渡阶段。[①]

在笔者看来，三部巾帼英雄史诗的形成也有前后次序，最早产生的是《艾杜莱莫尔根》，受它的影响形成了《阿拉木吉莫尔根》，在它们的传承过程中又出现了《双豪岱莫尔根》。

关于史诗的古老性，M. 霍莫诺夫讲述了具体现象。他说《艾杜莱莫尔根》与其他布里亚特史诗不同，第一，它有古老性；第二，其中没有害人的叔叔和蟒嘎德（恶魔），也没有驱赶人家牲畜，侵占领土和百姓的情节。艾杜莱莫尔根生活在安宁、和平和幸福的时代，没有描绘征战和战斗武器。

许多蒙古史诗都有长短不同的序诗，交代事情发生的时间、地点、双亲、勇士的诞生、汗宫、马群等。可是在《艾杜莱莫尔根》中缺少这一切，没有描写什么人生了艾杜莱莫尔根和阿兀嘎诺干。我们知道，英雄故事没有序诗；英雄史诗是从英雄故事脱胎而来的，因此，最初的英雄史诗也没有序诗。这部史诗说，艾杜莱莫尔根出生后，长到十五岁那年，他的社会地位仅次于四十四尊天神。这句话说明，这部史诗是萨满教控制人们心灵时代的产物。萨满教有九十九尊天神，被分为右翼五十五天神和左翼四十四天神。艾杜莱莫尔根的地位比人类高，比神灵低，处于四十四尊天神之下。萨满教认为，巫师会知道人的过去、现在和将来。所以这三部史诗中都出现了伊都干（女巫），她看出来求婚新郎不是男人，而是女扮男装的女人。在古老时代“莫尔根”一词是萨满巫师的称号。

正如学者桑杰也夫所述，这是由神话史诗向英雄史诗过渡时期的史诗。女勇士求婚途中不是以英雄行为战胜自然界和敌对势力，而往往是借助于神奇动物的感恩行动而脱险和战胜困难。诸如战胜手持月牙刀的红尖嘴妖婆、黑窝棚里出现的以毒茶害人的小老头儿、独眼独牙的黑公驼、上唇触天下唇触地的大黄狗等神话人物形象，都是借助于神奇势力和感恩的蚂蚁汗、蛤蟆汗和花鸟的协助下完成的。还有那位未婚妻额尔赫楚邦来自神话人物。关于布哈诺谚的传说中说，阎王的儿子娶了布哈诺谚的女儿额

① 转引自［苏］谢·尤·涅克留多夫《蒙古人民的英雄史诗》，徐昌汉等译，内蒙古大学出版社 1991 年版，第29 页。

尔赫楚邦。

这类英雄史诗的主人公是女人，她起着解救男人的作用。埃和里特—布拉嘎特社会已经由母系制走上了父系制，但还保留着母系制的遗迹，女人救活死了的男人，是母系社会女人当家的义务。但救活男英雄后，妹妹让位于哥哥而出走，这正好是母系制让位于父系制的象征。

埃和里特—布拉嘎特史诗有声有色地塑造了一系列女扮男装型英雄的高大形象。诸如阿拉木吉莫尔根的妹妹阿贵娃罕、艾杜莱莫尔根的妹妹阿兀嘎诺干和双豪岱莫尔根的妹妹额尔黑勃奇诺干，无不是富有神话浪漫主义和理想主义特色的女英雄形象。以阿贵娃罕为例，她是阿拉木吉莫尔根的唯一亲人、助手和保护人，史诗通过其语言和行动，深刻地反映了她的心灵美好、勇敢果断、力大无比的英雄本色。在平常生活中她为哥哥缝衣做饭，放牧牛羊马群，处处给以关心和帮助，并提醒哥哥提高警惕别上坏人的当。当两个叔叔运用借刀杀人之计，派阿拉木吉莫尔根去与恶魔搏斗时，她劝告说：

哥哥，哥哥！
这两个叔叔，
不是派你去，
享福的地方，
而是派你去
受罪的地方。

哥哥不听她劝告，一定要去征服危害人类的恶魔时，她痛哭流涕，给哥哥送白银戒指说：“它给您带来福气，在战场上对您有帮助。”并祝福哥哥胜利归来。

看到战马拖着哥哥遗体回来，她昏倒在地，醒过来后立即将遗体放进山缝中保存。然后女扮男装去娶哥哥的未婚妻来，使哥哥起死回生。她是神话浪漫主义特色的半人半神式女英雄。在远征求婚途中她化身为花狐狸、灰狼、乌鸦和青蛙，越过高山跨过大海。她同情弱小的动物，射死了吃凤凰三个女儿的大毒蛇，得到了凤凰的感恩。

女勇士到达赖巴彦汗家求婚时，变成了红光满面的英俊小伙子。可汗夫妇为二人举办婚礼时，有一个女巫怀疑她的性别，并进行了两次考验。在考验中她展示自己的智慧和力量。在和天下有名的摔跤手摔跤时，她用一匹绸缎缠住乳房，把对手高高举起来抛到三条沟远处，对手头朝下陷入泥坑里。当很多人用铁锹和镐头都挖不出来时，她抓住两条腿把对手拔出来扔到地上，并乘机将女巫塞进大酸奶缸里淹死了。

她在带哥哥的未婚妻返回家乡途中，先去把哥哥遗体从山缝中取出来，用衣服盖好，并写信留下来，自己化身为鹿跑进树林中，表现得非常机智、聪慧。

这是一位高大的女英雄形象，她让世人看到女人并不比男人差，只要有机会女人同样可以立大功。埃和里特—布拉嘎特史诗不仅成功地刻画了女扮男装型人物的可歌可泣的形象，同时，塑造了勇士们的未婚妻生动的艺术形象。她们美丽、贤惠，具有特殊功能。史诗形象地描绘道：

达赖巴彦汗女儿
宝劳德胡莱，
能让死人复苏，
能让穷人富裕，
左脸颊上的光芒，
照耀左边的围墙，
右脸颊上的光芒，
照亮右边的围墙，
像光溜溜的竹条，
摇摇摆摆地走在大地上，
像没有云彩的太阳，
闪闪放光走在大地上。

这位女英雄不断帮助勇士克服困难，当其遇害时会死而复苏，在故乡遭到破坏时会重建家园。当勇士的妹妹带她来复活勇士，随即化身为母鹿跑进森林时，这位女英雄立即督促丈夫去找回来亲爱的妹妹。勇士经过曲折的过程找到妹妹来时，她热情欢迎，抓住妹妹的手说：

尚未走到幸福的地方，
却走到受罪的地方，
你幸运回到了家，
妹妹，你辛苦了！

说罢，设宴款待妹妹，大家一起过上了幸福生活。

女扮男装型英雄史诗产生的时间很早，反映了母系社会的遗迹。在新疆卫拉特人中不仅有史诗《青赫尔查干汗》，而且有英雄故事《孤独的努台》。《青赫尔查干汗》的内容较复杂，其中有老两口求子，灰白色岩石里诞生了儿子巴门乌兰，牛一样大的黑石头里出生了女儿巴达姆乌兰其其格。巴门乌兰在求婚途中被恶魔害死，妹妹将遗体放入山缝里，女扮男装去替哥哥求婚，战胜了三大猛兽和通过三项比赛后，带来三仙女让其起死回生，妹妹随后变为大白兔跑进山里。在《孤独的努台》里敌人进攻时，兄妹俩逃到山里，哥哥饿死后妹妹将其遗体放在山缝中，自己女扮男装娶未婚妻回来，让哥哥死而复苏，妹妹变作兔子躲到山中。笔者认为，这两篇作品与埃和里特—布拉嘎特史诗是同源异流文本，12—13 世纪卫拉特部落也生活在贝加尔湖以西安加拉河一带，当时女扮男装型人物的作品流传于卫拉特人和布里亚特人中间，因此，至今卫拉特人还保留着古老作品的核心内容。

当然，在埃和里特—布拉嘎特史诗中，除生动地描绘女英雄形象外，还塑造了一个损人利己的女佣形象，说明了人们的思想复杂，必须引以为戒。

（原载于仁钦道尔吉《蒙古英雄史诗发展史》，中国社会科学出版社 2013 年版）

第二辑

抢婚型英雄史诗

一 社会文化背景

各国学者普遍认为，英雄史诗最古老的题材有两种，一是勇士为妻室而斗争，二是勇士与恶魔的战斗。弗·普洛普说："史诗最古老的题材包括求婚、寻找妻室，以及为妻室而斗争的题材，此外还包括与各种恶魔，其中包括与毒蛇搏斗的题材。这些题材不是一个人所创造出来的，也不是在某一固定年代里所创造出来的，它们是人类与自然界的斗争，是人类一定发展阶段上的世界观的合乎规律的产物。它们是由全民所创造的。"[①] 勇士为妻室而斗争的史诗，产生于父系氏族社会的族外婚时代，其中包括抢婚型史诗和考验婚型史诗。在人类社会发展史上曾出现过抢婚时代或掠夺婚阶段。在对偶婚以前的各种家庭婚姻条件下男子不感到缺乏女人，可是自从野蛮期对偶婚发生到文明期一夫一妻制建立的一段时期，因缺乏女性，便出现了抢婚和购买女子的现象。在世界大多数民族，譬如古代希伯来人、阿拉伯人、印度人、希腊人、条顿人都曾盛行此种婚俗。现代世界上有些地区也仍然保留了这种婚俗。[②] 在中国古代历史上，室韦、靺鞨等族有过抢婚习俗。直到中华人民共和国成立前后，有些民族还不同程度地保留着这种遗俗。云南的傣族、景颇族、阿昌族及贵州荔波的水族中，抢婚曾是婚姻形式之一种。例如景颇、哈尼等族曾有"偷婚""拉婚"习俗。"偷婚"指求婚被拒后，想办法引出被其父母藏匿的女方，带她回家

① 中国民间文艺研究会研究部编：《民间文学参考资料》第九辑，1964 年，第 133 页。

② 《中国大百科全书·民族卷》，中国大百科出版社 1986 年版，第 373 页。

同居一日，待事实既成后再通知女方家。① 不同民族的抢婚时代及其延续时间不同。如室韦是蒙古族的先民，从唐代开始出现了有关它的文字记载，当时室韦人有过抢婚风俗。可是到 11—12 世纪的时候，蒙古族的抢婚时代早已过去，但族外婚习俗和抢婚遗俗依然存在。鲍·雅·符拉基米尔佐夫院士在《蒙古社会制度——蒙古游牧封建主义》（1934）中指出："11—13 世纪的蒙古人为了娶妻，有时不得不到很远的地方去，以便在远方的氏族中缔结婚约。……由于这个原因，以及根据老人们的回忆，妇女常常被人乘各种机会诱拐或以暴力抢去。"② 在 11—12 世纪，由于生产力的发展，游牧民和狩猎民都有了一定的牲畜和其他财产，在社会上产生了贵族与黑头百姓的差别，氏族处于瓦解阶段。在婚姻制度方面，虽然实行族外婚制，但出现了送彩礼及各种有偿的和有条件的婚姻方式，抢婚已成为现实生活中的个别现象。可是作为古老的风俗，它在社会上仍然普遍存在着。13 世纪中叶出使蒙古的西方传教士鲁布鲁克在《东游记》中提到蒙古婚俗时说：父亲为女儿安排婚宴时，"姑娘则逃到亲戚家里躲起来。这时父亲便宣布：'现在我的女儿归你所有了，你在哪里找到她，就把她带走。'于是他和朋友们到处寻找她，直到找到了她；这时他必须用武力把她抢过来，并把她带回家去，假装使用暴力的样子。"③ 抢婚型史诗所反映的是这种古老的婚姻形式和婚俗。日尔蒙斯基讲得好："英雄求婚远征的最古老形式，是同父系氏族社会中异族婚姻相联系的，从另一部族寻得未婚妻常常是同抢婚一并发生的（姑娘同意或遭到她的反对），因而反映在民间故事或史诗中，就应当有英雄性格，应当证实年轻勇士的勇敢、体力和进取心。"④

史诗产生于氏族社会，当时人们信仰萨满教、本教和其他原始宗教。以万物有灵为核心的萨满教观念统治着当时的北方民族。他们以神话和萨满教观念创作了早期史诗。史诗运用了神话、传说、祭词、萨满教文化等

① 张紫晨主编：《中外民俗学词典》，浙江人民出版社 1991 年版，第 484—485 页。

② ［苏］符·雅·符拉基米尔佐夫：《蒙古社会制度史》（内部），刘荣俊译，中国社会科学院民族研究所社会历史室 1978 年版，第 68—69 页。

③ ［英］道森编：《出使蒙古记》，吕浦译，周良霄注，中国社会科学出版社 1983 年版，第 122 页。

④ 中国民间文艺研究会研究部编：《民间文学参考资料》第九辑，1964 年，第 45 页。

早期文化艺术的内容和形式，因而，成为具有划时代意义的文学体裁。抢婚型史诗从头到尾渗透了神话和萨满教思想观念。

首先，史诗反映了萨满的祈求、预兆、象征和奇异生长等观念和行动。例如，在史诗《巴彦宝力德老人》中，失去生殖能力的85岁老头儿和75岁老太婆祈子，出现了得子的预兆——他们家一匹多年不产驹的母马生了一匹神奇的宝驹。老头儿到远方去，问占卜者骑宝驹的小主人是否诞生？卜者告诉他们在三年内生三个儿子，并且指出了三个儿子的使命，还给他们起名，说老大将成为可汗，宝驹是他的坐骑。如同卜者所说的那样，三年内老太婆奇迹般地生了三个儿子。他们有奇特的生长过程，老大生来双手持双剑，双脚戴肉圈，其他两个儿子生来双手持双矛，双脚拖着双轮，他们神速长大成人。

其次，抢婚型史诗表现了巫术和萨满的变身法术、梦卜、灵魂、起死回生、腾云驾雾、呼风唤雨等观念和功能。例如，在傣族史诗《厘俸》里，俸改施展法术变成陌生人去抢海罕的妻子，后又化作马鹿逃跑失踪；在蒙古史诗中，勇士远征途中遇到神奇老头儿，他手拿白木棍来打仗，向勇士抛去木棍时，木棍变成一条蛇，老头儿变成了蟒古思；勇士杀死蟒古思的时候，先消灭其灵魂——吹灭长生灯和折断长生针；岳父不愿嫁女儿，他放烟雾让勇士迷路或者岳父运用寒风和热风害死勇士；未婚妻以彩带作翅膀飞过去，暗地让未婚夫死而复生，等等。

在抢婚型史诗中存在着许多神话、传说形象和情节。在北方民族传说中，普遍存在着独眼巨人的传说和头上长着许多脑袋的蟒古思的传说。传说中独眼巨人和多头蟒古思吃人肉，甚至活吞人。它们最初是古人通过想象塑造的神话形象，是自然界危害人类的凶禽猛兽的化身。在史诗里，它们一方面保留着原有的自然界的恶势力的特征，如勇士在远征途中，在深山密林中，在无人烟的山沟里发现这些恶魔，它们有的是从一日路程远处将人和牲畜吸入嘴里，连人带马活吞下去，捅破恶魔肚皮时，走出来无数的人和牛、羊、马群；另一方面，史诗里有人格化的蟒古思，它们有语言和思维，有与人类同样的生活方式。这种多头恶魔成为人们的敌对氏族的象征，也就是人们将自己的敌人比作恶魔。在史诗中，勇士毫无恐惧心理和举动，终于战胜并消灭了恶魔。例如在《巴彦宝力德老人》里，勇士们战胜了挡路的那个头上乱长角、胸前长一只眼睛的小妖，接着与多头大蟒古思搏斗。大蟒古思有神力，勇士将它杀死后，它立即变出20个同样的蟒古思。但是勇士们了解大蟒古思的奥秘，先消灭它的几个灵魂，最后再消灭它的肉体。

此外，在早期史诗中还有各种神奇的凶禽猛兽和妖魔鬼怪形象。

总之，早期抢婚型史诗是在原始氏族社会生活的基础上，古人通过神话观念和原始宗教观念创作的口头文学样式。它形象地反映了父系氏族社会的一种族外婚制度和人们的世界观。

二 抢婚型英雄史诗类型

史诗产生于各民族史前阶段，原始抢婚型史诗不可能原封不动地流传到现代，经过不同社会的发展和流变，其中还渗透了阶级社会的因素和藏传佛教的影响。但是，其核心仍然没有消失，在各民族史诗中保留着抢婚型史诗的基本特点，尤其是存在着不少抢婚情节，如母题。著名的蒙古学家瓦·海希西指出，蒙古史诗是描绘主人公出征，为得到未婚妻而作战，完成使命的典型的求婚史诗。描写蒙古勇士求婚远征的史诗确实很丰富，其中有抢婚型史诗和考验婚型史诗，它们反映了父系氏族的族外婚习俗。在蒙古史诗中常常描述勇士单枪匹马或者带一两个亲兄弟远征求婚，长途跋涉，越过悬崖峭壁，跨过汹涌澎湃的大海，击退凶禽猛兽和恶魔的进攻，到远方氏族中去，通过威胁、恫吓和征战，挫败岳父的阻挠，迫使其同意嫁女，带着妻子胜利返回的英雄行为。这种类型的英雄史诗，我们叫作抢婚型英雄史诗。譬如巴彦宝力德老人型史诗和阿拉坦舒胡尔图汗型史诗，在内蒙古巴尔虎地区和鄂尔多斯地区以及蒙古国喀尔喀地区以各种不同的名称流传。它们较多地保留着早期英雄史诗的特点。

巴尔虎抢婚型史诗如下：

（1）陈巴尔虎旗扎哈塔（男，1962年27岁）演唱的《巴彦宝力德老人》，仁钦道尔吉、祁连休记录（1962年7月4日）。[①]

① 见仁钦道尔吉等搜集整理的《那仁汗传》，民族出版社1981年版。

（2）新巴尔虎右旗曾都玛（女，1962 年 60 岁，牧民）演唱的《不会劳动的十来户人家》，仁钦道尔吉等记录（1962 年 7 月 28 日）。

（3）陈巴尔虎旗道尔吉昭都巴（男，1962 年 25 岁，牧民）演唱的《巴彦宝力德老人的儿子希林嘎拉珠巴托尔》，仁钦道尔吉等记录（1962 年 7 月 5 日）。

（4）陈巴尔虎旗本豪（男，1962 年 52 岁，牧民）讲述的《巴彦宝力德老人》，仁钦道尔吉等记录（1962 年 7 月 4 日）。

（5）新巴尔虎右旗苏格尔扎布演唱、陶克涛胡记录（1983 年秋）的《不会劳动的十来户人家》。[①]

举例来讲，扎哈塔唱本这样描述道：

从前，有巴彦宝力德老头子两口，他们晚年得了三个儿子，老大叫作乌云毕力格，两个弟弟是希林嘎拉珠和阿吉格特努格。两个弟弟请老大做了可汗，并为他修建汗宫。听父母讲，乌云毕力格有个未婚妻，是遥远的西南方巴尔斯铁木耳汗的女儿宝尔玛央金。父母让他们去请北方的查干巴嘎师占卜，看看可否去娶这个姑娘。查干说途中有危险。三勇士不听父母的劝告，便骑着战马、携带武器向西南进发。他们在途中遇到独眼小蟒古思，说是要去抢劫巴尔斯铁木耳汗的女儿宝尔玛央金做妻子。三勇士闻言忙去挖它的独眼，小蟒古思立即逃走了。大蟒古思来对付他们，他们杀死了大蟒古思。三勇士向前走碰见了巴尔斯铁木耳汗，可汗听说他们是来聘娶公主的，便一口回绝了他们，并且躲进烟雾中往家里跑去。三勇士追赶几天几夜，终于追到他家，把他压倒在脚底下，逼着他答应了亲事。举办婚礼后，三勇士带着宝尔玛央金返回了家乡。巴尔虎抢婚型史诗的其他异文与此大同小异。

和上述巴尔虎史诗不同的是，在鄂尔多斯史诗中，勇士们并没有施展拳脚，而是由一位勇士按照可汗的吩咐，用双手举起一大石槽井水，把它一口气喝下去后，可汗惊慌失措，不得不答应这门亲事。以《阿拉坦舒胡尔图汗》为例，现有 20 世纪 60 年代记录的异文和 70 年代末记录的异文两种，它们的内容与巴尔虎史诗《巴彦宝力德老人》的一批异文大同小

① 见《勇士布扎拉岱汗与卷鬃马》，内蒙古文化出版社 1995 年版。

异。1960年7月，乌审旗牧民孟和巴图（男，时年72岁）讲述、道荣尕记录整理的《阿拉坦舒胡尔图汗》[①]。是一部以韵文为主、散文为辅的小型史诗（韵文约有250行诗行），描绘了阿拉坦舒胡尔图汗的婚事斗争。恩和宝力德汗有两个老婆，一个老婆生了一个神奇的儿子，他生来双手持双剑，双脚戴肉圈。占卜的喇嘛（在这里萨满教的卜者被后来的喇嘛代替）说，他是统治瞻部洲的汗，名叫阿拉坦舒胡尔图。另一个老婆生了两个儿子，他们生来双手持双矛，双脚拖着双轮。喇嘛说，他们是可汗的两个勇士，先出生的是阿吉嘎特努格，第二个是希林嘎拉珠。两勇士七岁那年为阿拉坦舒胡尔图汗修建了铜墙铁壁的华丽宫殿。接着，他们说可汗应该娶汗后。可汗说他的未婚妻是西方可汗巴彦宝力德的女儿宝尔玛央金，让希林嘎拉珠去问喇嘛可否去娶新娘。喇嘛说不能向西方去，希林嘎拉珠生气砍死了喇嘛，竟回家说喇嘛同意他们去。兄弟三人向西出征，来到一座山上休息、睡觉。希林嘎拉珠一下惊醒了，看到有两个姑娘骑着一匹灰毛驴走过。姑娘回家告诉人家，有一个老头儿带着白木棍来打仗。老头儿向勇士们抛去木棍，木棍却变成一条蛇，老头变成了蟒古思。阿吉嘎特努格抓住了飞来的蛇，将它扯断，并到蟒古思家吹灭了长生灯，折断了长生针，结束了蟒古思的性命，饶恕了被蟒古思抓去的两个姑娘。三兄弟向前走到了一口井边，碰见了骑黑公驼的老人。老人知道他们的来意后，指着一大槽水说："请你们喝这槽水试试看。"阿吉嘎特努格抬起水槽一饮而尽。老人吓得求饶，答应把女儿嫁给阿拉坦舒胡尔图汗，并举办婚宴。于是，三兄弟带着汗后胜利归来。

早期抢婚型史诗或抢婚情节在民间长期流传，并影响了后期史诗。除早期中小型史诗外，长篇史诗《江格尔》也继承了传统的抢婚情节。譬如，在《江格尔》里有一部《乌琼阿拉达尔汗以武力强娶古尔特木斯琴汗的女儿丹巴草，遭到北方凶恶的蟒古思的扫荡》[②]。其中，乌琼阿拉达尔汗是通过战斗打败岳父的。在无力阻挠的情况下，岳父才同意这门亲事。

① 内蒙古语言文学研究所编：《蒙古族文学资料汇编》（蒙古文）第三册，英雄史诗（一）（以下简称《资料汇编》第三册英雄史诗）。

② 见《江格尔资料本》第8册，第4章。

史诗里说，乌琼阿拉达尔汗在黎明前做了一个梦，为了知道这梦是什么征兆，他像上战场一样跨上战马，携带着弓箭宝刀去找邻近部落的好友西克锡力克老人，请老人圆梦。老人夫妇告诉他说，托梦给他的那个人与他有婚约，她是古尔特木斯琴汗的养女，名叫聪明贤惠的丹巴草。她家在遥远的地方，是连黄头天鹅不停地飞也得三年才能飞到的地方，养父不答应她嫁人，他等三年以后去办亲事。

乌琼阿拉达尔汗不听他们的劝告，说："如果岳父答应办喜事，我就按规矩娶她；如果不肯答应，我凭男子汉之力抢她。"说罢，立即远征求婚，他经过艰难险阻走到半路，这时古尔特木斯琴汗发现他来娶亲，当即命令把他消灭在半途上。霎时间便迎面刮起寒风透过他的胸腔，背面刮起热风透过他的腰背。勇士坚持 15 天，已经筋疲力尽，于是连人带马摔倒在地。这时先知丹巴草以彩带作翅膀飞过去，以神药使勇士复活。勇士苏醒后继续向前走到了未婚妻家，向她养父古尔特木斯琴汗说明了来意。古尔特木斯琴汗坚决不答应，他说："如果你有胆量，凭你的勇气把她带走。"乌琼阿拉达尔汗大怒，立刻走出去"放火烧了汗父的檀林，吸干了嘎勒巴海水，推倒了甘迪克山头，捣毁了巴尔斯城垣，砸烂了神圣的庙宇，洗劫了古尔特木汗的臣民和家园。汗以成千上万勇士团团围住时，小勇士打得滚落的人头堆积如山，挡住了战马的去路，流淌的鲜血汇集成河，熏昏了人们的头脑。"① 无奈之下，古尔特木斯琴汗不得不让女儿出嫁。勇士带着妻子在返回家乡的途中，又战胜敌人的多次进攻，回到家后举行了盛大的婚宴。

抢婚型史诗，不仅在我国巴尔虎、鄂尔多斯、卫拉特等部族中存在着，而且俄罗斯境内的布里亚特人也有此类史诗。如在布里亚特史诗《阿拉坦沙盖胡本》② 中，勇士阿拉坦沙盖胡本远征求婚，他骑着银合马携带弓箭向西北方出发，走到一座高山上，看到了金光闪闪的大汗宫。汗宫前的人像草木那样多，漫山遍野是牛羊马群。勇士想到如此有势力的大可汗不会答应将女儿嫁给自己，但他鼓起勇气向汗宫射去一支箭，射中了汗宫大门，发出了雷霆般的声音，震动了大汗宫，恫吓了大可汗。可汗命宫里

① 引文见《江格尔》（第一册），黑勒、丁师浩译，新疆人民出版社 1993 年版，第 35—36 页。
② 见伊玛达逊整理《布哈哈尔胡本》（布里亚特文），布里亚特图书出版社 1972 年版。

人拔出这支箭，谁都拔不动。这时阿拉坦沙盖胡本来到汗宫前，他用一只手拔出了箭，把它装进箭筒。看到这位勇士，可汗怕得发抖，勇士向他问好后才松了一口气。可汗听到勇士来向他女儿求婚，他无条件答应嫁女儿，并举办了盛大婚宴。

除蒙古史诗外，我国突厥史诗和南方史诗中也有抢婚情节。譬如《玛纳斯》在描写英雄玛纳斯与卡妮凯的婚姻时，就有以武力抢婚风俗的情节。在傣族史诗《厘俸》中，还出现过几次抢婚和诱拐妇女的情节。战争的起因，就是俸改抢走了海罕的妻子婻崩。海罕说：艾哈腊（指俸改）变成一个陌生人走进宫里，抱着一只凶猛的斗鸡来和我较量。他运用法术，暗中使计，打败了我的斗鸡。他忽然又变成了一只美丽的马鹿，向远处奔跑而去。我骑快马追击，马鹿忽然不知去向，我失望地回到宫廷，发现妻子已不在原来的地方。艾哈腊抢走了我的婻崩，他变鹿是为了调虎离山。后来，就是这个俸改又抢走了桑洛国王的妻子娥并。①

抢劫女子是国际性史诗情节，在世界著名的希腊史诗《伊利亚特》和印度史诗《罗摩衍那》里，抢劫美女也是爆发大战的起因。我国史诗较多地保留着古老的抢婚情节，反映了父系氏族社会的氏族外抢婚制度，丰富了世界史诗宝库，为研究古代社会及其婚姻制度提供了罕见的口碑资料。

三　抢婚型史诗的勇士形象

早期抢婚型史诗的人物很少，主要是一位勇士及其未婚妻和岳父，有时出现勇士的父母、兄弟和情敌等陪衬人物。父母主要是起着养育儿女和传递信息的作用，往往由他们提供勇士未婚妻的信息。在有的史诗里勇士有一两个亲兄弟，但其中只有一个发挥主要作用，另一个是助手。在个别史诗里，与勇士一起去的两个兄弟都能得到妻子，他们与同一位可汗的其他女儿结婚。这也许是对偶婚时代以来一个氏族的男子同另一氏族的女子结婚习俗的反映。勇士的未婚妻是先知，她们忠于勇士，千方百计保护勇

---

① 云南省少数民族古籍整理出版规划办公室编：《厘俸》，刀永明等翻译整理，云南民族出版社1987年版。

士。勇士遇难时，她们能够起死回生。人格化的战马成为史诗的一种特殊的艺术形象，往往起着助手和参谋的作用。主人公是一位青少年勇士，他的对立面是未婚妻的父亲（以下简称岳父），因岳父不兑现婚约（指指腹婚），拒绝将女儿嫁给勇士而发生矛盾。他们之间有时产生对抗性的矛盾，甚至岳父害死了女婿。但勇士通过武力战胜岳父并得到未婚妻之后，矛盾得到调和。勇士不追究岳父的过错，岳父为他们举办婚礼，让勇士带着妻子返回家乡。只有在西伯利亚的阿尔泰族的史诗《阿勒普玛纳什》里，勇士阿勒普玛纳什本来为了战胜残暴的阿克汗，娶他美丽无比的女儿鄂尔克—卡拉克奇而远征。阿克汗不但害死了许多向女儿求婚的英雄好汉，而且勇士本人也遭到了暗害。不过，勇士最后打败了穷凶极恶的阿克汗，将其活捉并折磨死，还杀死了他的女儿和妻子。这是罕见的特殊现象。在这里史诗的主题变了，英雄最终不是娶姑娘，而是为民除害，为被残忍的阿克汗害死的求婚者们报了仇。

所谓英雄史诗就是描述古代英雄人物经过艰难困苦的战斗打败与他作对的自然界和人类社会强敌的史诗。这种史诗的主人公，蒙古和突厥各民族叫作“巴嘎图尔”（Bagatar）、“巴塔尔”（Baatar）、“巴托尔”（Batur）、“巴提尔”（Batiir）等。尽管发音不同，但原来都是一个词，汉译为“英雄”或“勇士”。蒙古抢婚型史诗、考验婚型史诗、勇士与恶魔斗争型史诗等各种类型的早期英雄史诗的主人公（勇士）在各个方面都很相似。下面集中论析早期史诗中的勇士形象。

早期史诗只有一位主人公，他是个天下无敌的常胜将军。虽然勇士也曾遇难，但仙女或神奇的未婚妻（或妻子）使他死而复生。勇士苏醒之后，又返回战场打败敌人。蒙古英雄史诗不曾有悲剧结局，总是以勇士的胜利而告终。早期史诗的勇士是神性与人性相结合、理想与现实相结合而产生的人物，是氏族社会广大民众集体的化身。史诗的编创者们总是把群体的力量和智能赋予这种勇士，通过他们体现民众的思想愿望和理想。

早期史诗的勇士是以神话、萨满教观念塑造的人物形象，他们既是现实生活中的人，又是超自然的人；既有人的性格，又有神的功能，是神性与人性相结合的神奇人物。一方面，他们有神奇的出生、神速成长、特异的变身术、刀枪不入、死而复生等超自然性，这是世间人类不可能具备的奇特现象。另一方面，史诗勇士富有现实社会的英雄人物性格。如果说在神话中神占主导地位的话，在史诗中则是以人占主导地位。史诗的主人公是人，他们通过人们可以具备的勇气和力量战胜一切自然界和社会上的敌对势力。神性与人性相比较，在史诗勇士身上人的特征占优势。古人崇尚人们的力气和胆量，他们按照这种要求塑造了史诗的勇士形象。史诗的勇士个个都是勇敢无畏的大力士，他们是天不怕、地不怕、不达目的死不回头的硬汉。

早期史诗的勇士都属于同一种勇猛型勇士类型，他们很勇敢，同时也非常暴躁。俄罗斯史诗学家谢·尤·涅克留多夫说得好：蒙古—突厥英雄史诗的勇士，是英勇善战、性情暴躁、精力过人的，作为其后果的是放荡不羁，以及伴随这些品质的郁郁寡欢。他还说，勇士的愤怒是叙事故事的核心。从另一方面看，正是这种状况使其理智错乱，也可以说是愚蠢。[①] 确实，古老史诗的英雄性情暴躁。这种性格真实地反映了氏族社会英雄人物的共同性格特征。

史诗将主人公放在古代社会的氏族斗争和婚事斗争中去描绘，当时这是最有利于表现勇士英雄性格的环境。在那艰苦的环境中，以勇士的语言和行动刻画了他们的勇气和力量。在《巴彦宝力德老人》中，当勇士提出求婚远征时，卜者劝告说："通过我们的疆域时，会遇到蟒古思，走到他乡异地时，会碰见危险的敌人，向那西南方向，绝不能去娶亲。"听到此话，暴躁的小勇士或者谴责卜者，摔门而去，或者一怒之下将他砍成两半。他回家告诉父母说，途中没有危险，卜者叫我们赶快出征。此时父母劝告说：

那是雄鹰飞不到的远方，
那是快马跑不到的地方，
有无法越过的悬崖，
有无法跨过的大海，
你的年纪还小，

① ［苏］谢·尤·涅克留多夫：《蒙古人民的英雄史诗》，徐昌汉等译，内蒙古大学出版社 1991 年版，第 121—125 页。

尚未长大成人。
可是，小勇士毫不动摇，表示决心说：
男子汉不能不达到目的，
骏马不能不跑到终点。

说罢，小勇士全副武装，跳上战马向西南方向飞驰。这里只用寥寥几句，活脱脱地描绘出一个暴躁、鲁莽的勇士所具有的坚强意志和大无畏气概。勇士在途中碰见一个头上乱长角、胸前长有一只眼睛的小妖，他毫不畏惧，一怒之下举起宝剑砍掉了它头上的角，并挖出它的独眼。接着向前走，他凭借勇气、力量和武艺杀死了小妖的父亲——15 个头的大恶魔。

早期史诗的一种重要的艺术特征是运用富有神话浪漫主义色彩的艺术夸张，突出地刻画人物性格。诸如，蒙古人常常在井上用大石槽饮一群牲畜，谁都不会相信一个人能喝一大槽水，可是勇士奇迹般地举起石槽一口喝下去；勇士从远处向岳父的汗宫射去一支箭，箭射中汗宫门，发出雷霆般大的响声，汗国的人都拔不动，可是勇士只用一只手就拔起箭支并放进箭筒里；勇士吸干了海水，推倒了山头，捣毁了城堡，成千上万的对手被他杀得人头落地，流淌的鲜血汇成河，等等。古人通过这种现实与理想相结合的艺术手法夸张地塑造了人与神合为一体的英雄形象。

早期史诗，包括抢婚型史诗的特点是短小精悍，篇幅一般都只有几百行诗，在诗歌中间插有简短的散文叙述。尽管短小，但它借用了许多神话、传说、祭词、萨满诗歌、祝词、赞词、咒语和谚语等古老体裁的素材和程序。诗歌富有神话浪漫主义色彩，有大胆的想象和虚构，运用了天马行空般的艺术夸张和优美动听的比喻和修饰语。当然，每个民族的诗歌都具有独特的民族性，具有民族诗歌的韵律节奏。史诗属于演唱艺术，它不仅是诗歌，而且有表演艺术特点，即它有自己的唱词唱腔、旋律节奏、艺人的器乐伴奏、形体动作和情态声色等特点。也就是说，史诗是一种早期的综合性艺术。早期史诗为史诗体裁的发展奠定了基础，成为史诗进一步发展的模式和传统，它以具有划时代意义的体裁走向人类社会的历史舞台。

（原载于《民族文学研究》2005 年第 3 期）

考验婚型英雄史诗

一 社会文化背景

婚事型史诗是在父系氏族社会的现实生活和婚姻家庭制度基础上产生的。抢婚型史诗和考验婚型史诗反映了氏族社会的不同婚姻制度和婚姻习俗。前者取材于族外婚制度下的抢婚现象。抢婚有各种原因，其中一种重要原因与男子无力偿还女子的聘金有关。同时，在氏族、部落战争的“英雄时代”男子汉为战利品而战斗，获得牲畜、财富和美女越多，他们越感到荣耀。抢婚对男方而言是非常省事的，只要他具备了掠夺女子的力量，就不需要什么其他条件，不付出聘娶女子的身价。抢婚型史诗反映了这种现实。在抢婚型史诗中勇士占主导地位，决定权在他身上，勇士可以通过武力按照自己的意志掠夺同他有婚约的或没有婚约的氏族的女子做妻子。但是随着社会生产力的发展和人们对家庭婚姻意识的变化，抢婚已不利于社会发展，便渐渐退出历史舞台，随之而产生了种种有条件的、有偿的婚姻制度。考验婚型史诗就展现了这种新的婚姻制度。在考验婚型史诗中勇士处于被动状态，决定权在女方氏族首领（岳父），他通过考验达到目的之后，将女儿嫁给自己满意的男子。在各民族英雄故事和史诗中，勇士偿还女子身价的方式多种多样，比如勇士为未来的岳父除害，消灭恶魔、妖怪和凶禽猛兽，以此为娶他女儿的代价。在蒙古史诗《海尔图哈拉》中，勇士为岳父打死了七只野狼和五个蟒古思；在《四岁的呼鲁克巴托尔》里的勇士消灭了九个蟒古思；达斡尔族《绰凯莫尔根》的主人公为岳父活捉了叶勒登克尔蟒古思和有害的雄狮，因而他们得到了未婚妻；勇士打败了抢走姑娘的恶魔和妖怪，从它们手中拯救姑娘，姑娘的父亲将她许配给勇士。布里亚特史诗《骑金黄马的阿拉塔乃胡本》、蒙古史诗《额尔德尼哈布斡索雅》，就是这种失而复得式史诗，勇士战胜或感动凤凰、大鹏，从它们那里夺回岳父失去的宝马驹，以此作为娶其女儿的代价。在《额真腾格里》和《图嘎拉沁夫》中主人公夺回金银马驹，在《绰凯莫尔根》中主人公收回70匹白马驹；在李·普尔拜等人演唱的《洪古尔的婚礼》中，勇士为岳父活捉并驯服了害死人的野骆驼、撞死人的铁青牤牛和吃人的白胸黑狗之后，才得到岳父的同意，偕妻子返回自己的氏族。

勇士的那些英雄事迹，一方面偿还了将未婚妻带到自己氏族中去生活的身价，另一方面考验了他们的勇气、力量和武艺。

在我国英雄史诗中，尤其是在北方的蒙古—突厥史诗中，常常出现岳父（女方）让女婿（求婚者）完成艰险任务，而且，这些任务常常是以三项为一组的三三制方式提出来的。诸如，先后战胜三大猛兽，取来神话中的三种宝物，在三项比赛中获全胜，等等。在有的史诗里只有一种三项考验（如先后同凶猛的公牛、雄狮和公驼搏斗），有的史诗中却前后出现两组不同内容的六次考验（如先同三大猛兽搏斗，接着参加赛马、射箭、摔跤三项比赛）。这些艰巨任务有一定的考验性，学术界故将这种内容的史诗称为考验女婿型英雄史诗。

这种史诗的社会文化根源与人类社会家庭婚姻史上的服役婚和早期神话有联系。服役婚是“原始社会母系氏族向父系氏族转变时期的一种婚俗。男子在婚前或婚后住在妻方劳动一段时间，作为代价偿还妻方劳动力的损失，换娶妻子到本氏族或本家族中来。……关于服役婚的产生，有的认为源于妻方父母不愿无偿嫁女，有的认为女方在婚前通过服役，对求婚男子进行考验、磨炼，以期选择佳婿”[①]。亚洲、非洲、美洲的许多民族都曾盛行服役婚，我国的汉、傣、彝、瑶、壮、佤、纳西、拉祜、黎等族都曾有过这种婚俗。从蒙古文古籍、民间风俗和口碑文献看，蒙古族也有过服役婚遗俗。在服役中求婚者常遇到饥饿和危险的考验。

在古希腊、古罗马的历史上曾有过勇士同猛兽搏斗的游戏或体育运动，不知道有多少万名奴隶和勇士在搏斗中葬身。

---

① 《中国大百科全书·民族卷》，中国大百科全书出版社1986年版，第123页。

勇士同凶禽猛兽斗争、完成种种危险的任务，经受各种考验是世界性的神话、传说和史诗的共同性情节。古希腊神话中的大英雄赫拉克勒斯为欧律斯托斯服役期间，完成了12件苦差，其中他先后捕捉、征服或杀死了神奇的铜筋铁骨猛狮、金角铜蹄牡鹿、大野猪、疯公牛、吃人的马群、凶猛的红牛、怪鸟，九头水蛇和三头狗等凶禽猛兽，还取来强有力的女人首领的腰带以及取来金苹果。这种神话英雄的许多功绩与我国史诗勇士的行为相似。当然，其中有地域特征和民族色彩。我国史诗中勇士常见的凶禽猛兽和神话形象有：吞噬人的野骆驼、抵死人的铁青公牛、踢死人的野公马、吃人的野狗、活吞人的大蟒蛇和凤凰。勇士通过战斗打败幻想中的各种强大势力，克服困难而取回来的宝物有：凤凰羽、凤凰蛋、凤凰的脑浆、上天的吞食人的白骆驼的奶、白象的奶、公驼的峰肉、横跨两座山躺着的大蟒蛇的舌头、尾巴、多头的蟒古思的脑浆、心肝、鲜血和帽子、沸腾的海水泡沫、喷火的泉水以及凶残的汗王的宝马角，等等。实际上这些考验都有生命危险，也可以说是对方采用的一种借刀杀人的措施。我国史诗中的这些情节和母题，一方面有一定的现实的影子，另一方面来自神话和传说。

除上述危险的考验外，我国北方民族史诗中还有一种较文明的考验是让求婚者参加赛马、射箭和摔跤比赛，蒙古人叫作“好汉三项比赛”。如果说勇士同凶禽猛兽搏斗是狩猎时代考验勇士的重要措施的话，那么，参加三项比赛是游牧时代生活的艺术再现。在游牧民族的祭祀敖包、圣树等活动中，在喜庆节日活动中、在日常的体育娱乐活动中，在练兵过程中，赛马、射箭和摔跤都是不可缺少的最基本项目。这三项比赛是选拔男子汉和快马的方法，古代演唱艺人把它吸收到英雄史诗中，因而加强了史诗的感染力，使它成为民众喜闻乐见的艺术作品。

总之，史诗中勇士与凶禽猛兽搏斗，参加赛马、射箭和摔跤比赛等情节是在古代社会的现实生活和风俗的基础上产生的，是刻画英雄人物的勇气、力量、毅力和武艺的最有效的方法。

二 不同类型的考验婚型史诗

有关勇士远征求婚题材的史诗，除了抢婚型史诗外，还存在着考验婚型史诗。在我国各民族史诗中保留到今天的抢婚型史诗和抢婚情节较少，因为抢婚现象早已不复存在。后代人们并不提倡翁婿斗争，抢婚现象只作为旧风俗保留在少量的古老英雄故事和史诗中。可是，流传下来的考验婚型史诗很普遍，因为勇士同凶禽猛兽和恶势力斗争是永恒的题材。赛马、射箭和摔跤比赛同北方游牧民族生活有着紧密的联系，反映这些现象的史诗有永久的艺术魅力。作为古老的艺术传统，它世世代代都具有艺术的审美价值。现存考验婚型史诗处于两种形态之中，一是单独存在着，二是作为婚事加征战型史诗的一部分而存在。起初只有单篇型考验婚史诗，后来将考验婚型单篇史诗和征战型单篇史诗结合在一起，形成了婚事加征战型复合史诗。在单篇型史诗和复合型史诗同时并存和发展的过程中，复合型史诗日益增多；相反，单篇型史诗逐渐减少，但单篇型考验婚史诗作为一种早期类型仍然继续存在至今。诸如，蒙古族和硕特史诗《道利精海巴托尔》、乌兰察布史诗《喜热图莫尔根汗的儿子》、巴尔虎史诗《阿吉格特努格巴托尔》、乌拉特史诗《昂苏米尔的故事》、卫拉特史诗《钢哈尔特勃格》《好汉米莫勒哲赫》和《布萨尔阿拉达尔汗》以及西伯利亚的布里亚特史诗《奥希尔博克多胡本》和《胡荣阿尔泰胡》等都是单篇型史诗。乌古斯史诗集《阔尔库特祖爷书》（以下简称《阔尔库特书》），现有两种手抄本都是16世纪本记录的。弗·巴托尔德认为“诗歌的创作年代”属于15世纪，同时，他还说这种传说的情节产生得可能更早些。[①] 抄本中有12篇史诗，其中的《关于康乐之子坎吐拉勒的传说》属于单篇型考验婚史诗。

首先看看《关于康乐之子坎吐拉勒的传说》。[②] 它描述了小勇士到遥远的异教徒部落中去娶回妻子的英雄事迹。在乌古斯时代有一位英雄名叫康乐，他有个独生子名叫坎吐拉勒。坎吐拉勒要求娶一位英雄妻子，父子二人走遍内外乌古斯从未找到这种女子。后来得知异教徒卡拉布森部落的塔高沃尔汗有个非常俊秀的独生女，她是个神箭手。塔高沃尔汗提出允婚

① ［苏］弗·日尔蒙斯基：《突厥英雄史诗》（俄文），列宁格勒：科学出版社1974年版，第526—527页。

② 《阔尔库特与乌古斯可汗的传说》，胡南译自1986年哈萨克斯坦版本，手稿未出版。

的三个条件，即同野性十足的凶猛的公牛、雄狮和公驼搏斗，说谁若能满足那三个条件，姑娘就许配给谁，谁若满足不了三个条件，谁就会被杀死。已有32名勇士为求婚而丧了命。坎吐拉勒决心一定去聘娶那位姑娘，可是，他父亲劝告说：

你的征途有千难万险，
横亘着座座冰雪高山，
要跋涉百里泥泞沼泽，
要经过茫茫林海雪原，
你去的部落，
筑有城垣，
它的宫门狭窄，
高耸云天。
……
那里有大刀，
长矛和弓箭，
有不容分说，
置人死地的刀斧团。

坎吐拉勒不听劝告，走七天七夜到达了塔高沃尔汗家。可汗听到他的来意之后，安排他到擂台上用赤手空拳先后同三大猛兽公牛、雄狮和公驼搏斗。勇士不是以神力战胜猛兽，而是以自己的勇气和力量，先后杀死了三大猛兽。

勇士与雄狮搏斗有这样一段描述："当雄狮吼叫着猛扑过来的时候，坎吐拉勒把早已准备好的山羊扔到雄狮的面前，狮子向山羊侧扑而去时，坎吐拉勒凭着自己崇高的信念趁机向雄狮的耳根猛击一拳，狮子随之趴卧在地。坎吐拉勒立刻猛扑上去打断了狮子的脊梁，结果了狮子的性命，接着将其折成了两段，扔到塔高沃尔汗的面前。"这样写实的手法，寥寥几笔便使勇士无所畏惧的勇气、力量和智慧跃然纸上。坎吐拉勒完成了艰巨的任务，满足了岳父的要求，并得到了英雄姑娘的爱情，于是岳父便为他们准备了婚宴。但是勇士以为在外氏族中举办婚礼不符合本氏族的风俗，他不顾岳父的反对，竟带着妻子往家乡走。途中他们遭到岳父追击，尽管勇士受了伤，但他们终于战胜岳父，返回家乡举行了盛大婚宴。

这是四五百年前记录的突厥英雄史诗，它同近一二百年来记录出版的蒙古—突厥史诗很相似，其情节框架和核心内容颇为一致，说明了北方民族史诗的古老性和相对稳定性。在许多蒙古—突厥史诗中，都存在着这种勇士同三大猛兽搏斗和在偕妻子返回家乡途中遭到岳父或其他势力袭击的情节。例如，在旦布尔加甫记录出版的姊妹史诗《好汉米莫勒哲赫》和《布萨尔阿拉达尔汗》[①] 中，勇士远征向沙尔格日勒汗的女儿求婚时，先后打死了向他们进攻的三大猛兽：大黑公驼、黄母狗和黄头公羊。勇士在带妻子返回家乡途中，沙尔格日勒汗又要阴谋折磨勇士，但最终勇士战胜一切困难而凯旋。在卫拉特史诗《骑红沙马的额尔古古南哈尔》和《骑金黄马的阿拉图杰诺谚江格莱》中，勇士们战胜了神奇的三大猛兽铁青公牛、黑公驼和白胸黄狗（或凤凰）。这种三大猛兽都是庞然大物，而且非常神奇，它们：

> 能看到远离一昼夜路程的人，
> 能吞食远离一天路程的生灵。

勇士与凶禽猛兽搏斗，是考验婚型史诗的一种早期类型，它反映了狩猎时代人们英勇无畏的斗争。后来产生了另一种类型的考验婚型史诗，其中主要是通过勇士参加赛马、射箭和摔跤比赛的考验。这一类型的史诗在蒙古—突厥人民中颇为常见。比如，乌兰察布史诗《喜热图莫尔根汗的儿子》讲道：从前，占据东方的喜热图莫尔根汗与占据西方的那仁汗为子女订了指腹婚。喜热图莫尔根汗的儿子长大后梦见自己有未婚妻，于是向父母打听到未婚妻家乡，备好坐骑和武器向西方远征。途中遇到各两个男女青年称赞他和他未婚妻，又碰见未婚妻家的牧童，与其结为朋友。勇士变作骑两岁劣马的秃头儿到未婚妻家，他说谜语，女方不会猜。牧童猜着

① 见旦布尔加甫搜集整理《卫拉特英雄史诗》（蒙古文），乌兰巴托，1997 年。

了，对大家说秃头儿是来向可汗女儿求婚的。那仁汗提出举行三项比赛，获全胜便可以娶他的女儿。在摔跤比赛中，小勇士与上天之赫赫有名的摔跤手铁木耳较量，将其举起转动无数次，并摔进了地缝里。赛马比赛中，小牧童骑着勇士的两岁劣马超过可汗的多匹快马，首先跑到目的地。射箭比赛的靶子放在三年路程远处，那仁汗的射手一个也没有打中，可是小勇士的箭射破了羊般大石头，射中了牛般大石头，并穿过金针眼，钉在倒插地上的银针尖上。小勇士在三项比赛中获全胜，于是恢复英俊的勇士原貌，带着妻子返回家园。

除以上勇士与三大猛兽搏斗、勇士参加三项比赛等类型的考验婚史诗外，在有的史诗中还先后出现这两项三三制的考验情节，有的史诗的三项考验中，既有勇士同猛兽斗，又有勇士参赛的现象。当然，还有各种考验勇士的力量、勇气和智慧的措施。例如，青海省海西州苏赫讲述、纳·才仁巴力记录的史诗《征服七年敌人的道利精海巴托尔》① 是韵文体作品（约 1100 诗行）。这部婚姻型史诗，描写了勇士道利精海及其弟弟乌兰班达莱二人聘娶那古郎汗的两个女儿那日郎贵和萨日郎贵的故事。道利精海在野外放牧时，从东北方飞来一只乌鸦，它碰到勇士的马鞭杆就死去。勇士回家把这件事对母亲讲了。母亲告诉他乌鸦带来了未婚妻的消息，她就是住在离此有 99 年路程的那古郎汗的女儿。道利精海不听父母劝告，独自骑着大黄马向西北方向出发。他在途中克服了缺水的困难，在战马的帮助下突破了挡住去路的高山，走了很远的路程。可是勇士在途中突然头晕，原来他母亲又生了一个儿子，起名为乌兰班达莱。这个婴儿神速长大，过三天便询问哥哥到哪里去了，他的未婚妻在什么地方，得知情况后，他立即骑云青马携带武器去追赶哥哥。见到哥哥后，他与之角力，以试探其力量。结果二人平分秋色。勇士在求婚途中的遭遇与其他史诗不同，主要考验的是勇士的力量。他们遇到一个骑黑骆驼的人，说前面有两只熊抬着两座山，并促请勇士与熊较量。道利精海与熊搏斗不分胜负，乌兰班达莱上来先后摔碎了东山和西山。接着他们按骑白骆驼人的指点，摔碎了高山，倒下了海水，胜过了 12 头蟒古思的两名大臣。他们来到那古

① 见纳·才仁巴力搜集整理的《英雄黑旋风》（蒙古文），内蒙古文化出版社 1989 年版。

郎汗家，向可汗说明来意。此时，12 头阿尔扎嘎哈尔蟒古思也来争聘。通过三项比赛（头两项是常见的射箭、赛马，第三项是杀掉上天的铁青牛，并带回铁青牛的心肺）战胜了蟒古思，兄弟二人分别娶了那古郎汗的两个女儿，胜利返乡。乌兰班达莱先走，他告诉哥哥路上不要回头看。但道利精海两次回头，结果被一对老头儿和老太婆毒死。然而他的大黄马找来草药和神水救活了主人。最终二人偕妻回家见到父母，举行盛宴，过着幸福生活。另一异文，肃北县 90 岁的老太太扎吉娅演唱、斯·窦步青整理的作品《道利精海巴托尔》① 是韵文为主、散文为辅的故事。其主要情节与苏赫等人讲述的异文相似，道利精海与弟弟古利精海通过三项比赛战胜上天之摔跤手，道利精海与扎黑尔马布拉尔汗的女儿赞姐高娃举行了婚礼。肃北异文中勇士古利精海在赛马途中征服了种种障碍。上天之摔跤手派一百匹快马参赛，勇士古利精海骑自己的战马参赛。首先对方派 10 个骑手在前方挡路，20 个骑手在左右挡路；接着用石头雨、沙漠山和黑雾阻止他，又派三条狼和一妖婆妨碍他。勇士通过坐骑的智慧和力量突破障碍，取得赛马的胜利，保证了道利精海的婚礼。

在这里勇士前往求婚时，途中没有遇到敌对势力的进攻，但经受了力量的考验。在岳父提出的三项考验中，既有好汉三项比赛的两项，又有与凶禽猛兽搏斗的情节。

早期史诗具有民族特征、地域特征和部族特征，有的史诗反映草原游牧部落的生活，有的却表现森林部落的生活，有的史诗着重描绘对勇士的种种考验，有的则论述勇士远征求婚途中的艰苦斗争，史诗中的考验也极其丰富多彩。如俄罗斯贝加尔湖一带布里亚特人的史诗《奥希尔博克多胡本》和《胡荣阿尔泰胡本》② 反映了森林部落的生活和婚事斗争，突出地描述了勇士远征中的千难万险，其中对勇士的考验也与上述史诗有所不同。奥希尔博克多得知，未婚妻的家在遥远的西方高山上，他的坐骑也在这个山鹰飞不上去的高山上，为了寻找坐骑，小勇士步行数日走到此山下，来到人和动物从未上去过的悬崖绝壁。在山下死人骨头堆成山，血流

① 见斯·窦步青搜集整理的《肃北蒙古族英雄史诗》（蒙古文），民族出版社 1998 年版。

② 《布利亚特格斯尔传》下（蒙古文），内蒙古教育出版社 1989 年版。

成河，到处是为上山求婚而失败的残疾人，但这种可怕现象没有吓倒勇士，反而让他下决心一定要到达目的地。他不停地往山上爬，磨破了手脚；于是他施展法术先后化身为松鼠和黄鼠狼爬山，又磨破了爪子；他再变作山鹰，飞到山上便晕倒了。他醒过来后，找到长生水和圣树叶，经过医治身体才恢复了健康。他隐蔽在圣水旁等着宇宙九匹铁青马来饮水时，揪住了小铁青马的耳朵，与小马搏斗数日，最后各自羡慕对方的本事而和好。史诗这样表现勇士战胜自然界的斗争，同时，这部史诗中的考验也有特色。姑娘的父亲让奥希尔博克多和其他六名求婚者去找回来三年来先后失去的三匹神马驹，其他六人未能经受考验，奥希尔博克多去先后打死300个脑袋的蟒嘎德（恶魔）、500个脑袋的蟒嘎德及其灵魂和父母，夺回来了恶魔们三年来偷盗的三匹神马驹，因而得到了美丽的妻子。另一勇士胡荣阿尔泰经受了拉大神弓上弦的考验，接着又完成了三项艰巨任务，即抓来了外海岸上吃人的神奇黄狗，带来了凶残的凤凰的羽毛，又消灭了向他进攻的恶魔，最终与美丽的姑娘喜结良缘。

除单篇型考验婚史诗外，在串连复合型史诗的婚事斗争中，同样有勇士同猛兽斗、找来罕见的贵重物品、参加各种比赛等情节。当然，复合型史诗的内容比单篇型史诗更为复杂多样，并且包含晚期的因素。例如，《关于拜包尔之子巴木斯巴依拉克的传说》① 是婚事加征战型史诗，其上半部分描述勇士的婚事，其内容较复杂，有为子女订指腹婚、少年勇士的成长仪式、勇士与未婚妻之间进行三项比赛以及制服未婚妻哥哥的阻挠。在汗宫摆设的酒席上，富翁拜包尔来哭诉他无子女的痛苦。还有一位巴依甫森说，他想要女儿。在座者为他们祈祷，并商定如果巴依甫森有了女儿，将她嫁给拜包尔之子。拜包尔的儿子长到15岁，成为武艺高强的青年。但他经过在战场上浴血拼杀才能定名为勇士。他外出打猎时听说，为他家买东西的商队被500名异教徒抢劫一空。小勇士与商队人一起去打败歹徒，夺回了财物。父亲听到信息，知道儿子已成为勇士，便请来名流给他起名封爵。阔尔库特老人来起名封爵，称他为骑拜舒巴尔宝马的巴木斯巴依拉克。有一天勇士到阿拉套山打猎，追赶野兽到了未婚妻的家乡。两

---

① 《阔尔库特书》之三，见上述胡南译手稿。

人相识之后，未婚妻提出要和他进行三项比赛，结果勇士在赛马、射箭和摔跤比赛中大获全胜，得到了她的爱情，订婚时勇士给姑娘戴上了金戒指。可是，未婚妻捣蛋的哥哥提出无理要求，他要的彩礼是1000只无尾无脖的小狗。智慧老人阔尔库特送去1000只跳蚤咬他，哥哥不得不答应妹妹的婚事。尽管这一部分的内容与上述几部单篇型史诗有一定的出入，但都描绘了勇士通过考验得到未婚妻的英雄事迹。

各民族史诗中比赛的内容和方式方法不同，与勇士进行比赛的对手也不一样。在大多数情况下，是在女方父亲与勇士之间进行三项比赛，这也就是女方的氏族与求婚者的氏族之间直接举行赛马、射箭和摔跤比赛。在另一种情况下，不是在女方父亲与勇士之间进行比赛，而是按照女方父亲的要求在两个或更多的求婚者（情敌）之间比赛，他们争夺同一位姑娘。也有勇士与未婚妻二人直接进行赛马、射箭和摔跤比赛的现象。上述史诗《关于拜包尔之子巴木斯巴依拉克的传说》以及巴什基里亚故事《阿勒帕米沙和巴尔森黑卢》和喀山鞑靼的《阿勒帕米沙》[①] 等作品中出现了求婚者与未婚妻之间的比赛。在巴什基里亚和鞑靼的作品中出现：阿拉尔汗与布拉尔汗，两个汗在其子女未出生前就已经为他们指腹为婚，然而一个汗早逝，另一个汗拒绝了将其女儿嫁给那个遗孤。这时姑娘巴尔森黑卢（或巴尔森美女）宣称："谁能在斗争中战胜我，我就嫁给谁为妻。"此后，这位姑娘就出了家门，在山顶上搭起帐篷，住在那里。为了娶到这位姑娘，勇士们从四面八方赶来。这位姑娘却从山顶上滚下许多石头，把他们都砸死了。有一天阿勒帕米沙正和一位同伴在山下拉网捕鱼，一块像干草垛那么大的石头朝他滚来。同伴对他说：这块石头是巴尔森黑卢从山顶上推下来的。谁要能把这块石头扔上山去，或者能在战斗中战胜巴尔森黑卢，她就嫁给谁。阿勒帕米沙听说后，用脚一踢，那块石头就飞向山顶。他上山又与姑娘搏斗七天七夜，终于战胜了她，并立即使她成为自己的妻子。再如，在哈萨克史诗《阔布兰德巴托尔》[②] 里，存在着较特殊的射箭

① ［苏］弗·日尔蒙斯基：《突厥英雄史诗》，列宁格勒：科学出版社1974年版，第168—182页。

② 《英雄阔布兰德》，苏联麦尔干拜演唱，马立克·哈布都拉整理，佟中明汉译手稿。

和摔跤的考验。史诗里说：大富翁托合塔尔拜到 80 岁仍然无子，便祈求和祭祀神灵，于是他 60 岁的老婆生下了一男叫阔布兰德，一女叫哈丽卡西。阔布兰德 6 岁就提出要枣红宝驹，并同英雄叶思铁米斯一起住在野外。有一天露宿在一座山里，午夜听到喧闹声，他从叶思铁米斯那里得知，山后住着霍克提姆可汗，他有个女儿叫库蒂哈。在夜晚的月色中，霍克提姆可汗让人们射击挂在一根柱顶上的金币，谁若射落金币，谁就可以娶库蒂哈为妻。小勇士不听叶思铁米斯的劝告，骑着马穿上铠甲，佩带着利剑和弓箭出发。他到达目的地后，可汗让他射箭。他抽出一支钢箭，从马背上射去，将在月光下吊在柱杆上的金币一下射成两半。可汗不敢食言，举办了 30 天游戏，举办了 40 天婚宴，把女儿库蒂哈许配给好汉阔布兰德。正要出嫁时，守护姑娘的四丈半高个子的红发英雄来说，如果小勇士在摔跤中把他摔倒，才能娶库蒂哈为妻。小勇士和他摔跤时，他让小勇士和他脚摔跤，并伸一只脚给他。阔布兰德把 60 庹长的绳索套在他脚上，跳上枣红马将他拖走，拖得他皮开肉绽，鲜血流淌。这个不可一世的对手，终于断气身亡。前来解救父亲的红发英雄的两个儿子，也被小勇士砍死。

上述例子说明，史诗中的比赛也不算平静，勇士随时可能遇到危险。通过勇士在三项比赛中的英勇行为，可以更为鲜活地表现出英雄人物勇敢无畏的战斗精神和超人的力量。

三　考验婚型史诗的主要人物形象

考验婚型史诗与抢婚型史诗都属于族外婚型史诗，二者有共同性的英雄人物形象，他们的性格特征和艺术原型也很相似。考验婚型史诗的主要人物也是一位勇士及其未婚妻和她父亲。在抢婚型史诗一章里对早期史诗勇士的评价和分析，同样适合于考验婚型史诗的英雄人物。在这里不再重复，只作一些补充。因考验婚型史诗及其考验方式多种多样，对英雄人物进行了多方位、多层次的刻画，生动地表现了他们的英雄性格。史诗的一种主要表现手法是把英雄人物摆在矛盾斗争中，在危险的环境里，通过他的语言和行动来揭示其英雄性格。譬如英雄道利精海听到未婚妻消息后，立即提出要去找未婚妻，母亲认为他年纪小，还未长大成人，远征成亲过早。可是，小勇士坚定地说："男人会生在家里，应该死在野外。"说罢，鞴马出发。他在小兄弟乌兰班达莱的协助下，在途中先后跟举山的大熊和排山倒海的勇士进行力量比赛，取得胜利后，来到未婚妻家，又同情敌有12个头的蟒古思进行射箭比赛，获胜后一举杀死凶残的铁青公牛并拿到了它的心肺。在赛马比赛中，他突破了数十名勇士的阻挡，躲过了对方制造的石头雨、沙漠山和黑雾，还战胜了3条狼和老妖婆等的进攻。史诗如此安排一连串的考验和斗争，反复表现了英雄人物的胆量、力气、意志、武艺和智慧。再如，奥希尔博克多胡本为了寻找未婚妻和坐骑，不怕艰难困苦，不怕牺牲生命，下决心向山鹰飞不上去的高山走去。他步行数日到了那座陡壁悬崖下，看到在山脚下死人的骨头堆成山，血流成河，到处碰见从山上摔下来的残疾人。在这种恐怖的环境当中，小勇士决不回头，往山上爬数日手脚都磨破了。后来他化身为松鼠和山鹰终于到了山上。上山后他通过智慧和力量，捉住了宇宙九匹神奇的铁青马中最淘气的小马，做了自己的坐骑。史诗通过行动和语言绘声绘色地反映出英雄人物的大无畏的英雄气概和顽强的意志，歌颂了人类战胜自然界的伟大贡献。

史诗里常见的一种表现英雄性格的措施是让勇士同三大猛兽，包括神话中的凶禽猛兽展开争斗，并且一一战胜和驯服它们。如前所述，古希腊、古罗马人曾有过勇士斗猛兽的游戏或体育运动，史诗艺术地再现了古代人类的现实生活，把它加以夸张和理想化。史诗描绘勇士斗猛兽的形式多种多样，有时运用浪漫主义的方法，让勇士通过神力取胜；有时却运用写实手法，让勇士完全通过自身的力量和勇气征服猛兽。例如在乌古斯史诗中勇士与公牛搏斗时，坎吐拉勒来到擂台的中央，可汗的女儿巴依拉克也来观看。当把被铁链锁住的公牛放到角斗场时，勇士挥起拳头，便朝着扑过来的公牛前额打去，打得它晕头转向，趔趔趄趄地向后倒退了几步。待到公牛重新站稳时，被勇士推到了擂台的中央。人推着牛头，牛顶着人的手拳，这样各不相让地一直持续了许久，公牛气喘吁吁、口吐白沫。公牛猛然冲过来时，勇士向一侧闪去，公牛随着惯性栽倒在地。这时坎吐拉勒拉住牛尾巴，把它摔死在地上，并扒下牛皮放在可汗的面前。

在这里除了以夸张手法描绘勇士的力量外，其余都是英雄人物可以做到的事情，如同西班亚斗牛士的勇敢行动。

在婚事斗争型史诗里，主要是发生在勇士与岳父之间的斗争。在现有史诗中以岳父身份出现的人物，实际上起初都是女方氏族的首领。勇士与岳父的矛盾，实际上是一个氏族与另一个氏族间婚姻问题上产生的矛盾。在北方史诗里常常提到的婚约或指腹婚，与中国封建时代两个家庭之间的指腹婚并不相同，它是氏族婚约。在人类古代历史上的族外婚时代，中外许多民族都曾有过氏族与氏族之间的联姻关系。当时两个氏族之间制定的婚约规定，一个氏族的女子生来就是另一固定的氏族男子的未婚妻，女方氏族不应该将女子嫁给没有婚约的氏族男子。因此，勇士与岳父的斗争，实际上就是女方氏族违背婚约而引起的两个氏族之间的斗争。女方氏族不履行婚约有多种原因，主要是随着社会发展，原有的氏族婚约已不适应社会需求，出现了新的婚姻观念。女方氏族希望得到更有利于他们的联姻方式。所以，岳父（女方氏族酋长）不满意原有联姻关系的氏族的男子做女婿，于是尽量回避婚约，刁难男方，甚至企图运用各种方式杀害求婚的勇士。随着氏族婚约退出历史舞台，史诗演唱者们以自己时代的婚俗，将其说成了两个家庭之间的指腹婚而已。

早期史诗的岳父形象主要有两类：其一是残暴的坏岳父，他企图杀害前来向他女儿求婚的勇士；其二是好岳父，他想通过考验女婿的英雄行为，宣扬自己氏族与女婿氏族的好名声。当然，晚期在史诗中出现了以近代民间风俗嫁女儿的人，这里的岳父与传统的岳父不同，在女婿与岳父之间没有矛盾冲突，因此这种婚事已经失去了传统的英雄婚事的含义。

坏岳父形象与好岳父形象是在人类社会的不同发展阶段上发生的现象，有其产生的社会历史根源。残暴的岳父形象的出现早于文明的好岳父形象，前者是野蛮时期的人物形象，后者是建立氏族联盟时代的人物形象。英雄史诗里刁难女婿和让他完成危险任务的文化意蕴，很可能是服役婚遗俗的反映。中国许多民族历史上曾有过服役婚习俗。男子娶了妻子，为了让她到自己氏族里来劳动，先必须向女方氏族交彩礼，因男子无力偿付彩礼，到女方氏族中去服役，以此来换取妻子的身价。男子服役期满后，才能带妻子回自己氏族。男子服役时间的长短由女方决定，少则一两年，多则十几年。男子在服役中常常受到虐待，甚至经受生命安危的考验。英雄史诗里通过残暴的岳父形象，艺术地再现了服役婚中女方氏族首领对女婿的迫害，称颂果敢无畏的勇士通过自己的勇气、力量和智慧，战胜种种害人的凶禽猛兽和妖魔鬼怪，征服残暴的岳父，得到美丽的妻子，带妻子返回自己氏族的英雄行为。坏岳父交给勇士艰巨任务的目的，是为了自己氏族的利益。这也就是说，岳父派勇士去战胜威胁他的敌人和猛兽，给他带来贵重的猎物和药材，更多地付出娶媳妇的代价。坏岳父对求婚者无情，置其生死于不顾，这符合野蛮时代人的心理状态。如果勇士不能付出足够的报酬，他是不会把女儿白白地交给勇士带走的。求婚者无力完成岳父交给他的使命时，岳父宁愿让他死去，可以另找有本事的女婿。

除了坏岳父外，在英雄史诗里还有许多好岳父，他们不是故意伤害勇士，而是通过赛马、射箭和摔跤三项比赛的考验，让广大民众了解他女婿的本领，从而宣扬男女双方氏族的名声，并且通过这种联姻建立氏族联盟，壮大自己的势力。这是文明期的岳父形象，当女婿带他女儿返回自己家乡的时候，他或者把自己属民和牲畜的一半作为陪嫁，或者自己带着全氏族民众和牲畜财产迁徙到女婿家乡居住，与坏岳父的态度有天壤之别。

四　考验婚型史诗的情节结构

在情节结构方面，考验婚型史诗与抢婚型史诗一样由三大部分所组成，即勇士求婚远征途中的战斗、求婚成亲过程中斗争（勇士受到残酷的折磨和考验）以及带妻子返家途中的遭遇和斗争。考验婚型史诗的这些情节极其复杂，它不仅仅反映了勇士的婚事斗争，而且通过远征求婚往返途中的种种危险和不幸遭遇，甚至通过勇士的死而复生过程，从多角度、多层次反复凸显了勇士以自己力量战胜一切自然界和社会敌对势力的英雄气概。在史诗中，勇士经过千难万险，越过无边无际的辽阔草原和干旱的大沙漠，爬过山鹰飞不到的陡壁悬崖，跨过毒海和沸腾的火海，打败凶禽猛兽和妖魔鬼怪的进攻，才能到达未来岳父家的领地。接着为得到未婚妻而受到种种考验，进行激烈的搏斗，战胜上天之英雄和大地之英雄，打败人间不可战胜的勇士才能得到可心的妻子。在返乡途中，勇士战败岳父势力的追击和情敌的暗害，终于凯旋。当然，这些斗争在不同的史诗中有不同的反映，甚至有的史诗中缺乏前往求婚途中的斗争或者缺乏返回家乡路上的遭遇一类情节，但是大多数史诗由这三大部分所组成。考验婚型史诗的产生晚于抢婚型史诗，它是在抢婚型史诗的情节框架上形成的。因此，晚期产生的史诗的情节结构较复杂，勇士所遇到的困难和危险较多，尤其是在求婚、成亲过程中的斗争多种多样。但是，考验婚型史诗的情节结构也大体上有一定的共性和模式。其情节框架都由一种固定的母题系列所构成，各个母题都有一定的排列顺序。考验婚型史诗的基本情节框架通常有下列共同性的母题：

（1）时间
（2）地点
（3）勇士及其亲人
（4）未婚妻的信息
（5）勇士决定去成亲
（6）勇士鞴马、全副武装
（7）父母劝告
（8）勇士不听劝说出征
（9）远征途中的经历
（10）勇士看到岳父家
（11）化身为骑两岁癞马的秃头儿
（12）到岳父家受到歧视
（13）岳父提出苛刻条件
（14）勇士逐一完成任务
（15）岳父同意亲事
（16）举办婚礼
（17）勇士偕妻返家
（18）返乡途中战胜各种危险
（19）凯旋
（20）举办盛宴

以上便是在考验婚型史诗中常见的母题、情节和事项。当然，不可能所有的同类作品都全部拥有这些母题和情节，但大多数作品都包含此类母题和情节。其中有的不仅是一个母题，而且是一种较大的情节。诸如，远征途中的经历、勇士完成任务和返乡途中的遭遇等都是很复杂的情节，其中有各种不同的多种母题群。在不同的史诗中，相同的母题和相同的母题群的内容都有一定的区别。尽管有各种不同的状况，总的来说，早期考验婚型史诗的基本情节框架成为一种史诗母题系列，那种母题系列是由上述一批母题所组成的。此外，在一些史诗的开头还提到无儿无女的老两口奇特怀孕及其儿子的神奇生长等母题，也出现两个可汗为子女订指腹婚等现象。

如前所述，在情节结构方面，考验婚型史诗与抢婚型史诗，除了勇士到达女方家族求婚、成亲阶段的斗争不同之外，其他方面基本上大同小异；当然，考验婚型史诗更复杂多样。考验婚型史诗是在原有抢婚型史诗的情节框架上形成，二者同时并存和共同发展下来。它们的情节框架及其史诗母题系列成为蒙古—突厥英雄史诗进一步发展的基础、传统和模式。串连复合型史诗及并列复合型史诗等类型的史诗都是在这种史诗框架上形成和发展起来的。

早期英雄史诗具有重大社会意义，甚至可以说，它有“划时代”意义。如果神话是以想象征服自然力的话，在史诗中尽管有一定的神话因素，但其中主要是人通过自身的力量和智慧战胜自然力和社会敌对势力。史诗反映了人类自我意识的加强，塑造了不朽的英雄形象，他们有永久的艺术魅力，不断教育子孙后代，鼓励他们的战斗意志，让人们勇往直前。

（原载于仁钦道尔吉《蒙古英雄史诗发展史》，中国社会科学出版社 2013 年版）

勇士与独眼巨人、地下恶魔斗争型英雄史诗

一 口头创作中的独眼巨人

关于独眼巨人的神话、传说和史诗在我国许多民族中流布，在北方阿尔泰语系人民中尤为常见。在古希腊神话和史诗里也出现过同样的形象。著名学者尼·波佩指出：蒙古、突厥，包括哈萨克、吉尔吉斯和阿尔泰的史诗具有一些共同的成分，甚至在古希腊史诗中也常常能找到类似于它们的成分。例如，我曾经指出，《奥德赛》里的独眼巨人的情节在一些布里亚特史诗中也可以见到，独眼巨人母题也在突厥不同的史诗中出现。[①] 中外文献中有不少关于独眼巨人、三眼人、独眼人和巨人的记载，甚至在公元前7世纪古希腊器皿上出现了独眼巨人画，并且，在叶尼塞河流域也发现了独眼巨人的岩画。可以说，独眼巨人传说已成为欧亚大陆共同性传说之一，其中也许斯基台人起到了媒介作用。

在古希腊神话中库克洛普斯（独眼巨人）是女神乌拉尼（Urania）的儿子，他们弟兄三个都是力大无比的野蛮人。他们的名字同雷、电和灾祸联系在一起，是自然力的化身，属于远古时代的神。宙斯把他们从冥府里解放出来，并在与泰坦的斗争中利用了他们的力量、威力和技能，他们为宙斯制造了强有力的武器。[②] 可是，《奥德赛》里的独眼巨人是吃人的恶魔。“他们没有议事的集会，也没有法律，他们居住在挺拔险峻的山峰之巅，或者阴森幽暗的山洞。”奥德赛等人走到一个小岛上，碰见住在高大

① ［德］瓦·海希西主编：《亚细亚研究》，第68卷，威斯巴登，1979年，第28—29页。引自祁志琴译文，见内部资料《民族文学译丛》史诗专辑（一），1983年，第376—377页。

② 《世界各民族神话》（俄文），苏维埃百科全书出版社1980年版，第648—649页。

的山洞里的巨怪，他到远处牧放羊群，晚上背着一大捆干柴、赶着羊群回来，将所有的羊都赶进洞里，抓起一块巨石搁下堵住洞口。那巨石大得即使用 22 辆精造的四轮大车也难以拉动。这个独眼巨人非常野蛮残酷，他发现山洞里来了奥德赛等人，便先后几次两个两个地将他们抓走，撞地杀死，还把他们的尸体扯成碎块，把内脏、骨头和肉统统吃净。可是，奥德赛等人通过他们的勇气、力量和智慧，用烧红的橄榄树枝捅瞎其独眼，并乘他开洞门放羊群出洞之机，钻进毛茸茸的羊肚下面，双手牢牢抓住绺绺弯曲的羊毛逃出山洞，他们没有被坐在洞口用手摸着每只羊搜寻他们的巨怪发现，成功脱险，离开了小岛。①

古希腊神话与史诗中的独眼巨人，尽管外貌相似，但功能各不相同，有时是神，有时却变成了吃人的恶魔。在我国各民族叙事文学中的独眼巨人形象也是多种多样的，在不同的作品里具有不同的功能。他们主要是以三种不同面貌出现：

一是史诗里出现各种巨人母题，但这种巨人不是独眼。人们运用巨人身材高大和力大无比的特征，塑造了正反面人物的形象。譬如《江格尔》② 里有一位雄狮大将古恩拜，就是个巨人：

他舒展款坐，
独占五十二人的位置，
他蜷曲而坐，
也占二十五人的位置。

这位勇士及其黑铁叉的威力非凡："他手执五十二庹长的铁叉，这铁叉有三节，三十六般叉刃闪射着火花。他挥舞铁叉怒吼咆哮，山呼海啸，地动天摇。七国的魔鬼，心惊胆战，垂首降服。"

在拉德洛夫记录的哈萨克英雄故事《杰尔科勒得克》中有一位非常高大的巨人叫陶柏库里，90 张羊皮不够做他的皮帽子。他的白胡子是由

① ［古希腊］荷马：《奥德赛》，王焕生译，人民文学出版社 1997 年版，第 170—192 页。

② 《江格尔》，色道尔吉译，人民文学出版社 1983 年版，第 11 页。

白桦树构成的，黑胡子是由松树构成的。热天红褐色种马为头马的90匹马在他胡子里乘凉。骑马的人从他胡子中走过时，他感觉到“虱子在我的胡子里爬”[①]。

有时巨人被描绘成神仙，教人学唱英雄史诗。1910年俄国学者阿·布尔杜克夫记录的蒙古国艺人关其格学唱史诗《宝玛额尔德尼》的传说[②]讲道：关其格小时候在那林河流域放羊，突然看见一位巨人出现在他眼前，巨人从嘴里往外喷火，他骑着一条巨龙。巨人对关其格说：

> 小伙子，你愿意学唱史诗吗？
> 愿意。
> 那么，我教你演唱史诗，你给我什么？
> 我给您什么呀？
> 你给我那只戴彩带的大青山羊吧。
> 那么，您就要那只大青山羊吧。
> 说了一声“好”巨人拍了关其格的肩膀。

小关其格学会了演唱史诗《宝玛额尔德尼》，可是，巨人不见了，他骑来的巨龙也不见了，只见一只狼正在吃那只大青山羊。

在有的史诗中，巨人的表现并不好。在居素普·玛玛依演唱的史诗《艾尔托什吐克》里，出现几个巨人的斗争，艾尔托什吐克救出被关在地牢里受尽磨难的巨人巧云阿勒普，并派人把他带到自己家中让妻子照顾。但是，这个险恶的巨人企图霸占勇士的妻子而被杀死。

二是以独眼人形象出现，但不是巨人。学术界认为，所谓独眼人实际上是三眼人，除了正常的两只眼睛外，在前额上还有一只竖的眼睛（或痕迹），如同四眼狗（两眼上端各有一个目状毛斑）。在这种情况下，人们强调的是其远望的功能，有独眼的好人，也有独眼恶魔。在巴尔虎巴彦宝

---

① ［苏］弗·日尔蒙斯基：《突厥英雄史诗》（俄文），列宁格勒：科学出版社1974年版，第182—185页。

② 见［蒙古］乌·扎格德苏伦编《蒙古英雄史诗原理》（蒙古文），乌兰巴托：科学院出版社1966年版，第83—84页。

力德老人型史诗中，勇士们在求婚远征途中碰见一个独眼小蟒古思，它企图去抢劫勇士的未婚妻，勇士们准备挖掉其额中的一只眼睛时它逃走了。可是，在历史文献中出现能望见远处的独眼人的传说。例如，《蒙古秘史》中讲成吉思汗的一位祖先“都蛙·锁豁尔额中只有一只眼睛，能看三程远的地方”①。

三是以独眼巨人形象出现。从古希腊史诗到我国各民族叙事文学中都有此类独眼巨人。我国北方民族和古希腊的神话、史诗中的独眼巨人有如下共性：有一只眼睛、巨人、居住在山洞（或大石屋）、他有羊群（或其他家畜）、吃人肉、勇士用烧红的铁棍（或烧红的木棍）捅瞎其独眼，以及勇士抓住大羊肚皮下的羊毛逃出洞（或混在家畜中出洞）。②

二　勇士与独眼巨人斗争型史诗

史诗《关于巴萨特杀死独眼怪的传说》（《库尔克特书》第八篇）③ 是一部散韵结合体小型英雄史诗。与《奥德赛》里有关独眼巨人的描述不同，在这部史诗里，无畏的英雄巴萨特是主动去同巨人斗争的。他听到独眼巨人的危害，不但不惧怕，反而为民除害，不听劝告去同巨人搏斗，终于杀死了对手。在这部史诗里，人们的自我意识更为加强，认识到人类不但能够摆脱庞然大物的危害，而且通过自身的力量和智慧能够消灭这种恶势力。

史诗先交代了勇士巴萨特奇特的身世，他的父亲是一位有地位的乌古斯人，叫阿鲁孜，在敌人进攻时的逃难中巴萨特不幸遗失，后来发现他和狮子一起生活，他被从狮子洞里抓回来后反复跑回洞，但终于还是和家人一起生活。接着介绍了独眼怪的来历，这个怪物是仙女所生。阿鲁孜的牧马人叫萨尔绍潘，他抓住一位仙女强奸后，仙女怀了孕，仙女上天时对他说，一年后你会得到留在我身上的遗物，会给乌古斯人带来灾难。一年后

① 札奇斯钦：《蒙古秘史》，新译并注释，台北：联经出版事业股份有限公司 1979 年版，第 7 页。

② 呼日勒沙：《蒙古神话新探》（蒙古文），民族出版社 1996 年版，第 91—111 页。

③ 胡南译：《库尔克特书》。

牧马人到原处看到一个肉囊，他拿大石头砸掉后回去。乌古斯的可汗、别克们听到有怪物去那里，看到一个无头无尾的怪物，有人去踢，越踢越大，踢开后出来一个小孩子，小孩前额上生了一只眼睛。阿鲁孜带他回家收养，但独眼怪害死了几个奶妈，长大后又吃和他一起玩的孩子们的鼻子和耳朵，阿鲁孜把他赶出家门。那时仙女下来给了他一枚戒指，并说他是刀枪不入的人，从此独眼怪上山行窃。人们向他进攻时，他连根拔起一棵粗大的白杨，向冲杀而来的人们一扔，一下子砸死五六十人。他像多头恶魔蟒古思一样，吃了很多人和家畜。人们请智者库尔克特与他洽谈，他提出每天给他吃 60 人，后商定每天给他两人和 500 只羊。乌古斯著名的勇士们先后去战斗，他们都没有战胜独眼怪，不少人受伤致残。

这时雄狮般的勇士巴萨特远征归来，他听到了独眼巨人的罪恶，对弟兄们的遭遇深表同情。他哭诉道：

草原上建立的家园，
兄弟呵！被那恶棍捣烂。
一群群肥壮的马群，
兄弟呵！被那恶棍驱赶。
……
欢天喜地的姑娘，
兄弟呵！是被他强行霸占。
白发老人之子啊，
兄弟呵！是被他掠去未还。
……
恶棍的野蛮行径，
使我丧失了臂膀，
使我目光暗淡，
离去的兄弟呵！何时才能相见？①

① 胡南译：《库尔克特书》。

为了给兄弟们报仇，巴萨特准备去与独眼怪较量，这时乌古斯著名的勇士卡赞别克劝告说：

那个独眼已成了恶龙，
我与他多次拼杀未能取胜。
那个独眼已成了猛虎，
在卡拉套山我与他拼杀未见输赢。
那个独眼已成了雄狮，
我同他用计较量也未能取胜。
你虽身为别克、著名的英雄，
也莫像我那样同他抗争。
劝你莫使你老父伤心，
更莫要让慈母哭瞎眼睛！

勇士巴萨特不听劝告，下决心说："无论如何我也要去！"他向父母告别，携带弓箭、大刀扬长而去。他来到独眼怪处，看见它正躺在那里晒太阳。巴萨特向怪物连射两支箭，箭射到他身上便断掉了。这时独眼怪被惊醒，翻了个身，轻蔑地将对方比作蚊子，"这里的蚊子太多了，也不让人安静"，说着又睡了过去（这种将对手比作蚊子、跳蚤等程式语，至今还在蒙古—突厥史诗中存在着）。勇士向他射去第三箭时，独眼怪猛然起身，把巴萨特捉住带进山洞，塞进皮靴筒中，又躺下熟睡。勇士用匕首捅破靴筒爬了出来，发现对方的致命处在眼睛里，便用烧得通红的熨铁烫怪物的眼睛，疼得怪物发出了惨叫。巴萨特猛然一跳远离了怪物。这时独眼怪跑到洞口叉开双腿站着，摸着从它双腿间出洞的羊，在每只羊背上寻找巴萨特。可是，机智勇敢的巴萨特早已抓住一只公羊，将它连头带尾地整个皮剥了下来，自己钻进羊皮里，准备从独眼怪下边溜走，此时公羊犄角被怪物抓住，而巴萨特则从皮子下边溜走，但他没有逃走，却留下来与独眼怪搏斗。

史诗把独眼巨人描述得很有力气，但非常愚蠢。接着出现了一些奇怪的较量方式，独眼怪先后三次试探巴萨特会不会死，诸如，他将仙女给他的戒指事先给巴萨特戴好，使其刀枪不入之后，用匕首向勇士刺杀；怪物告诉巴萨特，能够刺杀他的宝剑挂在洞里，让他去把它带来，他以为巴萨特会上当，被挂在上边的剑砍死。但勇士没有被那宝剑砍死，他射断系剑的绳索让剑落地后再带走。独眼怪无法杀死巴萨特，他便求饶道：

我目睹到，
老翁为我肝肠断。
我亲眼看见了，
老母为我泪涟涟。
我自己闯下了，
吞食男人的滔天罪。
我自己堆砌了，
吞食女人的罪恶山。

尽管巴萨特与独眼怪在阿鲁孜家一起长大，但对这个罪大恶极的恶棍毫不留情：

你使我阿爸苦不堪言，
你使我老母泪水涟涟。
你让我胞兄命丧黄泉，
你让我嫂嫂孀居遭了难。
你使多少孩子双亲命断，
不把你捉拿到手，
不使你尸首离分，
不让你血流在地，
不为我克彦兄报仇，
不同你拼到底誓不甘！

说罢，勇士抽出独眼怪的宝剑砍去，一举结束了独眼怪的性命。类似敌人失败后，说出能够杀死他的宝刀，让勇士用此刀结束其生命的母题，至今在蒙古—突厥英雄史诗中仍然屡见不鲜。

史诗《关于巴萨特杀死独眼怪的传说》是反映古代人类同自然界恶势力斗争的作品。矛盾是由一个乌古斯牧人强奸仙女而引起的，仙女为报复生了怪物，独眼巨人一出世便开始害人，后来仙女使其具备了刀枪不入的魔力，从此独眼怪吃掉大量的乌古斯人及牲畜。独眼怪的罪恶活动是由仙女操纵的，在史诗里仙女成为人类的敌人。但是，在欧亚大陆共同性的天鹅姑娘型故事和史诗中，仙女是富有爱情、喜欢世间生活的形象，被普通人抓住之后产生爱情，她与凡人生的儿子是顶天立地的英雄，能够战胜一切掠夺者和压迫者。例如在笔者记录的史诗《那仁汗传》里有个英雄叫作伊尔盖，他是仙女的儿子。仙女玛努哈尔下凡与凡人吉顿布尔衮哈尔有了爱情，仙女生了伊尔盖，将他留在人间，独自一人上了天。伊尔盖长大后战胜入侵者，拯救了被敌人害死的勇士那仁汗。其他叙事作品中的仙女也都是正面人物，她们成为人类的朋友和支持者。使人感到奇怪的是，这部史诗中的仙女却成为人类的仇敌，她像妖精一样危害百姓。但是勇士巴萨特得到真主的保佑战胜了独眼巨人，这种现象说明，史诗是崇奉真主而反对仙女的。我们知道，《库尔克特书》是乌古斯人放弃萨满教，接受伊斯兰教这一转折时期的作品，其中有教派斗争，提倡信仰伊斯兰教的观点。由此推论，史诗里可能将仙女看作萨满教神灵去加以丑化和鞭笞。

这个独眼巨人危及人们的生命财产，而且嗜血成性，爱吃人肉，在这方面同多头恶魔和其他妖怪相似，但它缺乏魔法，不会变身，也不会在暗中害人。独眼巨人是身材高大的大力士，但它很愚蠢。这是古人由幻觉所产生的对自然力的幻想。

主人公巴萨特是在特殊环境中长大的雄狮般的英雄，他富有正义感，热爱家乡和民众，为保卫家乡和乌古斯民族的利益，不惜牺牲自己的一切。在为民除害的战斗中，他表现出大无畏的勇气、超人的力量和聪明才智。在巴萨特身上集中凸显了古代人民群众集体的智慧和力量，通过这个形象说明人类能够战胜自然界的任何恶势力。这部史诗具有重要的教育意义，能够鼓舞人们的战斗意志，树立他们战胜自然力的信心。

《关于巴萨特杀死独眼怪的传说》是一部短小精悍的史诗，其结构严密，语言精练，富有形象性，并运用了优美的比喻和夸张等艺术手法，成为早期镇魔史诗的一种典范。

三 勇士与地下妖孽斗争型史诗

在我国许多民族的神话、传说、史诗和民间故事中常常出现各式各样的女妖形象。北方民族叙事文学中的女妖大体上可以分为两大类，一为蟒古思类，二为希勒姆斯类。蟒古思的老婆大多为多头的大肚黄婆，勇士踢破其大肚皮时，突然从肚子里跳出来一个未满 10 个月的铁青小蟒古思。他同勇士搏斗，最终被勇士消灭。在某些地区的故事中有一种“毛兀思婆”，人们认为她是蟒古思的老婆。她的外貌很特殊，两个乳房非常大，她把右边的乳房驮到左肩上，把左边的乳房驮到右肩上行走。她爱吃人肉，尤其是爱吃儿童肉。另一类女妖有多种叫法，譬如在蒙古史诗中有舒尔玛、希姆奴、希勒姆斯、奇特古尔、亚嘎查（夜叉）等。这类女妖暗中害人，并随时应变，有时化身为日月般光彩的美女，有时变成钢嘴妖，有时化作黄铜嘴黄羊腿妖婆，有时变为羊肺在水中漂浮，人们上当后被她吸血吃肉。

在北方英雄史诗中包含着不少勇士与女妖斗争的母题和较多的情节，它们来自神话、传说和民间故事。诸如在维吾尔、柯尔克孜、哈萨克等突厥语族民族中流传的古老史诗《艾尔托什吐克》、布里亚特史诗《阿拉坦乃和胡日叶勒岱》、卫拉特史诗《哈尔查莫尔根》和长篇史诗《江格尔》的《残暴的沙尔古尔格之部》等里都有勇士追击到下界消灭女妖的故事。青年学者阿地力认为，我国著名的玛纳斯奇居素普·玛玛依和吉尔吉斯斯坦的著名艺人萨雅克拜·卡拉拉耶夫演唱的《艾尔托什吐克》是最有代表性的文本。① 居素普·玛玛依的异文长达 8000 余诗行，内容极其复杂多变。当然，其中有不少其他传说故事情节。在这一文本中，勇士与下界女妖斗争的情节占很大篇幅。巨人巧云阿勒普汗的大臣库乌勒玛为了篡夺汗位施展阴谋企图借下界巨人太巴斯朵之手杀死巧云阿勒普。艾尔托什吐克

① 阿地力·朱玛吐尔地、托汗·依萨克：《居素普·玛玛依评传》，内蒙古大学出版社 2002 年版，第 191—196、230—241 页。

到远方娶美丽的妻子坎洁凯，他返家途中在盐池旁过夜，库乌勒玛以法术偷走了坎洁凯，并使她变成了一块石像。库乌勒玛编造谎言，回去对巧云阿勒普说，为他选中的美女坎洁凯已被下界的太巴斯朵巨人抢走，这样他挑起了两位巨人之间的激烈战斗，终于巧云阿勒普被俘虏关押在下界。艾尔托什吐克发现妻子失踪，他按照神奇的坐骑恰勒库依茹克的话，骑着这匹神驹，携带宝物磨石和银羊拐骨去追敌人，在库乌勒玛转入下界之前将其捉住，并折磨他，迫使他把变成石像的坎洁凯恢复原貌。随后，艾尔托什吐克杀死了女妖之子库乌勒玛。勇士带着妻子返回家乡举办盛宴。

接着出现了下界巨人太巴斯朵的妹妹，即七头妖介勒莫乌孜（杰勒玛乌兹）为情人库乌勒玛报仇的情节。在这里插进了变作羊肺的女妖的传说和勇士到下界寻人的故事。

如前所述，有一种变化无常的女妖形象在北方民族叙事文学中常出现。例如，1962 年笔者和祁连休在内蒙古巴尔虎地区记录了民间故事《达兰台老头和他的小子》[①] 其中有一个手持赫得热格（月牙刀）的妖婆，她“坐下就不能站起来，站起来就不能坐下”。这个妖婆碰见贪生怕死的达兰台老头儿，说要吃他时，老头求她：“不要吃我，要吃，你去吃我的小子得啦。”接着老头与妖婆密谋，将儿子交给妖婆吃的办法，即老头第二天搬家时故意把儿子心疼的金银沙盖（羊踝骨玩具，原来可能是寄魂物）丢下，让儿子一人来找，以便让妖婆抓住他并吃掉。可是机智勇敢的小伙子不但没有被妖婆吃掉，而且取走金银沙盖，骑着神奇的两岁小牛逃走了。当妖婆先后三次追上来的时候，小伙子扔下身上带的三种宝物——磨刀石、梳子和珍珠挡住妖婆的去路，最后扔下的珍珠变成大海将妖婆淹死。

史诗《艾尔托什吐克》也有类似的情节。下界的七头女妖杰勒玛乌兹向艾尔托什吐克复仇，她带着魔棒升到地面找到勇士家，化身为美女了解艾尔托什吐克和他父亲的情况。等到勇士的父亲——贪生怕死的叶列曼放马到野外时，女妖变成一只羊肺漂浮在河中；当贪婪的叶列曼把羊肺捞上来时，她恢复了本来面貌，一下变成七头女妖把叶列曼压倒在地；叶列曼

① 见《民间文学》1962 年第 6 期。

受不了折磨，赶忙求饶，答应将艾尔托什吐克设法交给女妖。叶列曼将儿子交给妖魔的办法跟达兰台老头儿颇为相似，即第二天老头儿搬家时，把儿子的寄魂物磨石藏在灰堆下，让儿子回来找时被女妖吃掉。神奇的骏马恰勒库依茹克将此事告诉了主人，艾尔托什吐克骑着那匹神驹，身穿神袍，带着宝物金羊踝骨去找磨石，看到七头妖婆坐在磨石旁等他。他没有下马，机灵地对女妖说："我上了马就下不来，下了马就再上不去。请您把我的磨石拿给我。"说罢，乘机从马背上拾起磨石飞奔而去，女妖赶忙施展各种魔法进行阻挡，但勇士凭借宝物磨石、金羊踝骨和神驹的威力逃离女妖，并先后砍掉了她六个脑袋，女妖保住最后一个头钻进了下界藏身。这样在大地上的战斗结束，出现了类似于上述史诗《阿拉坦乃和胡日叶勒岱》《哈尔查莫尔根》《残暴的沙尔古尔格之部》那种追敌到地下世界、消灭下界女妖的故事。艾尔托什吐克追女妖到了下界，碰见并医治受伤的巨人卡拉朵并与他结义，二人一起杀死七个头的妖魔。接着同神箭手、飞毛脚、神耳、神眼等多功能的七人合作，并得到感恩动物熊和蚂蚁的帮助，以集体的力量消灭了女妖及下界巨人太巴斯朵，救出了巧云阿勒普巨人。

在各民族史诗中，勇士与下界女妖斗争的情节和母题比较常见。譬如，在长篇史诗《江格尔》的一部长诗里就采用了早期的勇士与地下妖战斗的一段情节。江格尔为了寻找被敌人抓去的勇士洪古尔，走进地下世界。他在下界碰见了举山大力士和吞海勇士两个小伙子，并见到被妖婆捉到地下去的仙女们，在他们的带路下找到下界的一个黄铜嘴、黄羊腿妖婆。江格尔受尽地狱的苦难，经过长时间的艰难斗争，先后杀死了老妖婆及其七个秃头儿子和铁摇篮里的婴儿，最后消灭了看守洪古尔的8000个妖魔，救活勇士洪古尔，两人一起回到了大地上。那个妖婆的外形特殊，她长着细长的黄铜嘴，两条腿像羊腿那样又长又细，她有三种魔具——能伸缩的红口袋、人筋拧的绳索和一个黑钢锤。江格尔和两个小伙子走进一个毡房看到，火上有一大锅烧开的水，火旁堆着干柴，围墙上挂着很多鹿肉。江格尔躺下睡觉，两个小伙子烧火煮鹿肉时，那妖婆进来了。他们先后两次在锅里把肉煮熟时，妖婆一眨眼间就不见了，锅里的肉也没有了。江格尔醒过来后，发现妖婆的三种魔具在外边，赶忙把这些东西藏起来，进屋看着妖婆。当第三锅肉又煮熟时，妖婆未找到隐身的魔具便抱着鹿肉逃走。这时江格尔便将她劈成两段——下身钻进地下，上身腾空不见。江格尔追到下边去看到了七个秃头儿正在缝接劈断的妖婆身躯。当七个秃头儿前来围攻的时候，江格尔用宝剑向七面砍去，把他们都砍死。这时从铁摇篮里跳出来一个婴儿，他大喊大叫，与江格尔扭成一团。这是一个刀枪不入的小妖。史诗这样描绘江格尔与他的搏斗：

江格尔和这个小妖精，
整整搏斗了十四天。
江格尔曾身经百战，武艺高强，
他往小妖的细腿上踢了八十二下，
把小妖踢倒在地，
用巨臂按住他的头压进沙土里，
江格尔抽出阴阳宝剑向小妖刺去。
这宝剑锋利无比，削铁如泥，
砍刺多少魔鬼也从不锩刃。
今天却好像遇到了顽石，
坚硬锋利的剑刃只是颤动。①

小妖又跳起来与江格尔扭打，江格尔在小妖的头顶、背上、后脑上打了无数次也打不死他。江格尔突然发现在小妖身上有个针眼大的缝隙，他抽出钢刀刺入缝隙里，砍断肋骨，挖出了小妖的心脏，可是从那颗心上燃起三股烈火，包围了江格尔。江格尔别无他法，呼唤众佛祖，呼唤父母的生灵，祈求降倾盆大雨后，才得以灭魔火而脱身。

英雄史诗里的这些情节是在鬼怪故事和传说的基础上产生的，反映了人类与幻想的鬼怪之间的斗争。起初鬼怪是危害人类的看不见的力量的化身，后来在史诗里逐渐有了一定的人的性格。史诗运用将勇敢无畏的人与胆小怕死的人进行对比的表现手法，嘲讽贪生怕死者的可耻行为，说明了

① 《江格尔》，色道尔吉译，人民文学出版社 1983 年版，第 277—278 页。

人们以自身的勇气、力量和智慧进行抗争，并且团结奋斗，可以战胜任何魔力高强的妖魔鬼怪。英雄史诗不但塑造了能够识破变化多端的阴险毒辣的妖精的英雄人物形象，而且刻画出人格化的神奇的战马形象，战马成为英雄的助手和参谋。这是在蒙古—突厥英雄史诗中普遍存在的特殊现象。史诗《艾尔托什吐克》描写库乌勒玛为了篡夺汗位要阴谋，通过抢劫来的美女制造人间巨人与下界巨人间的战争，借以反映人类社会的斗争。但这是在勇士与下界女妖斗争的史诗中后来增加的插曲。

在史诗流布和变异过程中，史诗的题材和内容不断发生变化，连妖魔鬼怪形象也越来越多样化了。除了描述勇士与独眼巨人、下界女妖斗争的史诗外，还产生了勇士同化身为狐狸精、黑花野猪、青铜狗等形形色色恶魔斗争的史诗。例如我国青海蒙古史诗《汗青格勒》是描绘勇士的婚事斗争和勇士同传统的蟒古思（毛儿思）斗争的史诗。可是，这部以汗青格勒为主人公的史诗，在蒙古国巴亦特人和杜尔伯特人中变成了勇士与灰狐狸斗争的史诗。这种狐狸的舌头有三庹长，尾巴也有三庹长。

上述描述勇士与各类妖魔鬼怪斗争的史诗，积累了古人同自然界斗争的经验教训，反映了他们无所畏惧的勇敢精神和攻无不克的力量。千百年来，在同自然界的斗争和社会黑暗势力的斗争中，这些史诗在鼓舞人们的斗志、树立胜利信心方面无疑发挥了积极作用。不仅如此，这些史诗具有较高的艺术价值，反映了古人的艺术水平和艺术追求。对后来文学艺术的发展，这些史诗同样起了一定的借鉴作用。这些史诗还是研究古代思想和艺术的宝贵资料，因为它们提供了大量的尚未用文字记载的信息，非常值得珍视。

（原载于《民族文学研究》2009 年第 4 期）

家庭斗争型英雄史诗

一 社会历史文化前提

早期英雄史诗的题材有两种，一是勇士为娶妻而斗争，二是勇士与恶魔的斗争。第一种题材的史诗有抢婚型史诗和考验婚型史诗，二者都反映了父系氏族的族外婚习俗。斗争是由于一个氏族的男子到远方另一氏族中去聘娶姑娘，女方的父亲（岳父）反对或刁难而引起的。这是氏族与氏族之间在婚姻问题上发生的矛盾和斗争。第二种勇士与恶魔斗争题材的史诗，起初反映了人类同自然界和幻想的邪恶势力的斗争，后来具备了氏族与氏族之间斗争的性质。总之，早期氏族社会实行生产资料公有，人们共同劳动，平均分配劳动成果，没有明显的剥削和压迫，尚未出现氏族内部的斗争。氏族成为社会基本单位，生产、生活和斗争都依靠集体的力量。当时的主要矛盾是氏族与氏族之间的矛盾和人类同自然界的矛盾，早期英雄史诗反映了这种矛盾和斗争。氏族社会解体后，随着私有制的巩固和阶级分化，出现了财产争夺型英雄史诗。在婚事加征战型史诗、两次征战或两次以上征战型史诗中，都有抢劫牲畜和财富的内容。但这些斗争也同样是在氏族与氏族、部落与部落之间进行的争夺战利品的斗争。

家庭斗争型英雄史诗与上述史诗不同，它描述的是氏族内部的斗争、家庭内部的斗争，是亲人之间的谋杀事件。这是家长与母亲或后母、妹妹（后母之女）、妻子之间发生的隐蔽性矛盾和斗争。这种矛盾和斗争的产生有其社会历史根源。到了氏族社会瓦解时期，由于社会生产力的发展、氏族首领们权力的扩大，财富集中在少数人手里，发生了贫富差别和阶级分化，氏族社会走向了解体。氏族成员内部的不平等导致了他们之间的矛盾和斗争。在家庭婚姻制度方面，在那个时代一夫一妻制家庭得到巩固，成为社会的基本单位。在家庭内部实行家长制，出现了男女不平等：男子有决定权和财产继承权，妇女地位下降，甚至受到歧视和排挤。在这种社会背景下，产生了氏族内部的矛盾斗争和家庭内部的矛盾斗争，有时这种矛盾发展到了不可调和的地步，出现了家庭内女子勾结外来男人暗害家长或其他男子的现象。这种现象成为社会公害，破坏社会生产力的发展，影响社会安定团结，因而受到社会舆论的谴责。在叙事文学中产生了崭新的题材，出现了反映“淫荡的妹妹”型的传说和故事，这些传说和故事在长期传承过程中，有的变成韵文体，因而被称为史诗。

家庭斗争型史诗是在同一种内容的民间故事的基础上形成的。此类故事广泛流传于蒙古—突厥各民族民众中，有些学者称为“淫荡的母亲”型故事或“淫荡的妹妹”型故事。尽管故事里勾结其他男人，害死主人公的有母亲、后母、妹妹和妻子等女人，但为了便于叙述，我们不妨统称其为“淫荡的妹妹”型故事。史诗学家日尔蒙斯基早已论述此类典型实例，他分析了拉德洛夫记录的哈萨克故事《埃尔凯木爱达尔》和波塔宁记录的蒙古国和托辉特部故事《胡布古和哈旦珠盖》。① 在前一篇故事中说，埃尔凯木爱达尔和妹妹娜仁苏鲁无父母，主人公的坐骑是蒙古—突厥史诗中以身上长满疥疮的劣马形象出现的神奇的褐色宝驹。主人公不在的时候，妹妹娜仁苏鲁爱上了哥哥的敌人乌孙萨日阿勒普。当哥哥回家的时候，敌人藏在他们家的地底下，唆使娜仁苏鲁装病躺倒，妄图借刀杀人，让哥哥冒险到远方寻找仙丹妙药，即先后三次让他去取来七头恶魔杰勒玛乌兹的一勺血、神奇的白母驼奶和没有尾巴的灰狼的胆汁。善良的勇士埃尔凯木爱达尔得到美丽的三仙女的爱情，在三仙女的帮助下将药取回。娜仁苏鲁竟伙同乌孙萨日杀死了哥哥，并准备举行婚礼。三仙女施展法术使埃尔凯木爱达尔死而复生，并结为夫妻。接着，为了复仇，勇士化身为秃头儿骑着浑身长满疥疮的小马去参加妹妹的婚礼。参加赛诗时秃头儿取胜，参加拉弓比赛时他将别人的弓都拉断了。这时乌孙萨日交给勇士原先用的弓，并

① ［苏］弗·日尔蒙斯基：《突厥英雄史诗》（俄文），列宁格勒：科学出版社 1974 年版，第 189—190 页。

说如果不能拉开此弓，就砍掉他的脑袋。勇士拉起弓一箭射死了500个敌人，接着歼灭了乌孙萨日和敌军，并把背叛的妹妹处以酷刑。蒙古故事《胡布古和哈旦珠盖》的内容和结局基本与之相似。其中，背叛的妹妹出卖了胡布古，和敌人哈旦珠盖一起将他害死。勇士胡布古的坐骑使他死而复生，勇士随后化身为矮子骑着生疥疮的小马回家。一牧人给他吃绵羊肉，使他恢复了健康。胡布古去参加哈旦珠盖的射箭比赛，说自己是要饭的。他用芦苇作为弓，用芨芨草作为箭，箭飞得不远，他要求拿来好弓箭。人们把胡布古原先的老弓用大车运来给他。此时，他恢复了勇士原貌，抓住哈旦珠盖，把他扯成十块，把自己的妹妹拴在九匹母马的尾巴上撕成碎块。他夺回失去的牲畜、百姓和母亲，并同救他的美女诺云达里胡结为夫妻。

拉德洛夫记录的《埃尔凯木爱达尔》是一篇古老的哈萨克故事，和这种突厥故事非常相似的故事在国内外的蒙古语族民众中广为流传。在我国的布里亚特、乌拉特、鄂尔多斯等部族中，尤其是在新疆、青海和甘肃的卫拉特蒙古民间记录出版的许多故事中，都有这种“淫荡的妹妹”型故事情节和勇士冒险的英雄故事情节。诸如鄂尔多斯故事《好汉温迪》《珠盖莫尔根》、乌拉特故事《昂莫尔根的故事》、肃北县蒙古族故事《陶迪斯琴》、青海蒙古族故事《古南布赫扎尔嘎勒》《好汉哈尔呼和夫》，新疆故事《哈顺乌兰汗》《道如斯琴莫尔根》等都反映了主人公的母亲、继母、妹妹、妻子和姐姐等女人勾结敌人杀害勇士的故事。

这种“淫荡的妹妹”型故事在蒙古—突厥各民族中普遍流传的事实说明它的产生很早。1000多年前，许多蒙古—突厥部落在西伯利亚和中央亚细亚毗邻地带居住的时候业已形成，并逐渐产生各种同源异流故事。这一类型故事的情节由两大部分构成，其一是母亲、后母、妹妹、妻子等伙同男人害死主人公的生活故事，其二是借用了英雄故事中求婚者的岳父刁难和折磨勇士的情节，这是反映勇士的英雄行为的部分。由此可知，“淫荡的妹妹”型故事是在原有的独立的生活故事中吸收了英雄故事情节，即岳父派勇士去冒险，同凶禽猛兽或危险的神话形象搏斗的情节。有所不同的是，岳父派勇士去冒险带有一定考验性质，而坏女人勾结敌人让勇士同危险的势力搏斗的目的，则是借刀杀人。此类“淫荡的妹妹”型故事在长期流传过程中，因为有英雄故事和英雄史诗的情节，有些演唱者将它们改编成为韵散结合体或韵文体作品。现有这种内容的作品，有纯散文体、韵散结合体和韵文体三种形态，也有同一部作品，如《道格森哈尔巴托尔》则以韵文体和散文体两种形式存在着。现已变成韵文体的“淫荡的妹妹”型作品，人们将其视为英雄史诗。

如前所述，家庭斗争型史诗是由生活故事情节与英雄故事（或史诗）情节相结合而形成的。在英雄史诗和英雄故事中有岳父派勇士远征去完成三项冒险行为的情节。而在家庭斗争型史诗中，则借用此种情节描写亲人（母亲、妹妹、妻子等）杀害勇士的行为。由此产生了家庭斗争型史诗的共同性情节结构框架，这种情节框架有固定的史诗母题系列，成为一种新类型的史诗结构模式。

家庭斗争型英雄史诗固定的母题系列及其主要母题如下：

(1) 古老时代
(2) 人物（勇士、后母、妹妹等）
(3) 坐骑、猎狗、猎鹰
(4) 敌人进攻
(5) 打败敌人
(6) 把敌人关在洞里
(7) 勇士远征
(8) 敌人用欺骗手段出洞
(9) 妹、母等勾结敌人
(10) 勇士归来，母亲装病
(11) 母亲索要治病的宝物
(12) 勇士第一次冒险取宝
(13) 得到远嫁姐姐的帮助
(14) 杀猛兽取宝
(15) 返回途中姐姐暗中换宝
(16) 回家给母亲送宝
(17) 母亲索要另一宝物

(18) 勇士第二次冒险取宝
(19) 仙女前来帮助
(20) 拿到宝物
(21) 返回途中姐姐换宝
(22) 回家给母亲送宝
(23) 母亲索要第三种宝物
(24) 勇士第三次冒险取宝
(25) 勇士化身了解情况
(26) 战胜恶势力获得宝物
(27) 途中姐姐换宝
(28) 回家给母亲送宝
(29) 敌人和母女乘机杀掉勇士
(30) 他们赶着牲畜出逃
(31) 猎狗、猎鹰保护勇士的遗体
(32) 坐骑找来远嫁姐姐或仙女
(33) 她们用真宝和神水救活勇士
(34) 勇士消灭仇敌
(35) 惩罚坏女人
(36) 勇士与仙女完婚

当然，在家庭斗争型史诗中还有一些插曲和情节，但其基本情节框架及其母题系列大体如此，其中多数基本母题是不可缺少的要素。

二　家庭斗争型史诗的思想内容

家庭斗争型史诗是后期出现的史诗类型，大多由民间故事演化而成，其内容和情节基本与“淫荡的妹妹”型故事相同。二者的区别主要在于形式方面，一为散文体，二为韵文体。我们将这类作品称为家庭斗争型英雄史诗，因这种称谓的概念性比较强，而且较为文雅。这类史诗计有《哈尔勒岱莫尔根夫》（布里亚特）、《艾尔色尔巴托尔》（青海）、《道格森哈尔巴托尔》(青海等)、《骑豹黄马的班巴勒汗》(新疆)、《十五岁的阿尔勒莫尔根》(新疆)、《那仁汗胡布恩》(新疆)和著名的喀尔喀史诗《仁沁莫尔根》等。当然，也有现代搜集整理者将散文体故事改写成韵文以史诗名义发表的现象。但此类现代人改编的作品，本书并没有当史诗看待。

我国布里亚特史诗《哈尔勒岱莫尔根夫》(约1650诗行)的演唱者是鄂温克族人达·扎拉桑，搜集整理者是道·乌兰夫。[①] 它的内容同“淫荡的妹妹”型故事相似。这部史诗开头交代了古老时代有个勇士叫哈尔勒岱莫尔根，他有母亲和美丽的妹妹，还有一位远嫁的姐姐。勇士骑着高大神速的黑马到野外打猎时得到了可汗的命令，让他去打仗。哈尔勒岱到马群旁，看到温吉嘎尔沙尔或乌尔塔沙尔蟒嘎德(高个子黄蟒嘎德)杀了他心爱的两岁马，并正在吃烤马肉。勇士一怒之下把他活捉并压在北山头底下。勇士回家去准备出征，出发之前他叫哈尔萨莱来看家，并劝告妹妹不要到北山头去。勇士出征后，他妹妹在山下放牧时天天听到一个人在叫。有一天她到北山上，看见黄蟒嘎德变成的漂亮小伙子，说他五年前被哈尔勒岱关押在山洞里。他引诱她说，如果把他放出山洞就可与她结婚。姑娘把他放出来，并带回家中。敌人得到了哈尔萨莱和姑娘母亲的喜欢，做了勇士妹妹的情人。接着敌人教唆勇士的母亲和妹妹去害死主人公。在这里借用了考验婚型史诗中岳父派勇士去完成三项危险任务的情节，因而，使故事史诗化。黄蟒嘎德得知哈尔勒岱快回家来，便让他母亲装病躺倒，还教给她害哈尔勒岱的办法，又叫妹妹摸清哥哥及其马的力量，自己藏在铁柜子里。勇士到家之后，母亲按照黄蟒嘎德的旨意，先后几次派他去危险的地方。第一次勇士在远方姐姐和一位老太太的帮助下，射死大蟒蛇，给母亲带来了能治病的宝物蟒蛇的尾巴。第二次勇士到遥远的东北方，途中七个姑娘(或七仙女)送勇士一红缎头巾和木碗，帮助勇士拿到了会治病的火海泡沫。返回时途经远方姐姐家，姐姐留下了他坐骑尾巴上的七根长毛。勇士回家把火海泡沫交给妹妹，自己躺下睡觉。这时黄蟒嘎德从铁柜里出来，吃蟒尾肉，喝火海泡沫，他增加了勇气和力量，将正在睡觉的勇士打死并剁成七块。黄蟒嘎德与勇士的母亲和妹妹带着全部家产和牲畜逃

---

① 道·乌兰夫搜集整理：《阿拉坦沙盖》，内蒙古文化出版社1988年版，第250—298页。

到远处。这时勇士神奇的大黑马去向七仙女求救，七仙女立即赶到勇士远方的姐姐处，把那七根马尾毛当作七匹马骑去使哈尔勒岱起死回生。史诗结尾时用简短的语言叙述勇士复活后，杀死黄蟒嘎德，七仙女以神水清洗勇士的母亲和妹妹的身心，然后与勇士喜结良缘。

以上这部史诗，是内蒙古呼盟布里亚特人演唱的。如前所述，这类史诗在远离呼盟的青海和新疆的卫拉特人中也有流传。它们的名称虽然不同，但情节和人物形象大同小异，可以相互补充。我们将青海省乌兰县的嘎旦演唱、林宝吉记录整理的史诗《艾尔色尔巴托尔》[①] 与上述史诗做个比较。《艾尔色尔巴托尔》（约 1680 诗行）是一部较复杂的作品，它有多元多层结构。序诗里交代艾尔色尔是一位孤儿，亲生父母早已去世，他与后母及其女儿哈尔尼敦一起生活。天上有他的三位仙姐。他有两匹骏马、两条猎狗和两只猎鹰。后母对他心怀不满，认为艾尔色尔对她女儿前途有害，企图将其害死。勇士的敌人是蒙古各地英雄故事中常见的腾格里之乌尔图沙尔（意即上天之高个子黄人）。这部史诗的情节较完整，对有的情节作了明确说明和补充。布里亚特史诗中说勇士的母亲和妹妹勾结敌人害勇士，可是在这里说害勇士的是勇士后母及其女儿，这样更合情理。

有一天，艾尔色尔在放牧马群时，从东北方来了一个骑着白鼻梁红沙马的怪人。他的耳朵触地，獠牙触天，名叫腾格里之乌尔图沙尔。他说是来征服艾尔色尔属民百姓的，两人便长时间扭打，艾尔色尔最终把敌人扔到远处。后来敌人与勇士后母及其女儿相勾结，密谋害死勇士。史诗接着描述了其后母装病，施展借刀杀人之计，让艾尔色尔三次历险。首先，派他到遥远的山林取蟒蛇的舌头。他在两条猎狗的帮助下拿到了蟒舌。在回家途中他见到一座大白帐房，原来有三位仙姐下凡在此等他。当他睡觉时，她们用狗舌替换了蟒舌。艾尔色尔到家后把它献给后母治病。第二次又派勇士去取凤凰蛋，勇士在两只猎鹰的协助下拿到了凤凰蛋，并射死了追来的凤凰。归家途中三位仙姐用鹅蛋换了凤凰蛋。第三次派勇士取 12 头阿替嘎尔哈尔蟒古思的心。这一段内容较多，与其他故事不同。勇士到达了蟒古思的住处，蟒古思外出不在。勇士与被抓去做奴仆的大法师的女

① 见新疆民间文学刊物《汗腾格里》1984 年第 1 期。

儿相识，了解到蟒古思的去处。勇士变作一只鸟等待蟒古思回家，当蟒古思将鸟生吞时，艾尔色尔用宝刀刺破蟒古思的肚皮将其心脏带了出来。他杀死蟒古思，带着大法师的女儿返家时，三位仙姐又以牛心换了蟒古思的心。三次借刀杀人的毒计未成，后母与女儿伙同敌人乌尔图沙尔杀害了勇士，把他的骨肉拆散扔到山上。可是勇士的两条猎狗和两只猎鹰拾来主人的骨肉，他的马找来三位仙姐，她们带来了神水和三种宝物。仙姐们施展法术，把蟒古思的心挂在银棍上，在勇士的骨骼上转动，使勇士的骨架结成；再用蟒舌和凤凰蛋使骨架上长出肉和皮，又往嘴里滴入神水。勇士复活后，三位仙姐回到天上。最终勇士经过艰苦搏斗消灭了乌尔图沙尔，并杀死逃跑的后母之女以及变成母狗的后母，召集属民百姓举行盛宴，后与大法师之女成婚。

史诗《哈尔勒岱莫尔根夫》和《艾尔色尔巴托尔》的内容与前面提到的亲人勾结敌人杀害勇士的所有故事和史诗的内容大同小异，它们在主要方面都有相似之处：

（1）敌人来犯，做了勇士的俘虏，被关押在山底下或山洞里。敌人因引诱勇士的后母、妹妹等亲人而被救出洞，进而得到她们的信任，几人合谋害死勇士而逃走。这个敌人的名字总是与“沙尔”（黄）一词分不开，诸如，腾格里的乌尔图沙尔（青海）、腾格里的布顿沙尔（新疆）、腾格里的沙尔喇嘛（鄂尔多斯）、温都尔沙尔毛兀斯（肃北）、沙尔阿木奇德（青海）以及温吉嘎尔沙尔或乌尔塔沙尔（布里亚特），等等；某某沙尔这个反面人物是在各地蒙古族人民中普遍存在的较古老的形象。有的作品中说他是“腾格里的沙尔喇嘛”，这是把“沙尔”一词与黄教联系起来的结果，实际上他不是黄教的喇嘛。史诗里说这个怪物：“他的耳朵触地，他的獠牙触天。”在考验婚型史诗中常常出现此类怪兽，勇士终于将其杀死而取胜。此类怪兽也会变身，有时化身为漂亮的小伙子引诱勇士的妹妹，有时变为可恶的跳鼠，嘴巴有一庹半长。

（2）勾结敌人谋害勇士的都是女性。她们都是勇士的亲人，其中有后母和她女儿（有时说母亲和妹妹）、妻子和妹妹、姐姐等，实际上都是年轻女子有外遇而害亲人的事件，后母或母亲起到帮助女儿的作用。原先反映现实生活中家庭内部斗争的作品，后来有的作品便把那些害亲人的女子描绘为妖精。例如，在新疆史诗《骑豹黄马的班巴勒汗》里，独眼恶魔派黄铜嘴黄羊腿的妖婆去害死班巴勒汗的妻子，随即化作美女做了可汗的小老婆，企图害死可汗的儿子英雄苏努黑。

（3）敌人唆使勇士的亲人害勇士的情形都很相似，让后母或妻子装病，派勇士到遥远危险的地方去取回所谓治病的宝物。这些宝物指的是神话、传说中凶暴的凤凰的羽毛、心脏、鲜蛋，活吞人的大蟒蛇的心脏、尾巴、舌头，吃人的蟒古思的心脏、脑子，烫死人的火海的泡沫，咬死人的天上的白骆驼的鲜奶以及老虎心、野公牛心和疯驼乳，等等。这是一种借刀杀人的阴谋，企图通过外部势力害死勇士。这些家庭斗争型史诗，借用了早期考验婚型史诗中岳父刁难女婿的情节。在早期考验婚型史诗中，这样的情节有着折磨勇士的含义，但勇士完成任务胜利归来的时候，岳父同意嫁女儿并举办婚宴。可是家庭斗争型史诗中的坏女人更为残忍，她们伙同敌人无所不用其极，竟毫不留情地杀死了亲人，抢劫牲畜和财富而逃走。这说明了隐蔽的内部坏人比公开的敌人还危险。

家庭斗争型故事和史诗的这些相似性说明了蒙古—突厥此类叙事作品的同源异流关系，也证明它们的产生时代很早。这一类型的史诗的形成对早期英雄史诗是一个创新，它揭示了氏族内部和家庭内部的矛盾，说明了人的精神世界的复杂化，挖掘了人们灵魂深处的肮脏和自私。从史诗里可以看到，家庭内部矛盾也是一种社会性的矛盾，如果处理不好会引起家庭斗争，造成家庭破裂，会出现残杀亲人的事件，给社会发展和安定带来灾难。史诗形象地描述了家庭不和引起的严重后果，从而告诫世人，家庭内部应当团结和睦，互相爱护和信任，切不可上坏人的当。这种史诗里的敌人比早期史诗中的敌人更阴险毒辣，他们随时应变，有时进行公开斗争，不利时却隐蔽起来耍阴谋，软硬兼施，从内部瓦解对方，因而达到害人的目的。

三　家庭斗争型史诗的人物形象

家庭斗争型史诗丰富了传统的英雄人物性格，塑造了崭新的反面人物形象。早期史诗的勇士是理想与现实相结合的人物形象，他们为保卫氏族的利益，为氏族的生存而战斗，是氏族社会广大民众群体的化身，在他们身上反映了群体的力量和智慧。当然家庭斗争型史诗的勇士也是同一类型的英雄人物，他们身上继承了那种优秀传统，同时具备了新的高尚的品德。他们热爱家庭，相信并关心后母、妻子、姐妹等亲人，为治好她们的疾病，挽救病人的生命，不惜牺牲自己的一切。当勇士远征归来时，后母或妻子装病躺在家里不动，假惺惺地说有一种珍宝会治好病，但是在遥远危险的地方，取它回来非常困难。听到这话勇士毫不犹豫，立即跳上骏马为取宝而远征。家庭斗争型史诗和故事，这样塑造了家庭内部针锋相对的、性格鲜明的两类人物形象：好人得到了社会的同情和支持，坏人终于受到了惩罚。譬如哈尔勒岱在远征取大蟒蛇尾巴的途中，得到了远嫁的姐姐（或者仙女）和一位受难的老太太的帮助和指点，才杀死了活吞人和动物的大蟒。当然，勇士主要是依靠自己的勇气、力量和武艺战胜大蟒的。这种史诗的艺术特点之一是运用侧面烘托手法，即勇士战胜可怕的神话形象而表现他的英雄事迹。如史诗这样描绘大蟒蛇：

嘴里喷射着毒素，
它能活吞公驼，
口中吐出毒液，
它能吞食公牛。

巨蟒看到哈尔勒岱骑着骏马来，它暴跳如雷。

在灰石山洞里，
褐色花纹的大蟒翘首，
它嘴里喷射蓝色火苗，
焚毁地上的生灵，
它口中喷吐鲜红的火苗，
烧毁山林的草木，
蟒蛇大声怒吼，
烟雾弥漫天空。

这时，勇士手拿着90只公羊角制作的大黑弓，将那锋利的宝箭上弦，嘴里念着咒语向蟒蛇射去，那雷霆般的宝箭射断了褐色花纹蟒的脖颈。

一眨眼间，
像杭盖山摇晃，
像天崩地裂，
像海水澎湃，
蟒蛇头从洞里掉下来，
堵住了大山沟。
从褐色花纹蟒
胸腔和肚皮里，
跑出一群群羊，
走出一户户人，
从那时刻起，
重新见到了阳光。

由此可见，勇士杀死蟒蛇不仅能得到珍贵药材医治亲人的病，更重要的是为民除害，解放受害的民众，史诗的社会意义因而得以增强。

史诗反复描写了那些坏女人用种种借刀杀人之计，派勇士去冒险取宝，从一个特定的角度深刻地揭示了勇士的英雄性格。当勇士将蟒尾送给装病的亲人的时候，她们又提出需要火海的泡沫，勇士再次远征，途中又得到了好心的七个姑娘（七仙女）的帮助，她们告诉勇士那个火红的大海是：

会飞翔的鸟类，
从来没有靠近火海，
能奔跑的动物，
从来没有走近火海，
沸腾的蒸汽有毒，
危害人和动物的生命。

尽管如此，勇士毫不动摇，他借助七仙女给的神碗和手帕的威力得到了泡沫。

家庭斗争型史诗常常运用这种侧面衬托的手法，把对手描绘得强大而穷凶极恶，从而显示出勇士完成的任务又艰巨又危险，并通过获胜表现勇士战胜大自然力和凶禽猛兽的功绩。同时，运用对比手法，亦突出了善良的勇士同狠毒的女人各自的性格特征。

家庭斗争型史诗塑造了同传统英雄史诗中的善良的女子形象完全相反的坏女人形象，丰富了蒙古—突厥英雄史诗的妇女形象的多样性。“淫荡的妹妹”型故事和史诗的母亲、后母、妹妹、妻子等是既荒淫无耻又阴险毒辣的形象，与早期史诗的女子形象形成鲜明的对比。早期史诗中勇士的未婚妻、妻子、姐姐、妹妹和母亲都是美丽、善良、聪明和有预见的女性，她们无限忠诚，千方百计帮助和保护主人公，使其战胜困难取得胜利，是贤惠的妇女形象。当她们被抓去后，从不屈服于敌人的威胁。当勇士来到敌人巢穴后，她们及时提供各种信息和杀死敌人的办法，和丈夫一起打败敌人。此外，在许多史诗中还出现勇士远征不归时，来犯者乘机造谣生事，企图霸占勇士妻子，而那些女子始终忠贞不渝，坚决反抗，等待丈夫回来团聚的情节。例如，在西伯利亚阿尔泰人的史诗《阿勒普玛纳什》中，勇士的妻子库木洁克阿茹抗拒坏人阿克阔别恩的威胁，等到丈夫返回家乡后，她帮助丈夫射死了危害勇士生命的来犯者。在哈萨克史诗《阿尔帕米斯》中，勇士的妻子古丽拜尔森坚贞不屈，她和儿子一起帮助阿尔帕米斯消灭了乱世大王乌尔坦。在柯尔克孜史诗《艾尔托什吐克》和察哈尔史诗《嘎拉蒙杜尔汗》中，勇士的妻子坎洁凯和盖林达丽尽管无法摆脱坏人的魔爪，但她们设法让敌人说出灵魂及其寄存物，让丈夫先打死他们的灵魂，然后消灭了敌人的肉体。在早期乌古斯史诗《关于拜包尔之子巴依拉克的传说》里，勇士巴依拉克在新婚之夜遭到敌人袭击，被俘虏入狱16年。在此期间，骗子贾尔塔什科篡夺了别克位置，欺压百姓，造谣说巴依拉克早已死去，企图霸占勇士的妻子巴努谢谢科。在漫长的岁月里，勇士的妻子、妹妹和姐姐们日夜想念勇士，盼望他早日归来。正当骗子贾尔塔什科举办婚礼那天，得救的巴依拉克装成弹唱艺人回到家乡试探情况，姐妹们没认出他。他的小妹妹手提水桶，边走边哭泣道：“我的好哥哥，巴依拉克你在哪里啊？我们孤苦伶仃，再也没有欢乐，更不知你的婚事如何啊！”乔装的巴依拉克问：

妹妹你为何哭泣，
你为什么泪流成河？
你句句呼唤着哥哥，
像声声敲在我的心窝。
你呼唤寻找的是谁，
向谁倾吐着难咽的苦果？
你的思念如此炽烈，
何时才能停止你的诉说？

此时，巴依拉克的小妹唱道：

我满身郁闷满眼泪，
不愿听你的曲和歌，
欢快的歌舞算什么，
怎使我逃出愁苦的河？
……

接着她向陌生人问：

诗人哥哥我问你，
你对愁苦人为何胜似哥？
你远路周游到这里，
可知巴依拉克的下落？
你曾越过名山大河，
可曾见过我骑马的哥？
……
我哥被掳去离开家，

我哭得声嘶泪又涸，
你怎知兄妹情深似江河？
请莫弹唱费唇舌，
我无心同你唱欢歌。

早期史诗如此生动感人地反映兄弟姐妹之间的血肉感情，刻画了善良的妇女形象。

巴依拉克离别16年后返回家乡时，遇上骗子贾尔塔什科正在举办婚礼，强迫勇士的妻子巴努谢谢科改嫁。但是巴努谢谢科仍然想念着丈夫。当巴依拉克装艺人弹琴去试探时，她露出了巴依拉克送她的金手镯，说明她仍然爱着丈夫。巴依拉克弹唱着问她："你不退还手镯，莫非你是无违誓言的姑娘？"这时妻子唱道：

我泪流满面头发蓬乱，
越重山呼喊巴依拉克。
我像晚秋冻伤的苹果，
多少次毁容血迹斑驳。
巴依拉克走后杳无音信，
我常年为他泪流成河，
你若是手镯的真正主人，
你若是我心中的巴依拉克，
快指出手镯的真凭实据，
速把它的标记述说！

听到此话，巴依拉克说道：

黎明时我来到你的阿吾尔，
你不是看到我骑的菊花青马吗？
在你门前我射了一只狍鹿，
不是你让我赠给你吗？

……
我俩曾兴奋地拥抱亲吻，
不是我把金镯戴在你手吗？
我就是你心中的巴依拉克，
难道现在你还不认识我？

听到这里，巴努谢谢科拿着头巾、衣物，跪倒在巴依拉克面前。看到巴依拉克回来，骗子贾尔塔什科下跪求饶，并得到了勇士的饶恕。

和这些高贵善良的姐妹们完全相反，“淫荡的妹妹”型史诗的女人们，仇视自己的亲人，勾结阴险的敌人，运用软硬兼施的手法，装病躺倒，反复采用借刀杀人的毒计，最后终于杀害了亲人。

除了坏女人形象外，在家庭斗争型史诗中还有帮助勇士的远嫁姐（有时是三个远嫁姐）、仙女（常常是三位仙女）、七个姑娘等以萨满教观念塑造的传统的女性形象。她们是萨满教的神仙，在史诗里她们起着同情、帮助和保护被害的小勇士的作用。她们知道过去、现在和未来发生的一切，当后母、妹妹等让勇士去冒险时，她们知道这是害人的阴谋，便主动去找小勇士教他如何战胜强大势力，怎么样取得所需的东西，并为他提供神器。当勇士按她们的教导取得珍贵药材回来时，想到这种药材将来的用途，她们便以相似的替代物换下真品，让那些坏女人得到假药。当勇士被后母、妹妹等害死时，她们带着那些神药和神水使勇士复生。史诗通过这些女性的形象说明正义事业定会得到社会的支持和帮助，阴谋定会暴露，一切邪恶势力都难逃厄运。

史诗中还塑造了作为勇士助手和忠实战友的坐骑、猎狗和猎鹰的形象，这些都是早期史诗中出现的人格化的传统形象，具有陪衬作用。它们不仅协助勇士越过高山、跨过大海，而且参加战斗，和勇士一起战胜各种凶恶势力，取得珍贵药材。它们无限忠于主人，珍视和爱护勇士。当勇士被害，骨肉被剁碎扔散时，它们赶忙把剁碎的骨肉一一捡来，从远方找来仙女们令其起死回生。这是狩猎时期产生的情节，绘声绘色地反映了狩猎民和游牧民对骏马、猎狗和猎鹰的深厚感情和美好愿望。

家庭斗争型英雄史诗业已成为蒙古英雄史诗的一种独特的类型。尽管它形成的时间比早期单篇型史诗和串连复合型史诗晚，但它有一定的社会价值和认识意义。家庭斗争型史诗有新题材、新内容、新的情节结构和新的人物形象，并继承和发展了古老的英雄史诗传统，丰富了史诗的内容，开拓了英雄史诗的新领域。它在蒙古史诗发展史上占有一定的位置。

（原载于《民族文学研究》2006 年第 3 期）

第三辑

蒙古英雄史诗(《中国大百科全书》条目)

蒙古英雄史诗是世界上罕见的活态史诗群，史诗的数量和篇幅不亚于任何其他民族。现已发现并列入研究领域的蒙古英雄史诗超过500部，反映了原始氏族社会、奴隶社会和封建割据时代的社会生活，表达了民众的愿望和理想。长篇英雄史诗《江格尔》长达25万诗行，被誉为中国三大史诗之一，并与世界最长的印度两大史诗《摩诃婆罗多》和《罗摩衍那》媲美。

产生与流传 在蒙古原始神话、传说、歌谣和萨满诗歌的基础上，以反映氏族社会生活和斗争，产生了起初的英雄史诗，并长期以口头形式流传和发展。后来随着民族迁徙和国家建立，传播到中国、蒙古国和俄罗斯境内的蒙古语族人民中。现有蒙古英雄史诗分布于三大体系中，即布里亚特体系、卫拉特体系和巴尔虎—喀尔喀体系。在这三大体系下有七个史诗流布中心，即俄罗斯贝加尔湖一带的布里亚特、俄罗斯伏尔加河下游的卡尔梅克，蒙古国西部的卫拉特、蒙古国喀尔喀，中国的巴尔虎、中国的扎鲁特—科尔沁、中国新疆青海一带的卫拉特这七个部族地区。蒙古英雄史诗中存在着小型史诗、中型史诗和长篇史诗三种形式的史诗。小型史诗的篇幅长达数百诗行到两千诗行左右，巴尔虎—喀尔喀体系的绝大多数史诗如此，如《陶干希尔门汗》《阿贵乌兰汗》《古那罕乌兰巴托尔》《巴彦宝力德老人》《希林嘎拉珠巴托尔》。中型史诗的篇幅长达数千诗行到一万诗行左右，如卫拉特史诗《那仁汗克布恩》《汗青格勒》《塔林哈尔宝东》和《汗哈冉贵》，以及布里亚特体系的史诗《阿拉坦沙盖》《骑卷鬃马的布扎拉岱汗》《阿拉木吉莫尔根》《艾杜莱莫尔根》。长篇英雄史诗有《江格尔》和《格斯尔》，后者是韵散结合体，韵文超过十多万诗行。

形成时代与类型 不同时代、不同社会、不同类型和不同内容的史诗同存于蒙古英雄史诗体系中。根据这种情况，我们将蒙古史诗分为三大形成时代和三大类型。最初的蒙古史诗产生于原始社会野蛮期中级阶段，主要是反映了当时的抢婚习俗，描写勇士与恶魔的斗争；到原始社会末期部落战争的“英雄时代”，蒙古史诗得到第一次大发展，当时出现了私有制和贫富差别，战争贵族们进行争夺财富和奴隶的战争，随之出现了反映这些现象的史诗群，多数史诗形成于这个年代；蒙古史诗在蒙古族封建割据时期进入了第二次大发展阶段，形成了长篇英雄史诗《江格尔》，它反映的是封建领主之间和小汗国之间的斗争。蒙古英雄史诗与其他各民族英雄史诗一样，具有共同的两大题材，即勇士的婚事斗争（婚事型史诗）和勇士与恶魔的斗争（征战型史诗）。这两种史诗各有各的情节结构模式，勇士的婚事斗争由一系列母题构成，称为婚事母题系列；勇士与恶魔斗争也有一系列母题，称作征战母题系列。根据这两种母题系列在史诗中的内容、数量和组合方式，蒙古史诗分为单篇型（单一母题系列所组成）、串连复合型（两个或两个以上母题系列串连而成）和并列复合型（数百种母题系列同等的并列在一起而形成的）三大类型。这三大类型的史诗，说明了蒙古史诗有三大发展阶段，第一阶段产生的是两种单篇型史诗（婚事型和征战型）；第二阶段以其史诗母题系列为基础，形成了两种串连复合型史诗：一是婚事母题系列加征战母题系列为核心的史诗，二是一种征战母题系列加另一种征战母题系列为核心的史诗；第三阶段由两种单篇型史诗和两种串连复合型史诗的四种史诗母题系列为核心，形成了长篇英雄《江格尔》，其200多个章节并列在一起，形成了并列复合型史诗。

故事梗概 最初的蒙古英雄史诗有婚事型史诗和征战型史诗，史诗的故事情节是随着这两种史诗在不同社会和不同环境中的变化而变化着。抢婚型史诗和考验婚型史诗反映父系氏族社会的族外婚习俗。抢婚史诗中单枪匹马的勇士远征求婚，长途跋涉，越过悬崖峭壁，跨过汹涌的大海，击退凶禽猛兽和蟒古思（恶魔）的进攻，到远方氏族中，通过威胁、恫吓和征战，挫败岳父的阻挠，迫使其同意嫁女，带美丽妻子返回家乡。随着社会生产力的发展和人们对家庭婚姻意识的变化，出现了考验婚型史诗，女方父亲让求婚者参加好汉三项比赛，或者与三大猛兽搏斗，考验的目的是宣扬男女双方氏族的荣耀，在考验中的胜利者才能娶亲。早期勇士与蟒古思斗争型史诗中，蟒古思企图抢劫勇士的妻子而发动进攻，或者已经抢走勇士的美丽妻子，勇士骑马携带武器，依靠神驹的力量越过无法跨越的陡山和大海，经过惊天动地的战斗，先消灭蟒古思的各种灵魂，然后消灭蟒古思家族，胜利归来。后来，勇士的对手变成现实生活中敌对氏族的首领，称作某某可汗、莫尔根和巴托尔等。如果私有制和阶级出现以前的勇士与蟒古思搏斗是氏族复仇战的话，那么后来的勇士与另一氏族首领某可汗的斗争则是财产争夺战，某汗不仅掠夺牲畜和财产，而且抓去主人公的父母和百姓做奴隶。蒙古史诗没有悲剧性结局，总是以主人公的胜利而告终。比如，《古南哈尔》描绘了勇士的婚事和征战：主人公古南哈尔梦见与那仁达赉汗之女固实阿拉坦同床，第二天他请大喇嘛给他剃胎发并起名为额尔古古南哈尔；他不听父母的劝告，骑着红沙马远征，途中得到两位义兄弟，在他们的帮助下，先后杀死了向他们进攻的三大猛兽，并打败了那仁达赉汗的勇士；接着他们三人化身为骑两岁马的秃头儿，到那仁达赉汗家，当时另一位勇士铁木耳布斯带着婚宴酒肉早已到达该汗家，可汗蔑视三个秃头儿，但他们表现非凡，走进了为铁木耳布斯和固实阿拉坦举行婚礼准备的蒙古包，古南哈尔抢了婚礼象征物——沙盖楚木格（羊胫骨），称这是他与固实阿拉坦的婚礼吉祥物；这种情况下那仁达赉汗宣布，经过好汉三项比赛，全胜者有资格娶他女儿；古南哈尔在三项比赛中全胜，铁木耳布斯灰溜溜地回去了；可汗举办盛大婚宴，三勇士带着新娘返回了古南哈尔家乡；当勇士带着妻子返回家乡后，得知敌人双胡尔来焚毁了他家乡，抓走其父母和百姓，赶走牛羊马群；他让固实阿拉坦留在老家遗迹上，三勇士去追赶敌人，搏斗中三勇士失败，敌人把他们埋在沙漠里；勇士的马倌得知消息，赶紧让固实阿拉坦生下腹中的胎儿前去救勇士们；马倌使用妙计让她生了儿子，儿子神速长大，七天之后他从母亲处听到了父亲的下落；小勇士化身为骑着两岁小马的秃头儿走进敌人的疆界，发现了三勇士的尸身；他用神奇的白药救治了父亲及其两位义兄弟，他们四个人一同前去与双胡尔作战；当他们射倒一个双胡尔时，便出现了 10 个同样的双胡尔，因此无法战胜敌人；小勇士离开战场，到泉水旁放马吃草，自己休息；他有幸遇到了一位白发老人，老人告诉了他们消灭敌人的方法；按照老人的教导，小勇士射死了敌人的灵魂，接着四勇士杀死了双胡尔及其大肚婆和从她腹中跳出来战斗的婴儿。在史诗《江格尔》中，以江格尔为首的12名雄狮大将结义、婚姻和征战，与形形色色的掠夺者和侵略者进行战斗而取得胜利。

人物形象　早期史诗的人物，有勇士与其未婚妻或妻子、岳父和蟒古思。单枪匹马的勇士都是勇敢无畏的大力士，是天不怕地不怕、不达到目的死不回头的硬汉。在他们身上集中突出地反映了氏族社会民众群体的力量和智慧，体现了他们的思想愿望和理想。他们是从神话和萨满教观念出发被塑造的神性与人性相结合的神人。一方面，他们具有神奇出生、神速成长、特异变身、刀枪不入和死而复生等超自然性；另一方面，他们又有现实社会的英雄人物性格，通过勇气和力量战胜自然界和社会上的敌对力量。早期史诗勇士都属于勇猛型勇士，既勇敢又暴躁。后来整个蒙古史诗的英雄人物体系是以早期史诗勇士为核心，增加了众多的勇士形象，其中有结义兄弟、主人公手下的将领和勇士的第二代、第三代子孙。在封建割据时代形成的长篇史诗《江格尔》中，出现了文明时代强大汗国的多种类型的英雄群像，他们是有不同职能和不同性格的不同类型人物；其中有宝木巴汗国的首领江格尔汗是理想领袖，是该汗国的缔造者、组织者和领导者；江格尔左翼首席勇士雄狮大将洪古尔和萨布尔、萨纳拉是勇猛型将领，左右着战争的胜败；右翼首席英雄阿拉坦策基、贡布等是智谋型勇士，其中阿拉坦策基起着江格尔军师、参谋长和智囊作用。在婚事型史诗里，有勇士的未婚妻或妻子，她们美丽贤惠，却又是先知，忠诚于勇士，并千方百计帮助和保护勇士，勇士遇难时，甚至可以让他起死回生。勇士的战马是特殊艺术形象，是人性、神性和兽性结合的特殊配角，会人语、往往起助手和参谋作用，勇士遇难后还能找仙女令其起死回生。勇士的对手是岳父，岳父实际上起初是女方氏族的首领，勇士与岳父的矛盾实际上是一个氏族与另一个氏族之间在婚姻问题上产生的矛盾；史诗中有残暴的岳父和普通的岳父，这两种形象是人类社会不同阶段的人物；残暴的岳父是野蛮时代的人物，他与勇士的矛盾开始是对抗性，他回避婚约，刁难勇士，甚至通过勇士与凶禽猛兽的搏斗，企图害死求婚者，但勇士战胜凶禽猛兽之后，矛盾得到调和，勇士不追究其过错，岳父为他举办婚礼，并让他带着妻子返回家乡；普通的岳父是文明时代的人物，他通过考验女婿的英雄行为、宣扬自己氏族与女婿氏族的荣耀，并以联姻关系建立氏族联盟。蟒古思是史诗的主要反面人物，是多头人身的恶魔，这种形象来自远古神话和传说；起初可能产生于恐怖的庞然大物蟒古思的传说，它身上长着许多脑袋、吃人肉，甚至一口气活吞成群结队的人和动物，这是人按照萨满教的灵魂观念并通过想象力塑造的恶魔形象；它经过了几个发展阶段，在不同时代有过不同的含义，起初在传说中是危害人类的凶猛动物的化身，后来在史诗中有了双重性，既是自然界猛兽的化身，又是氏族社会里敌对氏族的象征，后来，它已成为封建掠夺者和侵略者的象征。

英雄史诗是原始综合性艺术，其起源和形成发展过程极为复杂。史诗是运用原始神话传说的叙事模式并把它与祭词、萨满诗歌、祝词和赞词的诗歌韵律相结合，而形成的艺术体裁。史诗富有神话浪漫主义色彩，有大胆的想象和虚构，运用了天马行空般的艺术夸张和优美动听的比喻和修饰语。史诗不仅是诗歌艺术，而且属于演唱艺术，有自己的唱词唱腔、旋律节奏以及艺人器乐伴奏、形体动作和情态声色等特点。它为诗歌艺术和演唱艺术的发展奠定了基础，我们应当从各个方面进行深入详细的研究。

《江格尔》(《中国大百科全书》条目)

Jangar

蒙古族英雄史诗。与蒙、藏两个民族的《格萨（斯）尔》和柯尔克孜族的《玛纳斯》被誉为中国三大史诗。至20世纪末，国内外已经搜集到的诗篇共200余部，长达25万余诗行。

产生与流传地区 《江格尔》最初产生并流传于新疆卫拉特蒙古民间，后来随着卫拉特人的迁徙，也流传于俄罗斯伏尔加河下游的卡尔梅克人中。同时，《江格尔》的部分章节流传于内蒙古鄂尔多斯、巴林和察哈尔等部族中。此外，在蒙古国的喀尔喀人和卫拉特人，俄罗斯西伯利亚的布里亚特蒙古人以及突厥语族的图瓦人和阿尔泰人中也发现了一些有关的诗篇。其成为跨越欧亚大陆的大型史诗。

记录与出版 19世纪初，学术界发现民间口头传承的《江格尔》。最早搜集并向欧洲介绍这部史诗的是日耳曼人B. 贝格曼（B. Bergmann）。他从伏尔加河畔的卡尔梅克人当中采录到《江格尔》的2个诗章，随即译为德文，于1804年和1805年在里加发表。19世纪中叶至20世纪，俄国、蒙古国学术界陆续在本国采集并出版《江格尔》的诗章或韵散合体的故事多部。主要成果有：卡·郭尔斯顿斯基于1864年在圣彼得堡第一次以托忒文出版了《江格尔》（2部诗篇）；弗·科特维奇于1910年在圣彼得堡以托忒文出版了著名艺人鄂利扬·奥夫拉演唱的《江格尔》（10部诗篇）。从此，欧洲学术界了解并认可了这部伟大的英雄史诗。1940年在埃利斯塔市出版了巴桑·穆克本演唱的《江格尔》（6部诗篇）和莎瓦林·达瓦演唱的《江格尔》（2部诗篇）；1978年阿·科契克夫在莫斯科出版了《卡尔梅克英雄史诗〈江格尔〉》（25部诗篇）。20世纪初起，蒙古国开始记录和出版境内的《江格尔》，主要有乌·扎格德苏伦编选的《史诗江格尔》(1968)和《名扬四海的洪古尔》(1978),其中有25篇《江格尔》故事和一篇图瓦的《博克多·昌格尔汗》。中国采录、出版《江格尔》起步较晚。1950年上海商务印书馆出版了边垣编写的《洪古尔》。这是在中国首次刊行的《江格尔》部分内容的汉文改写本。1978—2003年在新疆蒙古族地区录下了157部《江格尔》诗篇及异文,长达20万诗行左右。第一次于1980年在乌鲁木齐以托忒文出版了巴德玛、宝音和希格记录的《江格尔》(15部诗篇)。1982—1996年在乌鲁木齐出版了资料本《江格尔》12卷,124部诗篇。1986—1987年和2000年在乌鲁木齐出版了文学读物《江格尔》三大卷,内有70部诗篇和相关资料。此外,这部史诗还有德、日、俄、乌克兰、白俄罗斯、格鲁吉亚、阿塞拜疆、哈萨克、爱沙尼亚、图瓦、阿尔泰文以及汉文的节译。

作者、艺人 蒙古族民间史诗演唱艺人称陶兀里奇。专门演唱《江格尔》的艺人称江格尔奇。他们不仅是《江格尔》的演唱者,也是《江格尔》的创作者。历代陶兀里奇和江格尔奇在演唱、传播《江格尔》的同时,还利用古代零散的英雄传说和早期小型史诗素材,创编《江格尔》的新篇章,进一步扩充其规模,使这部史诗得到更大的发展。19世纪以来,影响较大的江格尔奇有新疆的西西那·布拉尔、胡里巴尔·巴雅尔、夏拉·那生、扎拉、朱乃、冉皮勒、普尔布加甫、李·普尔拜等,在俄罗斯境内的卡尔梅克人中有鄂利扬·奥夫拉(1857—1920)、巴桑嘎·穆克本(1878—1944)和莎瓦林·达瓦(1884—1959)等。

形成与发展 《江格尔》产生于古老的英雄传说和小型史诗基础上。初始阶段的《江格尔》,吸收了蒙古族已有的神话、传说、祭词、萨满神歌、古老史诗、祝词、赞词、歌谣、谚语等韵、散文类的样式和内容,其中对《江格尔》的形成起决定作用的是古老神话、传说和早期英雄史诗。在体裁方面,蒙古史诗经历了单篇型史诗、串连复合型史诗和并列复合型史诗3个发展阶段。第三阶段的《江格尔》是借鉴和吸收前两类史诗的体裁、题材、情节、结构、人物形象、程式诗句、艺术手法等,经过反复熔铸和艺术升华而成的大型史诗。《江格尔》初具长篇史诗规模之后,在长期的口头流传过程中不断得到发展和流变,出现许多异文、变体,形成许多新诗章和模拟长诗,并且吸收后期的社会生活和文化成分,从而展现出包含不同历史时期的文化累层和较为复杂的内容。

故事情节 《江格尔》是由200余部诗章组成的大型史诗，除序诗外，其余各诗章都是一个相对完整的故事，可以独立成篇。某些诗章在故事情节上有一定联系，但大多数长诗的情节互不连贯，很难确定出它们的先后顺序；贯穿整部《江格尔》的是一批英雄人物形象。《江格尔》的开篇序诗介绍故事背景与主要人物，揭示整部史诗的主题思想。故事归纳起来大致有三大类长诗，即结义故事长诗、婚姻故事长诗和征战故事长诗，其中第三类长诗最为常见。(1) 结义故事长诗。叙述英雄们经过战场上的交锋或经历各种考验最终结为盟誓弟兄的故事。如《阿拉谭策吉归顺江格尔之部》讲述5岁的小英雄江格尔被大力士西克锡力克俘获后，西克锡力克5岁的儿子洪古尔在江格尔中箭不省人事即将被处死时，恳求母亲不要杀江格尔，并请母亲用法术治好江格尔的箭伤。洪古尔和江格尔结为弟兄。以后江格尔成为宝木巴的统帅，洪古尔是他的左翼首席大将。《洪古尔和萨布尔的战斗之部》讲述铁臂力士萨布尔与英雄洪古尔在战场上厮杀，被洪古尔打败。江格尔亲自为他敷药治疗伤口。萨布尔苏醒过来后钦佩洪古尔的武艺和为人，与洪古尔结为兄弟。江格尔设宴向他俩祝贺。(2) 婚姻故事长诗。通过江格尔及众英雄的娶亲经历，展示他们非凡的本领和高尚的品德。《洪古尔的婚事之部》讲述洪古尔因错过与美貌的参丹格日勒的婚姻而恼怒，骑着铁青马在荒野上奔驰数月，先后两次被对他爱慕已久的格莲金娜救助，于是江格尔为洪古尔聘娶了格莲金娜公主，一同返回故乡宝木巴。《萨里亨·塔布嘎的婚事之部》讲述萨里亨·塔布嘎为娶陶尔根·昭劳汗之女，一路击退了大黑种驼和白鼻梁的红色母驼，战胜了阿尔海和萨尔海两位勇士，打死了凶悍的道格森·哈尔。到达陶尔根·昭劳汗的宫殿时，化身为秃头儿，将骏马变成长癞的马驹，先后参加射箭、摔跤、赛马比赛，大获全胜后恢复原貌。陶尔根·昭劳汗将女儿奥特根·哈尔许配给他，为他俩举行了婚礼。(3) 征战故事长诗。描绘以江格尔为首的英雄们降妖伏魔，痛歼掠夺者，保卫家乡宝木巴的辉煌业绩。譬如，《征服残暴的沙尔·古尔格汗之部》讲述江格尔与35位勇士离开家乡宝木巴后，家乡遭到凶残的沙尔·古尔格汗的大举进犯。洪古尔只身迎敌，不幸被擒受尽折磨。宝木巴的百姓被驱赶到草木不生的沙原。江格尔返回宝木巴后召集众勇士顽强抗敌，除掉沙尔·古尔格汗，救出乡亲。江格尔又只身杀进魔窟取回洪古尔的遗体，用如意神树叶救活洪古尔。他们重建家园。《战胜残暴的芒乃汗之部》说的是芒乃汗派使者要求江格尔接收5项屈辱性条款，否则便进攻宝木巴。洪古尔挺身而出，单枪匹马冲入敌阵，夺下敌方战旗，杀死无数敌兵，但终因寡不敌众而身负重伤。这时江格尔率众赶来消灭了顽敌。

思想内容 《江格尔》产生于蒙古族封建割据、分散的各部或众多小汗国混战时期，因而强烈反映出饱受战争蹂躏的蒙古族民众对内抵制分裂、对外反对侵略与奴役的愿望，讴歌为团结统一、保卫家乡而英勇献身的精神。《江格尔》宣扬的思想主要有4个方面：(1)强调众望所归的统帅与英雄将领的团结，是克服分裂和内讧、争取和平统一的先决条件，并且反复从正反两个方面揭示团结的重要意义。(2)强调民众的团结和人民对英雄的支持是战胜各种内部分裂势力和外部侵略者、捍卫家乡的保证。通过对掠夺者践踏宝木巴的悲惨情境的描写，展现民族内讧和外部侵略给蒙古社会发展和民众生活带来的严重后果，进而揭露封建掠夺战争的残酷性。(3)歌颂以江格尔为首的洪古尔等12名雄狮大将和6000名勇士的英勇行为，以及他们的爱国主义和乐观主义精神。(4)反映了古代蒙古民众对美好生活的向往，尤其是作品对宝木巴汗国的描绘，反映出古代蒙古民众博大的襟怀和崇高的思想境界。

人物形象 《江格尔》描写众多的正面形象和反面形象，乃至宇宙间的上界、中界、下界的生灵。作为宝木巴汗国的缔造者、组织者和领导者，江格尔勇猛强壮、武艺高强、具有高明的战略战术，他心胸宽阔、知人善任、不计前嫌，在他身上集中了古代英明首领的优秀品质和民众对统帅的期望。史诗也描写出江格尔的弱点：有时胆怯，甚至向敌人妥协。他的一次擅自出走导致敌人洗劫宝木巴的后果。这种艺术手法无疑使人物形象更加饱满。史诗中感染力最强的是一批具有传统特色的勇猛型人物形象，如洪古尔、萨布尔、萨纳拉等。他们有着无畏的勇气、非凡的武艺、无比的膂力和顽强的毅力，是决定战争胜负的关键人物。他们不仅有共性，而且各有特性：洪古尔大公无私，却很高傲；剑术高明的萨布尔有时计较个人得失，但知错认错；萨纳拉讲义气，恪守共同誓言，忠于朋友。

《江格尔》还塑造了一批智谋型人物形象，尤以阿拉谭策吉为代表。他是右翼首席大将和军师。他身经百战，阅历丰富，带头推举江格尔为可汗，奠定了宝木巴汗国统一大业的基础。他亲自参战，出谋划策，常常化险为夷，克敌制胜。

艺术成就　《江格尔》展示了古代蒙古族游牧民和狩猎民的心态及审美情趣，具有毡帐民族的草原艺术特色。融古代蒙古语言艺术和表演艺术于一体：作为表演艺术，它有伴奏乐器，有固定曲调，以及一定的形体动作和表情等表演因素；作为语言艺术，它从多方面充分体现了蒙古诗歌的艺术特征。

《江格尔》继承和发展了蒙古族古代民间创作的艺术手法和艺术传统，语言优美精练，想象大胆奇特，擅长夸张渲染，以富于浪漫主义色彩著称。它博采蒙古族口头文学中的各种韵文样式（包括民间歌谣、民间叙事诗、民间谚语、祝词、赞词等）的特点和长处，用以增强艺术表现力，达到蒙古族古代民间韵文创作的一个高峰，在蒙古族文学发展史上享有很高的地位。

《格斯尔》[*]（《中国大百科全书》条目）

Geser

蒙古族英雄史诗，与藏族《格萨尔》同源异流，统称为《格萨（斯）尔》。与蒙古族《江格尔》和柯尔克孜族《玛纳斯》共同被誉为中国三大史诗。

产生、流传与出版　蒙古族《格斯尔》是在藏族《格萨尔》的影响下，以口头方式产生和流传于青海蒙古人中的史诗。后来被有文化的喇嘛们记录了并于康熙五十五年（1716）在北京出版了木刻本（7 章），后来又出现了隆福寺手抄本《格斯尔》。然后以书面和口头形式流传于我国各省、自治区的蒙古族人民中间，并且传播到蒙古国及俄罗斯西伯利亚的布里亚特人、图瓦人和伏尔加河下游的卡尔梅克人中。目前，在国内外有近十种手抄本和木刻本，除上述两种版本外，还有乌素图召本、鄂尔多斯本、咱雅本、诺木其哈敦本、托忒文本和图瓦本等。口头演唱本有琶杰唱本、散布拉诺尔布唱本、罗布桑唱本和金巴扎木苏唱本以及布里亚特人的三种《阿拜格斯尔》。除了蒙古文和汉文外，《格斯尔》的部分章节被译为英法德俄日等文字在国外出版。

思想主题　这部史诗的主题是战争。格斯尔原是上界天神之子，奉命下凡除暴安良。史诗歌颂了首领格斯尔汗保卫家乡和民众的英雄业绩，深刻斥责了侵略者锡拉依高勒三汗、昂都拉玛汗、贡布汗和那钦汗等的罪恶行为。以格斯尔“不要去侵犯别人，但别人若侵犯我，我绝不后退”的誓言，昭示家乡保卫战的正义性和英雄们决战决胜的信念。史诗也反映出人民保卫草场和自然环境，发展畜牧业，创建和平幸福生活的愿望。

---

* 本文由斯钦巴图作过修改。

故事梗概 《格斯尔》是由散文和数十个诗章所组成的大型史诗，多数诗章都有相对独立的故事情节，章与章之间以主要人物格斯尔及其勇士串连。《格斯尔》有书面版本和口头版本，其内容大不相同，主要书面版本有北京木刻本和隆福寺手抄本两种，其中有十三章故事。《格斯尔》是受佛教影响的史诗，主人公格斯尔原来是天神之子，奉命下凡除暴安良。第一章里，霍尔姆斯塔天神秉承释迦牟尼佛旨意，派二子威勒布图格奇投生人间为岭国的格斯尔可汗；他一出生就消灭了“专门啄瞎新生儿眼睛的魔鸦”和“专门咬断新生儿舌头的妖僧”；成人后在人间铲除残暴，拯救人民，诸如，格斯尔汗消灭吞食众生的黑斑斓虎，铲除十二头蟒古思（恶魔），战胜使格斯尔变毛驴的陌生喇嘛，消灭罗布萨哈蟒古思等。除了与人格化的神奇动物和妖魔斗争，更主要的是格斯尔与人间的压迫者和侵略者的斗争，如锡拉依高勒三汗、昂都拉玛汗、贡布汗和那钦汗等。格斯尔铲除锡拉依高勒三汗的故事，简称霍岭大战。说蒙古语的锡拉依高勒（Shira-Igol 或 Shira-Igor）三汗趁格斯尔远征之际，入侵岭国，杀死格斯尔的哥哥和众勇士，劫掠其爱妻，格斯尔返回家乡消灭三可汗，解救百姓和爱妻，复活哥哥和众勇士。

口头文本中的内容比较复杂，有各种与书面版本不同的故事，有的把历史人物成吉思汗和弟弟哈撒尔的传说，改编为《格斯尔》的个别章节；有的将古老森林部落的狩猎型史诗，改编为格斯尔故事；有的把为民除害的各种故事称为格斯尔故事。金巴扎木苏编写出版了两大卷格斯尔故事（《格斯尔全书》），其中的一卷有 37 章诗歌，字数 280 万。金巴扎木苏演唱的《格斯尔射死哈日雅勒奇哈喇鄂姆根的故事》讲述一个远方的哈日雅勒奇哈喇鄂姆根（诅咒者巫婆）仇视格斯尔，企图毁灭格斯尔家乡的一切生灵。她口念咒语挥动黑旗向格斯尔家乡播送瘟神，致使草原上瘟疫横行，草木枯萎，牛羊马驼成群死去，人们痛苦不堪。危急时刻格斯尔挺身而出远征讨伐巫婆。巫婆施展法术，先后化身为雌雉、毛驴和老鼠，格斯尔变成凤凰、灰狼追赶，最后射死了巫婆。同样在图瓦《格斯尔》（《凯赛尔》）中，有人把成吉思汗的传说也改编为《凯赛尔》的一章，说：凯赛尔请一位先知做官吏，狩猎时见到雪地上猎物的鲜血，不禁发问：“世上有没有这样雪白面孔血红脸颊的美女呢？”先知说，西方某汗之妻有如此美貌。于是凯赛尔进攻该可汗，猎杀其猎犬，活捉了可汗，俘获其妻，与之同房时，汗妻剪掉其阴茎，令其疼痛而死。再如伊莫格诺夫·曼舒特的演唱本《阿拜格斯尔》是描绘格斯尔及其长子奥希尔博克多、次子胡荣阿尔泰三位勇士事迹的三部曲。其中，《奥希尔博克多胡本》描写主人公奥希尔博克多为迎娶妻子而进行的长期艰苦的斗争。奥希尔博克多远征到西方的特勃赫温都尔山寻找坐骑。途中一面悬崖绝壁挡住去路。绝壁下白骨成堆、血流成河，伤残的人随处可见。奥希尔博克多先后变为松鼠、黄鼠狼、山鹰，历尽艰辛到达山顶，得到铁青马。他为迎娶妻子再次经过特勃赫温都尔山时，以超人的智慧、力量和武艺战胜恶魔夺回神马，赢得岳父顿吉达罕的赞赏，娶到了妻子。

人物形象　《格斯尔》生动地刻画了丰富多彩的正反面人物形象。主人公格斯尔是最高天神之子，下凡到人间做了岭国的汗王，他是人与神结合产生的神人；他一出生，即以神奇手段铲除了妖魔鬼怪；长大成王以后，对内剪除阴险恶毒的人物，对外抵抗侵略者和掠夺者，赢得了民众的爱戴和支持，成为理想的首领和汗王；他具有超人的勇敢、惊人的毅力和不屈不挠的战斗意志；同时还兼具讽刺、捉弄和恶作剧的天才；还有格斯尔的哥哥扎萨希格尔以及苏米尔、宝依东、安琼等三十名大将，他们都忠诚于格斯尔，与入侵者死战；还有格斯尔妻子和救命恩人阿珠莫尔根，是美丽贤惠、智勇双全、战无不胜的巾帼英雄。

格斯尔的叔父晁同，这是一个怯懦卑鄙、阴险狡诈、叛国害民的小人物。仙女化身为格斯尔的妻子，她与阿珠莫尔根不同，屈服于敌人的压力和金钱诱惑，背叛丈夫成为敌人的妻子，并且告发了潜入敌营营救格斯尔的阿珠莫尔根。

反面人物有锡拉依高勒三汗、昂都拉玛汗、贡布汗和那钦汗等，他们屠杀岭国人民，抢劫美女和财产，破坏百姓家园。

艺术成就　蒙古民间艺人演唱的《格斯尔》是经过历代艺人精心琢磨、融会蒙古语言艺术和表演艺术于一体的综合艺术珍品，不仅具有引人入胜的故事情节和生动丰富的人物形象，而且散文中蕴含了内在的旋律和节奏。通过说唱艺人在乐器伴奏下的吟唱，以及形体动作和表情等多方面表演，呈现出蒙古史诗独特的艺术魅力。史诗继承和发展了古老蒙古英雄史诗的艺术传统，在内容上吸收了古代神话、传说；体裁上采用了笑话、祝词、赞词、谚语和格言等多种文学样式；表现手法上巧妙地运用了惊心动魄的艺术夸张和生动优美的比喻；结构宏伟而缜密，长期以来被誉为蒙古族古代文学和语言的宝库，对后世作品影响深远。2009 年在联合国教科文组织保护非物质文化遗产政府间委员会第四次会议上，《格萨（斯）尔》被批准列入“人类非物质文化遗产代表作名录”。

《卡尔梅克江格尔》各部之间的关系问题

蒙古英雄史诗《江格尔》是中国三大史诗之一，同时也是在中、俄、蒙三国境内蒙古语族人民中广为流传的跨国史诗。从 19 世纪初开始，在俄罗斯伏尔加河下游居住的蒙古族卡尔梅克人中，先后搜集并用卡尔梅克文出版了《江格尔》的 26 章（部）。20 世纪初以来，在蒙古国境内记录出版了残缺不全的 26 篇。1978 年以后在我国新疆的蒙古族卫拉特人中搜集到《江格尔》150 章及其异文。中、俄、蒙三国境内记录的《江格尔》总计有 200 多章（部），长达约 25 万诗行。

巴·旦布尔加甫把卡尔梅克出版的《卡尔梅克江格尔》誊写为回纥式蒙古文出版[1]，书中有 31 章，其中有《江格尔》的 26 部，其他 5 种是重复的抄写本。卡尔梅克史诗学家阿·科契克夫于 1978 年在莫斯科出版的《江格尔》一书中，没有运用这些重复的抄写本，他的书中有 25 章。后来 20 世纪 80 年代瓦·策日诺夫在列宁格勒博物馆发现了《江格尔》的一章，这样卡尔梅克江格尔共有 26 章。

上述《江格尔》的 26 章，由三个不同时代的艺人所演唱，他们是：

（1）19 世纪中叶喀山大学教授阿·波波夫、奥·科瓦列夫斯基和卡·郭尔斯顿斯基等人搜集到《江格尔》6 部作品；

（2）1908 年鄂利扬·奥夫拉演唱、诺·奥基洛夫记录的，弗·科特维奇于 1910 年出版《江格尔》的 10 部诗篇。此外，伊·波波夫于 1901 年在顿河罗斯托夫市居住的卡尔梅克人中记录的《英雄洪古尔与阿布郎可汗征战之部》；

（3）在 1940 年巴桑·穆克本演唱的 6 部，沙瓦林·达瓦唱本 2 部和

---

① 巴·旦布尔加甫誊写《卡尔梅克〈江格尔〉》，民族出版社 2002 年版。

1967 年巴拉吉克·那孙卡演唱的 1 部。

我们将要分析这三个不同时期记录的《江格尔》各部的关系问题。首先，在 19 世纪中叶记录的 6 部诗篇中，有小杜尔特江格尔奇演唱的 3 部和小朝胡尔土尔扈特江格尔奇演唱的 3 部作品。

小杜尔伯特 3 部如下：

（1）江格尔征服乌尔图查干蟒古思之部（简称《乌尔图查干之部》），长达 1630 诗行；

（2）江格尔征服库尔勒额尔德尼之部（《库尔勒额尔德尼之部》），长达 1657 诗行；

（3）少布希古尔征服沙尔古尔格蟒古斯之部（《沙尔古尔格之部》），长达 2647 诗行。

这三部长诗的上半部分都完全一样，具体说《乌尔图查干之部》的第 1—892 诗行与《库尔勒额尔德尼之部》的第 1—721 诗行和《沙尔古尔格之部》的第 1—873 诗行，基本上没有什么区别。其中描绘了宝木巴地方壮丽的山水，江格尔美丽高大的白色宫殿，宫墙上刻画着洪古尔等十二雄狮大将的伟姿以及老勇士希尔格、古思拜、阿拉坦策吉等人的高大宫邸。接着描写了勇士们聚集于江格尔宫殿，向江格尔汗和沙布塔拉夫人恭贺新年，勇士们一个接一个都到宫殿。最后详细描绘了最杰出的勇士洪古尔到喇嘛庙顶礼膜拜和向江格尔和沙布塔拉恭贺新禧的活动。这三部长诗下半部分的内容不同，反映了江格尔的勇士们顽强抵抗各种不同入侵者进而取得胜利的英雄行为。但在下半部分中也有相同的母题（Motif）或情节：

1. 江格尔的长枪被折断

在《乌尔图查干之部》里，江格尔跨上阿兰扎尔骏马，手提沉香木柄长枪，提起长枪刺进了乌尔图查干的胸膛，又刺穿了黄战马的脖颈，黄马突然狂蹦乱跳，折断了沉香木柄长枪。为了修理折断的长枪，江格尔到远处去，走进红色深洞里，看到一位白发老人修理兵器。江格尔不声不响拉起巨大的风箱，连续七昼夜。白发老人向他走过来说："噢，原来你是乌琼阿拉达尔可汗的儿子，孤儿江格尔！对不起，我没有认出你，让你拉了风箱。"并设宴招待，问他有什么事。江格尔向他道谢，说长枪折断要修理长枪。老人又说："原来你父亲与胡德尔沙尔蟒古思打仗时，买了一支长枪”，并送他这支现成的长枪。

与此相同的母题在《库尔勒额尔德尼之部》中也出现，江格尔挺起沉香木柄长枪刺进了库尔勒额尔德尼的胸膛，又刺穿了马鞍子，青灰马突然狂蹦乱跳，折断了沉香木柄长枪。

2. 在敌人脸上打烙印

在《乌尔图查干之部》里，江格尔活捉乌尔图查干，把他的手捆在腰背上，集合他的大臣们，让他们面对面地坐在两旁，在以乌尔图查干为首的大臣们脸上，打上了宝木巴的火印，消灭了乌尔图查干，江格尔的名字传扬各地。

同样的母题在《沙尔古尔格之部》里出现，集合了沙尔古尔格可汗和大臣们，让他们面对面地坐在两旁，把永不消退的宝木巴火印，打在他们脸上，消灭了沙尔古尔格，江格尔的名字又传扬四方。①

此外，在小朝胡尔土尔扈特《沙尔蟒古思之部》和《占布拉汗之部》中也有在敌人脸上打上宝木巴火印，从此他们永为宝木巴国的附庸。

在13世纪蒙古历史上曾有过在罪人脸上打烙印现象，《江格尔》反映了这种真实生活。在《马可波罗行纪》的第二卷第103章中说：“各种罪人拘捕后，投之狱，而缢杀之。但大可汗于三年开狱，释放罪人一次，然被释者面烙火印，俾永远可以认识。”但是，有人说，蒙古历史上没有在罪人脸上打烙印现象，《江格尔》产生于古老时代，反映了古老国家的刑罚。

3. 敌人把洪古尔拴在马尾上拖走

在《乌尔图查干之部》中，洪古尔与敌人的大将沙尔比尔曼搏斗几天几夜，突然晕倒时，沙尔比尔曼给洪古尔套上铁链，又捆住他的手脚，拴在马尾上拖走。有一骑着两岁小马的孤儿看到这种悲痛事件，他追不上敌人，无法拯救洪古尔，只好去告诉了江格尔。江格尔立即率大军去打死敌人，挽救了洪古尔的生命。

这种事件在《哈尔黑纳斯之部》中也有，洪古尔与敌将布和查干搏斗，坚持了四天四夜，两个英雄不分胜负，第五天布和查干猛一翻身，把

① 色道尔吉译：《江格尔》，人民文学出版社1983年版，第267页。

洪古尔压倒。得势的布和查干给洪古尔套上铁链，又捆住他的手脚，牢牢拴在铁青马的长尾上。布和查干跨上赤兔马，牵着铁青马的银缰，奔向太阳落山的西方。在草原上放牧的八岁牧童那仁乌兰认出洪古尔和铁青马，他感到无比惊讶。他去把这种情况告诉了江格尔。江格尔去挽救了洪古尔的生命。

4. 敌人把江格尔、洪古尔打入地狱

在《库尔勒额尔德尼之部》里，江格尔与库尔勒额尔德尼打仗时，江格尔用长枪刺进对方时，突然长枪折断。库尔勒额尔德尼把江格尔捉到上赡部洲，给江格尔套上铁链，与铁车拴在一起，交给地狱中的八千个恶魔，说：每天打八千棍，用火棍烫八千次，让他受尽地狱的痛苦。

在《沙尔古尔格之部》中，雄狮洪古尔也受到了地狱的痛苦。在这部里说，可爱的洪古尔摔下马鞍，沙尔古尔格跳下马背，用那胳膊粗的铁绳捆住洪古尔，把他拖上大铁车，交给了八千个妖精，他命令："每天抽打八千鞭，每天刀剐八千下，让洪古尔活活地遭受折磨，遭受十二层地狱的痛苦。把他关进七层地下红海的海底，设七十二道岗哨来回看管。"①

5. 仙女帮助江格尔和洪古尔

仙女报恩情节在《库尔勒额尔德尼之部》和《沙尔古尔格之部》里都有，库尔勒额尔德尼有三个老婆，小老婆是太阳之女，当她在花园采花时杜尔登恶魔活吞了她，江格尔杀死杜尔登恶魔，挽救了她的生命。太阳之女听到在地狱受痛苦的是乌琼阿拉达尔可汗的儿子江格尔，立即手拿钢剪刀去剪除铁链，解救了受罪的江格尔。江格尔出狱后叫了一声阿兰扎尔骏马，骏马一听江格尔的叫声，便狂蹦乱跳，折断三层铁链，跳出来见到了主人。这时太阳之女带来了江格尔的武器和马鞍。当江格尔再次出征时，太阳之女告诉他库尔勒额尔德尼的灵魂所在之处，江格尔先杀死其灵魂，最后消灭了其肉体。

在《沙尔古尔格之部》中，江格尔寻找失去的洪古尔大将，走进地洞见到两个小孩子，他们做了江格尔的朋友，三个人一起向前，走进一个大毡房，当他们在毡房里煮鹿肉时，走进来一个黄铜嘴黄羊腿老妖婆，她以

① 色道尔吉译：《江格尔》，人民文学出版社 1983 年版，第 244 页。

魔法偷走鹿肉时，江格尔拔出宝剑，将妖婆劈为两段，下身钻进地下，上身腾空不见。江格尔追击女妖下身走进地下，见到了黑纳尔天神之女，她用手指着一个黑茅屋，那就是她的住处。江格尔来到黑茅屋，先后杀死了老妖婆和她七个秃头儿以及从摇篮里跳出来与他们搏斗的婴儿。江格尔把森林中采花被这妖婆捉来的黑纳尔天神的女儿送到了天上。

除上述共同的母题的情节之外，在小杜尔伯特江格尔奇演唱的 3 部里，江格尔和夫人沙布塔拉的出身和名字，与其他江格尔奇演唱的各部不一样，说江格尔是：

宝当扎鲁可汗的曾孙，
宝木巴扎鲁可汗的玄孙，
莫尔根陶尔奇的孙子，
乌琼阿拉达尔可汗的儿子。

江格尔夫人是：

在日落方向的下面，
在奥如格云丹山的阳面
居住的呼吉赞旦可汗女儿，
永远三岁的沙布塔拉夫人。

据情节和母题的相似性，说明了小杜尔伯特《江格尔》三部是同一位江格尔奇演唱的作品。这三部《江格尔》具有独特性，可以成为小杜尔伯特类型的《江格尔》。

下面分析小朝胡尔江格尔奇演唱的《江格尔》3 部。

（1）残暴的哈尔黑纳斯活捉雄狮洪古尔之部（《哈尔黑纳斯之部》），是在《江格尔》中最长的一部，长达 3013 诗行；

（2）洪古尔和萨布尔二勇士征服占布拉可汗疯狂的七勇士之部（《占布拉汗之部》），长达 1928 诗行；

（3）洪古尔活捉残暴的沙尔蟒古思之部（《沙尔蟒古思之部》）。

这三部长诗中的前两部长诗的上半部分的内容完全相似，即《哈尔黑纳斯之部》的第1—910诗行与《占布拉汗之部》的第1—863诗行，基本上都一样。其中歌颂了银色的阿尔泰山，宽阔的沙尔达克海，宏伟的金黄色江格尔宫殿，金银屋顶的各种喇嘛庙以及江格尔可汗和他的长枪、坐骑等，此外，还专门交代了江格尔选择夫人的经过，遗憾的是将江格尔夫人沙布塔拉的名字，改为格莲珠拉（这是洪古尔夫人的名字）。往下描绘了江格尔在宫殿与右翼大将阿拉坦策吉、洪古尔和左翼大将古恩拜、萨布尔一起参加盛宴，还说明了萨布尔做江格尔的手下勇士的经过，又描写了在宴会上歌唱、弹冬不拉琴、跳毕叶力格舞（单人舞）和吹胡笛的盛况。

如此相似性说明了，这两部长诗是同一位江格尔奇演唱的，但这两部长诗的下半部分的内容完全不同。

在小朝胡尔土尔扈特《江格尔》的3部长诗中，关于江格尔及其夫人的描绘如下：

塔海珠拉可汗的曾孙，
唐苏克宝木巴可汗的孙子，
乌琼阿拉达尔可汗的儿子，
博克多诺彦江格尔。

江格尔夫人是：

抛弃四大可汗的女儿，
抛弃图布森赞布可汗的女儿，
遗弃普通的四十二位诺彦的女儿，
娶了古师赞布可汗的女儿，
永远十五岁的姑娘，
阿拜·格莲珠拉夫人。

在这里把洪古尔夫人格莲珠拉，当成江格尔夫人。因为，各个不同地区江格尔奇演唱的江格尔及其夫人的名字不同，以后我们可以通用鄂利扬·奥夫拉的演唱。

在小朝胡尔土尔扈特江格尔奇演唱的《江格尔》3部长诗中，到处出现阿尔泰山、额尔齐斯河、四卫拉特等名称。如在《哈尔黑纳斯之部》中，说：银白色雄狮般的阿尔泰山，阿尔泰山的背面，干迪格阿尔泰山，阿尔泰山的金柱，额尔齐斯宝木巴河的源头，不能损害四卫拉特的名声（见《卡尔梅克江格尔》第169—170、192、201、211、231页）。在《沙尔蟒古思之部》里有银白色雄狮般的阿尔泰山，额尔齐斯宝木巴河，干迪格阿尔泰山（第266、271、273—274页）。在《占布拉汗之部》中有银白色雄狮般的阿尔泰山，宏伟的阿尔泰山，轰动了壮丽的阿尔泰山，阿尔泰山的山口，额尔齐斯宝木巴河、干迪格阿尔泰山（第842—843、857、862、876页）。

这些名词在小杜尔伯特《江格尔》的3部中几乎尚未出现，在《沙尔古尔格之部》中，仅仅出现了一次额尔齐斯宝木巴河。

阿尔泰山、额尔齐斯河、四卫拉特等，在卡尔梅克人现居住地区没有，它们反映了《江格尔》的这些长诗的最初产生地。众所周知，卫拉特部在13世纪居住于西伯利亚贝加尔湖以西的安加拉河一带的八河流域。在成吉思汗占领此地之后，卫拉特部逐渐南迁；约15世纪在新疆北部的阿尔泰山和额尔齐斯河一带，与其他几个部落一起建立了四卫拉特联盟。小朝胡尔土尔扈特艺人演唱的《江格尔》的3部长诗，证明了它们最初形成于新疆卫拉特蒙古地区，后来流传于伏尔加河下游的卡尔梅克人中，并得到进一步发展。

上述记录于19世纪中叶的小杜尔伯特《江格尔》3部与小朝胡尔《江格尔》3部中，江格尔可汗祖先的名字尤其是其夫人祖先的名字完全不一样。据上述多方面的不一致性，将把上述6部长诗分为两种不同的类型，一为小杜尔伯特类型的《江格尔》，二为小朝胡尔土尔扈特类型的《江格尔》。

在下面将分析小杜尔伯特艺人鄂利扬·奥夫拉演唱的《江格尔》10部作品。这10部长诗在1958年内蒙古人民出版社出版的《江格尔》中已有，我国学术界熟悉这些。因此笔者简单谈一些重要问题。鄂利扬·奥夫拉于1910年再次演唱的第11部长诗与他于1908年演唱的《美男子明彦偷袭突厥汗国阿尔坦汗的马群之部》的上半部分重复，他重新唱了这一段文字。他演唱的其他10部长诗中，除了《征服阿拉坦策吉之部》和《洪古尔的婚事之部》之外，其他部长诗中，歌颂了宝木巴勇士们与种种敌人进行顽强斗争而取得胜利的英雄行为。

在《征服阿拉坦策吉之部》中，描绘了江格尔为建立宝木巴汗国，奠定最初基础问题。众所周知，蒙根·西克锡力克，活捉了五岁的江格尔。他看出江格尔有高贵的命运，如果把他留在人世，他将成为世界的主人。因此，他先后两次要除掉江格尔，可是他的五岁的儿子洪古尔拯救了江格尔的生命，并结为永久的朋友。有一次西克锡力克出猎，被阿拉坦策吉捆缚。洪古尔和江格尔朝着阿拉坦策吉冲去。看到两勇士冲来，先知阿拉坦策吉向他们投降，释放了捆缚的西克锡力克，热情去迎接二位小勇士，并对西克锡力克预告："江格尔到了七岁，征服下界的各种恶魔，他的英名到处传扬的时候，将政教权交给他治理，我本人将成为右手头名勇士，勇敢的洪古尔将做他左手头名勇士，我们将征服四方四十个国家，宝木巴汗国将发展和幸福美满。"

《洪古尔的婚事之部》里，在洪古尔的婚事上，江格尔不听先知阿拉坦策吉的劝告，去远方见占布拉可汗，与其商定洪古尔和可汗女儿散丹格日勒的婚事。但是，洪古尔到占布拉可汗那里娶亲，走到高山上看到，散丹格日勒与大力士图格布斯举行婚礼，新婚夫妇跨上骏马奔向新婚的驻地。洪古尔怒气冲冲，便去摔死了图格布斯，又把散丹格日勒劈为两段。散丹格日勒死之前，击掌向天祈祷："天啊，让我看见西鲁格的后裔绝灭！你拆散了我命中的伴侣，让你迷失在荒野，走投无路！"洪古尔跨着铁青马上路，铁青马不停地跑了三个月，先后遇到三次生命危险，但在暗中得到查干珠拉可汗的女儿格莲珠拉的营救而脱险。他化身为秃头儿骑着两岁小马走，碰见一对无儿无女的老两口，他们收养了秃头儿。后来他见到救命恩人格莲珠拉，听到了她在暗中拯救了自己三次，他们二人建立了爱情。正在这时，江格尔寻找洪古尔来到查干珠拉可汗家，了解了洪古尔和格莲珠拉的爱情，向查干珠拉可汗敬送聘金，举行了盛大婚宴，洪古尔聘娶了格莲珠拉，大家返回宝木巴地方。

除了上述两部长诗外，鄂利扬·奥夫拉演唱的其他8部征战长诗的结局具有重大意义。

1. 使敌人做了宝木巴的属民

异国使臣阿里亚芒古里来，赶走了宝木巴国的血红马群；洪古尔和萨布尔先后追击，活捉了阿里亚芒古里，把他带到江格尔宫殿；萨布尔按倒阿里亚芒古里，在他脸上打了宝木巴的火印，要他做江格尔属民，永不背叛，年年进贡。

暴君芒乃可汗派使臣那仁乌兰来，向江格尔提出五项侮辱性要求，让他献给阿兰扎尔骏马、阿盖·沙布塔拉夫人等；雄狮大将洪古尔去与芒乃可汗搏斗，杀死芒乃，活捉他四十二名大将，让他们发誓："永远归顺江格尔，一千零一年做江格尔属民。"

同样，活捉突厥阿拉坦可汗、扎干台吉可汗和暴君赫拉干可汗，在他们脸上打上宝木巴的火印，让他们发誓："一千零一年归属江格尔，永不背叛。"

2. 推翻征服者建立国家

凶恶的库尔门可汗，很早以前，打败乌琼阿拉达尔可汗，统治了宝木巴国；江格尔派美男子勇士明彦去活捉库尔门可汗，明彦出发之后，阿拉坦策吉追上去，给他指点路途，并告诉他："库尔门可汗的夫人有一位使女，她本是江格尔的同族，依靠她，战胜强敌。"明彦在这位神奇姑娘帮助下，活捉库尔门可汗，捆紧他的手脚，装进皮囊，背起皮囊，跨着金银马带着那位姑娘回到了江格尔宫；明彦解开皮囊放出库尔门，他去坐在江格尔的上座；江格尔举行芳醇美酒的盛筵，招待库尔门可汗；库尔门说："乌琼阿拉达尔的孤儿江格尔，请你统治这块地方吧！"说罢他返回家乡；江格尔的宝木巴成为独立的国家。

3. 宝木巴国与其他国家建立联盟

江格尔派傲慢的洪古尔去活捉来哈尔扎拉干可汗；洪古尔用神奇的手法战胜哈尔扎拉干可汗，用绳将敌人捆绑并装进皮囊，打碎了十四道门，背着他走出宫殿；洪古尔跨上铁青马向前飞翔，铁青马放开四蹄奔驰，一口气跑了四十九日夜，回到了宝木巴家乡；洪古尔跳下马鞍，解开哈尔扎拉干可汗的绳子，把他捆在四根铁柱上；为欢迎洪古尔胜利归来，江格尔举行盛大酒宴，看守哈尔扎拉干的人沉沉酣睡；哈尔扎拉干用力将铁链挣断，并背着凯·吉拉干勇士返回家乡；第二天江格尔、洪古尔等追到了哈尔扎拉干的宫殿；哈尔扎拉干热情迎接他们，举行盛大酒筵，一连三个月，日夜欢宴不停；还为江格尔和众勇士换了新装；江格尔与哈尔扎拉干共同约定："遇到强敌，并肩作战。"江格尔率领勇士们返回家乡。

4. 打败了强大敌人的威胁

江格尔青春年少，在草原上漫游时，遇到了一个敌人巴达玛乌兰，他梦想征服天下生灵；江格尔与他搏斗，力量巨大的巴达玛乌兰把江格尔压倒，举刀要杀他，他问江格尔：你有什么夙愿未了？江格尔吐露了自己的三点夙愿，他听了江格尔的陈述说："等你将来实现了志愿后，再次较量！"后来，江格尔占有辽阔的东方，他的名字遐迩传扬，巴达玛乌兰准备要来侵犯；此时，江格尔派洪古尔的儿子霍顺乌兰、江格尔的儿子杰拉干和阿拉坦策吉的儿子双合尔三位小勇士去活捉巴达玛乌兰；三位小勇士出发到一座山上去，看到了巴达玛乌兰的宫殿，便让三匹骏马变为小马，三人变作乞讨的秃头儿，骑着小马走到宫殿；他们运用神奇的方法，活捉巴达玛乌兰可汗，用绳索捆牢四肢装进皮囊，霍顺乌兰背起皮囊跑出宫殿，三位小勇士跨上骏马，把他带到了江格尔宫殿；江格尔大摆酒宴招待，宴会进行了四十九天；巴达玛乌兰说："今天，你的夙愿已经实现，祝你占有宝木巴地方，美名远近传扬！"这样江格尔摆脱了敌人的威胁，国家像磐石般稳固富强。

由此可知，鄂利扬·奥夫拉演唱的征战史诗的结局具有重大意义。

鄂利扬·奥夫拉演唱的《江格尔》中出现的江格尔及夫人祖先的名字与其他江格尔奇演唱不同。我们认为鄂利扬·奥夫拉的说法比较合适，即：

塔海珠拉可汗的后裔，
唐苏克宝木巴可汗的孙子，
乌琼阿拉达尔可汗的儿子，
孤儿江格尔博克多。
拒绝了中央四大可汗的女儿，
从东南方聘娶，

诺木特古斯可汗的女儿，
永远像十六岁的阿盖·沙布塔拉。

鄂利扬·奥夫拉演唱的《江格尔》与其他江格尔奇演唱的版本，在内容和形式方面都不相同，成为一种独特的类型。

在这一时期还有伊·波波夫于1901年记录于顿河罗斯托夫市卡尔梅克人讲述的《雄狮洪古尔与阿布朗可汗征战之部》。这部史诗原来是散文体作品，可是尼·比特开也夫和格·奥瓦洛夫转写为韵文体，其中：江格尔在宫殿里，举行芳醇美酒的盛宴；突然阿布朗可汗的使臣前来，向江格尔提出侮辱性的三项要求：交出夫人阿盖·沙布塔拉、骏马阿拉扎尔和雄狮洪古尔；当洪古尔站起来准备杀死他时，敌人使者跳出去，赶走了宝木巴的马群；右翼首席大将萨拉丁（新人物）和萨布尔先后追击敌人，被其活捉，雄狮洪古尔去追击，也被敌人抓住；他们被拴在马尾上拖走，并关在九层铁屋里；江格尔去寻找洪古尔，高声呼叫他，洪古尔一听江格尔的声音，踢破九层铁屋而出来见江格尔；江格尔用灵丹妙药治好洪古尔的伤口，二人一起去围攻敌人，活捉阿布朗可汗及其勇士，把他们推入大海中淹死，赶着自己马群返回家乡。

往下简介第三时期，也主要是1940年以来记录《江格尔》的9部长诗。在这些长诗中，早期江格尔奇演唱的《江格尔》的内容被遗忘，连江格尔祖先和勇士们的名字也被改变，仅仅保留了驱赶马群，把对方拴在马尾上拖走，敌人向江格尔提出侮辱性三项要求等几个母题，当然还新增加了洪古尔无缘无故被七个妖女吸鲜血和窃取敌人的钢盔和宝剑等内容。首先看哈尔乌苏土尔扈特艺人巴桑·穆克本演唱的6部诗篇，第一部是《江格尔掌管国家权力之部》，其中早期江格尔奇演唱的内容被忘记，变成了人们难以相信的神话。其中说，从前中央的四大可汗占领了乌琼阿拉达尔可汗的国土；后来江格尔长到12岁、洪古尔长到3岁时，两人进攻中央的四大可汗。他们两人走上一座山，伐木做成高大的桌子，洪古尔请江格尔坐在桌子上，向他磕头尊为可汗；他们跨上铁青马去攻克三大堡垒，活捉77位可汗，在他们脸上打上宝木巴的火印，使他们的领土做江格尔的附属国。

在他演唱的第二部诗篇里，有一定的新内容。江格尔派洪古尔去抢沙尔毕尔玛斯可汗的钢盔和宝剑；洪古尔出发之后，阿拉坦策吉追上来，告诉他麻痹敌人的方法；洪古尔去见到沙尔毕尔玛斯，按照阿拉坦策吉的教导说，“我与江格尔决裂向你投降”；接着洪古尔为沙尔毕尔玛斯可汗连续征服了几个敌人，得到可汗的信任，并聘娶了他亲戚桑布拉的女儿为妻；洪古尔向妻子听到可汗的钢盔和宝剑所藏之处，并窃取跨上骏马向家乡奔驰，被桑布拉射伤；回去请人拔毒剑时，沙尔毕尔玛斯可汗前来追击，可是洪古尔的儿子霍顺乌兰去与他搏斗，活捉可汗，在他脸上打上宝木巴的火印，做了江格尔的属民。

巴桑·穆克本演唱的第三部、第四部都是阿拉坦策吉派人去驱赶敌人马群的故事。在第三部里，洪古尔要去赶沙尔赫尔门可汗的马群，先知阿拉坦策吉告诉他战胜途中危险的方法；洪古尔带着宝尔芒乃去，按照阿拉坦策吉的教导，克服途中的危险驱赶了敌人的马群；敌人追击时，让宝尔芒乃赶走马群，自己与沙尔赫尔搏斗，活捉他并在脸上打了宝木巴的火印，让他做了江格尔的属民。在第四部里，萨那拉去驱赶毕尔玛斯可汗的马群，在途中打死了毕尔玛斯可汗的使者沙尔莫尔根，向前去赶走毕尔玛斯可汗的马群；当敌军追击时，消灭了敌军，赶着马群返回宝木巴地方。

他讲的第五部是鄂利扬·奥夫拉演唱的《洪古尔与凶暴的芒乃可汗搏斗之部》的一种异文，芒乃可汗的使者那仁格日勒前来，向江格尔提出五项侮辱性要求，让他交出阿盖·沙布塔拉夫人、阿兰扎尔骏马、勇士洪古尔、金黄色战旗和骑手双胡尔等；江格尔和先知阿兰坦策吉答应了，派双胡尔骑着阿兰扎尔骏马，背着金黄色战旗去送给敌人；可是雄狮大将洪古尔坚决反对，跨上铁青马携带武器去与敌人搏斗；他在途中见到双胡尔，让他将战旗送回宝木巴地方，自己化身为骑小马的秃头儿，去见芒乃可汗，声称送消息给他，得到可汗的信任；他活捉了芒乃可汗及勇士们，在他们脸上打宝木巴的火印，让他们做江格尔的属民，年年不断地进贡。

巴桑·穆克本演唱的第六部描绘了洪古尔无故离开宝木巴地方，跨上铁青马到远方，走到一个白色房屋，与不认识的七个妖精欢乐，喝妖精给的毒酒而晕倒，被七个妖精吸血而死去，指责了洪古尔的麻痹。

大朝胡尔土尔扈特艺人沙瓦林·达瓦演唱的两部《江格尔》都很短。

这两部里，敌人的使臣前来赶走宝木巴的军马却失败了。在第一部里，沙尔希尔门可汗的使臣孟古来窃取江格尔的阿兰扎尔骏马，洪古尔化身为骑小马的秃头儿到沙尔希尔门的宫殿，遭受孟古来的折磨，但他没有承认自己的身世；沙尔希尔门可汗认为他是好人，将他收为养子，还给他娶妻；他从妻子那里得知关押阿兰扎尔骏马的地方，找到骏马逃跑时，被敌人活捉拴在马尾上拖走；江格尔去营救了洪古尔，捉拿了沙尔希尔门及其勇士们，在他们脸上打宝木巴的火印，让他们做江格尔的属民；跨上阿兰扎尔骏马返回家乡。在第二部里还是孟古来赶走江格尔的马群，马官阿克萨哈里的儿子哈尔巴代去追击，被孟古来打伤；江格尔带勇士们去拯救哈尔巴代，洪古尔与孟古来搏斗，又被他打伤；江格尔挺起长枪刺进孟古来的胸膛，把他折磨死。

小杜尔伯特艺人巴拉达尔·那顺卡演唱的《江格尔与芒乃可汗征战之部》是鄂利扬·奥夫拉演唱的《洪古尔与暴君芒乃可汗决战之部》的一种异文。江格尔在宫殿里举行芳醇美酒的盛筵，突然芒乃可汗的使臣布和查干前来，向江格尔提出六项侮辱性要求；雄狮洪古尔坚决反对，他跨上铁青马去追击布和查干而摔倒，布和查干把他拴在马尾上拖走；江格尔率勇士们追击，看见芒乃可汗来，他挺起长枪刺进芒乃的胸膛而举起，突然长枪折断，勇士萨纳拉去与芒乃搏斗；江格尔去远方，请呼和铁匠修理了长枪回来；他寻找洪古尔过程中遇到一位女萨满，请其占卜，她说洪古尔有三种可能性，即在高山上的雄狮嘴里、在檀香树上的凤凰嘴里、在外海岸上的鲸鱼嘴里；江格尔跨上阿兰扎尔骏马，高举长枪去一一问，最后到外海岸上去向鲸鱼问，鲸鱼说，“英雄江格尔，请您饶命！您找的人在我肚皮里”，说罢，从嘴里吐出了洪古尔的遗体，江格尔运用神奇手法使洪古尔起死回生；他醒过来与江格尔和其他勇士们见面，恢复健康之后，洪古尔跨上阿兰扎尔骏马去活捉布和查干，把他拴在马尾上拖走，到外海岸抛进海水里淹死。

由此可知，鄂利扬·奥夫拉演唱的《洪古尔与暴君芒乃可汗决战之部》对后期艺人的影响很大，如巴桑·穆克本和巴拉达尔·那顺卡演唱的长诗是在他影响下产生和发展的。

以上分析了三大时代的四种类型的《江格尔》各部之间的关系。

《江格尔》的传承与保护

一 《江格尔》的传承

《江格尔》是闻名世界的蒙古族英雄史诗。在国内外搜集到的数百部蒙古语族人民的英雄史诗中，部数最多、篇幅最长、反映社会生活的深度和广度最大，并在艺术上最成熟的，要数《江格尔》。它不仅成为蒙古英雄史诗的高峰，而且它与蒙藏《格萨尔》（《格斯尔》）和柯尔克孜族《玛纳斯》一起被誉为中国三大史诗，在蒙古族文学史和中国文学史上占有重要位置。我国三大史诗可与世界著名的四大史诗——古希腊史诗《伊利亚特》和《奥德赛》、印度史诗《罗摩衍那》和《摩诃婆罗多》相媲美。《江格尔》是由民间口头产生，并通过演唱艺人的传诵至今的作品。它广泛流传于我国新疆的卫拉特蒙古民间和俄罗斯伏尔加河下游的卡尔梅克人中。在内蒙古鄂尔多斯、巴林、察哈尔等地也曾有人演唱。此外，在蒙古国的喀尔喀人和卫拉特人中也有一定的流传。俄罗斯西伯利亚的布里亚特蒙古人以及突厥语族的图瓦人和阿尔泰人中也发现了一些相关的诗篇。从流传地域和史诗里面的地名来审视，这部史诗最初形成于居住在阿尔泰山、额尔齐斯河一带的卫拉特蒙古民众中，后来随着卫拉特各部的迁徙以及卫拉特与其他部族和民族文化关系的发展，《江格尔》以辐射的方式渐渐流布到中、蒙、俄三国境内的蒙古语族人民中间，成为跨越欧亚大陆的著名英雄史诗。

学术界尚未掌握最初演唱《江格尔》的可靠资料，却发现了17—18世纪以来在我国和俄国的伏尔加河下游卡尔梅克地区《江格尔》以口头流传的信息和传说。例如，土尔扈特部首和鄂尔勒克生活在16世纪下半叶至17世纪上半叶。他虽于17世纪20年代率土尔扈特部由新疆迁徙到伏尔加河下游，但至今在我国新疆民间还流传着许多有关和鄂尔勒克家乡一位江格尔奇土尔巴雅尔的传说。加·巴图那生谈道：据和布克赛尔县的炯郭勒·普日拜等人说，《江格尔》曾有过72部，但还没有一个人能全部演唱。而在和鄂尔勒克西迁以前，他们家乡有老两口，男的叫土尔巴雅尔，女的叫土布森吉尔嘎拉。土尔巴雅尔在学习和背诵当时流传的《江格尔》时，每背一部便在怀里放进一块石头，后来他怀里的石头逐渐增加到70块，这说明他已学会了70部。当时的王爷听他演唱后，高兴得赐他一个专有的称号"达兰脱卜赤"（意为会演唱70部《江格尔》的史诗囊），并在四卫拉特的四十九旗内通报了他的事迹。

此外，江格尔奇朱乃向巴图那生提供的重要材料也从另一角度证实了这种传说的真实性。朱乃说：和布克赛尔十四苏木的土尔扈特人是跟随渥巴锡汗的后裔策伯克多尔济从伏尔加河下游回归家乡的。策伯克多尔济回乡后，曾于乾隆三十六年（1771）亲往承德拜谒皇帝，并向乾隆报告了土尔扈特的"达兰脱卜赤"土尔巴雅尔的事迹。乾隆听到后正式追封土尔巴雅尔为"达兰脱卜赤"，并向各地蒙古族人通报。朱乃的话与1802—1803年贝格曼在伏尔加河下游卡尔梅克人中所听到一个信息，有着非常密切的联系。据贝格曼记载，在1771年土尔扈特部返回新疆以前，居住在伏尔加河的卡尔梅克汗的手下有个叫策伯克多尔济的诺彦，在他的属民中有过一位出色的江格尔奇。策伯克多尔济诺彦常常带着那位江格尔奇到渥巴锡汗的宫里去演唱。那位有才华的江格尔奇连续数日说唱无数部《江格尔》，并得到大臣们的奖赏。1771年渥巴锡所属土尔扈特人由伏尔加河返回阿尔泰山一带去的时候，大臣们把那位有才华的江格尔奇也带走了。由此，我们不难看出这两者之间完全可以互相印证，互相补充。说明了17—18世纪在蒙古族卫拉特社会中《江格尔》演唱已成为人们文化生活的一个重要组成部分。

《江格尔》演唱是一种表演艺术，人们不仅要倾听艺人的演唱，而且要观看他们的表情和表演动作。江格尔奇们掌握了精湛的表演艺术技巧。俄国著名作家果戈理去卡尔梅克人中考察时看到了江格尔奇的表演，他记载："说故事的人（指江格尔奇，引者注）是自己那行的行家，哪里需要，他们就在哪里伴之以歌唱、音乐和动作，哪里用得着，他们就在哪里模仿动物的叫声。”

《江格尔》演唱没有特别严格的时间、地点和环境的限制，但有不少规矩和禁忌。在一年四季，春夏秋冬都可以演唱，但演唱《江格尔》的主要季节和时间是在冬天的长夜里。在一般情况下，白天是不能演唱的。但在特殊情况下，如汗王和大喇嘛组织演唱时，江格尔奇们就会积极演唱。有时遇到享有盛名和威望的江格尔奇光临，人们在白天也请他唱一段。江格尔奇的演唱都有一定的准备，他们习惯在大的场所，当着众多的听众演唱，而且他们的演唱不能随时停顿。江格尔奇一旦开始演唱《江格尔》的一部长诗，就必须把这部唱完，不能半途停下，听众也必须听到底。

据各地调查，过去从卫拉特和卡尔梅克的汗宫、王府、喇嘛庙和官吏们的住处，直到普通牧民的蒙古包里，都有江格尔奇的演唱。在一些王府里，年节期间常要演唱《江格尔》。例如，在我国新疆的和布克赛尔王爷道诺洛布才登时代和奥尔洛郭加甫时代，每年从正月初三或初五开始到正月底，王、公、活佛、大喇嘛和官吏们都聚集在王府里欣赏著名的江格尔奇西西那·布拉尔、胡里巴尔·巴雅尔等人演唱的《江格尔》，并且赏给他们马匹、骆驼、衣服和元宝。据说正月里在王府演唱《江格尔》大致有两个原因。首先是把江格尔及其英雄都看作佛的化身，认为他们具有征服蟒古思的本领，如能在正月里把江格尔奇请到王府演唱英雄史诗，就可以驱除一切作祟的妖魔鬼怪，避免全年的灾难。其次才是把演唱《江格尔》当作一种节日的文化娱乐活动。①

普通群众在夏季牧场上，在夜间看守马群时，在拉骆驼队的路上，在服役的兵营里，甚至连在被拘押坐班房时都把演唱和欣赏《江格尔》当作一种排除痛苦和消磨时间的良方，并通过它鼓起生活的勇气，增添奋斗的信心。

各个地区都有不同的《江格尔》演唱习俗。据卡那拉说：在昭苏、特克斯和尼勒克的厄鲁特人中，演唱前要点香，点佛灯，并向江格尔磕头祈

---

① 加·巴图那生、王清：《〈江格尔传〉在和布尔赛尔流传情况调查》，《民族文学研究》1984年第1期。

祷。同样，在博尔塔拉的察哈尔人中，晚上演唱前要紧闭蒙古包的天窗和门，点了香和点佛灯后才能开始。过去喇嘛们常说：“如果不这样做，老天爷就会生气，给人们带来灾难。”

二 江格尔奇

演唱英雄史诗《江格尔》的民间艺人，蒙古语叫作“江格尔奇”。在卫拉特文学艺术的发展过程中江格尔奇具有特殊作用。他们是这部不朽的英雄史诗的保存者和传播者，同时，也是《江格尔》的主要创作者。江格尔奇世世代代在民众中演唱和广泛传播《江格尔》，一方面延长了传统史诗的生命力，使它在民间得以保存，另一方面满足了人们的艺术享受和艺术追求。目前，在国内外已搜集到《江格尔》的200多种长诗及异文，这些作品都是靠江格尔奇的口传保存下来的。他们除了演唱《江格尔》外，还会演唱其他英雄史诗和叙事诗，讲述各种古老的神话、传说和民间故事。江格尔奇与整个蒙古和突厥的史诗说唱艺人一样，都掌握了各种巧妙的方法来背诵英雄史诗。正如俄罗斯的突厥英雄史诗专家日尔蒙斯基针对吉尔吉斯的演唱艺人所说：“歌手在学习演唱史诗时，不是从头到尾地记唱词，而是背人物出场的先后，情节要点、片段与事件的先后顺序以及传统性的共同之处和史诗的套语等。……然后，在演唱过程中创作自己的唱词，并不断加以改变，使之符合听众的思路。有时在唱词中还添入这样或那样一些新的细节甚至故事情节。当然，类似这种带有即兴性质的新的创作内容只能加在定型的、经久不变的传统的框架之中。”许多江格尔奇也都是这样做的。

《江格尔》最初的创作和后来的不断发展，都要归功于各个时代的江格尔奇。学术界一致认为，《江格尔》从来不是也不可能是某一位文人或歌手在一个特定的时代靠个人的才智和努力所创作得出来的巨著，它只能是广大民间艺人的口头创作。而历代的江格尔奇们创造性地运用古老英雄史诗的素材，把它与自己时代的社会现实相结合，逐步创作和完善了这部巨型英雄史诗。江格尔奇的演唱可以分为两大类：“一类严格遵循已固定下来的规范脚本（即口头演唱的文本，引者注），偏离它们是不许可的；

另一类在表演过程中即兴创作，改变了个别事件的序列，扩展或压缩情节，加进了自己的新内容。”新疆冉皮勒、达尔玛等江格尔奇属于前者，胡里巴尔·巴雅尔、扎拉、普尔布加甫等属于后者。

《江格尔》演唱是综合性艺术，江格尔奇是卓越的民间表演艺术家。《江格尔》演唱不仅有唱词、唱腔、表情和动作，而且有音乐伴奏，这一切都由一个江格尔奇完成。江格尔奇常用的乐器是陶布舒尔琴，他们边唱边演奏。博尔塔拉的著名江格尔奇普尔布加甫是一位多才多艺的表演艺术家。他根据情节用不同的曲调演唱，还会弹陶布舒尔，会唱歌，会朗诵祝词，又是卫拉特单人舞“必叶力克”精彩的表演者。江格尔奇们对蒙古族诗歌、音乐、舞蹈和表演艺术的发展做出了显著的贡献。

江格尔奇是有高度艺术造诣和丰富社会生活斗争经验的业余文艺工作者。他们有出众的才华，并且经过艰苦努力，从而掌握了《江格尔》演唱艺术。他们以自己高超的艺术才能在人民中赢得了很高的荣誉和地位，成为全社会尊重的人物。过去在卫拉特社会，不分牧民和贵族都欢迎和热爱江格尔奇。普通牧民尊敬江格尔奇，请他们到自己的蒙古包演唱，并杀羊设酒款待他们，还盛情邀请邻居一起来欣赏。不少汗、王、公、活佛都有过自己专职的江格尔奇。这些贵族除了请江格尔奇到自己的府邸里演唱外，还常常组织跨地区的《江格尔》演唱活动，奖赏那些优秀的江格尔奇，赐给他们荣誉称号。

数百年来，在中国、蒙古国和俄罗斯的卡尔梅克共和国各蒙古语族民众中，出现了许多才华出众的江格尔奇。目前，尚未发现初期江格尔奇的资料，但在民间流传着一些江格尔奇的传说。如前所述，在17世纪初土尔扈特部西迁到伏尔加河以前，在新疆出现过会演唱70部《江格尔》的著名艺人土尔巴雅尔“达兰脱卜赤”。再如贝格曼于1802—1803年到卡尔梅克草原考察时，曾了解到1771年以前在伏尔加河下游的策伯克多尔济诺谚手下的一名才华出众的江格尔奇的事迹。那位江格尔奇（没有记下他的姓名）是个穷苦牧民，他以演唱《江格尔》为生。他曾精彩地演唱《江格尔》的“无数部”长诗，并得到汗王贵族的奖赏。尽管那位江格尔奇于1771年跟着策伯克多尔济返回故乡阿尔泰山，但留在伏尔加河的卡尔梅克人继续演唱了向那位江格尔奇学到的《江格尔》。贝克曼记录的两个故事，就是那位江格尔奇留下来的文化遗产。据卡尔梅克江格尔学家阿·科契克夫考证，《沙尔·古尔格汗之部》的演唱者是小杜尔伯特地区阿巴哈那尔部人科津·安祖卡。他是向表兄——著名的江格尔奇布哈学唱这部长诗的。布哈的父亲桑杰、爷爷波勃拉玛都是江格尔奇，他们生活在19世纪上半叶到20世纪初。他们家族在1757年准噶尔汗国灭亡以前，跟着著名的英雄赛音·希尔勃德格由准噶尔迁徙到伏尔加河生活。可以说，是他们把《沙尔·古尔格汗之部》由准噶尔带到伏尔加河下游卡尔梅克人中间去的。

学术界掌握了19世纪下半叶以来在中、蒙、俄三国出现的著名江格尔奇的情况，其中有卡尔梅克江格尔奇鄂利扬·奥夫拉（1857—1920）、巴桑嘎·穆克宾（1878—1944）、沙瓦利·达瓦（1884—1959）；蒙古国江格尔奇朝·巴格莱、帕·古尔拉格查；我国著名江格尔奇很多：曾生活在19世纪末至20世纪初南部土尔扈特汗满楚克加甫的专职江格尔奇扎拉，和布克赛尔的王爷道诺洛布才登的专职江格尔奇西西那·布拉尔，奥尔洛郭加甫王爷的专职江格尔奇胡里巴尔·巴雅尔，王爷和活佛赏识的江格尔奇夏拉·那生，六苏木旗的扎萨克巩布加的江格尔奇阿乃·尼开，和硕特扎萨克贝子的江格尔奇苏古尔，乌苏贝子的江格尔奇嘎尔玛，尼勒克十苏木的厄鲁特江格尔奇达瓦和占巴，等等。到20世纪80年代演唱《江格尔》部数多的有：和布克赛尔县的朱乃会唱26部，冉皮勒会唱21部，乌苏县的洪古尔会演唱10部。会演唱四五部以上的有和静县的道·普尔拜，和硕县的哈尔察嘎，博尔塔拉州的普尔布加甫，和布克赛尔县的加甫·尼开、宾比，精和县的门图库尔等人。

鄂利扬·奥夫拉是在已发现的卡尔梅克江格尔奇中演唱《江格尔》部数最多的艺人。他曾于1908年给奥奇洛夫演唱了在《江格尔》的搜集和研究史上具有划时代意义的10部长诗，后来还给奥奇洛夫的老师科特维奇口述了另一部长诗的内容。可惜奥奇洛夫和科特维奇二人，在当时没有留下有关鄂利扬·奥夫拉的资料。他们不慎把奥夫拉和他父亲鄂利扬的名字颠倒为“奥夫拉·鄂利扬”。

鄂利扬·奥夫拉于丁巳年（1857）生于俄国阿斯特拉罕省小杜尔伯特地区的伊克·布哈斯部贫苦牧民鄂利扬家，是鄂利扬膝下3个儿子中最小的一位，他的大哥叫乔依格尔，二哥叫乌图那生。当奥夫拉 20 岁时，父亲给他娶了一个叫查干的姑娘。查干生了 3 个女儿和 1 个儿子，于 1905 年去世。奥夫拉以后一直没有续弦，他的晚年是和孙子们一起度过的。奥夫拉天资聪明，又成长在优越的文化环境中。从童年时代开始，他受到了卡尔梅克民间文学的熏陶，特别是英雄史诗《江格尔》的熏陶。鄂利扬・奥夫拉出身在江格尔奇世家，他的两个叔父德勒特尔和玛尔嘎什是著名的江格尔奇。德勒特尔是相当有文化的人，他精通托忒文和卡尔梅克文学艺术。德勒特尔和玛尔嘎什二人是向自己家族人学唱《江格尔》的。奥夫拉的父亲鄂利扬不是江格尔奇，但他的前四代人都是江格尔奇。阿・科契克夫说，前四代祖宗津铁木耳是 17 世纪末 18 世纪初演唱《江格尔》的人，由他开始他们家族代代演唱了《江格尔》。鄂利扬・奥夫拉在 13 岁前就从两个叔父德勒特尔和玛尔嘎什那里学会了《江格尔》的 10 部长诗。但因他生来就口吃，这对他学习演唱《江格尔》是个障碍。可是他经过长期努力，终于掌握了演唱艺术，从 19 世纪 80 年代起开始了他的演唱生涯，后来成为有才华的江格尔奇。

卡尔梅克人能歌善舞，喜欢民间弹唱艺术，尊敬和爱戴民间演唱艺人江格尔奇。因此，鄂利扬・奥夫拉受到了卡尔梅克普通百姓和贵族们的普遍尊重。他不仅在逢年过节、庙会和婚礼等场合演唱，而且有时得到贵族、大喇嘛和富人们的邀请，去他们的府邸和喇嘛庙演唱《江格尔》，得到一定的报酬。但演唱机会不多，收入少，他一生过的是贫穷生活。在 1913 年至 1920 年间，他的儿子和孙子们在传染病中相继故去，这对他是个可怕的打击。但到 1920 年秋，他重新振作起来，徒步到许多乡村、居民区和红军部队中进行巡回演唱。当年冬天他去世后，附近地区的很多人都来参加了这位伟大民间演唱艺人的葬礼。

在新疆前辈江格尔奇中，胡里巴尔・巴雅尔在新疆各地蒙古族人民中的影响最大。据加・巴图那生调查，他出生于和布克赛尔中旗大西苏木的一个贫苦牧民家庭，是奥尔洛郭加甫王的专任江格尔奇，并当过苏木佐领，死于 1943 年。他从小就向当时和布克赛尔的“祖传江格尔奇”西西那・布拉尔学习演唱，学会了《江格尔》的 20 多部。关于他演唱的特点和外号的来历，加・巴图那生说：“他原名巴雅尔，他每说《江格尔》，开头用大嗓门，然后慢慢降调，并带着手势，因而能紧紧抓住听众。他在王府说唱《江格尔》，说到高兴时，就情不自禁地离座挪身到王爷面前，喝王爷的酒、吃他的糖，王爷听得是那样的出神，忘了周围的一切。由于他是个既聪明机智而又风趣的人，所以在巴雅尔这个原名之外又得了个‘胡里巴尔’的外号（意为机智聪慧）。”胡里巴尔·巴雅尔虽然是一位王爷的专任江格尔奇，但他经常到牧民家演唱《江格尔》。奥尔洛郭加甫王不仅在王府里让他演唱，而且往往把他带到外地区去演唱。1926 年前后，胡里巴尔·巴雅尔跟随王爷到乌鲁木齐和南疆的喀喇沙尔演唱，曾得到当地官吏的奖赏。胡里巴尔·巴雅尔是能唱会编的人，如前所述，他演唱《江格尔》时，还根据听众的爱好创作一些段落加在适当的地方。

南部土尔扈特的著名江格尔奇扎拉出身于今巴音郭楞蒙古自治州和静县巴音布鲁克草原的一个穷人家，他一直活到 20 世纪 60 年代。扎位不识字，从小听南部土尔扈特汗宝音孟克的一位专职江格尔奇的演唱，因而学会了《江格尔》。和静县的江格尔奇扎拉的徒弟李·普尔拜曾对笔者说，扎拉曾告诉他，在 20 世纪 30 年代有一次南部土尔扈特汗宝音孟克之子满楚克加甫汗派人来叫扎拉演唱《江格尔》。扎拉连续几天演唱了《江格尔》许多部，满楚克加甫汗高兴地赏赐他价值 50 两银子的纸票，一匹缎子和一块茶砖，并赐给他“汗的专职江格尔奇”的称号。扎拉除在汗宫演唱《江格尔》外，还经常到牧民们的蒙古包里去说唱，受到广大群众的欢迎。曾有几位向扎拉学过演唱《江格尔》的人。和静县的年轻江格尔奇额仁策是扎拉的孙子，他从十来岁起就听祖父演唱，并记住了一些片段。此外，李·普尔拜向扎拉学过演唱，并把自己会演唱的几部教给了额仁策。扎拉演唱的《江格尔》有增有减，李·普尔拜告诉笔者：扎拉曾说《江格尔》里有原来的话，有后加的话，在演唱中可以自己编。扎拉会演唱《江格尔》的 11 部。李·普尔拜、额仁策等人为笔者演唱了《江格尔》的头几部以及其他英雄史诗《那仁汗胡布恩》《额尔古古南哈尔》《钢哈尔特勃赫》等。他们讲的这些史诗都是向扎拉学来的。扎拉曾多次受到奖赏：1933 年巴音布鲁克的官吏们在朱鲁图斯叫他去演唱《江格尔》，他从前一天晚上唱到第二天早晨，受到听众的称赞，官吏们赏给他骏马及价值 50 两银子的纸票和茶砖。

新疆的现代江格尔奇，可分为口头学唱和背诵手抄本两类。冉皮勒、普尔布加甫、李·普尔拜等人继承了口头演唱传统，他们是借助口头传承的方式从老一辈江格尔奇那里学的，并长期在人民中进行演唱。他们是当代最著名的江格尔奇。

据冉皮勒自己说，他于乙丑年（1925）出生在和布克赛尔中旗大西苏木贫苦牧民波尔来家。他自幼聪明伶俐，13 岁进寺庙当喇嘛，一生过着喇嘛的独身生活。在他小时候，和布克赛尔的著名江格尔奇胡里巴尔·巴雅尔、夏拉·那生和阿乃·尼开都还在世，他们经常演唱《江格尔》。他的父亲波尔来任王爷的使者，他家住在王府附近。那时奥尔洛郭加甫王的专任江格尔奇胡里巴尔·巴雅尔是他们的邻居。这样他便经常向胡里巴尔·巴雅尔等人学习。他从十几岁起背熟《江格尔》的许多部。他看得懂藏文经书，但不懂蒙文。他主要还是通过多次听胡里巴尔·巴雅尔的演唱学会的。冉皮勒的青年时代，在他家乡有个叫柯克·滚尊的喇嘛也会演唱《江格尔》。冉皮勒 25 岁时向这位喇嘛学了《江格尔》的“征服博尔托洛盖山的阿拉坦·索耀汗之部”和“洪古尔的婚事之部”。据他本人回忆，其余多部他都是向胡里巴尔·巴雅尔学的。如果这样，我们通过冉皮勒的演唱可以了解到过去胡里巴尔·巴雅尔演唱的一部分《江格尔》。冉皮勒会演唱 21 部，他的声音洪亮，唱词清楚，节奏分明。他讲的各部内容较完整，语言精练，诗歌优美动听。

普尔布加甫是一位多才多艺的江格尔奇。除演唱《江格尔》外，他还会讲述许多民间故事和笑话，会边唱歌边弹陶布舒尔琴，也能跳民间独舞。他于癸亥年（1923）出生在博尔塔拉察哈尔新营的一个贫苦牧民家庭。普尔布加甫没有文化，他从小到朋斯克活佛家去干活。当时，在他们家乡有过江格尔奇宾拜、道尔巴和达拉达拉希等人。宾拜是察哈尔旧营的著名江格尔奇，朋斯克活佛经常叫他到家里演唱《江格尔》。宾拜会唱《江格尔》的许多部。普尔布加甫 18 岁在活佛家干活时多次听宾拜演唱，从而学会的。普尔布加普在 1982 年告诉笔者，他会演唱 5 部。普尔布加甫演唱的各部长诗情节完整，语言富于形象性，并且韵律感强。他的演唱很有特色，开头嗓门高，速度快，接着善于配合情节，变换高低声音演唱，不同人物语言有不同的音调。他的感情丰富，有时激动得跳起来做多种滑稽动作，在演唱过程中，随时加进一些笑话吸引听众。普尔布加甫掌握了很高的演唱艺术。

朱乃的情况与上述江格尔奇不同。他是个有文化的人，他在口头学唱的同时还从《江格尔》的手抄本学会了许多部。朱乃的家庭是传统的江格尔奇世家，其父加甫和祖父额尔赫图都是本旗有名的江格尔奇，他们都曾受到王爷的赏识。朱乃学习过他父亲演唱的《江格尔》，同时，又背熟了和布克赛尔最有名的江格尔奇胡里巴尔·巴维尔和夏拉·那生演唱的不少部。朱乃于丙寅年（1926）出生在和布克赛尔中旗大东苏木加甫家。其母布雅是奥尔洛郭加甫王的亲妹妹，加甫是王爷的敬酒人。因为家庭条件好，朱乃7岁时被送到王爷的文书乌力吉图千户长那里学习文化直到14岁。因在乌力吉图家收藏着手抄本《江格尔》，而且胡里巴尔·巴雅尔、夏拉·那生等著名江格尔奇又常来演唱，这使朱乃得到了学习演唱《江格尔》的良好机会。朱乃先后提供了《江格尔》的26部。

纵观近几百年来江格尔奇的情况，可以看到这样的趋势：演唱《江格尔》的活动，一代不如一代，《江格尔》的许多部渐渐被人们遗忘，江格尔奇的人数日益减少，他们会演唱的部数也不断减少。20世纪80年代发现的我国著名江格尔奇，现在几乎不在世。这说明了史诗及其演唱艺人产生、发展和消失的规律。世界上科学文化发达国家的历史证实了这种现象的普遍性。

三 《江格尔》的版本

从19世纪初开始，学术界最初在俄国境内的卡尔梅克人中发现了《江格尔》的诗篇。当时主要是俄国和德国的学者对此产生兴趣。他们记录了俄国的卡尔梅克人中所流传的《江格尔》的一批诗篇（章节），进行最早的翻译、注释和评析，并予以出版。众所周知，德国人贝格曼是第一个记录和翻译《江格尔》诗篇的学者。他于1802—1803年曾到俄国阿斯特拉罕地区的卡尔梅克草原，实地考察了卡尔梅克人的生活、风俗和民间口头创作，并用德文发表了《江格尔》两部长诗的内容。

在19世纪中叶，喀山大学教授阿·波波夫和科瓦列夫斯基曾有过

《江格尔》的手抄本。他们的学生阿·鲍勃洛夫尼科夫曾把《江格尔》的两部译成俄文于1854年发表，并在序言中谈到了《江格尔》和江格尔奇的一些情况。1857年，埃尔德曼又把这两部由俄文译成德文发表。此后不久，喀山大学教授卡·郭尔斯顿斯基曾到阿斯特拉罕地区卡尔梅克人当中去寻找江格尔奇。他观看了江格尔奇的演唱，于1864年发表了“沙尔古尔格汗之部”和“哈尔黑纳斯汗之部”。这是第一次用卡尔梅克人的托忒文发表的原作。后来，阿·波兹德涅也夫教授曾多次再版过这两部作品，并把它们选入大学教科书，作为学习卡尔梅克语的教材。

彼得堡大学教授弗·科特维奇及其学生奥奇洛夫在搜集出版《江格尔》方面做出了重大贡献。学生时代的科特维奇于1894年就到了卡尔梅克地区，并翻译过“哈尔黑纳斯之部”，对《江格尔》产生了浓厚的兴趣。1908年科特维奇派他的学生奥奇洛夫回家乡阿斯特拉罕调查《江格尔》。奥奇洛夫用基利尔文字记录了著名江格尔奇鄂利扬·奥夫拉演唱的《江格尔》10部，后经科特维奇审稿，于1910年在彼得堡用托忒文出版。这是在江格尔学发展史上具有划时代意义的重要事件。从此以后，各国学者才知道并承认《江格尔》是一部伟大的长篇史诗。时过30年后，于1940年发掘了哈尔胡斯地区的土尔扈特江格尔奇巴桑嘎·穆克宾演唱的6部，大朝尔胡尔地区的土尔扈特江格尔奇莎瓦利·达瓦演唱的2部，并第一次发表了伊·波波夫在顿河卡尔梅克人中记录的1部。过了四分之一世纪，到1967年，才有人记录了小杜尔伯特地区的巴拉达尔·那生卡演唱的1部。

从19世纪初到1967年间，先后在卡尔梅克人中记录的《江格尔》有30多部长诗，其中最重要的版本是阿·科契克夫对《江格尔》的各部作校勘，并于1978年在莫斯科出版的25部《江格尔》（卡尔梅克文），全诗长达近3万诗行。

在苏联还出版了乌克兰、白俄罗斯、格鲁吉亚、阿塞拜疆、爱沙尼亚、哈萨克、图瓦和阿尔泰等文字的部分译文。

1901年以来各国学者在蒙古国境内先后记录并出版近30种文本，其中有韵文体、散文体和韵散结合体作品。最早记录的是芬兰著名的比较语言学家和蒙古学家格·拉姆斯特德（汉名兰司铁）。他在进行语言和口头文学的调查过程中，于1901年在大库伦（现乌兰巴托）记录了《博克多·诺谚江莱汗》和《博克多·道克森江格莱汗》两个片断。格·拉姆斯特德搜集的蒙古民间文学作品，后来经过芬兰蒙古学家哈里·哈林整理，1973年在赫尔辛基出版，这两篇《江格尔》的故事也在其书中。就在和格·拉姆斯特德同一时期，蒙古著名学者策·扎木察拉诺也在大库伦搜集到喀尔喀人满乃讲述的《博克多·诺谚江莱汗》，几年后收入阿·鲁德涅夫和策·扎木察拉诺所编的《蒙古民间文学范例》，于1908年在俄国出版。苏联科学院院士、著名的蒙古学家鲍·雅·符拉基米尔佐夫于1910年记录了一位巴亦特喇嘛演唱的《江格尔》的片段，也已编入了1926年在苏联出版的另一本《蒙古民间文学范例》中。原苏联科学院通讯院士尼·波佩在20世纪20年代记录了《江格尔》片段，并于60年代在德国发表。当然，其余部分主要是在40年代以后，由蒙古国的学者们在各地搜集的。

蒙古国学者乌·扎嘎德苏伦对他们搜集到的各部《江格尔》进行了编辑整理，于1968年和1978年先后由蒙古科学院出版社出版了《史诗江格尔》和《名扬四海的洪古尔》两本书。其中共有25种片段（还附有从图瓦人中记录的史诗《博克多·昌格尔汗》）。1977年，乌·扎嘎德苏伦和哲·曹劳等人记录了科布多省江格尔奇普尔布扎拉演唱的《汗苏尔之部》。此外，蒙古国学者特·杜格尔苏伦把12部卡尔梅克《江格尔》长诗改写成蒙古国文字1963年在乌兰巴托出版。

欧洲一些国家和日本也翻译出版了《江格尔》的部分诗篇。除上述德译文《江格尔》外，尼·波佩还把蒙古学者乌·扎嘎德苏伦出版的《史诗江格尔》翻译为德文，发表在瓦·海希西主编《亚细亚研究》杂志上（1977）。日本学者若松宽把1990年在莫斯科出版的《江格尔——卡尔梅克英雄史诗》（11部长诗）翻译为日文，1995年在平凡社出版。

《江格尔》最初虽然产生于我国新疆的蒙古族居住地区，而且至今仍在当地人民中普遍流传，但在我国进行科学性搜集和出版《江格尔》，却是在中华人民共和国成立后才开始的。上海商务印书馆在1950年即出版了边垣编写的《洪古尔》一书，1958年由作家出版社再版。它第一次向我国各民族读者提供了《江格尔》这部长篇英雄史诗的个别故事。边垣在编写时没有擅自改动史诗的情节结构，所以《洪古尔》一书，对了解《江格尔》具有一定的价值。据边垣说，他于1935年去新疆工作，后被军阀盛世才逮捕入狱。他的同房有个蒙古族朋友叫满金。满金在狱中给同胞们演唱《江格尔》史诗里的英雄洪古尔的故事，以激励大家的革命意志。边垣暗记于心，他出狱后从1942年开始便根据记忆把它写成文字。满金在狱中演唱这个故事时，约50岁。据说他8岁被送到寺庙当小喇嘛，后因不满潜逃，给商队拉骆驼，往来于新疆、张家口和乌兰巴托。他在此期间学会演唱《洪古尔》的故事。此外，我国内蒙古学者莫尔根巴尔和铁木耳杜希两人把俄国出版的13部《江格尔》，由托忒蒙古文转写为回鹘式蒙古文，书名为“江格尔传”，由内蒙古人民出版社1958年出版，新疆人民出版社1964年用托忒文出版。我国学者色道尔吉把这13部长诗与新疆记录的2部长诗一起翻译为汉文，1983年在人民文学出版社出版。

在我国，《江格尔》的正式搜集记录是从1978年开始的。在这一年，托·巴德玛、宝音和希格两人到新疆天山南北12个县的蒙古族聚居地区进行了5个月调查，他们记录的15部《江格尔》，先于1980年以托忒文在乌鲁木齐新疆人民出版社出版，后于1982年在呼和浩特用蒙古文出版，1978年7—8月，笔者和道尼日布扎木苏曾到新疆巴州，记录了巴桑、乌尔图那生和额仁策演唱的4部《江格尔》。后来在新疆维吾尔自治区成立了《江格尔》工作领导小组和工作组，由自治区副主席巴岱任领导小组组长。从1980年3月开始在巴岱的领导下，以巴德玛、贾木查为首的《江格尔》工作组深入巴音郭楞蒙古自治州、博尔塔拉蒙古自治州、伊犁哈萨克自治州和塔城地区的20多个县的蒙古族聚居地区进行普查。据他们统计，共录制了民间口头流传的《江格尔》187盒式录音磁带（约187小时），其中有157部长诗及异文，约20万诗行。

我国先后记录出版的《江格尔》有以下几种版本：

一是前文已述，由托·巴德玛、宝音和希格等人搜集整理的15部《江格尔》（简称15部本），长达近2万诗行。这15部本是作为文学读物提供给广大读者的，与科学资料本不同。搜集整理者进行了不少加工，与原文有一定的出入，其中有的长诗是根据多种异文改编而成的。霍尔查把这15部本译成了汉文，新疆人民出版社于1988年在乌鲁木齐出版。他使用的人名和部名与别人（如色首尔吉）有一定的出入。

二是1982—1996年先后分几批出版的《江格尔》托忒蒙古文资料本1—12卷，其中有124部长诗和异文。第1—2卷是中国民间文艺研究会新疆分会编印的内部资料，约于1982年印刷。第3—5卷同样由中国民间文艺研究会新疆分会编，新疆人民出版社于1985年在乌鲁木齐出版。第6—9卷是由中国民间艺文家协会新疆分会、新疆古籍办公室合编，中国民间文艺出版社约于1988年出版。第10—12卷也是由上述两个单位合编，新疆人民出版社于1993年出版第10卷，于1996年出版第11—12卷。

三是整理加工的文学读物《江格尔》1—3卷，其中有70部长诗。第1—2卷是中国民间文艺研究会新疆分会和新疆维吾尔自治区《江格尔》工作组搜集整理，新疆人民出版社以托忒文于1985年出版，黑勒、丁师浩两人把其中的前26部译成汉文，新疆人民出版社于1993年在乌鲁木齐出版。

四是内蒙古科学技术出版社于1996年在赤峰以经卷式版本影印了《江格尔手抄本》。书中有两种不同的手抄本，第一种书名为"博克多·额真·江格尔、道格森·沙尔·古尔格、哈尔·黑纳斯之部"。第二种是"博克多·额真·江格尔与哈尔·黑纳斯征战之部"。此外，还有其他一些手抄本的影印件。

不仅上述文学读物与资料本中有大量重复作品，而且在资料本中的124部长诗和异文中，也有近10部完全重复（先后两次发表）的诗篇。

五是玛德丽娃主编的《中国江格尔奇演唱精选本》（托忒文）。其于2009年由新疆科技出版社出版，其中有伊犁地区江格尔奇演唱的23部《江格尔》。

总之，在中国、蒙古和俄罗斯三国境内近200年来记录出版了《江格尔》的不同故事200多种，其中的绝大多数都是韵文体作品（长诗），计20万诗行。

四　关于《江格尔》的保护问题

保护有两个方面的问题，一是保护史诗《江格尔》，二是保护演唱艺人江格尔奇。

第一，尚未录音《江格尔》章节，尽快录音和誊写。20 世纪 80—90 年代，在新疆维吾尔自治区政府副主席巴岱同志的领导下，新疆民研会录音《江格尔》文本 187 小时，其中有 157 部长诗，约 20 万诗行。目前还有一批江格尔奇因害怕当时没有讲，现在说会演唱。应尽快派人去做好录音和誊写工作。

第二，重新核对和誊写出版中国《江格尔》全书。现有《江格尔》版本 10 多种，诸如，新疆民研会出版资料本 12 册 124 部，2009 年玛德丽娃主编出版 23 部，计 147 部；内蒙古大学塔亚出版了冉皮勒唱本和朱乃手写本；贾木查出版了 25 部。此外，旦布尔加甫说，他有尚未出版的《江格尔》文本有 60 余部。中国《江格尔》研究会等单位应该把这些人组织起来，让他们团结合作，以集体的力量，重新核对和誊写出版中国《江格尔》科学资料全书。

第三，应该努力把《江格尔》列入世界非物质文化遗产名录。中国三大史诗的《格萨尔》和《玛纳斯》已列入，因某种原因相关部门没有上报《江格尔》。《江格尔》不仅是新疆的，而且是中国的《江格尔》，这给中外研究者带来了不可弥补的损失，而且，不利于中国三大史诗的宣传、提高国际名声和国际地位。希望相关单位努力将《江格尔》列入世界非物质文化遗产名录。

第四，新疆和布克赛尔县党委和人民政府修建了江格尔汗宫，这对《江格尔》的传承和保护具有重大意义。

（1）在汗宫中将要展览《江格尔》相关的实物、图像、国内外的各种文本，包括国内外的演唱活动、演唱艺人介绍等资料。还应该有其他中小型英雄史诗文本及相关资料。

（2）同旅游相结合每年有几次定期的祭祀活动，歌颂和宣传伟大史诗《江格尔》及其勇士们的功绩，这有利于民族团结和国家统一事业。

（3）在观光和旅游期间，每天都该有演唱《江格尔》活动，并培养一批年轻的传承艺人，让《江格尔》演唱活动代代传承下去。

（4）每年举办一两次《江格尔》演唱学习班，请江格尔奇和学者讲课。

（5）每年举办《江格尔》演唱比赛，表彰和奖励优秀的传承者。

第五，新疆人民广播电台过去在播送《江格尔》方面做了大量工作，希望今后更加努力，需要延长播送时间和增加播送次数。

第六，《江格尔》工作者和研究者多写文章，在国内外报刊上发表，说明和宣传史诗《江格尔》的政治意义、社会意义和艺术价值。

附：卫拉特蒙古“毕叶力格舞”12 部曲

杜格尔　弹 陶布舒尔琴

仁钦道尔吉　录音

［蒙古国］奥德格日勒、额尔敦好尔劳　五线谱记录

1981 年 8—9 月，笔者到新疆伊犁州进行蒙古英雄史诗《江格尔》田野调查。演唱《江格尔》时，艺人们常常提到在江格尔的宫殿举行盛大酒宴，会上歌唱、弹冬不拉琴或陶布舒尔琴、跳“毕叶力格舞”。

可喜的是，9 月 2 日笔者访问尼勒克县团结牧场时，场长杜格尔用陶布舒尔琴演奏了“毕叶力格舞”12 部曲。人们知道，维吾尔族有 12 木卡姆，蒙古族卫拉特人也有“毕叶力格舞”12 部曲。会 12 木卡姆的人听了“毕叶力格舞”舞曲后说，只有卓伦尼顿和杜尔丹 2 部曲在某些方面接近 12 木卡姆，其余与木卡姆毫无关系。

2011 年笔者到乌兰巴托开会时，请蒙古艺术学院原院长 D. 策德布让他学生从录音带里记录五线谱。D. 奥德格日勒是音乐舞蹈教师，J. 额尔敦好尔劳是舞蹈研究者，他们是音乐舞蹈专家。

12 部曲的名称是数百年来流传下来的，有些具体意思已经弄不清楚了。

12 部曲的名称（以新蒙文、汉文、拉丁字母标示）与乐谱如下：

БАЙВАРСАН 拜巴尔散 Baiwersan

САВАРДАН 萨巴尔丹 Sabardan

ЖОРОО 昭若 Joroo

АГСАЛ 阿格萨勒 Agsal

ДУРДАН 杜尔丹 Durdan

ЗӨӨЛӨН НҮДЭН 卓伦尼顿 Zoolon Nuden

СЭНЭ ХАВХ 色哪哈巴哈 Sene Habha

ОРОГ ТЭХ 奥若格特和 Orog Teh

ГҮЛДЭН ЦАГААН 古勒顿查干 Guleden Chagaan

УСНЫ ДОЛГИОН 乌孙道利高因 Usun Dolgion

ЭЛХЭНЦЭГ 鄂勒很策格 Elhencheg

ЭРЭЭН ХАВИРГА 鄂仁哈比尔嘎 Ereen Habirga

论蒙古文《格斯尔》的独特性

一　蒙古文《格斯尔》概况

蒙古文《格斯尔》和藏文《格萨尔》有多种不同的版本和手抄本，最早于康熙五十五年（1716）在北京木刻出版了蒙古文《十方圣主格斯尔可汗传》（七章），人们称其为北京木刻本。这本书的流传很广、影响很大，不仅在国内的内蒙古、新疆、青海、甘肃、辽宁、吉林、黑龙江和北京的蒙古族人民中，而且流传到蒙古国各地、俄罗斯西伯利亚的布里亚特人、图瓦人和伏尔加河下游居住的卡尔梅克人中。国际学术界最初发现和研究的正是这个北京木刻本。1776 年，俄国旅行家帕·帕拉斯在北京得到一本，并向俄罗斯和欧洲介绍了此书。俄国科学院院士、日尔曼人雅·施密特于 1839 年把北京木刻版（七章）译成德文在圣彼得堡发表。从此俄罗斯和欧洲学术界开始知道和研究《格斯尔传》。此外，还出版了贝格曼（1804）、契姆科夫斯基（1824）、道尔吉·班扎罗夫（1848）、阿·鲍勃洛夫尼科夫（1849）、格·波塔宁（1893）、阿·波兹德涅也夫（1896）、莫·汗嘎洛夫（1903）、贝·劳菲尔（1907）、鲍·雅·符拉基米尔佐夫（1920）、策·扎木察拉诺（1930）、阿·科津（1936）、李·李盖提（1953）、策·达木丁苏伦（1957）、莫·霍莫诺夫（1976）、瓦·海希西（1980，1983）和谢·尤·涅克留多夫（1984）等学者的相关研究成果。我国也出现了齐木道吉、却日勒扎布和乌力吉等学者的著作。

至今《格斯尔》在我国、俄罗斯和蒙古国以蒙古文出版了 10 多种版本。国内出版了汉译《格斯尔》，此外其还被译成英、法、德、俄、日等文字在国外出版，受到各国学术界的赞赏，被誉为东方的《伊利亚特》，已形成了国际格斯尔学。

1956 年，内蒙古人民出版社出版了上述北京木刻本（7 章），同时，第一次出版了北京隆福寺找到的续编六章《格斯尔》，人们称其为北京隆福寺本。在这两本书中有不同的 13 章《格斯尔》故事，它们成为各种蒙古文手抄本的核心部分。

目前，国内外发现的各种手抄本和木刻本有十多种，它们是北京木刻本、北京隆福寺本、乌素图召本、鄂尔多斯本、咱雅本、扎木察拉诺本、诺木其哈敦本、卫拉特托忒文本和图瓦本等。此外，还有一批口头演唱本，诸如琶杰演唱本、罗布桑演唱本、散布拉诺尔布演唱本和金巴扎木苏演唱本，实际上扎木察拉诺于 1906 年记录的《阿拜格斯尔胡本》原来就是口头唱本。

尽管有十几种蒙古文木刻本和手抄本，但其中流传极广、影响最大的还是北京木刻本（7 章）和北京隆福寺本（6 章），这 13 章作品成为其他各种手抄本的基础，以它为核心增加了一些章节或调换章节而出现了其他抄本。

这里简要介绍这 13 章的内容梗概：

北京木刻本（7 章）：

第一章，霍尔穆斯塔天神秉承释迦牟尼佛的旨意，派二儿子威勒布图格奇投生人间成为岭国的格斯尔可汗，格斯尔可汗在人间铲除残暴，拯救民众的故事。

第二章，格斯尔可汗歼灭吞食众生的黑斑斓虎，为民除害的故事。

第三章，契丹国王的妃子病故，格斯尔应邀前去解除国王的悲哀，并娶国王的女儿洪高娃为妻的故事。

第四章，格斯尔可汗杀绝 12 头蟒古思家族，救出爱妻阿尔伦高娃，并在那里逗留 9 年的故事。

第五章，霍岭大战，这是最长、最精彩的一章。锡拉衣固勒（蒙古语原为 Shiraigol，是黄畏兀儿，过去误为锡莱河）三可汗趁格斯尔可汗出征之机入侵，杀死格斯尔的哥哥和众勇士，抢走了他的爱妻茹格慕高娃，蹂躏岭国百姓。格斯尔返回家乡，率领大军消灭锡拉衣固勒三可汗，夺回妻子的故事。

第六章，陌生的喇嘛使格斯尔可汗变成毛驴，妻子阿珠（鲁）莫尔根运用计谋救出格斯尔并使其恢复了他的原来面目，格斯尔战胜陌生喇嘛的故事。

第七章，当格斯尔变成毛驴时，母亲去世落入地狱，格斯尔返回后从地狱里救出母亲，并将其送到天堂过幸福生活的故事。

北京隆福寺本（继6章）

第八章，格斯尔救活了反击锡拉衣固勒三汗战役中牺牲的30名大勇士的故事。

第九章，格斯尔征服昂都拉玛汗的故事。

第十章，格斯尔和妻子阿珠（鲁）莫尔根歼灭罗布萨哈蟒古思的故事。

第十一章，格斯尔战胜有21头18只角的冉萨克汗，娶其女儿赛呼丽高娃的英雄故事。

第十二章，格斯尔可汗消灭贡布汗，夺回茹格慕高娃的英雄故事。

第十三章，格斯尔打败北方杭爱山的那钦汗的故事。

关于《格斯尔》的来源有几种说法。著名学者策·扎木察拉诺在论述采录《格斯尔》书面故事时指出："这次采录是在17世纪末由第一代转世的章嘉呼图克图阿旺罗桑曲旦（1642—1714）完成的。有学问的大喇嘛吉格吉陶瓦曾在巴德嘎尔寺（五当召）担任敦呼尔格根的老师，他掌握有敦呼尔根据的'自撰秘史'，其中写道，阿旺罗桑曲旦曾从库库淖尔（青海）的厄鲁特老人口中逐字逐句作了记录，但是由于原记录带有萨满教色彩，在发表前曾经过稍许修订，使之同佛教教义相协调，并把格斯尔临凡降世同佛陀的意旨联系在一起。这一版本是应察哈尔各教派之需而发表的。"① 可是在《诺木其哈敦本》中却说："对杀死六道众生深表慈悲而撰写的经典，经虔诚的诺木其哈敦提议，由苏玛迪－嘎日迪的堪布喇嘛额尔德尼绰尔济翻译。"②

---

① ［苏］谢·尤·涅克留多夫：《蒙古人民的英雄史诗》，徐昌汉等译，内蒙古大学出版社1991年版，第182—183页。

② 荣苏赫、赵永铣：《蒙古族文学史》（第二卷），内蒙古人民出版社2000年版，第324—325页。

至今为止，学术界仅仅根据蒙古文《格斯尔》书面版本，谈论各种蒙古文版本之间的关系和蒙藏《格斯尔》的关系等问题，却忽略了多种庞大的口传本。

学术界关于蒙藏《格斯尔》的关系，有如下一致的看法：

1. 蒙古文《格斯尔》中有译文

《瞻部洲雄狮大王传》是由藏文翻译的。此外，北京木刻本的 7 章中至少有 5 章与藏文相似。

2. 蒙古文《格斯尔》中有编纂文

蒙古文《格斯尔》有的章节的内容，与藏文《格萨尔》的某些章节既有相同又有不同。这些章节是从各种不同章节中筛选、拼缀而成的，故称作编纂文，诸如降服贡布汗之章和降伏那庆汗之章等。

3. 蒙古文《格斯尔》中有独创文

藏文《格萨尔》所没有，而只有蒙古文《格斯尔》中才有的故事，乃是蒙古人民用自己的智慧创作的，诸如征服昂杜尔玛汗的故事和使格斯尔变成毛驴的故事。[①]

近年来，国内学术界发现了有特殊才华的《格斯尔》演唱艺人，又看到了国内外有关格斯尔的材料，进一步认识到在蒙古文《格斯尔》中间，包含土生土长的蒙古内容，也就是说，在蒙古口头传承本中有 10 余万诗行是蒙古人运用自己民族的神话、传说和史诗等改编的作品。现在学术界有必要改变对蒙藏《格萨（斯）尔》关系的看法，必须清楚地认识到蒙古《格斯尔》中有 10 多万诗行是蒙古人运用本民族的故事情节创作的。

二　古老的蒙古传说故事

从 16 世纪末起，随着藏传佛教传入蒙古各地，《格斯尔》也被译成蒙古文，于康熙五十五年（1716）以木刻本出版，并在国内外蒙古语族人民中广为流传，甚至还传到了西伯利亚的突厥语民族图瓦人民中。1000 多年

① 乌力吉：《蒙藏〈格萨（斯）尔〉》的关系，见《格萨尔研究》（2），中国民间文艺出版社 1986 年版。

来，在蒙古人民中间传承着数以百计的古老英雄史诗，用以讴歌祖先的英雄功绩。《格斯尔》与古老的蒙古史诗一起在民间流传，由于它的故事情节曲折复杂、人物形象丰富多彩、故事内容更接近于现实生活，得到了蒙古人民的喜爱和崇敬，将其看作蒙古民族的史诗，将主人公格斯尔加以神化，将之与自己的祖先成吉思汗一样看待。于是，在《格斯尔》长期流传过程中，蒙古人民不断地运用自己民族的历史人物传说、英雄传说和各种故事，创作了新的英雄史诗，并把新史诗的主人公叫作格斯尔可汗。这样出现了与藏族《格萨尔》内容完全不同的独特的作品。例如，才华出众的蒙古族民间艺人金巴扎木苏演唱的《圣主格斯尔可汗》。此外，还有图瓦《凯赛尔》的一些章节。

金巴扎木苏生于1934年，内蒙古巴林右旗人，从小听同乡盲艺人诺尔布仁琴等著名的胡尔奇学唱《圣主格斯尔可汗》。他于2001—2002年拉四胡演唱了这部前人从未听说的新史诗。现已出版了《圣主格斯尔可汗》第一部[①]，其中包括37部（章）近9万诗行。在这之前道荣尕也整理出版了其中一部分。[②]

金巴扎木苏演唱的这部长诗的每一部（章）都是独特的，除《格斯尔从天而降生之部》等中有《格斯尔》的影响之外，其余都是蒙古族民间艺人自己编创的格斯尔汗的故事，我们不妨举例作简要介绍：

1.《格斯尔从天而降生》

在这一部（章）长诗中有与蒙古文《格斯尔》相似的情节，即佛陀在西洲的莲花山洞里召见霍尔穆斯塔天神，命他铲除世上的蟒古思和妖魔鬼怪。霍尔穆斯塔天神饮酒作乐忘记了佛陀的旨意，当天宫被黑雾遮住的时候，才想起此事。这时有一位大臣出主意说，请霍尔穆斯塔天神派一名儿子下凡完成这一任务。于是霍尔穆斯塔天神的幼子特古斯朝克图下凡，降生为北方牧民桑杰的儿子。桑杰的兄弟叫邵东，他不怀好心。桑杰给儿子起名为格斯尔，并举办盛宴庆祝。从此之后，格斯尔迅速长大，突然在

---

① 金巴扎木苏演唱，斯钦孟和主编：《圣主格斯尔可汗》（蒙古文），内蒙古人民出版社2003年版。

② 金巴扎木苏演唱，道荣尕整理：《宝格德格斯尔汗传》（蒙古文），内蒙古人民出版社2000年版。

一夜之间出现了格斯尔的华丽的汗宫、勇士、百姓和牛羊马群，神妻阿珠莫尔根也前来与格斯尔完婚。这里的细节与过去的《格斯尔》不相同，人名和地名大多是蒙古地方的人名和地名。

2.《肇事者伊和乌兰鄂勃尔图抢劫北方财富》

这部写鄂勃尔图汗（大角汗）企图占据各地，于是派出使者到处打探。使者乌鸦和狗鹫回来报告说，应该占领富饶美丽的格斯尔家乡。鄂勃尔图的妻子萨里罕沙尔出主意，让部下打扮成商人去勾结格斯尔的叔父邵东，在邵东的协助下赶走了格斯尔的马群。格斯尔的将领们战胜敌人，不仅赶回失去的马群，而且获得了敌人的马群。这时敌人派大军向格斯尔家乡进攻，格斯尔和神妻阿珠莫尔根通过激战打败了敌人，当鄂勃尔图汗化身为各种动物逃走时，格斯尔夫妇先杀死其多种灵魂，最终将其彻底消灭。在这里除出现格斯尔、阿珠莫尔根、邵东（楚通）等人名和乌鸦报信的母题外，找不到与过去的《格斯尔》相似之处。

3.《征服大石洞里的女喇嘛》

这部写在远方的西山洞里有一个女喇嘛，她的本领很大，远近闻名。她目中无人，因嫉妒而妄图施展各种法术伤害格斯尔。格斯尔和阿珠莫尔根一一挫败其进攻。随后，格斯尔又打扮成一位老行脚僧去见她，当场发挥神力让她放弃坏心眼，改恶从善。这是一篇独特的蒙古格斯尔故事，论述了格斯尔拯救人们弃暗投明的事迹。

在金巴扎木苏演唱的作品中，特别值得注意的是一些蒙古历史人物的传说，如把成吉思汗的兄弟哈撒儿的传说编写成了《格斯尔》的一章。2001 年 5 月在呼和浩特召开的《格斯尔》审稿会议上，他演唱《格斯尔射死哈日雅勒奇哈喇鄂姆根（意为格斯尔射死诅咒者巫婆）的故事》。在现有的蒙古英雄史诗《格斯尔》的古今版本和口头异文中，没有过这种故事。他的演唱特别吸引笔者的注意，笔者全神贯注地倾听。他拉的四胡声音悦耳，嗓音洪亮，唱词清楚，诗歌优美，动作协调流畅，题材新颖，故事动听，让所有在场的人越听越入迷。他的演唱将人们的思路慢慢地带到蒙古族历史人物传说的境界里。

这个故事的情节并不复杂，但富有幻想性和想象力，充满生动的细节描写，诗歌具有高度协调的韵律和节奏。它描述格斯尔可汗在富饶美丽的故乡，和蒙古族牧民们一起过着和平富裕的生活。在遥远的西北方，在深山老林的山洞里，住着一个诅咒者巫婆。她仇视格斯尔，企图毁灭格斯尔家乡的一切生灵，巫婆坐在高山顶上，口念咒语，右手挥动着黑旗，向格斯尔家乡送去瘟神。瘟神一到，格斯尔草原上的草木连根倒下，成群的牛羊马驼死去，人们遭受了疾病和痛苦。在这种严峻的时刻，为为民除害而生的格斯尔挺身而出，带着弓箭、宝刀，跳上了神驹枣骝马，出征讨伐妖婆。他挥舞宝刀，把瘟神赶回老巫婆处。突然，格斯尔出现在巫婆面前的山顶上，巫婆接连口念咒语不生效，她便抡起身旁的大黑铁棍，从神奇的小包里甩出大黑公驼，跳上驼背去与格斯尔交锋。巫婆打不过格斯尔便逃窜。出逃时巫婆施展法术化身为各种动物。她变成雌雉飞去时，格斯尔变成凤凰追赶；雌雉变成毛驴时，格斯尔变成了灰狼；毛驴在地上打滚变成老鼠钻进洞，格斯尔藏在远处，等它出洞上山时，便拉神弓一箭射死了妖婆。和这个故事相似的英雄射死诅咒者巫婆的传说，不仅在蒙古族民间流传，而且，17 世纪以来的蒙古历史文献《蒙古源流》《水晶鉴》等都有记载。这种传说插进了成吉思汗与唐古特（西夏）王的战斗，是同成吉思汗的兄弟神箭手哈撒儿相关。在 1662 年完成的《蒙古源流》中写道：

> 却说，［大军］进到唐兀［境］，把朵儿篾该城包围了三重攻打。人称咒者“哈喇·抗噶”的［唐兀］老妪，登上城楼，不停地挥动黑旗，口念咒语，（主上的）士兵和战马便一片片地倒下。速不台·把都为此向主上禀奏说：“我主！大军中士兵和战马就要死光了。现在放了哈撒儿，让他来射死［那个老妪］。”主上恩准，让哈撒儿骑上主上的黑鬃黄骠快马赶来放箭，哈撒儿大王［一箭］射裂了［那个］老妪的膝盖接缝处，她摔下来死了。却说，当失都儿忽皇帝变作［花］蛇的时候，主上变作禽中之王大鹏；当［失都儿忽皇帝］变作老虎的时候，主上变作兽中之王狮子；当［失都儿忽皇帝］变作小孩儿的时候，主上变作天神之王上帝。失都儿忽皇帝不得已束手就擒。①

① 乌兰：《〈蒙古源流〉研究》，辽宁民族出版社 2000 年版，第 225 页。

由此可知，《蒙古源流》记载的哈撒儿射死巫婆的传说与金巴扎木苏演唱的《格斯尔射死哈日雅勒奇哈喇鄂姆根的故事》是内容相似的作品，其情节大同小异：在西边居住着一个诅咒者哈喇鄂姆根（巫婆）；她仇视英雄，坐在高处，口念咒语，挥动黑旗；英雄的牲畜和人员便大批地倒下死去；英雄携带战斗武器，跳上神驹同巫婆搏斗；战败者逃跑时，变成各种动物，英雄变作比它们更凶猛的动物追赶，最终英雄射死逃跑的敌人，为民除了害。关于哈撒儿射死哈喇鄂姆根的传说，还有在鄂尔多斯民间流传的《哈布图哈撒儿射死阿尔巴勒吉哈喇鄂姆根的传说》《鄂尔多斯文化遗产》[①]，和《哈布图哈撒儿的传说》[②]，等等。前者是以散文为主、诗歌为辅的传说，它的形式接近于史诗。关于成吉思汗与兄弟哈撒儿的矛盾，在 1240 年问世的《蒙古秘史》中也有所反映。后来人们根据这种题材编创了一系列传说，歌颂了神箭手哈撒儿的功绩和他对哥哥成吉思汗的忠诚。这些传说可能从 13 世纪起便在民间流传，因为 15—16 世纪是蒙古历史上的所谓“黑暗时期”，即缺乏这一时期的历史文献，这些传说是从 17 世纪开始才被文字记载下来的。但我们不知道，到底什么时代哈撒儿的传说与格斯尔的故事融合在一起，成为格斯尔故事。这两种作品融合的条件客观存在，二者的主题一样，都是英雄为民除害。哈撒儿（Xasar）这个人名与格斯尔（Geser 或 Gesar）名字的发音与写法相近，蒙古方言中辅音 X 与 G 可相互交替。因此，民间演唱艺人在演唱过程中有意或无意地将哈撒儿的传说改变成为格斯尔的故事。

不仅哈撒儿传说变成了《格斯尔》的一部分，而且，成吉思汗被西夏王后害死的传说也成为《格斯尔》的一部分。西伯利亚的图瓦人属于突厥语民族，但他们的基本词汇的 60% 与蒙古语相同，图瓦人曾长期使用过蒙古文，并从蒙古文翻译过《格斯尔》，图瓦人叫《凯赛尔》。《凯赛尔》早已在图瓦民众中广为流传，他们把成吉思汗与格斯尔（凯赛尔）看作同一个人。近年来斯钦巴图博士发现了图瓦人的《阿其图凯赛尔莫尔根》一

---

① 《阿拉腾甘德尔》民间文学专辑，1987 年版。

② 都吉雅、高娃整理：《蒙古族民间传说故事》，民族出版社 1984 年版。

书，并作了分析和研究。[①] 该书中有九部长诗，其中著名艺人图勒什巴章盖于1961年演唱的长诗《阿其图凯赛尔莫尔根》与成吉思汗的传说有密切联系。这部长诗的核心内容如下：

凯赛尔在自己属民中发现了一位先知，他让凯赛尔收回禁止戒烟戒酒令，这样他们家乡便呈现出风调雨顺、牲畜繁荣的发展景象。凯赛尔请先知做了自己的官吏，和其他336名官吏一起围猎，他们看到雪上滴的猎物血。凯赛尔问先知世上有无这种雪白面孔、血红脸蛋的美女，先知说西方胡格德古利汗的妻子就是如此美丽，并说那位可汗无能，只有他的七条红狗厉害，它们看到别人的帽顶露出便跑过去咬人。凯赛尔带着先知和官吏们向西进攻，走到一处美丽的地方宿营，凯赛尔称赞这个地方说，富人居住此地其乐无穷，穷人死在此地其乐无穷。336位官吏都赞成主人的话，可是先知说凯赛尔知道了自己的命运，返回途中才会发现好地方。他们走近胡格德古利汗的家乡，那七条红狗向他们进攻。大军杀死了七条红狗，活捉了可汗。那位可汗求饶，说以牲畜、金银和爱妻换取自己的生命，或者做凯赛尔的佣人。可是凯赛尔杀死了可汗，俘获了那位雪白面孔、血红脸蛋的汗后，返回来驻扎在那个“富人居住此地其乐无穷，穷人死在此地其乐无穷”的地方。夜间与夫人上床时，她剪掉了凯赛尔的生殖器，让其疼痛而死。他的官吏们带着可汗的遗体回到家乡，此时凯赛尔的三仙姑来使他复活了。

上述内容与17世纪以来蒙古历史文献《黄史》《蒙古源流》《黄金史》记载的关于成吉思汗的传说相似。斯钦巴图证明，这部长诗的情节与成吉思汗杀死西夏失都尔忽汗，抢劫他的妻子美女古尔别勒只·豁阿，美女割断可汗的生殖器，将其害死相似。《蒙古源流》中说成吉思汗“杀死了失都尔忽皇帝，主上纳了他的古尔别勒只·豁阿皇后，收服了人称‘米纳黑’的唐兀国”。失都尔忽皇帝对成吉思汗说：“如果你要娶我的古尔别勒只·豁阿，应当仔细搜索她的全身。”书中又说：“夜里入寝后，（她）加害于主上的御体，主上因此身上感到不适，古尔别勒只·豁阿皇后趁机起身离去，跳进哈喇木连河身亡。”成吉思汗向西夏进攻途中赞美

① 斯钦巴图：《图瓦〈凯赛尔〉的一些故事与成吉思汗传说》，见《〈格斯尔〉论集》，内蒙古人民出版社2003年版。

阴山下的一片美丽土地，他说：

国亡时可以在这里避居，
国安时可以在这里放牧，
饥饿的鹿可在这里吃饱，
老年人可在这里休息。

成吉思汗死后，运送他遗体的车在此地陷坑停留；失都尔忽汗向成吉思汗献牲畜、财富和美女，反而被杀害；西夏使者赞美其汗后古尔别勒只有雪白面孔、血红脸蛋，因而引发成吉思汗进攻；还有那种看到人的帽顶露出便进攻咬人的红狗，等等，这些均表明两者颇多相似之处，说明这部作品是根据成吉思汗的传说改编的。

有关成吉思汗的传说和哈撒儿的传说产生于13—14世纪，当时藏族的《格萨尔》尚未传入蒙古地方，它们都包含了蒙古人创作的蒙古情节、蒙古历史人物、蒙古主题和蒙古素材。从16世纪开始，藏传佛教第二次传入蒙古地区，随着藏族《格萨尔》在蒙古地区广为流布，它的影响越来越大。因人们误认为格斯尔是蒙古人的祖先，将他与成吉思汗等同起来，于是格斯尔的故事传说与蒙古历史传说一起传播。大约从19世纪开始，有的讲述者以格斯尔可汗的名字取代成吉思汗、哈撒儿等历史人物传说，便创作了新的《格斯尔》章节。后人把它们作为格斯尔的故事看待，许多学者也分不清它们的关系。实际上以蒙古传说、故事和史诗等改编的作品不仅在情节上和人物上有区别，而且连主题也与《格斯尔》不同。蒙藏《格斯尔》的主题是“降妖伏魔，为民除害”。可是在上述《阿其图凯赛尔莫尔根》中主人公凯赛尔任意进行侵略、屠杀和抢劫，又是个好色之徒，最后被美女害死。这就是原有的蒙古历史传说的特点，其中批评了历史人物，而不是歌功颂德。

三 古老的蒙古英雄史诗

在蒙古《格斯尔》中，布里亚特人演唱的作品有多种异文，它们在情节上彼此相距甚远。研究者非常多，他们提出了多种不同的观点。谢·尤·涅克留多夫详细介绍和分析了学者们的观点。[①] 学术界把布里亚特文本分为温戈类与埃和里特—布拉嘎特类。温戈类异文在情节上近似蒙古书面《格斯尔》作品，可是埃和里特—布拉嘎特类异文比较复杂。著名学者策·扎木察拉诺在1906年记录了埃和里特—布拉嘎特人伊莫格诺夫·曼舒特演唱的史诗《阿拜格斯尔胡本》，并于1930年将其出版。许多学者都是根据这一类异文分析的。1941年，尼·波佩指出，布里亚特《格斯尔》这部叙事诗来源于中央亚细亚和南西伯利亚牧民和猎人共同的情节库。由于某些“古老的故事”归到了《格斯尔》名下，于是出现了作品的各种异文。[②] 又说，埃和里特本的性质是绝对独立的，它反映了进入阶级社会之前的意识形态，不曾受到佛教影响。日本学者塔纳卡（田中）说：“在当地的传说中布里亚特史诗英雄乃是格斯尔的前辈，他们的名字后来被格斯尔的名字所取代。”[③] 这些学者看到了埃和里特—布拉嘎特史诗《阿拜格斯尔胡本》[④] 与其他布里亚特异文和蒙古异文的区别。但是，在这本书中有三部曲，第一部叫作《阿拜格斯尔胡本》，第二部为《奥希尔博克多》，第三部叫《胡荣阿尔泰》，人们没有说明后二者与前者有着重要区别。实际上，第一部与《格斯尔》有联系，但《奥希尔博克多》和《胡荣阿尔泰》在情节和人物上均与《格斯尔》毫无联系，原来都是独立的古老布里亚特英雄史诗。布里亚特史诗学家沙尔克什诺娃指出了这个重要问题，她俄译了扎木察拉诺记录出版的埃和里特—布拉嘎特史诗《阿拜格斯尔胡本》，并在序言中指出：《奥希尔博克多》和《胡荣阿尔泰》原来就是独立的史诗，因为它们的情节和题材近似于格斯尔，后来就组合到一起了。[⑤] 她指出了事实真相——这两部史诗原来就是独立的布里亚特史诗，它们有几种不同的异文。如扎木察拉

① ［苏］谢·尤·涅克留多夫：《蒙古人民的英雄史诗》，徐昌汉等译，内蒙古大学出版社1991年版，第167—168页。

② ［苏］谢·尤·涅克留多夫：《蒙古人民的英雄史诗》，第184页。

③ ［苏］谢·尤·涅克留多夫：《蒙古人民的英雄史诗》，第247页。

④ ［苏］莫·霍莫诺夫翻译注释：《阿拜格斯尔胡本》（埃和里特—布拉嘎特异文），1961年。

⑤ ［苏］谢·尤·涅克留多夫：《蒙古人民的英雄史诗》，徐昌汉等译，内蒙古大学出版社1991年版，第207页。

诺于 1918 年出版了《哈奥希尔胡本》的两种不同异文，第一个是 4365 诗行，第二个是 499 诗行。

布里亚特地区埃和里特—布拉嘎特部人伊莫格诺夫·曼舒特演唱本《阿拜格斯尔胡本》是一部独特的巨型史诗（22074 诗行），是描绘格斯尔及其长子奥希尔博克多、次子胡荣阿尔泰三位勇士事迹的三部曲。《奥希尔博克多》的主人公是奥希尔博克多，史诗展开描写了主人公为妻室而长期艰苦斗争的经过，故事情节分为三大部分。首先，交代了奥希尔博克多为远征娶亲而寻找坐骑的过程。父亲格斯尔让奥希尔博克多查阅决定命运的黄书，并去聘娶未婚妻。他查到未婚妻是西方远处特勃赫温都尔山上的顿吉达尔罕的女儿陶苏高罕。他的坐骑也在此山上，是宇宙九匹铁青马中最小的一匹。他步行数日到此山下，这是人畜从未上去过的悬崖绝壁。在那里白骨成山，血流成河，到处都是失败致残的人。但他下决心一定要到达目的地，往山上爬手脚都磨破了。他先后变为松鼠、黄鼠狼往上爬，又磨损了爪子，最后变成山鹰飞上去，到山上他便晕倒了。他醒过来后找到长生水和神树叶恢复健康。他隐蔽在水边，揪住了来饮水的小铁青马的耳朵。他与马搏斗数日，最后各自羡慕对方的本事便和好。正在这时，从天上掉下来勇士的铠甲和武器，他全副武装，骑着小铁青马下山回家见父亲，讲述了经过。往下史诗描述了勇士在娶亲途中战胜自然力的英雄事迹。他闯过原始森林，渡过危害生命的大河和毒海，化作野兽和飞鸟，上特勃赫温都尔山。接着奥希尔博克多看到岳父家的汗宫，使坐骑变成两岁劣马，自己化作秃头老人去向顿吉达尔罕女儿求婚，遭到岳父的歧视和其他六位求婚者的讥笑。可是在争夺未婚妻的考验中，他以超人的智慧、力量和武艺完成了其他六个求婚者未能经受的考验，先后打死了 300 个脑袋的蟒古德海（恶魔）、500 个脑袋的恶魔及其灵魂和父母，夺回三年来被它们先后偷盗的三匹神马驹，因而得到岳父的赞赏。他带妻子回家时，顿吉达尔罕也带着属民和牲畜迁来。格斯尔举办盛大婚宴，并完成了上天旨意，升上天空成了佛。

姊妹篇《胡荣阿尔泰胡本》则是反映奥希尔博克多的兄弟胡荣阿尔泰婚事斗争的史诗。第一部分的情节与上述史诗基本相似，描写了胡荣阿尔泰得到坐骑和武器的艰苦经历。在远征求婚途中，他先后同几窝大小蟒古德海多次进行英勇战斗，战胜了它们的公开进攻和暗害，并营救了被它们害的勇士希尔古勒金巴彦的儿子希如格台吉，与他结为义兄弟。胡荣阿尔泰化作骑两岁劣马的老头子去向那仁格日勒汗的女儿求婚，受到岳父和其他六位求婚者的虐待和讥笑。在这部史诗里，考验女婿的方法与上述姊妹史诗不同。首先，那仁格日勒汗让求婚者们拉大弓上弦，那张九年没有用过的大弓，六名求婚者都没有拉动，可是老头子拉大弓上弦，将它拉得圆圆的。岳父又惊讶又羡慕，让他恢复原貌并告知来意。胡荣阿尔泰恢复了原貌，岳父感到高兴，便让他进女儿的房间，和阿贵诺干高罕住在一起。接着岳父让他完成几项艰巨任务，他凭借智慧和勇敢抓来了大海岸上吃人的神奇黄狗，送来了凤凰羽毛，先后杀死了向他进攻的多种蟒古德海，胜利归来。勇士在带妻子返回老家途中又消灭了偷走他妻子的敌人嘎尼格布赫勇士，回到家受到哥哥和嫂子的欢迎。他们为新婚夫妻修建了金银宫帐，举办了盛大婚宴。

这两部史诗只在《奥希尔博克多》开头处出现格斯尔的名字，他让儿子奥希尔博克多查阅决定命运的黄书，去聘娶未婚妻。当奥希尔博克多娶妻返回家乡时，格斯尔举办盛大婚宴祝贺，并说他已完成了上天旨意，升上天空成了佛。开头只有 24 行诗与格斯尔有关，后头只有一二百诗行描写了格斯尔在婚宴上喝醉酒酣睡三天，空中掉下天书说，格斯尔上天时间已过两天以及他上天成佛。而在《胡荣阿尔泰》中，根本没有提到格斯尔的名字。

《奥希尔博克多》和《胡荣阿尔泰》这两部作品是纯布里亚特英雄史诗，除上述几句话外，在情节上与蒙藏《格斯尔》毫无相干，而且在两部史诗中根本没有格斯尔的 30 名大将、几位妻子和叔父等人物；相反，它们论述了“中央亚细亚和南西伯利亚牧民和猎人共同的情节”，又“是绝对独立的，它反映了进入阶级社会之前的意识形态”。

在蒙古史诗中，有影响的大史诗替代其他史诗的现象颇为常见。如在新疆的卫拉特蒙古人中有长篇史诗《江格尔》，同时也有数十部比它短的史诗。1978 年，笔者去巴音布鲁克草原调查《江格尔》时，有一位 24 岁的年轻人额仁策来说，他会演唱《江格尔》，结果他讲述了三部史诗《那仁汗胡勃恩》《钢哈尔特勃赫》和《骑红沙马的额尔古古南哈尔》。他把史诗主人公额尔古古南哈尔与《江格尔》连接起来，说史诗的名称叫作《阿拉图杰诺谚江格莱的儿子额尔古古南哈尔》。后来笔者才知道新疆的卫拉特人，把所有的英雄史诗都叫作“江格尔”。这种现象恰好证明英雄史诗发展的一种规律性，像大鱼吃小鱼，影响大的史诗在口头传承过程中，将其他独立的史诗吸收过来，使它们成为自己的一部分。布里亚特人约有300部史诗，许多史诗是1000多年间传承下来的珍贵的文学遗产。可是，从18—19世纪以来《格斯尔》在布里亚特人中流传越来越广，人们把格斯尔看作自己的祖先和神灵，修建了庙宇供奉格斯尔像，颂扬格斯尔经，并顶礼膜拜。在这种重大影响下，有的人把自己民族古老的史诗同《格斯尔》连接起来，将奥希尔博克多称作格斯尔的长子，说胡荣阿尔泰是格斯尔的次子，便出现了后来的这种奇特现象。

四　口头唱本的民族特色

蒙古民间艺人演唱的史诗《阿拜格斯尔胡本》和《圣主格斯尔可汗》等作品与众不同，它们具有纯蒙古史诗题材、情节和人物，是蒙古人通过民族艺术库创作的珍品。《奥希尔博克多》和《胡荣阿尔泰》是居住在伊尔库茨克州布里亚特人的原始狩猎时代的史诗。蒙古史诗的古老题材有两种，一是勇士的英勇婚礼，二是勇士与恶魔的征战。这两部史诗属于婚姻型史诗，描写了主人的婚事斗争。作品中没有任何藏族故事和细节，也没有蒙古文《格斯尔》的影响。它们是典型的蒙古英雄史诗，其故事情节与其他蒙古史诗完全一样。两部史诗描写了原始森林和高山地带人们与自然界艰难困苦的斗争，他们突破无边无际的原始森林，渡过多种苦海和毒海，爬到悬崖绝壁上，捉拿野马做坐骑的英雄行为；与其他蒙古史诗一样，主人公化身为秃头儿骑着两岁劣马去向可汗的女儿求婚，受到岳父和其他求婚者的歧视；在两部史诗里有两种不同的考验，一是和其他蒙古史诗一样拉大黑弓上弦的考验和完成三大危险任务的考验，即勇士活捉外海岸上吃人的黄狗、杀死凤凰带来凤凰羽和杀死蟒古德海（蟒古思）；二是在蒙古民间故事和英雄史诗中常见的情节，即凤凰偷窃金胸银背马，无用的六名求婚者去守夜便睡懒觉，秃头儿则发现凤凰来偷金胸银背马，他杀死凤凰而将金胸银背马赶回来的故事；也有勇士在远征求婚途中，营救被敌人伤害的勇士，并和他结为安达的细节；两部史诗结束的时候，也和其他蒙古史诗一样，或者当勇士带妻子返回家乡时岳父和属民百姓一起赶着牛羊马群迁移到女婿家附近，常来常往，或者在途中消灭偷盗其妻子的情敌而胜利归来。

在人物形象方面，只说格斯尔是主人公的父亲，他除了指点大儿子奥希尔博克多去找未婚妻之外，其他人物均与《格斯尔》没有任何关系。第一部史诗中的主人公是奥希尔博克多，事情发生在特勃赫温都尔山上，岳父是顿吉达尔罕，未婚妻是其女儿陶苏高罕。另一部史诗的主人公是胡荣阿尔泰，其未婚妻是那仁格日勒汗的女儿阿贵诺干杜海。这些人物都是在布里亚特生活和口头文学中常见的人物。

如前所述，《格斯尔射死哈日雅勒奇哈喇鄂姆根的故事》和《阿其图凯赛尔莫尔根》等史诗是根据关于哈撒儿的传说和成吉思汗的传说改编的作品。它们从13世纪开始，在国内外蒙古语族民众中广为流传，成为家喻户晓的蒙古传说。可是，把这种短小的传说改编成上千诗行的史诗，这充分体现了蒙古民间艺人的艺术才华。传说本身就带有幻想色彩和神奇性，但是民间艺人们通过浪漫主义手法，使它们成为更富有想象力和艺术魅力的长诗，而且，描绘了将那“登上城楼，不停地挥动黑旗，口念咒语”的巫婆，让她跳起来同主人公战斗的状态。在这里运用了许多魔法细节，诸如看到主人公出现在面前，巫婆便念咒语，便抡起大黑铁棍，从小包里甩出大黑公驼，跳上驼背与格斯尔交锋。为了加强作品的幽默感，还借用了另一个传说，即关于成吉思汗与西夏皇帝搏斗的一段，说巫婆施展法术化作各种动物逃窜的时候，格斯尔变成比它们更凶残的动物去杀死巫婆。

也许有人会说，上述蒙古民间艺人演唱的不是真正的《格斯尔》或者可以说是“假”《格斯尔》，因为他们都是根据蒙古古老传说和英雄史诗改编而成的。可以肯定地说，这不是当代人改写的作品，早在俄国十月革命前的1906年策·扎木察拉诺记录的时候，著名的布里亚特艺人伊莫格诺夫·曼舒特就是这样演唱的。这种事实说明，蒙藏《格萨（斯）尔》的形成，是经过由神话、传说到史诗，由少数几章到多数章节，由分章本到分部本，由某一个民族传布到许多民族的漫长的发展过程。在漫长的发展和演变过程中，不知它吸收了多少个不同体裁的作品。

总之，蒙古民间艺人演唱的活态史诗《格斯尔》，是经过历代天才的艺人精心琢磨成为融汇蒙古语言艺术和表演艺术于一体的综合艺术珍品。作为一种综合艺术，它不仅具有精湛的蒙古诗歌的艺术特色、曲折复杂而引人入胜的故事情节和丰富生动的人物形象，而且具有表演的旋律节奏、演唱曲调、马头琴伴奏、形体动作和面部表情等多方面的因素。史诗通过富有浪漫主义色彩的创作方法，艺术地、真实地反映了蒙古民族的社会生活、思想愿望和内外斗争。

埃和里特—布拉嘎特《格斯尔》与蒙古书面《格斯尔》

蒙古《格斯尔》有多种书面版本和口头唱本，其中最特殊的是埃和里特—布拉嘎特《阿拜格斯尔》（简称《格斯尔》）。著名学者策·扎木察拉诺于 1906 年记录了埃和里特—布拉嘎特艺人伊莫格诺夫·曼舒特演唱的史诗《阿拜格斯尔》，并在 1930 年出版，后来于 1961 年莫·霍莫诺夫译为俄文在乌兰—乌德出版。《阿拜格斯尔》由三部独立的连环型史诗所组成，第一部是《阿拜格斯尔胡本》，第二部是《奥希尔博克多》，第三部是《胡荣阿尔泰》。

我们将埃和里特—布拉嘎特《阿拜格斯尔》与蒙古书面《格斯尔》进行比较：

第一，二者的形式不同，蒙古书面《格斯尔》从头到尾都是散文体，而埃和里特—布拉嘎特《格斯尔》是优美动听的形象化的诗歌，全诗长达 22074 诗行。

第二，蒙古书面《格斯尔》是分章本，如北京木刻本有 7 章，隆福寺手抄本有 6 章（或 8 章）；而埃和里特—布拉嘎特《格斯尔》不分章节，它由三大部分或三部连环型史诗所组成。

第三，蒙古书面《格斯尔》的主人公是格斯尔一人；而埃和里特—布拉嘎特《格斯尔》，其三部曲各有其主人公，第一部的主人公是格斯尔，第二部的主人公是奥希尔博克多，第三部的主人公是胡荣阿尔泰。

第四，这三部史诗的情节不同，内容也不同，仅仅以父子关系连接在一起，是三部独立的史诗。

这三部史诗的第一部《阿拜格斯尔胡本》，由十多个小故事所组成。

其中与蒙古《格斯尔》相似的有两个故事，第一个是格斯尔的诞生，即天神下凡到人间出生；第二个是妖婆使格斯尔变马的故事，这可能是在格斯尔变驴的故事影响下产生的。

在蒙古《格斯尔》里，霍尔穆斯塔天神秉承释迦牟尼佛旨意，派二子威勒布图格奇投生人间为岭国的格斯尔可汗。在埃和里特—布拉嘎特《格斯尔》里也有霍尔穆斯塔天神二子投生下凡的故事，但具体内容不同。埃和里特—布拉嘎特《格斯尔》开头就描绘了萨满教西方五十五天神之首霍尔穆斯塔与东方四十四天神之首阿塔乌兰，为争夺中间的策根策勃德格天神（Tsegen-Tsebdeg）而宣战。霍尔穆斯塔去找古尔门（Malzan Gurmen）老太太商量作战之际，当阿塔乌兰前来进攻时，躺在摇篮里的三岁格斯尔跳起来，带着父亲霍尔穆斯塔的剑，骑着光背马去向阿塔乌兰捅了一刀便将其杀死，夺取了策根策勃德格天神，打败敌人得到了荣誉。这时候霍尔穆斯塔手下的一千个佛聚会，讨论派霍尔穆斯塔的哪一儿子下凡到人间投生，除暴安良的问题。他们误认为，霍尔穆斯塔的大儿子达信绍呼尔（Daxin · Shaohor，蒙古《格斯尔》中哲萨 · 希格尔）打败了阿塔乌兰，决定派他下凡。可是达信绍呼尔说，打败阿塔乌兰，夺取策根策勃德格天神的不是他。打败敌人得到荣誉的是他兄弟——三岁的格斯尔，他回来又躺在摇篮里。他们招来格斯尔问，确实是他战胜了敌人，于是决定让他降临下界，普救众生。这里没有说释迦牟尼的旨意，是霍尔穆斯塔手下的千佛派格斯尔下凡投生。与蒙古《格斯尔》一样，应格斯尔的要求，和他下凡的还有三神姊以及三十名大将和三千名军人。在下凡之前，格斯尔化身为乌鸦，带着三神姊飞到下界，寻找投生的父母，只找到了住草棚的六十岁老母和七十岁老父。格斯尔一出生就通过神奇手法消灭了咬断新生儿舌头的妖怪、啄瞎新生儿眼睛的魔鸦和吸吮新生儿鲜血的牛般大的蚊子。

以上就是埃和里特—布拉嘎特《格斯尔》与蒙古《格斯尔》的最主要的相似之处，可以说这是在蒙古《格斯尔》影响下产生的。

此外，还有一种使格斯尔变马的故事（第七个故事），这可能是在变驴的故事影响下形成的，但具体内容不一样。在蒙古《格斯尔》里，罗布萨哈蟒古思（恶魔）为了向格斯尔报仇，将格斯尔变成毛驴牵走，并残酷折磨他。在埃和里特—布拉嘎特《格斯尔》中，格斯尔娶了第二个妻子嘎拉图乌兰汗之女嘎古莱诺干，引起了妖婆查么查嘎勒的仇视，因她也要为儿子娶这位姑娘。为了报仇，妖婆趁格斯尔打猎之机，见嘎古莱诺干，挑拨她与格斯尔的关系，说服了她背叛丈夫投敌，并教给她使格斯尔变马的办法。当格斯尔打猎回家后，按着妖婆的话，她假装可爱的模样，对格斯尔撒娇道：你本事大，会变成各种动物，给我变个大黑马看。格斯尔立即变成了大黑马。突然妖婆出来，把肮脏的臭毡片驮在马背上。马被玷污之后再也不会变成格斯尔了。妖婆将马牵过去，交给姚布苏格勒台蟒古德海说，用这匹马拉犁耕地，每天开荒四十顷地，并不停地用皮鞭抽打。同时，妖婆带来格斯尔的第二妻子嘎古莱诺干，嫁给了这个蟒古德海。

这种使格斯尔变马的故事与变驴的故事，二者之间有些细节也相似。在蒙古《格斯尔》中，茹格慕高娃背叛丈夫，嫁给了罗布萨哈恶魔。在埃和里特—布拉嘎特《格斯尔》里，同样，格斯尔的第二妻子嘎古莱诺干，故意使格斯尔变马，并自愿嫁给了残暴的姚布苏格勒台恶魔；当格斯尔变成驴受折磨的时候，他神通广大的妻子阿珠莫尔根，化身为罗布萨哈的姐姐模样去骗取了毛驴，并给毛驴吃仙丹用圣水洗，使格斯尔恢复了原来的面目。格斯尔苏醒之后，以英勇行为杀死罗布萨哈蟒古思，并惩罚了茹格慕高娃。同样，格斯尔变成马被妖婆牵走之后，格斯尔原配夫人桑函娃罕杜海化身为金雀弄瞎妖婆的眼睛，抢来了被折磨的马，用深山泉水每天洗三次，九天之后，格斯尔苏醒，恢复了原来面目。格斯尔骑马携带武器去将姚布苏格勒台半死半活地钉在大树上，用大山压死查么查嘎勒妖婆，把嘎古莱诺干投入海水中淹死，回到家和桑函娃罕杜海妻子一起过上了幸福生活。

这就是二者相似之处，可以说埃和里特—布拉嘎特《格斯尔》的这两个故事是在蒙古《格斯尔》影响下产生的。其余近十个故事原来就是布里亚特人自己的史诗，是在布里亚特文库的基础上创作的森林狩猎民的英雄史诗。

简要介绍一下其余故事。

格斯尔在人间出生，三岁时突然提出他要远征娶未婚妻，她是沙加盖巴彦汗之女桑函娃罕杜海。父母不同意，因他没有长大成人。可是，格斯尔坚定地说，男子汉不能不达到目的，便出去向天上的千佛祈祷，得到了穿的衣服、铠甲、武器和铁青骏马。瞬间，婴儿变成了男子汉，男子汉变成了英雄，像牤牛一样健壮，携带长弓和宝剑，跳上铁青马背，向那远方奔驰。“格斯尔到一座青铜丘上，吸旱烟观察，并向天上的千佛祈祷说，保佑幼小格斯尔！他向前走看到了沙加盖巴彦汗的宫殿，但格斯尔没有去见这位可汗，更没有经过这位未来岳父的任何考验，而是直接去见未婚妻，向她说明来意。未婚妻桑函娃罕杜海热情接待，准备好饭菜一起吃，并且两个人紧紧地拥抱着睡在一起。第二天上午，可汗让格斯尔来考验，他没有经过危险的三三制的考验，但让格斯尔与天下名摔跤手嘎尼格布赫摔跤。可是格斯尔将这位名将抱起来举得高高的，并使劲摔到大地里三丈深处，表现了自己的勇气和力量。他举行了婚礼，带着美丽善良的妻子回到了家乡。当格斯尔睡觉时，从天上掉下了高大的宫殿，三十三名大将和三千名军人。

下一个故事，是关于格斯尔三十三名大将之首，名叫阿克萨哈勒台，他叛变投敌而被惩罚。在格斯尔宫殿之前长出了金银树，可是阿克萨哈勒台连根拔出金银树，突然从下面跳出来有 108 个头的蟒古思，威胁并强迫阿克萨哈勒台，让他破坏格斯尔的一切武器。当格斯尔睡觉时，蟒古思来进攻，格斯尔跳起来，准备打仗时寻不到武器，便向天上的千佛祈祷，得到了武器，与恶魔搏斗数日，终于杀死并烧毁了敌人。格斯尔回宫殿，抓来大将阿克萨勒台，把他钉在柱子上，让三十二名大将和三千名军人，轮流向他射箭把他折磨死，以此警告叛变者。

英雄史诗里常常出现一个接一个的争战，下一个争战是在格斯尔与嘎拉诺尔门汗之间进行。哈岱巴彦汗的儿子哈尔扎与嘎拉诺尔门汗进行战斗，三年之后失败，他邀请格斯尔汗帮助他一起打仗。格斯尔汗开始不同意，但是在他两名大将的要求下，同意了参战。他身穿铠甲，携带武器，骑着铁青马到一个青铜丘上去，边吸烟边观察敌情之后，看到嘎拉诺尔门汗宫殿。嘎拉诺尔门汗骑着大黑骏马，深更半夜出来迎战。格斯尔汗与嘎拉诺尔门打仗“像两头牤牛，互相角斗，像两头大鹿，疯狂搏斗”，打来打去七天七夜，胜负难分。在这关键时刻，格斯尔向上天祈祷，请来他哥达信绍呼尔一起打仗，消灭了嘎拉诺尔门汗及其妻子和婴儿，并获得其属民百姓和牲畜财产，胜利归来。当格斯尔汗送大哥上天之后，回到家的时候，妻子桑函娃罕杜海生了儿子奥希尔博克多。为庆祝儿子诞生准备盛宴，格斯尔上山打猎，带来丰盛的猎物，并在打猎过程中打败了 13 头大蟒古思。

下面出现格斯尔的第二次婚礼。格斯尔查阅命定书，得知他与嘎拉图乌兰天神之女嘎古莱诺干有婚约。格斯尔骑马远征途中碰见了一位白发老人，他是策根策勃德格天神手下的人。老人说，和嘎拉诺尔门汗打仗时，格斯尔的脑震荡，应该治好后才去娶妻。在这里插入中国的秦代七个工匠和汉代七个工匠的传说。白发老人带格斯尔到西方五十五天神的工匠铺，说："汉代七个工匠，请治好他脑子，秦代七个工匠，请治好他的病。"经过治疗格斯尔具备了钢铁般坚强的意志和神奇的身体，去寻找未婚妻。格斯尔往前走到了嘎拉图乌兰天神的宫殿，向未来的岳父问好，并说明了来意。这位可汗听到之后，让他去与姑娘商量。和第一次婚礼一样，格斯尔去见未婚妻，并说明了来意。未婚妻热情接待，做好饭菜两个人一起吃饭，接着两个人紧紧地拥抱在一起睡觉。第二天早晨可汗叫格斯尔来，考验他的本事，派他去带来凤凰羽。与其他蒙古史诗一样，女婿先去杀死了将吃掉凤凰三女儿的毒蛇，凤凰感恩送他一根羽毛。格斯尔把羽毛送给岳父之后，为准备婚宴又去打猎。在打猎过程中，他碰见了气势汹汹的妖婆查么查格勒，她去为儿子娶嘎古莱诺干为妻。格斯尔没有理这个妖婆，带来丰盛的猎物便举办婚礼，带着妻子回到了家乡。

此后，出现这一查么查格勒妖婆报仇，使格斯尔变马，以及妖婆亲戚六七个恶魔连续不断地进攻格斯尔的事件。首先，77 头恶魔达尼亚勒沙尔与格斯尔搏斗。格斯尔有勇气和力量，他用双手抱住对方的脖颈，使劲摔在大树枝上，将其抛成了两半，结束了第一个恶魔的生命。接着来了一个持月牙棍的妖婆，格斯尔抢了月牙棍，并用大山压在妖婆身上，随后去寻找她的两个灵魂并将其杀死。往下格斯尔又消灭了住在高大铁庙里的 108 头恶魔和 600 头恶魔，最后来了一个 1008 头的米吐莱沙尔恶魔，他是个庞然大物，它的上下嘴唇连接上天和大地。格斯尔以大无畏的勇敢精神和力量，进行不屈不挠的斗争，战胜了这一庞然大物，彻底铲除了妖魔鬼怪的子孙后代，达到了普救众生的目的。

总之，埃和里特—布拉嘎特《格斯尔》，是由连环型三部史诗所组成的，其中第一部《阿拜格斯尔》分为十多种故事，只有两个故事与蒙古

《格斯尔》相似。当然，其他故事的主人公也是格斯尔，但这些故事的内容和情节与蒙古《格斯尔》似乎没有关联。可以说，这些故事纯属布里亚特人的创作。

以上分析了三部曲中的第一部与蒙古《格斯尔》的联系，接下来看后两部史诗的内容。《奥希尔博克多》的主人公是奥希尔博克多，史诗展开描写了主人公为妻室而长期艰苦斗争的经过，故事情节分为三大部分。姊妹篇《胡荣阿尔泰》则是反映奥希尔博克多的兄弟胡荣阿尔泰婚事斗争的史诗。《奥希尔博克多》和《胡荣阿尔泰》这两部作品是纯布里亚特英雄史诗，在情节上与蒙藏《格斯尔》毫不相干。

笔者是在各国学者的研究基础上，提出了自己的观点。研究布里亚特《格斯尔》的学者很多，根据涅克留多夫《蒙古人民的英雄史诗》一书，简要介绍一下，有关埃和里特—布拉嘎特《格斯尔》的观点。

1941 年尼·波佩（N. Poppe）发表论文，叙述了蒙古书面《格斯尔》与布里亚特口传《格斯尔》的联系。他谈到各种文本的异同，解释了布里亚特《格斯尔》及整个史诗的形成过程，指出这部史诗来源于中央亚细亚和南西伯利亚牧民和猎人共同的情节库（反对恶魔和毒蛇）。他还说，后一个文本（埃和里特—布拉嘎特本）的性质是绝对独立的，它反映了进入阶级社会之前的意识形态，没有受到佛教影响。

日本学者塔纳卡研究布里亚特《格斯尔》的各种口传本。研究中心是《格斯尔》各种文本所反映的天神神谱，还有格斯尔娶契丹公主故事中的七个秃头工匠。他认为，格斯尔消灭七个秃头工匠的情节与求婚及主人公经受残酷考验等情节则是建立在中央亚细亚和东亚的英雄故事基础上。可以说，在当地的传统中格斯尔的前身是布里亚特史诗的英雄，他们的名字后来被格斯尔取代。又说，埃和里特—布拉嘎特本没有受书面版本的影响，它具有独立性，并保留着萨满教特色。

布里亚特史诗学家沙尔克什诺娃，俄译了扎木察拉诺记录出版的埃和里特—布拉嘎特《阿拜格斯尔胡本》，并在序言中指出《奥希尔博克多》和《胡荣阿尔泰》原来是独立的史诗，因为它们的情节和题材近似于格斯尔，后来就组合到一起了。

此外，尤其是劳仁兹（L. Lorincz）详细研究布里亚特《格斯尔》的不同文本，提出了不少重要观点。他认为，埃和里特—布拉嘎特本与北京木刻本之间存在着深刻的一致性，相同的情节有：主人公下凡转世，他的丑陋外貌，他的童年功绩；他向妻子隐藏自己的真正面目；战胜恶魔昂杜勒玛或嘎拉诺尔门汗，格斯尔化身为驴或化身为马和战胜罗布萨哈恶魔或姚布苏格勒台。这些情况使我们得以确定埃和里特—布拉嘎特本与蒙古各种版本之间存在着紧密的联系。同时，劳仁兹认为，这部组合型史诗中格斯尔的儿子奥希尔博克多和胡荣阿尔泰，仅仅在表面上同格斯尔本人有所联系。其中，史诗《胡荣阿尔泰》与同一演唱艺人唱的史诗《叶仁赛》在情节上有许多相似之处。这种组合成分本身可以构成一部独立的“单一情节”的史诗。

总之，学者们从各个不同角度提出了自己的看法，都有一定的意义和价值。他们公认，这连环型三部史诗的后两部《奥希尔博克多》和《胡荣阿尔泰》，原先与蒙古《格斯尔》没有什么联系，是独立的布里亚特早期英雄史诗。有的学者认为，这三部史诗的第一部《格斯尔》与蒙古《格斯尔》有一定的联系，但原来主人公不是格斯尔（布里亚特史诗的某一英雄），后来被格斯尔的名字取代。这种情况说明，在蒙古《格斯尔》的影响下，布里亚特人将自己民族古老英雄史诗也归为《格斯尔》了。

那么，为什么布里亚特人把自己传统的英雄史诗与蒙藏《格斯尔》融合在一起，通称《格斯尔》呢？这有深远的社会历史原因，约于19世纪开始蒙古《格斯尔》传入布里亚特地区。在蒙古《格斯尔》中佛教三十三天神之首是霍尔穆斯塔，同样，布里亚特萨满教九十九天神之首也是霍尔穆斯塔。布里亚特人认为，格斯尔是萨满教天神霍尔穆斯塔的儿子，下凡之后又是岭园的可汗，又称格斯尔博克多。因此，把他看作布里亚特蒙古人的可汗、博克多和祖先，修建了格斯尔庙供奉他的塑像，颂扬格斯尔经，并祭祀和顶礼膜拜，还出现了相关格斯尔的山水传说。这样将格斯尔与布里亚特神胡和岱莫尔根和布赫哈尔胡本等相提并论了。知名学者扎木察拉诺于1914年引用萨满兼史诗演唱艺人扎雅罕·扎宾的话，说：“史诗最初的英雄是伟大的，如在大地上创世人类和动物以来帮助人类的英雄格斯尔、胡和岱莫尔根和布赫哈尔胡本等是天神的化身或本身就是神。”这说明了布里亚特人将格斯尔看作创世时代的天神。

第四辑

巴亦特陶兀里奇和帕尔臣演唱的史诗

巴亦特是很古老的蒙古部落之一，现居住在蒙古国乌布苏省呼海山和塔斯河一带。史诗研究者巴·卡托也是巴亦特人。据他说公元前3世纪匈奴冒顿单于征服了居住在黄河河套一带的“巴彦”部落，这就是巴亦特的祖先。8—10世纪巴亦特人游牧于色楞格河流域，到了13世纪，在成吉思汗统一蒙古的过程中巴亦特部成为主要力量之一。当时巴亦特部居住于肯特山以南地域。16世纪巴图蒙克汗的第五个儿子统治扎鲁特、巴林、洪吉拉特和巴亦特等部。17世纪巴亦特部为准格尔汗国服务，其首领策辰策勒莫格被称为神箭手。1753年不满准格尔汗国的达瓦奇诺谚，以杜尔伯特部三位策楞诺谚为首的杜尔伯特部和巴亦特部从额尔齐斯河一带迁徙到了现蒙古国西部地区。18世纪80年代把巴亦特分为10个旗，被称为十部巴亦特。

俄国旅行家波塔宁于1883年出版的《西北蒙古》一书中提到他曾见到巴亦特史诗演唱艺人萨日孙。

一 巴亦特陶兀里奇

巴亦特陶兀里奇一代代向前辈艺人学习演唱的传统。巴亦特人尊重陶兀里奇，有请他们到贵族家庭中去演唱的习俗。19世纪下半叶、20世纪上半叶的艺人中最出名的要数玛·帕尔臣（1855—1921），据说他的家族是史诗演唱世家。在他之前的巴亦特艺人有色斯楞、关其格、沙尔巴和扎拉等。帕尔臣向色斯楞学习了史诗《宝玛额尔德尼》，色斯楞是向艺人关其格学唱的。1910年，俄国学者阿·布尔杜克夫记下了帕尔臣所讲的关其格学习《宝玛额尔德尼》的传说，关其格小时候在那林河流域放羊，突然看见一位巨人出现在他面前，巨人从嘴里往外喷火，他骑着一条巨龙。巨人与关其格对话：

> 小伙子，你愿意学唱史诗吗？
> ——愿意
> 我教你演唱史诗，你给我什么？
> ——我给你什么呀？
> 你给我那只带彩带的大青山羊吧。
> ——那么，你就要那只青山羊吧。
> 说了一声“好”，巨人拍了关其格的肩膀。

小关其格便学会了演唱《宝玛额尔德尼》，可是，巨人不见了，他骑来的巨龙也不见了，只看见一条狼正在吃大青山羊肉。

这里说的带彩带（翁衮）的羊是神羊，主人奉献给神仙的羊。这种翁衮羊不是主人的了，它属于神，只有神才会占有这样的牲畜。在这里形象地说明了吃青山羊肉的狼是神仙的化身，神教给小关其格演唱英雄史诗。

著名蒙古学家、苏联科学院院士鲍·雅·符拉基米尔佐夫约于1911—1915年访问了艺人帕尔臣，记录了他讲的许多英雄史诗，以及帕尔臣的传记。此后学术界了解到帕尔臣是著名的史诗演唱家。符拉基米尔佐夫与帕尔臣多次谈话，帕尔臣讲述了自己生活和学唱史诗的经过。帕尔臣于1855年生在巴亦特贵族家庭，巴亦特扎萨诺谚图门巴雅尔是他的祖父。他小时候在家放羊，10岁到寺庙做小喇嘛。9岁那年，他学习了史诗《额尔格勒图尔格勒》，这部史诗给他带来了深刻的影响。他很快又学到了别的一些史诗。他在寺院做小喇嘛的时候，著名的陶兀里奇色斯楞来唱史诗。他演唱的史诗《宝玛额尔德尼》感动了帕尔臣。帕尔臣很快跟他学到了这部史诗，并向喇嘛们演唱。帕尔臣13—14岁时，色斯楞让他去演唱《宝玛额尔德尼》。帕尔臣唱得非常好，色斯楞感动得流泪，并向他献哈达说：你是接我班的孩子，我演唱的史诗不会同我一起结束。从此以后，帕尔臣被称为“陶兀里奇”。

不久，帕尔臣应邀到贝子诺谚的府邸里过冬并演唱史诗。贝子诺谚是有文化的人，他喜爱民族历史、文化和英雄史诗。小帕尔臣聪明能干，而且记忆力好，能很快背熟史诗，又出身于贵族家庭，他引起了官吏们的关注。他从贝子诺谚处学到了卫拉特文化、英雄史诗和史诗的结构、诗歌艺术方面的知识；在贝子家看到抄本，记住了史诗《汗哈冉贵》。帕尔臣离开贝子家时，贝子送给他各种礼物，并献哈达祝贺他成为好陶兀里奇来演唱家乡的英雄史诗。

帕尔臣回到寺院但没有成为喇嘛，由于各种原因他离开了寺院。听说艺人沙尔巴会演唱史诗《单库尔勒》，帕尔臣就住在他家，白天给他打柴火，夜里反复听他演唱，七天之内学到了这部史诗。陶兀里奇帕尔臣出了名，巴亦特和杜尔伯特的官吏们冬天邀请他到家演唱英雄史诗，送给他大量的礼物。有时帕尔臣接收几匹马和绸缎衣服，但他是爱花钱的人，很快就花光了，仍然过着贫困的生活。

帕尔臣离开寺院后，回家乡娶了妻子道利高尔，并生了儿子扎米扬。他先后参加了各种营生，诸如和别人一起赶牛羊马群到城镇做买卖，追捕犯人并参加审判案件，当兵参加战斗等。在兵营的时候，有一位杜尔伯特人演唱史诗《宝玛额尔德尼》水平不够，帕尔臣抢过陶布舒尔琴，自己以洪亮的歌声弹唱这部史诗，受到士兵们的热烈欢迎。他曾应俄罗斯学者符拉基米尔佐夫的要求，编创了反映新一代战争题材的英雄史诗。

俄罗斯另一位学者阿·布尔杜克夫在蒙古乌布苏省生活近 30 年，他于 1896 年第一次见到帕尔臣。帕尔臣当时和其他人一起在地里干活，带着铁锹经过他们帐篷。过了两年他才知道了帕尔臣是个有名的陶兀里奇。1908 年阿·布尔杜克夫向彼得堡大学教授科特维奇报告了帕尔臣的情况，1909 年他们请文书玛扎尔记录帕尔臣演唱的史诗《宝玛额尔德尼》寄给了科特纳维奇。1911 年开始，年轻学者鲍·雅·符拉基米尔佐夫记录了帕尔臣演唱的全部英雄史诗和卫拉特民间文学。符拉基米尔佐夫写道：在蒙古一些部落中有专门演唱英雄史诗的艺人，所以史诗作品不仅完整地存在，而且在古老基础上产生着新的史诗。帕尔臣看得懂托忒蒙古文，在贝子查克德尔加甫家过冬的时候，看手抄本记住了史诗《汗哈冉贵》，后来向扎拉桑台吉学习了史诗《黑根灰屯呼和铁木尔哲勃》，向乌梁海人格冷学了史诗《道格森青格勒》，又向丹达尔学到了《汗青格勒》，向叔父桑加学了史诗《布尔古特哈尔》。

阿·布尔杜克夫又说：我在蒙古期间听人说，倾听史诗演唱有趣而有意义。史诗歌颂当山神以人的形象存在的时候建立的丰功伟业，不仅观众来听唱，山神也来听英雄史诗演唱。卫拉特人说，听完史诗演唱后，山神对人有好感，冬天带来温暖，避免人和牲畜的疾病，让人们过着幸福生活。

帕尔臣于 1921 年 2 月 20 日逝世，但他唱的史诗由他子孙奥·巴图以及朝·哈尔查嘎、奥·策德布和顿·普尔拜等人继承，他们继续弹唱优美动听的英雄史诗。

巴亦特史诗演唱艺人巴·达尔玛（1876—1934），出身在牧民巴达尔胡家。童年时代他学习过托忒蒙古文，他家藏有许多手抄本史诗。他当过木匠和油漆工，从小学到了《宝玛额尔德尼》《达赖沙尔宝东》《胡鲁格额尔德尼》《单库尔勒》《江格尔》（一部）和《汗哈冉贵》等史诗。他边弹陶布舒尔琴，边演唱史诗，很好地掌握了史诗演唱技巧，成为有名的艺人，从牧民到巴亦特诺谚们都请他到家唱英雄史诗。

奥·巴图在 1899 年出身于牧民奥布海家，他父亲在寺院做木柴活，死于 1913 年。他在 15 岁以前在家干活，其父死后接班在寺院里锯木柴并为喇嘛们做饭烧茶。在寺院里干活时期，他听伯父巴·达尔玛演唱过史诗，这激发他产生成为陶兀里奇的愿望。经过努力，他学会了弹陶舒尔琴并开始演唱史诗序诗和颂歌，接着向伯父学会演唱《宝玛额尔德尼》《达赖沙尔宝东》《胡鲁格额尔德尼》等史诗，向小喇嘛们演唱。他二十多岁便被称为陶兀里奇，常在寺院和官吏们家演唱英雄史诗。蒙古革命后，他成为合作社社员过上了富裕生活，养育了近十个子女。1948 年应邀参加了第一次蒙古作家代表大会，在大会上他编写新诗，号召大家为创作革命文学艺术而奋斗。符拉基米尔佐夫院士在他家乡会见奥·巴图，记录了他唱的史诗序诗和颂词，说他的语言很古老，与卫拉特方言和书面语不同，有的无法理解。后来学者哲·曹劳去见奥·巴图，问清楚那些无法理解的部分。巴图说：“并不是所有史诗这样演唱，也不是每个艺人都理解这些话，史诗中专门尊崇的部分才这样唱。”曹劳说，这种难以理解的部分在他唱的《宝玛额尔德尼》中出现。这种语言很像鄂尔多斯的成吉思汗祭祀中的

“腾格里语言”（上天之语）那样传统的语言。1967 年蒙古科学院语言文学研究所记录了巴图演唱的英雄史诗，尤其最重要的是全文录音了序诗和结尾部分。

巴亦特艺人旦·罗布桑于 1892 年出身于乌布苏省牧民旦皮勒家。他会演唱史诗《宝玛额尔德尼》《达赖沙尔宝东》《江格尔》（一部）和《汗哈冉贵》。哲·曹劳 1967 年记录了罗布桑唱的史诗《汗哈冉贵》。他演唱的这部史诗前面有颂词，后面有祝词。内容是汗哈冉贵刚生下来，腾格里天神想打死他，又企图活捉，但都未成功。他长大结婚后，天神之子额尔赫木哈尔为了抢汗哈冉贵的妻子，与他多次征战而失败。旦·罗布桑说，巴亦特人称《汗哈冉贵》为“史诗之父”，夏季不能演唱，因汗哈冉贵与天神三次打仗尚未失败。笔者在前面说过，黄教喇嘛们为了反对萨满教的天神而创作佛教内容的史诗《汗哈冉贵》，为了推介《汗哈冉贵》为具有佛教内容的史诗典范，故意将它称作“史诗之汗”或“史诗之父”。

帕尔臣的子孙出现了朝·哈尔查嘎（1903—1971），出身于乌布苏省塔斯苏木牧民朝伦家。他们家族是史诗演唱世家，他父亲朝伦、朝伦的父亲阿布岱，连他妹妹杜岱都是陶兀里奇。前辈格勒格、曹纳木和昭纳木都是史诗演唱艺人。朝伦与恩和结婚，生了两个儿子哈尔查嘎和贺什格、女儿杜岱。

哈尔查嘎是聪明有才干的孩子，向著名艺人昭希莱和父亲朝伦学了史诗《汗哈冉贵》《宝玛额尔德尼》《好汉胡鲁格额尔德尼》，并能弹琴演唱，被称为陶兀里奇。他妹妹杜岱是少见的女艺人，她生于 1906 年。

巴亦特人有一种习俗，每年腊月二十九、三十都要请艺人来唱英雄史诗，以为这样会驱逐邪恶作祟，让新的一年平安无事。朝伦请来艺人昭希莱，他们两个人对唱英雄史诗，哈尔查嘎和杜岱向他们学习了演唱。父亲教导子女说，演唱史诗的人应当被史诗情节所感动，并真实地承认为事实才会唱好。

杜岱给少年儿童唱史诗，很少为成年人演唱，可是在 1982 年参加国家艺术节时看到别人唱史诗，她也边弹陶布舒尔琴边演唱史诗，获到观众的好评。她演唱的史诗《汗哈冉贵》《好汉胡鲁格额尔德尼》《宝玛额尔德尼》的录音收藏在蒙古国立大学科布多省分校资料库里。

此外，还有巴亦特陶兀里奇曹·昭恩迪（1903—1979）、奥·策德布（1915—1975）、仁·拉哈巴（1918—1998）、哈·占布拉（1929—?）和普尔拜（1933—1992）等人，他们相互学习史诗，并给学术界演唱了不少史诗，有录音传世。

二 帕尔臣演唱史诗

帕尔臣演唱、符拉基米尔佐夫记录并于1926年出版的英雄史诗《鄂尔格勒图尔格勒》，描绘的是在富饶美丽的阿尔泰杭爱山生活的鄂尔格勒图尔格勒。他没有人类父母，其父亲是蔚蓝的长生天，其母亲是金色大地，山上的石头破裂而出生了三岁的勇士鄂尔格勒图尔格勒。他出生之后，一直在欢乐中生活。某天他要上山打猎，让大臣们备马，他穿戴金银铠甲，背着弓箭和宝刀，带着猎鹰猎狗，跨上骏马上阿尔泰山打猎；他烧烤猎物饱腹之后做了噩梦：敌人哈尔库尔木前来毁灭了他家乡，赶走了属民和牲畜；他立即回家，发现这是真的情形，于是追击敌人；途中，他母亲金色大地的神灵给他下达三项劝告：看到独特盘羊时，不许放猎狗追；遇到黑狼时，不能放猎鹰追；看到二十四叉角鹿时，不许骑着骏马追。勇士不听劝告，损失了猎狗、猎鹰和坐骑，只能背着马鞍徒步行走；他碰到了三位勇士，分别将其活捉，用绳索捆绑背负前行；三人无法忍受，承认其为兄长，成为结义弟兄；鄂尔格勒图尔格勒骑着他们的马上山，祭祀长生天，从天上下来一匹马，他跨上这匹马，在三位弟兄的支持下，战胜了哈尔库尔木，收回了失去的一切；并将哈尔库尔木的老婆、那仁达来可汗的女儿娜布其高娃娶为妻，举行了连续十五昼夜的盛大婚宴；缴获敌人的牲畜财产为战利品，返回家乡；他的三位结义弟兄也带着属民和牲畜，搬家到勇士的家乡居住，大家团聚在一起过上和平幸福的生活。

这部史诗反映的是蒙古历史上建立氏族联合或部落联盟时代的生活。

在这部史诗里出现了其他史诗中罕见的一些奇异情节。比如，在其他史诗中的结义活动是一位勇士与其他不相识的勇士相见之后，经过一场惊心动魄的战争，长期作战胜负难分时，双方彼此羡慕对方的勇气和力量，发誓结拜为弟兄。但是，在这部史诗的结义不是自愿的，而是在被迫的情况下进行的。再如，其他史诗中的勇士的婚事，或者抢婚，或者经过生命危险的多项考验，才会获得妻子；而这部史诗中勇士打败敌人之后，不再经过斗争，强占了敌人的老婆为自己的妻子。

这部史诗的语言优美动听，诗歌富有韵律节奏和形象性。史诗深受佛教的影响，这是帕尔臣演唱的史诗的特点。帕尔臣从10岁到40岁的30年间，在寺庙当喇嘛，对佛教及喇嘛庙的印象较深。描绘主人公的家乡和宫殿时，常常提到金顶大雄宝殿，喇嘛们摇鼓摇铃或敲锣打鼓念经等。

《黑根灰屯呼和铁木尔哲勃》是帕尔臣演唱、符拉基米尔佐夫于1926年发表的英雄史诗。这部史诗的情节极其复杂，描绘了主人公铁木尔哲勃的婚礼，与未婚妻的七个兄弟结义，解救七仙女与七个兄弟结婚，以及消灭一群蟒古思（恶魔）及其多种灵魂的故事。

从前，旧时代过去、新时代开始的时候，岱芹老人与达格尼母亲的孩子铁木尔哲勃诞生。他成为国家政教的主人，一直过着欢乐的生活。有一天，他说："俗话说，父亲健在时多交朋友，骏马在时多看外面的地方。"他问马夫阿克萨哈里："我命定未婚妻是谁?"马夫告诉他未婚妻是远方的明美亚可汗的女儿哈尔尼顿，她有道格信青格勒等七个哥哥；说罢给他鞴马。他穿戴铠甲，与父亲告别，跨上坐骑向远方奔驰；走了三天三夜，上山看到明美亚可汗的宫殿，他大声呼喊，惊动了明美亚可汗；可汗让夫人占卜是什么人在呼喊；夫人占卜后说：勇士铁木尔哲勃，他将杀死我们七个儿子，活捉女儿做女佣，并说准备毒药给他喝；明美亚谴责夫人说：不能用毒药，你从乳房里挤出一碗奶；铁木尔哲勃来到，说："我要杀死你们七个儿子，活捉女儿哈尔尼顿做女佣。"

可是，可汗向他敬鲜奶，说这碗奶是为远征的儿子们准备的，请你喝奶解渴。铁木尔哲勃怀疑是毒药，可汗反复劝说，终于他喝下去了；喝了同一母亲的奶，他的心意马上变了，做了他七个儿子的弟弟，并出征帮助七个哥哥消灭蟒古思；他到战场之后，接连不断地砍掉蟒古思们的脑袋，并大声呼喊："请道格倍青格勒等七个大哥必须离开战场，我要杀死这群蟒古思。"七个大哥尚未听到，可是他们的骏马听到了，带着主人们离开了战场；铁木尔哲勃杀戮群魔之后，七个哥哥前来相认，大家团聚在一起，铁木尔哲勃举行盛宴欢迎；接着八个弟兄一起前去，消灭了蟒古思们的老婆和75个孩子；还拯救了恶魔捉来做女佣的七位仙女，让她们与道格信青格勒等七兄弟完婚，并俘获恶魔的牲畜财产，返回明美亚可汗宫殿；在那里铁木尔哲勃与哈尔尼顿结婚，举行盛大婚宴之后，夫妻二人返回老家，向父母磕拜；同时，七位大哥夫妇也搬家到铁木尔哲勃的家乡，大家团聚在一起过着和平幸福生活。

这部史诗的艺术语言优美动听，具有很高的艺术魅力。

帕尔臣演唱、诺门哈诺夫用拉丁拼音记录于1925年的史诗《道格信青格》长达1550多诗行，现收藏于蒙古科学院语言文学研究所。这是帕尔臣演唱的重要史诗，是内容丰富、情节完整、形象性和艺术性强的优秀英雄史诗。

首先，史诗以韵律节奏的诗歌交代，在那古老美好时代即将结束、富饶美丽的当今世界刚刚开始之机，勇士道格信青格勒诞生，成为家乡政教的主人；在勇士的家乡——雄伟的阿尔泰杭爱山上，深山遍野布满牛羊马驼群，银白色高大宫殿屹立在高山大海之间；道格信青格勒在宫殿举行酒筵的时候，他的马倌阿克萨哈里大声呼喊，敌人阿布尔古顺哈尔蟒古思来抢劫属民和牲畜了！道格信青格尔听到之后，立即跨上骏马，携带弓箭和刀枪，去追击蟒古思；他在征战途中碰见了三个小孩子，他们一会儿哭一会儿唱，因为他们是勇士古尔嘎勒岱的儿子，就是那个蟒古思抢劫了他们家的属民和牲畜，其父古尔嘎岱追击敌人，已过三年尚未归来；他们想到父亲可能被害死而哭，又想到父亲可能活着而唱；道格信青格勒又向前飞奔，碰见了被那个蟒古思俘虏而逃出的老人，他控诉了那个蟒古思的罪行；道格信青格勒向前与蟒古思搏斗，见到勇士古尔嘎岱和穆希格乌兰与那蟒古思打仗；他们三人结为义兄弟，在一起消灭了蟒古思及其兵丁，解放了被蟒古思抢劫的三仙女；三勇士与三仙女结婚，他们俘获蟒古思的牲畜财产，把金银财宝驮在马背上，高高兴兴地回到了道格信青格勒家乡，拜见了其父母，恢复了平安幸福的生活。

在史诗《道格信青格勒》中的蟒古思，不仅抢劫大地上的人们的牲畜财产，而且活捉了天上的三仙女，使她们受苦受难。史诗主人公为保卫大地上的人民和天上的神界，而与其他勇士们团结在一起，以集体力量英勇作战，消灭了罪恶滔天的敌人，拯救了天上天下受苦的人民。

《道格信青格勒》与帕尔臣讲的另一部史诗《黑根灰屯呼和铁木尔哲勃》有一定的联系，即铁木尔哲勃的七位结义弟兄的老大的名字也叫道格信青格勒，他也是有名的英雄好汉。此外，在这两部史诗中都有勇士与仙女结婚的情节。

满·帕尔臣演唱、阿·布尔杜可夫请文书玛扎尔记录于1910年的英雄史诗《宝玛额尔德尼》，是以回纥蒙古文记录的散文体作品。

这部史诗描绘了主人公宝玛额尔德尼的婚礼，其先后与两位勇士结义、打败一个侵略者及其子孙，并且结义兄弟们都搬家到宝玛额尔德家乡一起居住的故事。其情节较复杂，是具有形象性和艺术性的重要史诗。

宝玛额尔德尼从阿克萨哈里老人那里听到，他天生的未婚妻是图布扎尔嘎郎可汗的女儿图门蒙龙嘎；他跋涉到图布扎尔嘎郎可汗家，向他女儿求婚；这位可汗说，谁去打死草原上的蟒古思，就将女儿嫁给他；宝玛额尔德尼和另一求婚者哈吉尔二人去与蟒古思搏斗，打来打去但打不死蟒古思；宝玛额尔德尼的战马告诉主人说，蟒古思的灵魂是黄金蛇；按着战马的话，二勇士去先砍死其灵魂，才消灭了蟒古思的肉体。

为了看谁的力量大，宝玛额尔德尼与哈吉尔哈尔摔跤，胜负难分时哈吉尔哈尔主动摔下，成为结义兄弟；宝玛额尔德尼与图门妻蒙龙嘎结婚，并带妻子回到了家。

哈吉尔哈尔回到自己家时，家乡变成了废墟；看到妹妹留下的信，知道了东北方的哈达和哈尔盖二人来袭击，驱赶了属民和牲畜；哈吉尔哈尔追击敌人时，义兄弟宝玛额尔德尼前来帮助，二人去征服了敌人，收回了失去的属民和牲畜；二位勇士返回家乡途中遭遇敌人恨哲、赫勒的追击，二勇士把他们打死之后，有一只黑鹰飞过来让二人起死回生；他们先射死黑鹰，方消灭了恨哲、赫勒二敌人；宝玛额尔德尼回到了家，哈吉尔哈尔带着属民和牲畜搬家到了宝玛额尔德尼家乡一起居住。

应阿克萨哈里的请求，二勇士去征服阿嘎拉格地区的哈尔蟒古思，把他们的属民和牲畜交给了阿克萨哈里老人。阿克萨哈里老人，让他们去与著名勇士黑根灰屯呼和铁木尔哲勃搏斗，他们一个接一个去摔跤，胜负难分时相互钦佩，做了结义兄弟。他们一起回到宝玛额尔德尼家乡，生活在一起。

史诗《宝玛额尔德尼》有多种异文，除1910年帕尔臣演唱的之外，还有巴塔于1948年演唱的异文和作家策登扎布于20世纪30年代记录的异文，这三种异文基本上大同小异。这说明《宝玛额尔德尼》在38年（1910—1948）间变化不大，保存了早期传统。《宝玛额尔德尼》歌颂了为保卫家乡而与侵略者进行不屈不挠的斗争而取得胜利的伟大精神。

帕尔臣演唱、阿·布尔杜可夫请文书玛扎尔记录于1910年的史诗《达尼库尔勒》，是回纥蒙古文记录的散文体作品。后来巴·卡托改写为基里尔式蒙古文（8700诗行）。

这部史诗的情节结构极其复杂，史诗主人公达尼库尔勒在龙王不同意的情况下，与她女儿结婚而受到惩罚；他与勇士扎那包亦丹成为结拜兄弟；二位勇士征服了入侵者蟒古思，打败了窃马贼骑凤凰的人，消灭了侵略希里陶高斯可汗的蟒古思，并与其牛倌的两个女儿结婚；达尼库尔勒的儿子额尔敦库尔勒出生，二勇士征服了侵略呼吉库尔勒可汗家的蟒古思，额尔敦库尔勒与他女儿赫布达尔结婚。

史诗开头就说，在那古老时代，有雄壮而美丽的山水，辽阔的大草原，漫山遍野的花草水果。布满大草原的肥壮的牛羊马驼以及高大天空的雄伟的宫殿；宫殿的主人达来可汗和夫人莫仁格尔乐二人没有子女，老可汗上杭爱山建立了金银佛塔，向霍尔穆斯塔天神求子，诞生了金胸银背的儿子，起名为达尼库尔勒。

达尼库尔勒长大后，应邀到阿维达处，见到龙王女儿图古日戈格日乐，她特别喜欢达尼库尔勒并设宴招待，两个人互相爱慕，他们一起到龙王宫；龙王反对将女儿嫁给达尼库尔勒，并辱骂他父母。达尼库尔勒怒气冲冲回到家，带着四个哥哥一起去打败龙王的军队，虽然四个哥哥在征战中被打死，可是他抢来图古日戈格日乐，并举行了婚礼；龙王发怒从天空中降下暴风雪，冻死了达来可汗的百姓和牲畜，只剩下可汗夫妇、达尼库尔勒和图古日戈格日乐等几人；在这关头，达来可汗和达尼库尔勒到龙王宫去，向龙王献哈达和大量金银财宝赔礼道歉，还把龙女图古日戈格日乐送回家；龙王用白药救活了四个勇士，这样避免了更大的灾难。

勇士扎那包亦丹前来驱赶了达来可汗的马群，达尼库尔勒追击，两人长时间搏斗，胜负难分，彼此倾慕对方，结义为兄弟；二位勇士一起去与蟒古思打仗时，扎那包亦丹被打死，遗体被抛入深洞里，达尼库尔勒走进深洞，找到他遗体并将他复活。敌人骑凤凰的人等赶走了达来可汗的马群，二位勇士追击，经过长期惊心动魄的战斗，活捉敌人使他们发誓永远不侵犯，放走了他们；二勇士赶回马群胜利归来。应希里陶高斯可汗的请求，二勇士去消灭了蟒古思家族，达尼库尔勒与可汗家牛倌的女儿阿利亚敏达苏结了婚。

最后，达尼库尔勒的夫人阿利亚敏达苏生了金胸银背的儿子额尔敦库尔勒，他很快长大成人；应呼吉库尔苏可汗的邀请，达尼库尔勒和扎那包亦丹去，打死了侵略他们的蟒古思，并带来可汗的女儿赫布达尔，她是额尔敦库尔勒命中注定的妻子，于是举办盛大婚宴，大家一起过上和平幸福的生活。

这部史诗很长，有许多小故事，每个故事都描绘得非常细腻而生动，歌颂了达尼库尔勒的无畏的英雄事迹，他为保卫和平幸福生活而战胜各种侵略者。

《达尼库尔勒》是帕尔臣演唱的最重要史诗之一，艺术价值较高。

《汗青格勒》由帕尔臣演唱，符拉基米尔佐夫记录，出版于 1926 年(860 诗行)。这是一部很不完整的作品，开头用很大篇幅描绘了一个鬼怪故事，后头只用 110 行诗交代了蟒古思抢劫主人公父母百姓而失败的事情。这部作品没有序诗，说有一位好汉叫博克多诺彦汗青格勒，他是哈尔嘎苏可汗的儿子，他有妹妹哈尔尼顿。汗青格勒要上阿尔泰山打猎，让马倌阿克萨哈里鞴马，他跨上骏马，带着猎鹰和猎狗，妹妹哈尔尼顿送行。他上阿尔泰山看到有一条灰狐狸跑过来，先放猎鹰追捕，没有追上反而摔伤，接着放猎狗追杀，也没有追上并受伤，最后自己快马加鞭去追，可是马腿裂开而没追上。他治好猎鹰、猎狗和坐骑的伤口，骑马回家。妹妹哈尔尼顿前来迎接，并向他问狐狸叫了没有。夜晚睡觉时他给妹妹盖上貂皮大衣，还用军队和猎鹰猎狗保护她；不料半夜狐狸来窃走了妹妹；汗青格勒追击灰狐狸，先消灭了狐狸的军队，经过长时间搏斗砍死了灰狐狸，还杀死了他老婆及从其肚子里跳出来搏斗的儿子；从恶魔那里找到了变成麻雀的妹妹哈尔尼顿，回到了家。

最后，用几句话交代了蟒古思来赶走其父母和百姓，他去追击过程中看到父母为蟒古思放牧，他去活捉蟒古思，拴在马尾上拖死，收回失去的一切返回家乡。

这部作品没有说明，为什么猎鹰、猎狗和坐骑没有追上灰狐狸，为什么失去妹妹哈尔尼顿等。

可是，杜尔伯特艺人海恩占演唱的史诗《汗青格勒》情节完整，描写合情合理，在许多方面弥补了帕尔臣演唱的这部作品的缺陷。如失去妹妹哈尔尼顿的原因，是汗青格勒看到灰狐狸跑过来，发誓如果杀不了灰狐狸，宁可失去妹妹；结果因此失去了妹妹。此外，在帕尔臣演唱史诗《鄂尔格勒图尔格勒》中也有猎鹰、猎狗和坐骑追不上猎物的情节。其中说：主人公的母亲金色大地的神灵变为白发老人，劝主人公看到三种猎物时不可追杀；可是鄂尔格勒图尔格勒不听神灵的劝告，放猎鹰、猎狗和坐骑追杀猎物失败，反而都受了伤，主人公背着马鞍徒步行走。

帕尔臣演唱的《汗青格勒》是在他演唱的史诗中最差的作品。我国青海也有史诗汗青格勒，但内容完全不一样。

帕尔臣演唱、符拉基米尔佐夫记录于1926年的史诗《鄂格勒莫尔根》是描绘鄂格勒莫尔根的婚礼、结义，消灭两大群蟒古思并获得战利品而归的故事。这部史诗把古老时代、鄂格勒莫尔根的特点、他家成群结队的牛羊马驼群、高大的宫殿及其优美的装饰、马倌阿克萨哈里鞴马，英雄的穿戴和武器、远征娶妻以及经过的大戈壁和无边无垠的草原等描绘得非常细腻而生动。

鄂格勒莫尔根出生时，嘴里叼着黑剑，手里握着血块，他远征去娶杜尔斯冷可汗的女儿道台孟德尔，到可汗家之后，跪在地上向可汗磕头，献给哈达和礼品，向他女儿道台孟德尔求婚；可汗同意嫁女儿给鄂格勒莫尔根，举行了盛大婚宴；女儿跟鄂格勒莫尔根走的时候，在喇嘛庙开法会祝贺，给女儿陪嫁许多牲畜和金银财宝，鄂格勒莫尔根长途跋涉，带着妻子返回家园。他们拜见父母送礼物，举行盛大婚宴，夫妻居住在高大华丽的房屋。

鄂格勒莫尔根返回家之后又出征，与阿尔斯郎成为结义兄弟，到阿尔斯郎家。再出去打猎，烤猎物肉吃饱后躺下酣睡不醒。醒过来后，先后砍死了两窝蟒古思，然后去见到蟒古思的大臣，下命令让他把蟒古思的牲畜财产送到他家，鄂格勒莫尔根缴获大量战利品，过上了和平幸福的生活。

《鄂根勒莫尔根》是不完整的史诗，诸如勇士的婚礼中，没有任何斗争的考验；主人公与阿尔斯郎结义之后，阿尔斯郎从未出面；鄂格勒莫尔根先后屠杀了两群蟒古思，可是他们没有侵略和破坏别人的家乡，他们与普通人一样，有高大的房屋、大臣和牲畜财产。

尽管这部史诗不完整，但它不会损害帕尔臣的声名，帕尔臣是伟大的史诗演唱艺人，他非常擅长演唱史诗，但有些情况下他状态不佳，影响了演唱质量。他演唱的《达尼库尔勒》《宝玛额尔德尼》《道格森青格勒》《鄂尔格勒图尔格勒》《黑根灰屯呼和铁木尔哲勃》等都是非常完整的优美动听的优秀史诗。帕尔臣为蒙古英雄史诗的发展做出了很大的贡献，他也为蒙古英雄史诗的传承培养了许多史诗演唱艺人。

杜尔伯特陶兀里奇和海恩占演唱的史诗

一 杜尔伯特陶兀里奇

学者巴·卡托介绍和研究过杜尔伯特史诗和艺人。杜尔伯特人居住在乌布苏省哈尔黑拉、土尔根河和布赫牧林等地，也有史诗演唱传统。他们演唱的英雄史诗在内容、情节、主题和形象方面与邻居巴亦特以及乌梁海的史诗不相同。杜尔伯特人唱的《道图孟都尔汗》《汗青格勒巴托尔》《哈森查干汗》《库库勒岱莫尔根》《额真博克多查干汗》《歌唱阿尔泰》（Altai Hailah）等史诗，在巴亦特人和乌梁海人中没有流传。

杜尔伯特人中曾出现过的著名史诗演唱艺人，早期有萨日散（色斯楞）、巴嘎莱、那米郎、沙尔胡本、昭诺洛布和古鲁格等，晚期有昭道巴、海恩占、达米亚、米吉德和尼玛等。

俄国旅行家波塔宁于1883年出版的《西北蒙古》一书中发表了萨日散（色斯楞）演唱的史诗《三岁的莫黑莱巴托尔》。此外，他还发表了萨日散讲述的《查干达尔》和有关好汉的传说。当时萨日散年近60岁，他会蒙古文，拉胡琴唱故事。波塔宁请他记录自己唱的史诗《好汉……》，但没有写成。巴亦特著名艺人帕尔臣，最早向萨日散（色斯楞）学习了史诗演唱。如前所述，帕尔臣在寺庙当小喇嘛期间跟他学会了《宝玛额尔德尼》，并得到他的赞扬。

那米郎在1911年出生于乌布苏省土尔根苏木牧民鄂拜家。其父鄂拜会蒙古文和藏文，是一位猎人。那米郎10岁去寺庙当了小喇嘛，从喇嘛们处学习了《歌唱阿尔泰》《格斯尔》《汗哈冉贵》等史诗，成为演唱艺人。1932年寺庙被取缔，他回家乡做牧民、木匠和建筑工人，并在省文化厅当过演员。1950 年他在文艺晚会上朗诵祝词得到好评。蒙古著名学者宾・仁亲、策・达木丁苏伦和哲・曹劳都见过那米郎，并于 1962 年应邀到乌兰巴托工作了半个月讲述民间文学作品，学者们录制了他的说唱。

艺人昭道巴（1910—1986），出生在乌布苏省贫苦牧民查嘎岱家，小时候到寺院当小喇嘛，向喇嘛们学到了民间故事、传说和史诗。他离开寺院后做牧民，还当过工厂的经理等，于 1970 年退休。他向舅舅沙尔恩学习了史诗《宝玛额尔德尼》《汗莫克莱》《博克多查干汗》，又向土吉格学史诗《单库尔勒》。1967 年他应邀到乌兰巴托演唱史诗和故事，学者们做了录音。苏联学者阿・昆德雅洛夫于 1980 年和 1983 年与他两次见面，先后用 35 天录制了他演唱的史诗。1982 年昭道巴参加全国文艺会演，他演唱史诗获得了金质奖，1983 年他在乌布苏省文艺会演中又得了金质奖。

昭・达米亚（1930—1994），出生在乌布苏省萨黑勒苏木牧民昭诺洛布家。1944 年小学毕业后，他给富人放羊，1954 年成为牧业合作社社员。其父亲以洪亮的声音歌唱史诗和故事，他向父亲学习了《歌唱阿尔泰》。学者策尔勒记录这部史诗，并在省里发表。1968 年学者沙・嘎旦巴和达・策仁索德那木把这部史诗收入《民间文学范本》中。达米亚几次参加全国文艺会演并得了奖。

另一位著名的陶兀里奇是古・海恩占，于 1915 年出生于乌布苏省乌兰固木市古鲁格家。其父古鲁格旧时曾给富人放羊，革命后从事畜牧业，也做过铁匠、木匠等活。8 岁的海恩占被送到寺院当小喇嘛，但他不愿意，离开寺院后参加了当地蒙古文会所学习一年半，考试时得了第一名，当了两年文书。他 16—18 岁种地、赶车和在驿站工作，在这期间他向父亲和当地人学习了演唱史诗《汗青格勒》《道图孟都尔汗》《哈森查干汗》《库库勒岱莫尔根汗》《库尔勒哈尔巴托尔》《歌唱阿尔泰》，在演唱时他弹唱陶布舒尔琴。1933 年海恩占在省畜牧学校学习，毕业后做了兽医，1939 年参军在苏赫巴托省当过军医。1940 年以后，民间文学考察队录制了他唱的史诗《哈森查干汗》《库库勒岱莫尔根汗》《库尔勒哈尔巴托尔》以及传说和祝词。

卡托认为，海恩占并不注重背诵史诗，他为了掌握蒙古史诗的独特性、艺术语言和演唱技巧而不断地努力。同时，他演唱时会把自己的心里话与史诗的情节和人物命运紧密地联系在一起。

海恩占不仅仅演唱史诗，而且会歌颂婚礼祝词、蒙古包祝词、客人祝词和羊毛毡祝词等。他演唱的史诗富有神话传说特色，有的像鬼怪小说，如蟒古思化身为灰狐狸害人，蟒古思的老婆死后变成干马粪害死勇士的战马等情节，在其他史诗中比较罕见。

总之，西蒙古有数十部很长的英雄史诗，有些史诗长达10000诗行左右，这些重要史诗是经过史诗演唱世家和演唱艺人之口代代相传下来的。西蒙古也有许多著名的史诗演唱家，尤其是苏·朝依苏伦、巴·阿毕尔莫德和帕尔臣是伟大的演唱艺人。通过西蒙古艺人的研究，可以清楚地了解到英雄史诗的产生和发展规律，同时还可以看到演唱艺人的生长环境、生活条件、培养教育、天赋和才华以及自身的努力等方面的问题。

二　海恩占演唱的史诗

古·海恩占应蒙古科学院语言文学研究所的邀请，在乌兰巴托演唱了英雄史诗《道台孟德尔可汗》。史诗内容如下：从前，在那混沌时期，占据赡部洲西部的可汗叫道台孟德尔，他的战马是阿尔泰山十三匹马中的头马，也是神马；他家的马群分布于阿尔泰杭爱山，牧马人是阿克萨哈里老人；他有美丽闪光的弓箭、钢刀和铠甲，在他家乡没有外来侵略者，也没有“内鬼”，人们在和平幸福的环境中生活。

占据日出方向的蟒古思的儿子，洞查干蟒古思向龙王的女儿哈尔尼顿求婚；龙王说：我有一位名扬四方的摔跤手叫哈萨尔哈尔，谁能摔过他就将女儿嫁给他。洞查干摔倒了哈萨尔哈尔，于是可汗举行了六十天的婚宴，人们欢乐了八十天。洞查干娶了哈尔尼顿返回家乡，让她居住于高大房屋；洞查干喝醉后出去，砍下了自己官吏的脑袋，他说：我要去征服道台孟德尔可汗，俘获他的牲畜和财产；哈尔尼顿劝告他，他不听，他跨上战马向道台孟德尔可汗家奔驰。

洞查干走到特定的山丘上观察，看到阿克萨合里老人赶马群到河边饮水，又将马群赶上阿尔泰山之后回家；洞查干乘机抢劫了五百匹小马，并烤马肉吃了以后酣睡不醒。可汗家的那匹神奇的黑公马去把这件事告诉了阿克萨哈里，阿克萨哈里转告了道台孟德尔可汗；可汗请占卜者占卜，占卜者说：你的运气好，不但可以战胜敌人，而且会有儿子。可汗跨上战马携带武器去追击敌人，他上特定的山丘上看到洞查干在睡觉；洞查干的马叫醒了主人；二人先用弓箭对射，胜负难分，于是进行摔跤；洞查干把可汗摔倒在地，坐其身上将杀死可汗，此时可汗的战马咬断了敌人的战马脖子；看到战马的英雄行为，可汗意志旺盛，翻身反坐到敌人的身上，结束了对方的性命；可汗胜利返回家的时候，夫人生了儿子。

这部史诗歌颂的是道台孟德尔可汗英勇作战、战胜强敌的英雄行为。

海恩占演唱的《汗青格勒》是个鬼怪故事。描绘了勇士汗青格勒与劫走妹妹哈尔尼顿的灰狐狸进行极其复杂的斗争，消灭了变身为灰狐狸的杜希哈尔蟒古思及其妖婆，救出了妹妹哈尔尼顿。

勇士汗青格勒在睡觉时做噩梦，梦见杜希哈尔蟒古思变成灰狐狸跑来危害人们，他射死了灰狐狸，大吃一惊惊醒；妹妹哈尔尼顿向哥哥询问梦境，并安慰哥哥不要害怕，并给哥哥敬酒歌唱。汗青格勒携带武器、猎鹰、猎狗，跨上战马上山，看到灰狐狸跑过来；他发誓一定要打死灰狐狸，否则宁可失去妹妹哈尔尼顿。他先后放猎鹰、猎狗追杀，鹰犬没有追上反倒受伤；于是自己快马追赶，不仅没有追上，反而战马摔下受伤；勇士用白药治好鹰、狗、马的伤口，灰心丧气回到了家。晚上妹妹哈尔尼顿睡觉时，他召集英雄好汉们携带兵器保护她，也让鹰和狗看守；但是，杜希哈尔蟒古思变作麻雀抢走了他妹妹。汗青格勒追击途中，遇到被这个蟒古思伤害的勇士斯琴乌兰、上天之子图如朱拉，原来他们的妹妹也叫哈尔尼顿，也被这个蟒古思抢劫了，他们为拯救妹妹而被害。汗青格勒用白药治好他们的伤口，三人结为义兄弟；三勇士向前走，按着汗青格勒神奇战马的指点，砍死了从远处活吞人的三岁黑犍牛，它是杜希哈尔蟒古思的化身。从它肚皮里走出一群群人，他们感谢救命恩人，庆贺战胜敌人而取得胜利。三勇士再向前走，走到了杜希哈尔蟒古思的住处；上天之子图如朱拉、斯琴乌兰和汗青格勒先后与蟒古思搏斗而中毒；此时，又是汗青格勒的神奇战马让主人躺下睡觉，可以梦见杜希哈尔灵魂的隐避处，找到之后砍死它。汗青格勒梦见蟒古思的灵魂是金凤山上的三个脑袋的黑花蛇；他醒过来之后，射死黑花蛇，还用白药治好了中毒的二勇士。三勇士去砍死了化作美女的蟒古思的妖婆，找到了三个哈尔尼顿妹妹，大家一起到汗青格勒家，召集百姓们都来，三勇士与对方的妹妹结婚，举行了盛大婚宴而结束。

这部史诗歌颂了汗青格勒等勇士集团作战，消灭能变善化的恶魔。

《哈森查干可汗》是海恩占演唱，巴·卡托、娜仁托娅整理的英雄史诗。

《哈森查干可汗》中说，可汗的儿子诞生了，将要统治江山，向四面八方派人去邀请全体臣民百姓都来参加庆祝活动。全体臣民都到了宫殿参加庆祝活动。在会上唱歌，跳毕叶勒格舞，弹陶布舒琴，举行了60天的宴会，享受了80天的欢乐。尚未来得及剃胎发和起名的幼儿对父亲说，我要远征认识外边的人物，给我鞴马和准备优良的武器。父亲听了儿子的话之后，首先请阿克萨哈里的老伴阿杰给儿子剃胎发，他自己给儿子起名为海尔哈尔。阿克萨哈里老人给他带来了飞快的栗色马，父亲给他穿戴的铠甲和弓箭宝刀。小英雄海尔哈尔出征时，阿杰老奶奶送他隐身帽，阿克萨哈里给他一把沙子，打仗时可以变成军队。海尔哈尔跨上马向日出方向奔驰，走到约定的土丘上，坐骑说前面有吮吸活人的乃古拉哈尔蟒古思和他的大肚妖婆。他按着坐骑的指点，当坐骑从蟒古思上面跳过去时，勇士砍掉了蟒古思的脑袋，又打破妖婆肚皮时，从里面走出了成群结队的人，他们感谢救命恩人，祝贺一帆风顺。海尔哈尔还救出来被蟒古思关押的巴尔斯哈尔勇士，与他结义为弟兄。

以上部分讲得很好，但是在下半部分中重复了前边已讲的内容，而该讲的却没有讲。

海尔哈尔继续走的时候，坐骑说前面就是你想去的那仁格日勒可汗的家，海尔哈尔到可汗家向他问安，并说来向他女儿娜仁高娃求婚。可汗说乃古拉哈尔蟒古思抢劫了女儿，十方勇士和二十方好汉追击，尚未归来，你该回去了。海尔哈尔说，我去镇压蟒古思，将娜仁高娃带回来。他走到一座山上，坐骑说前边有一条黑花狗和黑公驼，它们是蟒古思的化身。勇士砍死了狗和公驼，坐骑从乃古拉哈尔头上跳过去时，勇士砍掉了蟒古思的脑袋，又打破妖婆肚皮，从里面出来十方勇士和二十方好汉，他们感谢救命恩人，祝愿他一帆风顺。海尔哈尔又按马的指点，从一座高大水晶里找到娜仁高娃，把她带到那仁格日勒可汗家，可汗举行 60 天的婚宴，欢乐了 80 天。海尔哈尔与娜仁高娃结婚，并带她返回了家乡，和父母一起生活在和平幸福的环境之中。

这部史诗的后半部分重复，不知是艺人海恩占演唱错了呢，还是卡托和娜仁托娅没有整理好。

杜尔伯特艺人查·昭道巴演唱过史诗《灰屯昭日格诺彦》。内容是：从前，阿尔泰杭爱地区居住着灰屯昭日格和哈尔库苦勒弟兄二人。灰屯昭日格去娶萨仁达瓦可汗女儿娜仁达瓦的途中遇到铁木尔布斯，他也要娶娜仁达瓦姑娘，三勇士长时间搏斗，胜负难分，然后结为弟兄。

二勇士走到了特定的山丘上，看到了萨仁达瓦可汗家；他们到达可汗家的时候，十方十大勇士和二十方二十大好汉已经到了，向其女娜仁达瓦求婚；二勇士向可汗献哈达和大量的金银财宝，向他女儿求婚；可汗说谁通过三项比赛获胜，就将女儿嫁给他。首先，灰屯昭格与著名摔跤手嘎海沙尔摔跤，胜负难分；此时灰屯昭日格跨上马到高山上去，焚香洒酒祭天，知道嘎海沙尔的灵魂是在孙布尔山上的三个金雀。他先杀死灵魂，接着砍掉了嘎海沙尔的头。赛马比赛中，铁木尔布斯骑着灰屯昭日格的马超过了古勒哈尔骑的登丹金黄马而第一个跑到终点；在射箭比赛中，灰屯昭日格射中了所有目标；灰屯昭日格娶了娜仁达瓦向家走，铁木尔布斯也返回家乡。

这部史诗下半部分的情节较复杂。汗霍尔穆斯塔的勇士哈丹哈尔突然前来砍掉了灰屯昭日格的头颅；灰屯昭日格的弟弟哈尔库苦勒经过你死我活的斗争，杀死了哈丹哈尔及其军队；又找到了汗霍尔穆斯塔的灵魂，先打死其灵魂，后消灭了汗霍尔穆斯塔的肉体。

哈尔库苦勒从六十丈深洞里找到了哥哥灰屯昭日格的遗体，用快速治疗的白药使他死而复生。又听见女人哭的声音，找到了娜仁达瓦仙女，原来霍尔穆斯塔割下了她的一只手、一条腿和一只眼球。哈尔库苦勒用白药使她恢复了健康；还找到了她的三岁儿子，他长大成人，大家一起返回灰屯昭日格的家乡，过着平安的生活。

这部史诗非常奇怪，竟然将汗霍尔穆斯塔当作敌人，要知道蒙古人把最高天神叫霍尔穆斯塔腾格日。

这是查·昭道巴演唱的《灰屯昭日格诺彦》，海恩占也演唱过这部史诗，但笔者没有找到，这里仅介绍一下昭道巴的演唱。

关于《蒙古英雄史诗发展史》的撰写过程

中国社会科学院老专家协会秘书长杲文川同志来电话，说让我在今年年会上作发言，谈2018年获奖专著《蒙古英雄史诗发展史》撰写过程，主要谈以下三个方面。

一　课题的提出

《蒙古英雄史诗发展史》是院重点项目，是2001年本院文学研究所民间文学研究室承担的《中国民间文学研究》丛书之一部分。丛书包括神话、传说、民间故事、民歌、民间叙事诗、史诗、民间小戏和谚语八种专著。尽管在这之前，有过个别专著和论文，但缺少系统的研究专著，这套丛书的出版填补了民间文学研究的空白。

文学研究所民间室邀请我和我们民族文学所荣誉学部委员郎樱同志承担史诗卷的撰写任务。2001年我到65岁已退休了。我于1960年在国外留学回国后，分配到文学研究所工作。在大学期间，我也很喜爱蒙古英雄史诗，尤其是从1962年起，我多次到内蒙古、新疆的蒙古族聚居地区进行田野调查，搜集到25部史诗和其他民间文学作品，并开始研究史诗。“文化大革命”后，于1978年文学研究所重点刊物《文学评论》复刊后的第二期上，我发表了《评〈江格尔〉里的洪吉尔形象》一文，这篇论文在恢复民间文学研究方面有一定作用。在社科“六五”规划期间（1981—1985），我是蒙藏两个民族英雄史诗《格萨（斯）尔》的搜集整理出版工作负责人之一；在社科“七五”规划期间（1986—1990）。我任“中国少数民族英雄史诗研究”项目牵头人。我们课题组有郎樱、降边嘉措、刘亚虎和我，在20世纪90年代撰写出版了中国第一套史诗研究丛书，包括

《格萨尔论》《江格尔论》《玛纳斯论》《南方史诗论》等专著。在这期间我还撰写出版了《少数民族史诗〈江格尔〉》（1990，1995）和《蒙古英雄史诗源流》（2001）等专著。因此，文学所民间文学室邀请我和郎樱同志参加了史诗卷的撰写工作。本来应在5年内完成的丛书，因个别作者去世并换人，而且有些作者有别的任务，影响了民间文学研究丛书的完成时间，我们已完成《中国史诗研究》卷的初稿，等了近10年，还有些人尚未完成，有的人的书已出版。因此，我先出版了《蒙古英雄史诗发展史》，其中包括《江格尔》研究和《格斯尔》研究。

史诗是在史前时期产生的最古老的口头文学体裁之一，在人类社会史上具有划时代意义，在世界文学史上占有重要地位。史诗广泛地反映了古代社会生活和思想意识，保留着古籍中没有记载的珍贵资料，为研究古代社会的各门学科提供了大量信息。过去外国学术界认为，世界上最长的史诗是印度史诗《摩诃婆罗多》，它长达11万双行，即22万诗行。可是，我国三大史诗《格萨尔》《江格尔》《玛纳斯》远远超过了它，属于世界上最长的史诗行列之内，并具有高度的思想性和艺术性。

习近平总书记在十三届人大第一次会议上，高度评价了中国三大史诗，说“传承了格萨尔王、玛纳斯、江格尔等震撼人心的伟大史诗”，他把少数民族三大史诗与中国古典文学名著“诗经、楚辞、汉赋、唐诗、宋词、元曲、明清小说等伟大文艺作品”相提并论，这说明了中国史诗研究的伟大意义。

二 撰写过程中遇到的问题

中国早期学者王国维、章太炎、鲁迅、茅盾和郑振铎等，介绍过希腊、印度和中世纪欧洲史诗，但他们不了解中国少数民族史诗，认为中国没有史诗。如郑振铎先生是研究中外文学的大学者，撰写出版过《俄国文学史略》（1924）、《泰戈尔传》（1925）、《插图中国文学史》（1932）和《中国俗文学史》（1938），但他没有研究少数民族史诗，却说：“除了中国及其他不重要的几个国家外，差不多没有一个国家没有。”又说：“中国所有的叙事诗，仅有一篇《孔雀东南飞》算是古今第一长诗，而以字计之，尚不足一千八百字，其他如白居易、杜甫诸人所作的，则更为短促了。”①

以上学者了解印欧史诗，但没有注意其他民族史诗。世界上史诗最多的是阿尔泰语系民族中的突厥语族民族和蒙古语族民族，包括我国蒙古、土、柯尔克孜、哈萨克、维吾尔等民族，他们的史诗又多又长，已统计的史诗超过2000部以上。

欧美学者和俄苏学者研究过各国史诗，如荷马史诗《伊利亚特》和《奥德赛》是怎么样产生的问题，但他们没有编写过史诗发展史。因为，缺乏这种先例，在本专著的撰写过程中遇到了不少问题和困难。

1. 蒙古英雄史诗的范围界限问题

我国蒙古族有英雄史诗之外，蒙古国和俄罗斯境内的布里亚特共和国、卡尔梅克共和国都有许多相似的英雄史诗。这样出现了一个问题，即我们要写中国境内的蒙古族史诗发展史呢，还是中、蒙、俄三国的整个蒙古史诗的发展史的问题。这三国的蒙古史诗数量超过600部，其中我国蒙古族史诗有近130部，蒙古国史诗有270多部，俄罗斯境内布里亚特和卡尔梅克人的史诗也有200多部，其中包括长篇英雄史诗《江格尔》和《格斯尔》。上述三国境内的《江格尔》有200多个诗篇（章）。

中、蒙、俄三国的蒙古英雄史诗是同源异流作品。国外学术界共认，蒙古—突厥民众有共同的叙事传统，他们的英雄史诗具有共性。这种传统源于蒙古人和突厥人的祖先共同居住在中央亚细亚和南西伯利亚时代。笔者同意这种观点，在这一地区，蒙古—突厥有共同的萨满教信仰，在萨满教祭祀祖先诗歌、祝词、赞词和风俗歌谣等原始诗歌的基础上形成了最初的英雄史诗，并逐渐向前发展。

后来到国家和民族形成后，随着各蒙古部落的迁徙，英雄史诗流布于中、蒙、俄三国的蒙古语族民众中。因此，无法单独研究我国的蒙古族英雄史诗，必须把我国史诗放在三国史诗的整体背景下，进行深入细致的探讨，才能得到史诗产生和发展的规律。

我把整个蒙古英雄史诗分为三大体系和七个流传中心，进行了研究。

---

① 郑振铎：《史诗》，载朝戈金主编《中国史诗学读本》，中国社会科学出版社2013年版，第24—27页。

蒙古史诗发展的三大体系是布里亚特体系、卫拉特体系和喀尔喀—巴尔虎体系。

蒙古英雄史诗流传的七个中心中有四个在国外，即在俄罗斯境内的布里亚特人民和卡尔梅克人民、蒙古国的西蒙古卫拉特人民和喀尔喀人民之中有着史诗广泛流传的四大中心。笔者于 1981 年撰写的一篇论文[①]中第一次指出，中国境内有蒙古英雄史诗流传的三个中心，即在呼伦贝尔盟巴尔虎人民、哲里木盟扎鲁特—科尔沁人民和新疆、青海一带的卫拉特人民中存在着史诗流传中心。

2. 蒙古英雄史诗的产生时代问题

过去一些学者认为，我国史诗产生于原始社会末期的部落战争的英雄时代。这也有一定的道理，但是蒙古英雄史诗的产生时代与印欧史诗的产生时代不同。众所周知，恩格斯将古代社会划分为蒙昧期、野蛮期和文明期，并把每个时代分为低级阶段、中级阶段和高级阶段。他还说："荷马的史诗以及全部神话——这就是希腊人由野蛮时代带入文明时代的主要遗产。"[②] 这说明，荷马史诗《伊利亚特》和《奥德赛》产生于野蛮高级阶段或部落战争的"英雄时代"。同时，马克思、恩格斯也肯定了欧洲中世纪的法国史诗《罗兰之歌》、德国史诗《尼伯龙根之歌》和英国史诗《贝奥武夫》等。笔者认为，蒙古英雄史诗的产生和发展分为三个时代，当然，包括野蛮期高级阶段。最初的史诗，产生于野蛮期中级阶段，当时出现了抢婚型史诗和勇士与恶魔（多头蟒古思、独眼巨人和毒蛇）斗争型史诗。因为，抢婚也就是一个氏族的男子到另一氏族中去，用暴力抢劫女子为妻的风俗，出现于野蛮期中级阶段。勇士与恶魔斗争的题材来自更早期的神话时代。

后来，到原始社会野蛮期高级阶段，蒙古史诗得到了第一次大发展，当时随着生产力和生产关系的发展，社会上出现了私有制和贫富之别，部落首领们为争夺财富和奴隶而进行战争。这种部落战争在史诗中得到反

① 仁钦道尔吉：《论巴尔虎英雄史诗的产生、发展和演变》，《文学遗产》1981 年第 1 期。

② ［德］恩格斯：《家庭、私有制和国家的起源》，见《马克思恩格斯选集》第 4 卷，人民出版社 1995 年版，第 4—23 页。

映，出现了大批财产争夺型史诗。这是蒙古史诗的重大繁荣发展时代。但蒙古大英雄史诗的发展尚未结束，像欧洲中世纪的法、德、英、俄等国史诗一样，到封建混战时代，在原有史诗的情节框架上，形成了长篇英雄史诗《江格尔》和《格斯尔》。蒙古英雄史诗进入了第二次大发展阶段，反映了民族内部封建领主之间的混战和抵抗外来侵略者的战争。

总之，蒙古英雄史诗经过了野蛮期中级阶段，野蛮期高级阶段和封建混战时期三大产生和发展阶段。

3. 关于蒙古英雄史诗类型分类问题

德国著名学者、波恩大学中央亚细亚语言文化研究所所长瓦·海希西（W. Heissig）[①] 教授创建了划分蒙古英雄史诗结构和母题类型的体系。他几十年来收集中、蒙、俄三国出版的上百部史诗，并进行详细分析和综合，将蒙古英雄史诗的结构类型归纳为 14 大类型，在大类型下又分为 300 多个母题和事项。这是重大发现，母题是英雄史诗的最小情节单元。分析史诗离不开这种重要因素。笔者采用母题为单元的同时，发现了比母题大的普遍性和周期性的情节单元，这就是史诗母题系列。这种母题系列分为婚事型母题系列和征战型母题系列。蒙古史诗的 300 多个母题和事项，是以这两种史诗母题系列有机地组织在一起，以不同数量和不同组合方式滚动于各个史诗里。

据史诗母题系列在每个史诗中的内容、数量和组合方式，将蒙古英雄史诗分为三大类型：

（1）单篇型史诗，基本情节只有一种史诗母题系列所组成的史诗，叫作单篇型史诗。（2）串连复合型史诗，基本情节以前后串连两个或两个以上史诗母题系列为核心的史诗，为串连复合型史诗。（3）并列复合型史诗，长篇英雄史诗《江格尔》，被称为并列复合型史诗。其情节结构分为总体史诗的情节结构和各个诗篇的情节结构两种，总体史诗的情节结构是情节上独立的 200 多部长诗的并列复合体，故称作并列复合型史诗。

---

① ［德］瓦·海希西：《关于蒙古史诗中母题结构类型的看法》，赵丽娟译，德国《亚细亚研究》第 68 卷。

总之，这三大类型的史诗是在蒙古史诗的三大发展阶段产生的。最初产生的是单篇型史诗，在它母题系列的基础上形成了串连复合型史诗。以单篇型史诗和串连复合型史诗的母题系列为基础出现了并列复合型史诗《江格尔》的各个诗篇。

按照这三大发展阶段，在《蒙古英雄史诗的发展史》中，将蒙古史诗分为单篇型史诗、串连复合型史诗和并列复合型史诗三大类型。并在每个类型下又分了若干章节。还附有国内外蒙古英雄史诗的采录史和研究史以及19世纪以来研究蒙古史诗的各国学者照片40张。

三 撰写过程中的经验教训

蒙古英雄史诗是活态史诗，对它的研究与印欧史诗研究不同，也与古典文学研究不一样。史诗学界认为，在古希腊两大史诗形成之前几百年间，有关特洛伊战争的传说和零散的史诗篇章凭借古希腊乐师的背诵流传下来。公元前9—前8世纪，盲艺人荷马将那些零散的史诗篇章口头整理和编纂成《伊利亚特》和《奥德赛》两部史诗。大约公元前6世纪才开始出现一些繁简不同的抄本，史诗的内容和形式基本固定下来。其中出现的人物和事件，可以放在公元前6世纪以前的固定的静态中去研究。

可是，蒙古史诗是活态史诗，从原始社会产生至今的1000多年口传过程中，不断地处于发展和变异中，在其中存在着不同时代、不同社会的因素。因此，这种活态史诗必须放在发展和变异的动态中去研究，而不能与希腊史诗和古典文学一样在静态中去研究。

活态史诗和民间口头文学与古典文学不同，古典文学研究者到图书馆就可以查到自己需要的书面资料。可是，在古代社会产生的史诗，一直在以民间口头传承，其中有些史诗被文字记录和出版，但是许多史诗继续在民间流传着。因此，史诗研究者不但要掌握已出版的史诗，而且必须长期下乡到民间进行系统全面的田野调查，搜集史诗文本、史诗的蕴藏与分布情况、史诗演唱风俗、史诗与原始宗教的关系等第一手资料，才会得到正确的研究成果。

同时，掌握国外相关史诗的资料。蒙古英雄史诗流布于中、蒙、俄三国境内的蒙古民族中，并且从19世纪初开始，欧洲的德国、英国、芬兰、比利时、波兰以及俄苏学者，对蒙古史诗进行搜集、出版和研究，因此出现了许多优秀成果。我们必须掌握这些前人遗留下来的主要成果。同时，还要了解外国史诗研究动态和各种史诗学派。

这就是我撰写过程中的体会和教训。因我知识面有限，表达力不强，在编写过程中难免缺点和错误，请同行和读者批评指正。

再论勇士故事与英雄史诗的关系

在2001年，应文学研究所民间文学室的邀请，笔者和郎樱研究员承担了撰写中国各民族史诗发展史的课题，笔者负责撰写《蒙古英雄史诗发展史》。当时研究蒙古英雄史诗的中外学者很多，他们从不同角度、不同层次进行了分析和研究，出版了各种论文和若干专著。但是当时还没有人将中、蒙、俄三国境内的全部（约600部）蒙古英雄史诗作为一个整体，探讨它们的产生、发展进程及其规律。笔者经过认真研究，把从古至今的蒙古英雄史诗分为三大体系、三大类型和三大产生发展阶段，并按照发展顺序将蒙古英雄史诗分为抢婚型史诗、考验婚型史诗、勇士与恶魔或敌人斗争型史诗、婚事斗争加征战型史诗、两次征战型史诗和家庭斗争型英雄史诗等十多个种类，分别进行了分析研究。应当说明，这些史诗类型的名称是笔者第一次提出来的，其中有的名称、有的分析不一定恰当，欢迎批评和指正。

本文拟就“家庭斗争型英雄史诗”的形成问题，同乌日古木勒博士进行探讨。乌博士承认“家庭斗争型英雄史诗”这一名称，但是不赞同笔者关于这类史诗形成的观点。2018年11月她在北京举行的“丝路文化”学术会议上说：“笔者并不认为，蒙古族家庭斗争型史诗是在家庭斗争型民间故事的基础上形成的，很可能是史诗传统衰弱后，家庭斗争型史诗变成了同类内容的民间故事。”[①] 在另一处，她又说：“反映家庭内部矛盾斗争的题材，是真正原始史诗主要题材之一。”而笔者在一系列著作中都谈到了勇士故事（或英雄故事）与英雄史诗的关系，指出了先有勇士故事，后

① 乌日古木勒：《蒙古族家庭斗争型史诗研究》，见《首届丝绸之路传统文化国际学术年会论文集》，2018年11月15—17日，第264—274页。

来这种故事变成韵文体之后成为英雄史诗。这个观点，是经过较长时间酝酿而形成的。

笔者于 1962 年 6—8 月去内蒙古呼伦贝尔盟巴尔虎地区进行田野调查时，首先看到了几篇勇士故事。笔者分别于 1978 年和 1981 年到新疆调查时又采录了一批此类民间故事。后来，笔者将这些民间故事与旦布尔加甫于 1985 年在布克赛尔县记录的民间故事编在一起，出版了蒙古族民间故事集《吉如嘎岱莫尔根》（1988）。在这本故事集的序言中，笔者论析了勇士故事与英雄史诗的关系问题，说过去看到几篇勇士故事，但难以区分，它们原来就是民间故事呢，还是由英雄史诗演变而成的呢？可是，在这本书中的《哈利亚莫尔根》《和格岱莫尔根》《吉如嘎岱莫尔根》《骑和布拉尔马的和日也岱莫尔根》《黑比斯陶尔根苏德尔》等勇士故事，恰好证明它们是独立存在的作品。这种勇士故事普遍流传于阿尔泰语系各民族，即撒拉、裕固、土、达斡尔、鄂温克、鄂伦春和赫哲等民族人民中，这一些作品都有助于探讨蒙古英雄史诗的起源问题。

随后，在 1988 年于海拉尔市举行的“阿尔泰语系民族叙事文学与萨满文化”会议上，笔者作了主题发言，题为“关于阿尔泰语系民族英雄史诗和勇士故事的共性”。笔者在发言中指出：如今阿尔泰语系民族已经发展成为 50 多个民族，总人口有 1 亿左右，我国有 17 个阿尔泰语系的民族。这些民族中流传着古老神话、传说、民间故事以及英雄史诗，阿尔泰语系民族具有共同的叙事文学传统。如果英雄史诗仅仅流传于突厥语族人民和蒙古语系人民中的话，勇士故事在包括满洲—通古斯语族在内的整个阿尔泰语系人民中普遍流传着，而且，这些勇士故事的内容与英雄史诗相近和相似。

在此以后，笔者在几部著作中又指出，勇士故事与英雄史诗难以区别，有些民间故事变成韵文体之后，被认为是英雄史诗而出版的现象不少，如在蒙古族人民中以书面形式流传的外国故事《阿尔达希迪汗和阿玛嘎希迪汗》，在呼伦贝尔盟新巴尔虎左旗变成了两种形式的口头版本，其一是沙格达尔·达瓦演唱，由陶克涛胡、拉斯格玛记录的英雄史诗；其二是色斯楞讲述，由朋斯克旺吉拉记录的民间故事《萨楚来莫日根汗》。

与此相反，有的英雄史诗变成散文体之后，被当作民间故事发表。呼伦贝尔盟布里亚特人策德布讲述，道·乌兰夫记录的《阿拉坦沙盖夫》就是如此。这是在俄罗斯境内的布里亚特共和国流传的英雄史诗《阿拉坦沙盖》的散文体异文。因为，著名学者扎木萨拉诺和沙尔克什诺娃先后记录出版过两次。此外，还有青海蒙古族口头文学作品《道利精海巴托尔》，以三四种形式流传着，即有海西州的苏赫演唱，才仁巴力整理出版的韵文体英雄史诗，也有海西州的伊赫德夫讲述，才仁顿都布整理出版的短小散文体故事《征服七方敌人的道利精海巴托尔》，还有肃北县扎吉娅老人演唱，斯·窦步青整理出版的韵散结合体的《道利精海巴托尔》。目前存在着上述三种情况。

我们不妨再看一看俄罗斯著名的蒙古学家、蒙古英雄史诗学家谢·尤·涅克留多夫对蒙古勇士故事和英雄史诗关系的观点。他在《蒙古人民的史诗和民间文学的联系问题》[①] 一文中说：蒙古语族人民和突厥语族人民都有英雄史诗，可是通古斯—满洲语族人民没有英雄史诗，但是他们有勇士故事。勇士故事与英雄史诗的内容相似，其中都有英雄婚礼、勇士与恶魔或敌对势力的征战。由此他认为，勇士故事的产生早于英雄史诗。勇士故事产生的时代，阿尔泰语系各民族共同居住在南贝加尔湖附近。可是到英雄史诗产生的时候，通古斯—满洲语族人民已经离开了共同地域。不知道乌博士是否看过涅克留多夫这篇重要文章呢?

在研究西伯利亚各民族的许多学者的学术成果基础上，涅克留多夫系统全面地论述了西伯利亚的阿尔泰语系民族以及鄂毕河—乌拉尔山附近的乌果尔和萨莫迪民族的勇士故事和英雄史诗的关系问题。他说，U. 克拉普劳特、V. 绍特、M. A. 卡斯特连的早期创始性研究已经证实了通古斯—满洲语与蒙古突厥语有相似性的假说，如同芬兰—乌果尔和萨莫迪语之间有相似性一样，这样形成了乌拉尔—阿尔泰语系共性的理论基础。

涅克留多夫继续指出，新石器时期，在南贝加尔湖附近就已开始形成独立的阿尔泰语系各民族体。蒙古和突厥的祖先曾居住南方，原始的通古斯人在北方。在这时期的末期和我们这个时代开始以前，这部分民族开始迁移，首先是满洲的前身部族（即女真和满洲等人的祖先）向东迁移到阿

① 见科学出版社东方文学编辑室《蒙古文学联系》（俄文），莫斯科，1981 年。有国淑平中译版。

穆尔、松花江和乌苏里江一带。经过相当长时间以后，可能是当突厥人在贝加尔湖周围散居和库雷康（Kurikan）王国的成立时期，排挤了部分通古斯的祖先，他们沿着两个方向到西伯利亚居住，东边到鄂霍次克海，西北到叶尼塞河。

涅克留多夫还说，在蒙古与突厥以及通古斯—满洲确实存在着叙事共性，基于这种共性，可以认为古时候的乌果尔—萨莫迪部落在叙事性民间传统方面有过交往。这种共性的起源应归到人类从事畜牧业之前的远古时期，即属于有关各民族的祖先生活在一起的那个时代。那时可能已开始编讲关于英雄婚礼以及与恶魔和异部落浴血奋战的古老勇士故事。目前这种叙事文化的形成比较晚，约在通古斯部落分离之后（在他们那里从未形成过英雄史诗的体裁），那时蒙古和突厥人民的祖先已过渡到畜牧业时期。

这就是说，到人类从事畜牧业之前，是阿尔泰语系各民族祖先生活在一起的时代，人们创作了勇士故事。可是英雄史诗的形成时期比较晚，是在通古斯部落离开原来故乡、蒙古和突厥的祖先过渡到畜牧业的时期。根据涅克留多夫的这种观点，笔者提出了家庭斗争型英雄史诗是在家庭斗争型民间故事的基础上形成的见解。乌博士或许会说：笔者没有谈论勇士故事与英雄史诗中的哪一种先有的问题，仅仅说不赞同家庭斗争型史诗是“在‘淫荡的妹妹’型传说故事基础上演变而成的观点”。对于这个问题，不妨看一下苏联科学院院士、突厥英雄史诗研究权威学者弗·马·瑞尔蒙斯基的解释。笔者第一次看到“淫荡的母亲”或“淫荡的妹妹”型故事，就是在他的书中。弗·马·瑞尔蒙斯基于1960年出版了专著《关于阿勒帕米沙的传说和勇士故事》。后来他在1974年出版的大型专著《突厥英雄史诗》中，重新收录了《关于阿勒帕米沙的传说和勇士故事》[1]。这位学者将关于阿勒帕米沙的传说，分为昆格拉特异文、乌古斯异文、克普恰克异文、在中亚史诗中《阿勒帕米沙》的反映和阿尔泰异文等五章，分析了相关的几十个民族的勇士故事和英雄史

① ［苏］弗·马·瑞尔蒙斯基：《突厥英雄史诗》（俄文），列宁格勒：科学出版社1974年版，第117—348页。

诗，在情节和母题方面的联系问题。

在上述五章中的第三章克普恰克异文中，有巴什基尔、鞑靼和哈萨克故事，与《阿勒帕米沙》相关的有两篇在情节上接近的哈萨克勇士故事《杰尔基尔得克》和《阿列乌科的儿子奥拉克》。这些故事与巴什基尔和鞑靼的故事一样，是在昆格拉特异文以前形成的独特性异文。

V. V. 拉德洛夫记录的《杰尔基尔得克》的内容与《阿勒帕米沙》不同，第一部分中没有争夺未婚妻的英勇斗争，第二部分中也没有从冒名的情敌那里拯救妻子和亲人之间的报复行动，但是主人公的诞生、神奇童年、被俘和获救以及主人公的不可伤害的特征和套住烈马等方面与《阿勒帕米沙》有密切联系。G. N. 波塔宁记录的哈萨克勇士故事《阿列乌科的儿子奥拉克》的第二部分，在情节方面接近于V. V. 拉德洛夫记录的《杰尔基尔得克》。它描写的也不是主人公去求婚，而是走向敌人复仇。不过，在描写主人公的降生、童年、被俘和返回时，具有与阿勒帕米沙的故事近似的成分。

在上述两篇哈萨克故事中所看到的，有关“丈夫回归”参加妹妹同变节者或者说冒名者举行婚宴的传说母题，传播很广泛，这在V. V. 拉德洛夫记录的哈萨克勇士故事《埃尔凯木爱达尔》中更为清楚。《埃尔凯木爱达尔》的主要部分是广泛流传的“淫荡的母亲”或“淫荡的妹妹”故事的异文。《埃尔凯木爱达尔》主要讲埃尔凯木爱达尔的妹妹娜仁苏鲁爱上了哥哥的敌人乌孙萨日阿勒普。当哥哥回来时，她装病躺倒，以借刀杀人之计，先后三次派哥哥冒险去找只在神话中出现的那种七个头的吃人的恶魔的一勺血以及灰狼的胆汁等。哥哥未被害死回家后，她伙同乌孙萨日阿勒普杀死了哥哥，并准备举行婚礼。哥哥被仙女救活后，前去参加妹妹的婚礼。

在这里就像《阿勒帕米沙》那样，运用传统的“丈夫回归”情节，回归的埃尔凯木爱达尔用强弓射死了敌人，处死了妹妹。具有相似内容和结局的“淫荡的妹妹”故事还有波塔宁记录的蒙古故事《胡布古和哈旦珠盖》。其中背叛的妹妹出卖了哥哥胡布古，和敌人哈旦珠盖一起将哥哥害死。勇士的战马使主人公死而复生，勇士化身为矮子骑着生疥疮的小马回家。接着哥哥胡布古去参加敌人哈旦珠盖的射箭比赛，但他没有用强弓射死敌人，却恢复了勇士的巨人原貌，抓住哈旦珠盖，把他扯成十块，把自己的妹妹拴在九匹母马的尾巴上撕成碎块。最后勇士夺回失去的牲畜、百姓和母亲，回家与美丽姑娘结了婚。

上述各种故事证实了关于阿勒帕米沙传说的普及和广泛传播，至少说明第二部分“丈夫回归”这一传统的母题具有很大的普遍性。这一母题在哈萨克和蒙古故事中的运用，使上述的看法更有根据，此类故事的确具有相当久远的历史。

以上就是弗·马·瑞尔蒙斯基院士有关“淫荡的妹妹”故事与阿勒帕米沙传说之间的联系的论述。此外，他在上述五章中，对欧亚大陆上的数十个突厥—蒙古民族中广泛传播的关于阿勒帕米沙的传说故事和史诗进行比较后，总结说：“参照其思想内容、情节和形象从勇士故事到英雄史诗发展路径的变化，我们仔细研究了许多世纪口头史诗传统在最广阔地理空间不同年代及不同民族中关于阿勒帕米沙传说的发展。”

乌博士是撰写突厥—蒙古史诗比较研究的学位论文而得到博士学位的，她“不赞同家庭斗争型史诗是在同内容的民间故事即‘淫荡的妹妹’型传说和故事基础上演变而成的观点”。不知她是否看过专门研究英雄史诗与勇士故事（即“淫荡的妹妹”故事）关系的苏联科学院院士弗·马·瑞尔蒙斯基的这部重要学术著作《突厥英雄史诗》？乌博士引用黑格尔和韦斯特马克的话来反对笔者的观点。如果她看过了谢·尤·涅克留多夫和弗·马·瑞尔蒙斯基的上述著作，不知道是否会提出这种观点？此外，乌博士还提出：“反映家庭内部矛盾斗争的题材是真正的原始史诗主要题材之一。”又说：“蒙古族史诗有征婚史诗和征战史诗两大题材。”

她这种说法与各国著名学者对史诗最古老的题材的观点大相径庭。苏联著名史诗学家 V. 普洛普说：“史诗最古老的题材包括求婚、寻找妻室以及为妻室而斗争的题材，此外，还包括与各种恶魔，其中包括与毒蛇搏斗的题材。”①

① 见中国民间文艺研究会研究部编《民间文学参考资料》第九辑（内部），1964 年 11 月，第 133 页。

德国著名的蒙古英雄史诗研究专家瓦·海希西的观点也与此相似。谢·尤·涅克留多夫指出，正如海希西1972年所写的那样，蒙古史诗是一种描写主人公出征，为得到未婚妻而作战和完成使命的典型的求婚故事。另一种是战胜敌对的异族或者恶魔蟒古思而夺回未婚妻和妻子的英勇斗争。

E. M. 麦列丁斯基也指出：原始形式的英雄史诗，与故事和神话都是十分近似的。原始的“共同的情节基础”——与魔怪的斗争，英雄婚姻（普罗普教授提出了“国家出现以前”的史诗的问题，他对这些情节的划分是正确的），和在异地漫游等就说明了这一点。

上述学者们研究了世界各民族英雄史诗，包括突厥—蒙古英雄史诗，他们指出，最古老的题材或“国家出现以前”的史诗的题材，是除了为妻室而斗争（英雄婚姻）之外，还与恶魔或敌对的异族征战。他们说的都是与氏族之外势力的斗争，绝对没有说与氏族内部或家庭内部斗争。但是乌博士所说的“家庭内部斗争”是“真正原始史诗主要题材之一”，这种说法有什么根据呢？笔者指出，抢婚型史诗和勇士与恶魔斗争型史诗是蒙古最古老的史诗。例如在《中国大百科全书·民族卷》里说：“抢婚——原始社会的一种婚俗。”即由男子通过掠夺其他氏族部落妇女的方式来缔结婚姻。亦名“掠夺婚”。产生于母系氏族向父系氏族过渡或妻子居住向夫方居住过渡的时期。难道在一夫一妻制巩固时期产生的“家庭斗争型史诗”是与抢婚型史诗同一时代的作品吗？

如前所述，英雄史诗的最古老题材是英雄婚礼和与恶魔或敌对氏族征战。蒙古英雄史诗的英雄婚礼有两种形式，第一种是抢婚型史诗，即一个氏族的男子到另一种氏族中去用武力抢劫女子为妻；第二种是考验婚型史诗，是勇士按照女方民族首领的安排，或者在赛马、射箭和摔跤等三项比赛中战胜其他求婚者，或者征服和战胜三大猛兽或三大危害人们生命的势力而得到妻室。在这两种婚事中都有勇士的英勇斗争，如果缺少英勇斗争就不是最古老史诗的英雄婚礼了。可是，乌博士说：“蒙古族史诗有征婚史诗和征战史诗两大题材。”笔者不知道她所讲的“征婚史诗”有什么内容？《现代汉语词典》这样解释“征婚”：“公开征求结婚对象。”难道在最古老史诗里有一类公开征求结婚对象的史诗吗？

以上是笔者对乌日古木勒博士批评的答复。在本文里面，笔者只是解释了为什么说家庭斗争型史诗是在同样内容的勇士故事基础上形成的观点。当然，也指出了她对“史诗最古老题材”的误解。笔者非常欢迎批评。在学术研究方面，没有充分的批评和讨论，学术水平就很难提高。但是批评应当有根有据，必须实事求是；如果以“可能”为依据来批评他人，就没有说服力，就可能将正确的观点当成谬误来批判。